Rosemary Rogers
Tiempo de traiciones

Editado por Harlequin Ibérica.
Una división de HarperCollins Ibérica, S.A.
Núñez de Balboa, 56
28001 Madrid

© 2011 Rosemary Rogers. Todos los derechos reservados.
TIEMPO DE TRAICIONES, N° 155 - 1.5.13
Título original: Bride for a Night
Publicada originalmente por HQN™ Books
Traducido por Laura Molina García

Todos los derechos están reservados incluidos los de reproducción, total o parcial. Esta edición ha sido publicada con permiso de Harlequin Enterprises II BV.
Todos los personajes de este libro son ficticios. Cualquier parecido con alguna persona, viva o muerta, es pura coincidencia.
™ TOP NOVEL es marca registrada por Harlequin Enterprises Ltd.

® y ™ son marcas registradas por Harlequin Enterprises Limited y sus filiales, utilizadas con licencia. Las marcas que lleven ® están registradas en la Oficina Española de Patentes y Marcas y en otros países.

I.S.B.N.: 978-84-687-2831-5
Depósito legal: M-8004-2013

A mi familia, a mis leales lectores.
Gracias por estar siempre ahí.

CAPÍTULO 1

Sloane» Square no era el mejor barrio de Londres, pero era una zona respetable y cómoda para vivir, cerca de los lugares más de moda de la ciudad. Por regla general, allí vivían miembros de la alta sociedad que se salían de lo convencional o que preferían evitar el bullicio de Mayfair.

Y luego estaba el señor Silas Dobson.

Con la mansión más grande del barrio, el señor Dobson era lo que se denominaba delicadamente como un arribista. Otros menos delicados decían que era un mal educado que olía a clase trabajadora por mucho dinero que tuviera.

Quizá le habrían perdonado su inadecuada intromisión en la clase alta si hubiese estado dispuesto a pasar inadvertido y a aceptar que siempre sería inferior a los que pertenecían a la aristocracia de nacimiento.

Pero Silas no era de los que pasaban inadvertidos en ninguna parte.

Grande como un toro, corpulento y con el rostro colorado por el sol, era además gritón y grosero como cualquiera de los cientos de trabajadores de los almacenes y talleres que había en la ciudad. Pero lo peor de todo era que no pedía disculpas por haber salido de los bajos fondos para hacer fortuna en el comercio. Era el menor de doce hermanos y había empezado trabajando como estibador en los muelles antes de invertir en el transporte de mercancías peligrosas, lo que le había permitido ir comprando propiedades que alquilaba a precios desorbitados a distintas compañías navieras.

Era un hombre zafio y sin modales que se las había arreglado para insultar por lo menos tres veces a prácticamente todos los habitantes de Sloane Square a lo largo de los últimos diez años.

Aunque no era tan tonto de creer que podría algún día parecer un caballero, sí estaba dispuesto a valerse de su escandalosa fortuna para conseguir meter en la alta sociedad a su única hija.

Una imprudencia que no le ayudaba precisamente a congraciarse con los ciudadanos de primera.

Lo único que los tranquilizaba un poco era saber que el dinero y las fanfarronadas de Dobson no podrían nunca hacer que su hija tuviese éxito.

A la joven no le faltaba belleza. Tenía grandes ojos color esmeralda, nariz delicada y labios carnosos. Pero había algo demasiado sencillo y poco sofisticado en sus curvas de gitana y en su cabello negro como la noche.

Pero lo que realmente hacía pensar que nunca nadie la sacaría a bailar era su falta de encanto.

Después de todo, siempre había caballeros de buena familia que sin embargo carecían de fondos. Era muy caro formar parte de la nobleza, especialmente si uno era el menor de varios hermanos y no contaba con propiedades que contrarrestaran el alto coste de estar a la moda.

Con una dote que superaba con creces las cien mil libras, Talia Dobson debería haber encontrado marido en su primera temporada en el «mercado», incluso con el lastre de tener un padre que siempre haría pasar vergüenza a su futuro yerno.

Pero, además de la desventaja que suponía su padre, resultaba que la muchacha en cuestión era una intelectual incapaz de decir una palabra en público y mucho menos cautivar a un caballero con sus coqueteos. El resultado de semejante combinación era que todo el mundo le tenía lástima y huía de ella como de la peste.

Los miembros de la alta sociedad parecían disfrutar de los fracasos de Talia. Estaban convencidos de que serviría de lección al odioso señor Dobson y de ejemplo para otros advenedizos que creyeran que podrían instalarse entre la aristocracia gracias a su dinero.

Pero no habrían estado tan convencidos si conocieran a Silas Dobson tan bien como lo conocía su hija.

Un hijo de un simple carnicero no se hacía con un pequeño imperio a menos que tuviese la absoluta determinación de superar cualquier obstáculo, a costa de cualquier sacrificio.

Consciente de la despiadada fuerza de voluntad de su padre, Talia se estremeció al oírlo gritar por la casa.

—Respóndeme, maldita sea, Talia. ¿Dónde está esa niña?

Oyó las voces de los sirvientes que trataban de responder a su señor y, con un suspiro de resignación, Talia dejó sobre la mesa el libro sobre China que estaba leyendo y miró a su alrededor, a aquel refugio donde siempre encontraba un poco de paz.

Las ventanas daban a la rosaleda y a la fuente de mármol que brillaba bajo el sol del mayo. Las estanterías abarrotadas de libros encuadernados en cuero cubrían las paredes de lado a lado y el techo abovedado estaba decorado con un fresco en el que se veía a Apolo en su carro. Cerca de la chimenea de mármol tallado había un escritorio de madera de nogal y frente a ella, dos butacas de piel. El suelo estaba cubierto con una alfombra persa de tonos rojizos.

Era una biblioteca preciosa.

Talia se levantó de la silla, se alisó el vestido con la mano y lamentó no haberse cambiado aquel sencillo atuendo por uno de los vestidos de seda que su padre prefería que utilizase.

Claro que eso tampoco habría servido para que estuviese satisfecho con su aspecto, pensó con tristeza.

A la decepción que había supuesto para Silas no tener un hijo varón que pudiese ser su heredero, había que añadir el que además su hija pareciese una gitana y no una de esas delicadas debutantes rubias que se paseaban por los salones de baile de la ciudad.

Preparada para la llegada de su padre, Talia consiguió no encogerse al verlo entrar por la puerta, mirándola ya con el ceño fruncido.

—Debería haber imaginado que te encontraría perdiendo el tiempo, escondida entre estos malditos libros —se fijó en el vestido verde azulado y en la falta de joyas—. ¿Para qué crees que me he gastado una fortuna en ropa si no es para que la luzcas como todas esas estúpidas muchachas?

—Yo nunca le pedí que se gastara nada —le recordó con voz suave.

Silas resopló con furia.

—Claro, supongo que preferirías ir por ahí vestida como una limpiadora y que todo el mundo creyera que soy tan tacaño que ni siquiera soy capaz de atender a las necesidades de mi única hija.

—No es eso lo que pretendía decir.

Silas se acercó al escritorio con paso pesado y el rostro más enrojecido de lo habitual, como si el pañuelo blanco que llevaba al cuello lo estuviese ahogando.

Talia se inquietó. Su padre solo permitía que su ayuda de cámara le pusiese aquel traje cuando tenía intención de codearse con la alta sociedad en lugar de trabajar. Algo que normalmente hacía que Silas acabara de muy mal humor después de que varios aristócratas hubieran amenazado con librar al mundo de la existencia de Silas Dobson.

—¿No te basta con avergonzarme con tus torpes modales y tus balbuceos atolondrados? —siguió rugiendo mientras se servía una generosa copa de brandy.

Talia bajó la cabeza, con esa sensación de fracaso que conocía tan bien.

—Hago lo que puedo.

—¿Por eso estás aquí sola con el día tan bonito que hace mientras tus amigas están almorzando al aire libre en Wimbledon?

—No son mis amigas —aclaró, decepcionada—. Y no podría haber asistido a una comida sin haber recibido invitación alguna.

—¿No te han invitado? Como hay Dios, que lord Morrilton se va a enterar.

—No, padre —Talia lo miró, horrorizada. Ya era bastante malo que nadie le hiciera el menor caso cuando se veía obligada a asistir a los acontecimientos a los que la invitaban, no querría además que las jóvenes de su edad le guardaran rencor—. Se lo advertí y no quiso escucharme. No puede comprarme un lugar en sociedad, por mucho dinero que gaste.

De pronto desapareció la furia del rostro de su padre y dejó paso a una sonrisa de arrogancia.

—Ahí es donde te equivocas.

Talia se quedó inmóvil.

—¿Qué quiere decir?

—Vengo de tener una provechosa reunión con el señor Harry Richardson, hermano menor del conde de Ashcombe.

Talia ya sabía quién era, por supuesto.

Se trataba de un apuesto caballero de ojos claros, con un peligroso encanto y un talento innegable para escandalizar a la alta sociedad con sus bromas y su afición al juego. También era famoso por estar metido en un sinfín de deudas.

Tras mucho observarlo de lejos, Talia había llegado a la conclusión de que el atroz comportamiento de aquel caballero era el resultado de su parentesco con lord Ashcombe.

A diferencia de su hermano menor, Ashcombe era algo más que apuesto. En realidad era... impresionante.

Tenía el cabello dorado y brillante como el fuego, unos rasgos tan perfectos que parecía un dios más que un simple hombre; los pómulos marcados, la nariz fina y algo arrogante y unos labios sorprendentemente carnosos. Sus ojos...

Talia sintió un pequeño escalofrío.

En sus ojos había a veces un brillo de fría inteligencia y otras el ardor de la furia. Su cuerpo era firme y fuerte como el de un atleta.

Era una increíble combinación de elegancia, poder y astucia. Apenas se prodigaba en actos sociales y sin embargo la alta sociedad lo adoraba.

¿Cómo no iba a sentirse Harry ensombrecido por un hombre así? Era perfectamente comprensible que se rebelase como pudiera.

Talia se aclaró la garganta, consciente de que su padre esperaba una respuesta por su parte.

—Ah, ¿sí?

—No te quedes ahí con la boca abierta —espetó su padre—. Llama al mayordomo y pide que nos traigan una botella de ese líquido francés que me costó una fortuna.

Talia hizo sonar la campanilla con un estremecimiento nada halagüeño y sin apartar los ojos de su padre.

—¿Qué ha hecho, padre?

—Te he comprado un lugar en esa sociedad tan estirada, tal y como dije que haría —anunció, ufano—. Nadie podrá pasarlo por alto.

Talia se sentó en la silla más cercana mientras el miedo se apoderaba de ella.

—Dios mío —susurró.

—Es a mí a quien debes dar las gracias, no al Todopoderoso. Él no habría podido hacer el milagro que he conseguido hacer yo durante una simple comida.

Se humedeció los labios, tratando de controlar el pánico. Quizá no fuera tan horrible como presentía.

«Por Dios, que no sea tan malo como me temo».

—Deduzco que ha estado en el club.

—Así es —Silas apretó los labios—. Los muy bastardos. Es un robo que me hagan pagar solo por codearme con todos esos aburridos idiotas que creen estar por encima de los honrados ciudadanos.

—Si le resultan tan repulsivos, no comprendo por qué se molesta en hacerse socio del club.

—Por ti, ingrata. Tu madre, que en paz descanse, quería que

tuvieras un futuro respetable y eso es lo que tengo intención de hacer. Pero no me lo estás poniendo nada fácil —su padre señaló los mechones de pelo que se le escapaban del moño y el polvo que tenía en el vestido de haberse acercado a las librerías—. Contraté a la institutriz más cara y a una docena de profesores que prometieron prepararte para la sociedad, ¿y qué he obtenido a cambio? Una desagradecida que no aprecia todos los sacrificios que he tenido que hacer.

Tania se encogió, incapaz de negar semejantes acusaciones. Su padre había dedicado mucho dinero a intentar convertirla en una dama y no era culpa suya que ella no tuviera las cualidades que se esperaban de una debutante.

No sabía tocar el pianoforte, no sabía pintar, ni hacer punto de cruz. Se había aprendido los pasos de algunos bailes, pero no conseguía llevarlos a cabo sin tropezar con sus propios pies. Y nunca había sido capaz de comprender el arte del coqueteo.

Todos esos defectos habrían sido excusables si al menos hubiera tenido el sentido común de haber nacido hermosa.

—Soy consciente de los esfuerzos que ha hecho, padre, pero creo que lo que madre habría querido es que fuera feliz.

—No tienes la menor idea —replicó su padre—. Pasas tanto tiempo con la cabeza metida en esos libros, que te has quedado tonta. Ya le dije a la institutriz que no te permitiera leer esas poesías absurdas que te han corrompido el cerebro —hizo una pausa para lanzarle una mirada de advertencia—. Menos mal que yo sé lo que te conviene.

—¿Y qué se supone que es lo que me conviene?

—Casarte con el señor Harry Richardson.

Por un momento, todo se volvió negro a su alrededor, pero Talia luchó para no desmayarse. Perder el conocimiento no le serviría para hacer cambiar de opinión a su padre. Quizá no pudiera hacerlo de ninguna manera, pero tenía que intentarlo.

—No —susurró suavemente—. No, por favor.

Silas la miró con el ceño fruncido al ver que se le habían llenado los ojos de lágrimas.

—¿Qué demonios te pasa?

Talia se puso en pie.

—No puedo casarme con un completo desconocido.

—¿Cómo que un desconocido? Habéis sido presentados, ¿verdad?

—Sí, nos han presentado —reconoció Talia, segura de que Harry Richardson no sería capaz de reconocerla entre una multitud. Desde luego desde que los habían presentado en su primera temporada en sociedad, él no se había molestado en prestarle la menor atención—. Pero apenas habremos intercambiado una docena de palabras.

—¡Bah! La gente no se casa por las conversaciones que puedan tener en un baile. Los hombres lo que buscan es una mujer que les dé un par de mocosos.

—Padre.

Silas soltó una carcajada y luego volvió a clavar la mirada en ella.

—No me vengas con remilgos. Sé mucho de la vida y hay que llamar a las cosas por su nombre. Un hombre necesita una mujer y una mujer necesita un hombre que le dé un hogar y un poco de dinero que la haga feliz.

El pánico volvió a apoderarse de ella. Respiró hondo y se llevó la mano a la boca del estómago.

—Entonces me temo que ha elegido usted mal —consiguió decir—. Por lo que he oído, el señor Richardson es un jugador empedernido y un... —le faltó valor para proseguir.

—¿Un qué?

Talia comenzó a caminar por la habitación. No podía admitir que a menudo aprovechaba que nadie reparaba en su presencia para escuchar los chismorreos y, sin admitirlo, resultaba muy difícil explicar por qué sabía que Harry Richardson era un lujurioso con un sinfín de amantes.

—Y un caballero incapaz de darle a una esposa ni un hogar, ni dinero —optó por decir.

Silas se encogió de hombros. Sin duda se inclinaba a pasar

por alto los numerosos defectos de su posible yerno siempre y cuando pudiera darle el pedigrí que necesitarían sus futuros nietos.

—Por eso le he dicho que dedicaré parte de tu dote a compraros una casa adecuada en Mayfair y a asegurar que tengas una buena asignación anual —hizo una nueva pausa—. Ahora no podrás decir que no hago lo mejor para ti.

¿Lo mejor?

Talia se volvió bruscamente hacia su padre y lo miró a los ojos con furia. No solo estaba dispuesto a sacrificar a su hija para complacer sus ansias por que la sociedad lo aceptara, sino que además pretendía hacerle creer que lo hacía por ella.

—¿Por qué has elegido a un hermano menor? Pensé que buscabas un título.

—Después de tres temporadas esperando que conquistaras a alguien, aunque fuera un simple caballero, me he dado cuenta de que me había creado falsas esperanzas —se tomó el último sorbo de brandy—. Me pasó lo mismo cuando intenté vender ese caballo la primavera pasada. A veces hay que aceptar el fracaso.

Talia apretó los labios con dolor. Su padre no dudaba en humillarla si eso le servía para conseguir que hiciera lo que él quería, pero no solía ser tan cruel.

—Yo no soy un caballo al que pueda vender.

—No, eres una jovencita demasiado sensible para estar a punto de convertirte en una solterona.

—¿Tan terrible sería eso? —le preguntó.

—No seas estúpida, Talia —más que hablarle, le ladró y luego la miró con impaciencia—. No he hecho fortuna para que acabe quedándosela algún sobrino estúpido cuando yo estire la pata —se acercó a ella y la señaló con el dedo—. Harás lo que tengas que hacer y me darás un nieto que sea sangre de mi sangre, irá a Oxford y, con el tiempo, puede que hasta llegue a ser primer ministro —en sus labios se dibujó una sonrisa de arrogancia—. No está mal para el hijo de un pobre carnicero.

—Me sorprende que no quieras el trono —murmuró sin pararse a pensar.

—Podría haberlo hecho si no hubieras resultado ser semejante fracaso —dicho eso, se volvió hacia la puerta, dando por terminada la conversación—. La boda se celebrará a finales de junio.

—Padre...

—Y tendrás que asegurarte de que sea el acontecimiento más importante de la temporada —añadió sin hacer el menor caso de sus súplicas—. Si no es así, harás las maletas y te enviaré a Yorkshire con tu tía Penelope.

Se le encogió el estómago al oír aquella amenaza.

Penelope Dobson era la hermana mayor de su padre, una solterona amargada que había dedicado su vida a rezar y a hacer sufrir a los demás.

Tras la muerte de su madre, Talia había pasado casi un año en casa de su tía, que la había tratado como a una sirvienta sin sueldo y, además, no le había permitido salir apenas de sus habitaciones. Pero no habría sido tan horrible si aquella mujer no hubiese tenido la costumbre de azotarla con una fusta por la infracción más insignificante.

Su padre sabía perfectamente que se tiraría al río Támesis antes de tener que ir a Yorkshire.

Que el cielo la ayudara.

CAPÍTULO 2

Para sorpresa de Talia, el día de su boda comenzó con un impresionante amanecer que tiñó de rosa y oro un cielo completamente despejado. Prometía ser un bonito día de verano. Ella esperaba una mañana gris y sombría acorde con el estado de ánimo que tenía desde hacía semanas.

Lo que era aún más sorprendente era que casi estaba guapa con aquel vestido de seda color marfil, gasa plateada y un corpiño salpicado de diamantes. Llevaba el pelo recogido en un moño alto sujeto por una tiara de diamantes, a juego con los pendientes y el enorme collar que lucía en el cuello.

Todo ello regalo de su padre, claro.

Estaba empeñado en que todo el mundo hablara de aquella boda, a pesar de las súplicas de Talia, que había intentado hacerle ver que era de muy mal gusto celebrar un enlace tan ostentoso cuando era de dominio público que Silas Dobson había comprado al novio con la cuantiosa dote de su hija.

Pero Dobson era de la opinión de que la discreción era para aquellos que no podían permitirse derrochar dinero de la manera más extravagante.

Una vez que asumió que no iba a tragarla la tierra por mucho que lo deseara, Talia se subió al carruaje negro y se dejó llevar en silencio a la pequeña iglesia donde iba a celebrarse una ceremonia privada. Después de dicha ceremonia, regresarían a Sloane Square para asistir a una elegante recepción para doscientos invitados.

Pero cuando se encontró de pie ante el altar ocurrió el desastre que llevaba todo el día presintiendo.

El pastor lucía sus mejores vestimentas y un gesto poco halagüeño en el rostro. El padre de Talia estaba junto a ella con su mejor chaqueta negra y un chaleco plateado y al otro lado estaba su única amiga, Hannah Lansing, la hija de un baronet condenada como ella a ser siempre la fea del baile.

Pero había una notable ausencia.

El señor Harry Richardson no había aparecido.

Esperaron al novio durante casi dos horas durante las cuales el silencio que reinaba en la iglesia fue inundando el corazón de Talia.

Estaba... aletargada. Como si la terrible humillación que suponía ser abandonada en el altar le estuviese ocurriendo a otra.

No había conseguido quitarse de encima aquella sensación, ni siquiera cuando su padre había salido de la iglesia maldiciendo y asegurando que aquel bastardo tendría que sufrir las consecuencias de haberse burlado de Silas Dobson. Ni cuando había tenido que volver a su casa y anunciar a los doscientos invitados impacientes que se había pospuesto la boda.

Y seguía sintiendo lo mismo allí, sentada en su sala de estar privada, decorada en color lavanda y marfil.

Sentada junto a la ventana que daba a la rosaleda del jardín, aún lleno de invitados entusiasmados de estar siendo testigos del mayor escándalo de la temporada, Talia pensó que debería sentir algo.

Rabia, humillación, dolor...

Cualquier cosa excepto aquel terrible vacío.

Observaba con gesto ausente mientras Hannah iba de un lado a otro de la habitación. Lo único que rompía el silencio era el ruido que hacía su vestido de satén cuando su amiga caminaba por la alfombra persa. La pobre no sabía cómo afrontar tan incómoda situación.

—Estoy segura de que ha tenido un accidente —murmuró por fin Hannah, con el rostro sonrojado y algunos mechones castaños escapándosele del moño.

Talia se encogió de hombros, incapaz de mostrar el más mínimo interés por los motivos que podrían haberle impedido a Harry asistir a su propia boda.

—¿Tú crees?

—Desde luego —en los ojos oscuros de Hannah se reflejaba una compasión que no podía ocultar—. Seguro que volcó el carruaje y el señor Richardson y su familia quedaron inconscientes.

—Es posible.

—Espero que no pienses que deseo que les haya ocurrido algo —se apresuró a decir, horrorizada ante tal posibilidad.

—No, por supuesto que no.

—Pero al menos eso explicaría...

—¿Por qué me ha dejado plantada en el altar?

Hannah apretó los labios, avergonzada.

—Sí.

Se hizo un incómodo silencio y Talia trató de buscar la manera de deshacerse de la compañía de su amiga. Agradecía los esfuerzos que estaba haciendo Hannah para consolarla, pero en esos momentos necesitaba desesperadamente estar sola.

Se aclaró la garganta y miró hacia la puerta.

—¿Ha vuelto ya mi padre?

—¿Quieres que vaya a ver si está?

—Si no es mucha molestia.

—No es ninguna molestia —aseguró, contenta de poder hacer algo por ella—. Aprovecharé para traerte algo de comer.

—No tengo hambre.

—Es posible, pero estás muy pálida —la miró con evidente preocupación—. Deberías intentar comer algo.

—Está bien —Talia consiguió esbozar una sonrisa—. Eres muy amable.

—Qué tontería. Soy tu amiga.

Hannah salió de la habitación y cerró la puerta suavemente. Talia respiró con alivio, aunque nunca dejaría de agradecer la lealtad de su amiga. La joven podría haber aprovechado su privilegiada posición en el escándalo para ganarse un hueco entre los que seguían chismorreando en el jardín.

Sin embargo se había quedado junto a Talia y había intentado consolarla denodadamente.

No era culpa suya que Talia fuese completamente incapaz de llorar y lamentarse como habría hecho cualquier novia abandonada en el altar.

Talia se acercó a abrir la ventana con la esperanza de que entrara un poco de aire fresco porque empezaba a asfixiarse en aquella habitación. No se dio cuenta de que dos invitadas se habían apartado de las mesas y se encontraban bajo su ventana.

—Pareces aturdida, Lucille —comentó una de ellas.

—¿No has oído lo último? —preguntó la otra.

Talia se quedó inmóvil al oír aquello y se quedó a medio camino de volver a cerrar la ventana.

Era absurdo. No le importaba lo más mínimo lo que se rumoreaba. Nada podría ser más humillante que la verdad.

Aun así, se vio incapaz de cerrar y se dejó llevar por la necesidad de escuchar lo que se decía de ella.

—Cuéntame —dijo la primera, su voz le resultaba familiar.

—Parece ser que lord Eddings estuvo anoche con el novio en un antro de juego.

—Menuda noticia. La afición a las cartas de Harry ha sido precisamente lo que lo ha obligado a prometerse con la paviosa Dobson.

Talia apretó los puños. La gente llevaba insultándola con aquel mote desde su primera temporada en sociedad.

—Sí, pero anoche estaba tan bebido que acabó confesando que nunca tuvo la menor intención de casarse con la vulgar joven.

—¿No? —se oyó una risilla maliciosa—. ¿Entonces por qué aceptó el compromiso? ¿Solo pretendía urdir un cruel engaño?

—Según Eddings, el muy taimado consiguió que el padre de la novia le adelantara una parte de la dote con la excusa de comprar una casa que había visto en Mayfair —la mujer hizo una pausa cargada de dramatismo—. Pero lo que en realidad piensa hacer con el dinero es largarse.

—Madre de Dios —exclamó la primera dama, escandalizada.

—Desde luego.

Talia debería haberse escandalizado también.

Harry no le había hecho el menor caso desde el anuncio del compromiso, pero lo cierto era que había dado muestras de estar resignado a casarse. Desde luego ella no había sospechado en ningún momento que tuviese intención de engañar a su padre escapando con aquella pequeña fortuna de Londres.

Y de ella.

—Es un plan muy arriesgado —dijo entonces la primera mujer—. No creo que Harry piense que puede esconderse de un hombre como Silas Dobson —la dama mostró una clara repulsión al pronunciar el nombre del padre de Talia—. Seguro que ese animal tiene por lo menos una docena de matones a sueldo.

—No tengo la menor duda.

—Además, piensa en el escándalo que va a provocar. Lord Ashcombe va a reclamar la cabeza de su hermano.

Talia no estaba tan segura de ello.

Por lo que se rumoreaba por la ciudad, el conde se había lavado las manos en cuanto se había enterado de que su hermano se había prometido con la hija de Silas Dobson.

—No podrá hacerlo si Harry se marcha a Europa —dijo la tal Lucille.

—¿En medio de una guerra?

De pronto se oyó una risotada.

—Está claro que prefiere correr el riesgo de que lo maten los hombres de Napoleón a casarse con la pavisosa Dobson.

—¡No me extraña! —comentó la otra—. Pero no creo que piense pasar el resto de su vida lejos de Inglaterra.

—Claro que no. El escándalo quedará olvidado en menos de un año y Harry podrá hacer su glorioso regreso.

—¿Y crees que lo recibirán como al hijo pródigo? —se oyó un abanico que se abría—. Está claro que no conoces al conde si piensas que va a perdonarlo tan fácilmente. Ese hombre da miedo.

—Es posible que dé un poco de miedo, pero es tan guapo —añadió la mujer con un suspiro de admiración, que era lo que sentían por él la mayoría de las mujeres—. Es una lástima que tenga tan poco interés por la gente.

—Al menos por la gente de bien.

—Yo me volvería tan poco cortés como él me pidiese si se dignase siquiera a mirarme.

Las dos se echaron a reír.

—Me escandalizas, querida.

—Mira, ahí está Katherine. Tenemos que contarle la noticia.

Talia las oyó alejarse, pero aún pudo escuchar algo más.

—Sabes, casi me da lástima la pobre señorita Dobson.

A pesar de sus palabras, su tono de voz no transmitía la menor compasión; de hecho, más bien parecía regocijarse en su humillación.

—Sí —repuso la otra—. Lo que está claro es que no tendrá valor para volver a aparecer en sociedad.

—No debería haberse visto obligada a codearse con gente que es muy superior a ella —comentó la primera con evidente desaprobación—. Nunca trae nada bueno el intentar mezclarse con una clase a la que uno no pertenece.

Talia sintió un escalofrío.

La sensación de letargo seguía protegiéndola, pero no era tonta y sabía que tarde o temprano desaparecería aquel escudo y no tendría más remedio que enfrentarse al dolor de la humillación.

Ni siquiera podía consolarse pensando que su padre tendría la decencia de dejar que se apartara de la sociedad hasta que el escándalo quedara olvidado.

No. Silas Dobson jamás comprendería que alguien quisiera hacer algo para salvaguardar su dignidad. Insistiría en que se enfrentara a la gente sin tener en cuenta el dolor y la vergüenza que pudiera causarle.

Estaba inmersa en sus negras perspectivas de futuro cuando llamaron a la puerta y apareció Hannah con una bandeja.

—Te he traído un poco de trucha en salsa con espárragos frescos y unas fresas —anunció su amiga en ese tono absurdamente animado que se solía utilizar con los enfermos.

—Gracias —respondió Talia a pesar de que, solo de oírlo, se le había revuelto el estómago.

—Te lo dejaré aquí, ¿de acuerdo?

Talia esbozó una tenue sonrisa de gratitud.

—¿Has localizado a mi padre?

—No. Parece que... —Hannah dejó de hablar y se mordió el labio inferior.

—¿Qué?

—Nadie lo ha visto desde que salió de la iglesia.

Talia se encogió de hombros. Su padre era tan obstinado como para pasarse la eternidad buscando a Harry Richardson.

—Pero seguro que vuelve pronto —se apresuró a añadir Hannah.

—Seguro —dijo entonces una voz maravillosamente profunda, procedente de la puerta abierta—. El señor Dobson es como una cucaracha que se mueve en la oscuridad y de la que es imposible librarse.

Talia se quedó inmóvil, horrorizada, al reconocer de inmediato aquella voz. ¿Cómo habría podido olvidarla? Aunque jamás se atrevería a admitirlo, lo cierto era que su condición de ignorada por la sociedad le había permitido espiar al conde de Ashcombe como una jovencita enamorada.

Estaba absolutamente fascinada por su belleza y esa peligrosa elegancia. Era como un puma que había visto en la ilustración de un libro. Majestuoso y letal.

Además le encantaba el desdén con el que trataba a la alta

sociedad londinense sin el menor reparo, algo que resultaba reconfortante para su maltrecho orgullo. No había duda de que sentía el mismo desprecio que ella por todos aquellos frívolos.

Pero no fue fascinación lo que sintió al volverse hacia su hermoso rostro y su fría mirada.

Sintió un escalofrío de temor que le recorrió la columna vertebral.

CAPÍTULO 3

Gabriel, sexto conde de Ashcombe, no pedía disculpas por su cinismo.

Era algo que se había ganado a pulso.

Tras heredar el título de su padre a la tierna edad de dieciocho años, había tenido que cargar con la responsabilidad de varias propiedades con cientos de sirvientes y con una madre que de vez en cuando se negaba a levantarse de la cama durante días.

Y luego estaba Harry.

Lady Ashcombe siempre había mimado en exceso a su hermano, seis años menor que él. Él había hecho todo lo posible para mitigar el daño, pero había pasado mucho tiempo estudiando fuera de casa y, cuando volvía a Carrick Park, la mansión que la familia tenía en Devonshire, había tenido que dedicar todo su tiempo a aprender con su padre todas las complejidades que conllevaba ser conde.

Entre tanto, Harry había tenido ocasión de dejarse llevar por sus peores impulsos. Lo habían expulsado del colegio por copiar en los exámenes, se había gastado su generosa asignación en el juego y se había batido en duelo por lo menos dos veces. Todo ello antes de trasladarse a Londres.

Desde su llegada a la ciudad, los excesos habían empeorado aún más. Harry se había dedicado al juego, las prostitutas y a poner en peligro su vida participando en cualquier apuesta que llegaba a sus oídos, por ridícula que fuera.

Gabriel había intentado imponerle ciertos límites, pero su madre le llevaba la contraria constantemente. Como medida desesperada, había advertido a la condesa que, si Harry no aprendía a vivir con el dinero de su asignación, lo obligaría a volver a Carrick Park.

Dios. Había creído que Harry sería capaz de suplicar, mentir e incluso engañar para evitar que lo alejaran de Londres, pero nunca se le habría ocurrido que pudiera prometerse en matrimonio con una arribista que solo podría llevar la vergüenza a la familia.

Como era de esperar, su madre se había refugiado en la cama y le había exigido a Gabriel que hiciera algo para rescatar a su querido hijo pequeño de las garras de la malvada señorita Dobson. Pero Gabriel se había negado rotundamente a intervenir. Si su hermano quería tirar por la borda su futuro casándose con una mujer que era el hazmerreír de la sociedad, y que, lo que era aún peor, era familia de Silas Dobson, Gabriel no pensaba hacer nada al respecto.

En sus labios se dibujó una sonrisa forzada al adentrarse en la sala de estar privada de Talia Dobson. Debería haber imaginado que Harry encontraría la manera de escapar, dejándolo a él para resolver el desaguisado.

Con la frialdad que había ido adoptando con el paso de los años, recorrió la habitación con la mirada, sin prestar la menor atención a la rolliza muchacha de pelo castaño que había junto a la joven que ocupaba el asiento de la ventana.

La señorita Talia Dobson.

Gabriel estaba preparado para sentir la furia que en ese momento invadió su corazón. Cualquier hombre habría deseado matar incluso al sentirse atrapado de aquella forma. Para lo que no estaba preparado era para la extraña sensación que le estremeció el estómago al verla. Tuvo la impresión de haberse fijado ya en aquella mujer de sedoso cabello negro y ojos de color esmeralda durante alguna de sus escasas apariciones en sociedad. Sintió que se había planteado qué se sentiría al tocar aquella piel de marfil y sentir contra su cuerpo las deliciosas curvas de aquella mujer.

Eso no hizo sino acentuar su furia.

Quizá hubiese interpretado de manera convincente el papel de fea del baile, pero en la última hora había demostrado ser tan codiciosa e intrigante como su zafio padre.

—Oh —exclamó la otra joven con sorpresa—. Milord.

Gabriel no se molestó siquiera en mirarla, seguía observando la decoración sencilla y elegante de aquella estancia que, a diferencia del lujo chabacano del resto de la casa, encajaba perfectamente con sus gustos.

—Puede marcharse —le dijo a la desconocida.

—Pero...

—No tengo por costumbre repetir lo que digo.

—Sí, milord.

La oyó salir de la habitación mientras él no apartaba los ojos de la señorita Dobson, que lo miraba, a su vez, con cara de horror. Parecía un ratoncillo atemorizado por la proximidad de un gato hambriento.

¿Acaso pensaba que iba a dejarse chantajear?

En tal caso, estaba a punto de llevarse una gran decepción.

Cuando hubiese terminado aquella conversación, la señorita Talia Dobson lamentaría haberse atrevido a meterlo en semejante situación.

Como si percibiera su enfado, Talia se inclinó hacia atrás y, al hacerlo, abrió sin darse cuenta la ventana que tenía detrás.

—Si está pensando en tirarse por la ventana para poner fin a esta farsa, le sugiero que espere hasta que se hayan marchado los invitados —le dijo en tono burlón al tiempo que cruzaba los brazos sobre la pechera de la chaqueta azul, que había combinado con un chaleco de color marfil y calzones de ante. Había planeado pasar el día en Tattersall con la esperanza de poder adquirir dos nuevos caballos para el carruaje y evitar así las quejas histéricas de su madre por no haber querido hacer nada para impedir la boda de Harry. Pero entonces había aparecido en su casa de la ciudad el maleducado de Dobson y no había visto necesidad de ponerse un atuendo más formal.

—Esta farsa de boda ya ha provocado demasiados chismorreos.

La joven parpadeó y meneó la cabeza. Casi parecía creer que quizá fuera una visión desagradable que pudiera desaparecer.

—¿Qué hace usted aquí, lord Ashcombe?

—Creo que sabe muy bien lo que me ha traído hasta aquí.

Ella frunció el ceño.

—¿Se ha sabido algo de su hermano? ¿Ha sufrido algún percance?

Entonces fue él el que arrugó el entrecejo, pues no le hacía la menor gracia que fingiese no saber nada.

—No se haga la inocente, señorita Dobson, se lo ruego. Ya he hablado con su padre —hizo una mueca de desprecio—. Una experiencia que me ha resultado muy desagradable, debo confesar.

Talia se puso en pie de un salto, con la mano en el pecho.

—¿Ha hablado con mi padre?

Gabriel apretó los puños. ¿Era posible que una mujer se quedara pálida deliberadamente?

—Debo admitir que interpreta el papel de mártir de manera convincente —dijo, lleno de mordacidad—. Seguramente me conmovería si no supiera que usted y su padre son dos charlatanes sin la menor vergüenza, capaces de servirse de los trucos más bajos para abrirse paso en sociedad.

—Soy consciente de que no aprueba que su hermano me tome por esposa.

La carcajada retumbó en toda la habitación.

—No tanto como desapruebo el tomaros por esposa yo mismo.

—¿Qué? —se tambaleó de tal modo que, por un momento, Gabriel pensó que iba a desmayarse, pero enseguida se cuadró de hombros con visible esfuerzo y respiró hondo—. ¿Tomarme usted por esposa? —meneó la cabeza—. ¿Es una broma?

—No bromeo en asuntos tan serios como la próxima condesa de Ashcombe.

—Dios mío.

—Dios no la va a ayudar en este asunto.

—No comprendo nada —murmuró.

Gabriel se dijo a sí mismo que no podía dejarse engañar por la mirada de dolor de aquellos ojos verdes.

Maldición. Aquella mujer era tan falsa como el bruto de su padre.

¿O no?

—¿Va a seguir haciéndose la inocente? —le preguntó—. Muy bien. Después de que su padre me insultara y tratara de amedrentarme con sus amenazas, lo cierto es que me he sentido acorralado. Habría admirado su astucia de no haber sido yo el infeliz al que estaban coaccionando para casarse con una mujer que solo conseguiría atrapar a un hombre mediante engaños.

Se hizo un largo silencio roto tan solo por el tictac del reloj de bronce que había sobre la chimenea y el lejano rumor de los invitados.

—Esto no tiene ningún sentido —dijo por fin Talia—. Yo estoy prometida con Harry.

—Como es habitual en él, mi hermano solo ha pensado en sus necesidades y deseos y ha desaparecido antes de verse obligado a caminar hacia el altar, dejándome a mí toda la responsabilidad, una vez más.

—Pero... —se pasó la lengua por los labios—. Supongo que tendrá una idea de dónde pueda estar.

—Tengo varias ideas, pero me parece que ya no importa dónde se haya escondido, ¿no le parece? —le preguntó, sin molestarse en ocultar el rencor que sentía.

Ella se retorció las manos mientras su rostro se llenaba de una inesperada desesperación.

—Supongo que no hay manera de disimular el que no haya aparecido esta mañana en la iglesia, pero quizá se le podría obligar a volver a Londres y...

—¿Estaría dispuesta a casarse con él después de haberla dejado plantada en el altar? —espetó, extrañamente molesto por ese empeño suyo en seguir adelante con el compromiso que tenía con Harry.

¿Acaso sentía algo por el haragán de su hermano?

¿O se trataba de otra estratagema?

Ninguna de las dos explicaciones le satisfacía.

—Es lo que quiere mi padre —murmuró.

—Quizá lo era antes de haber encontrado la manera de atrapar a un conde. Ahora puedo asegurarle que no tiene intención alguna de conformarse con un hermano menor.

Parecía costarle seguir sus palabras, el pulso se le notaba en la base del cuello como si de un pajarillo atrapado se tratara.

Sintió una oleada de calor al imaginarse besando ese lugar donde se veía el latido. ¿Sabría tan dulce como prometía su imagen? ¿O también eso sería falso?

Ajena, por suerte, a sus inadecuados deseos, Talia lo miró frunciendo el ceño de nuevo.

—Sé que mi padre ha ganado cierta influencia entre algunos miembros de la sociedad, pero no alcanzo a comprender cómo podría obligarlo a casarse conmigo.

—Mediante el vulgar chantaje.

—¿Chantaje?

—Me ha amenazado con denunciar a mi hermano por no cumplir con su palabra, lo que sin duda llevaría el nombre de mi familia a la portada de los peores periódicos de Inglaterra, que se encargarían de que el escándalo durara meses, si no años.

La vio apretar los ojos y los labios al escuchar la explicación y su rostro se tornó rojo escarlata.

—Ah.

—Sí —asintió con desprecio—. Su padre sabe muy bien que haré cualquier cosa, por escandalosa o absurda que sea, para proteger a mi madre de semejante bochorno.

—Yo... —levantó las manos en un gesto de impotencia—. Lo siento mucho.

Sin apenas darse cuenta de que se movía, Gabriel fue acercándose a ella hasta quedar justo delante, tan cerca que pudo sentir el aroma que desprendía su cuerpo. Lilas, notó inconscientemente, y un olor más terrenal que era solo suyo.

—¿De verdad? —gruñó él.

—Sí —se estremeció bajo su mirada—. Sé que es difícil de creer, pero toda esta farsa me horroriza tanto como a usted.

—No es difícil de creer, señorita Dobson, es imposible —matizó mientras se decía a sí mismo que la ira que sentía se debía a su empeño en seguir mintiendo y no a que le horrorizara tanto la idea de casarse con él—. Conozco bien a las mujeres como usted.

—¿Las mujeres como yo?

—Así es, mujeres vulgares capaces de valerse de lo que sea con tal de conseguir marido —bajó la mirada deliberadamente para observar las curvas que se adivinaban bajo el vestido plateado. Si se hubiese atrevido a mostrar mejor la mercancía, seguramente habría tenido más éxito en la caza de un esposo—. Bien es cierto que sus tácticas suelen ser más...

—¿Atrayentes? —sugirió ella con cierta amargura.

—Refinadas —corrigió él.

—Le pido disculpas por haberlo defraudado. Parece ser la misión que se me ha encomendado en esta vida —dijo en voz tan baja que apenas se oían sus palabras—. En mi defensa debo decir que nunca he deseado tanto un marido como para refinar mis tácticas.

Gabriel frunció el ceño. Debajo de esa actitud asustadiza, parecía haber cierto carácter.

—Lo que dice resultaría más convincente si no hubiese ofrecido esa escandalosa suma de dinero a mi hermano a cambio de que la aceptara por esposa, sabiendo, además, que no tenía el menor deseo de atarse a usted.

—Fue mi padre el que... —se mordió el labio y después meneó la cabeza con resignación—. ¿Qué más da?

—Efectivamente, no importa —la agarró de la barbilla y miró fijamente a unos ojos llenos de inocencia—. Aunque fuese tan tonto de creer que es usted víctima de las maquinaciones de su padre, la idea de que sea mi esposa sigue siendo igual de desagradable.

La sintió estremecerse y vio que bajaba la mirada para ocultar su dolor. Gabriel apretó los dientes para huir de una sensación que le recordaba peligrosamente al arrepentimiento.

Maldición. No tenía nada de qué arrepentirse.

—Se ha explicado perfectamente, milord —dijo ella—. ¿A qué ha venido?

—Es obvio que tenemos que hablar de nuestra... —tuvo que hacer un esfuerzo para decirlo—: Boda.

—¿Por qué? Es evidente que usted y mi padre son perfectamente capaces de planear mi futuro sin consultarme siquiera.

Le levantó la cara para obligarla a mirarlo.

—No ponga a prueba mi paciencia, señorita Dobson. Hoy no.

Talia apretó los labios antes de apartarse de él y señalarle una silla.

—¿Quiere sentarse?

—No, esto no nos llevará mucho tiempo.

—Como quiera.

—El lunes pediré una licencia especial al arzobispo de Canterbury. Es amigo mío, así que no creo que haya problema.

—Claro.

—La ceremonia se celebrará en la capilla privada de la casa que tengo en Londres —prosiguió explicándole—. Me pondré en contacto con el pastor y hablaré con dos criados para que ejerzan como testigos.

Ella tardó unos segundos en comprender lo que significaba eso y, cuando por fin lo hizo, abrió los ojos de par en par.

—Mi padre...

—No está invitado —su tono de voz daba a entender que no estaba dispuesto a ceder—. Ni él, ni nadie más.

—¿Pretende que nuestro matrimonio sea un secreto?

—Ojalá pudiera hacerlo, pero lo que sí puedo conseguir es que no se convierta en una ridícula farsa —miró a la ventana, desde la que aún podía verse a los invitados que seguían disfrutando abiertamente del escándalo—. Quiero que la próxima semana se mantenga apartada de la gente y que guarde silencio. También debería advertirle a su padre que no me haría ninguna gracia que fuese por ahí presumiendo de haber conseguido cazar a un conde como yerno.

Se mostró sumisa, pero no podía ocultar el pulso que latía en su cuello y que daba a entender que apenas podía controlar el impulso de abofetearlo.

—¿Y después de la ceremonia?

—¿Qué?

—¿Tendré que seguir escondida?

—No, pero hará una larga visita a mi casa de Devonshire.

Ella parpadeó varias veces antes de responder a tan fría explicación.

—¿Quiere recluirme en el campo?

—Si mis condiciones no la satisfacen, señorita Dobson, quizá debería intentar convencer a su padre de que se busque a otro imbécil al que obligar a casarse con usted.

Con un brusco movimiento, Talia se dio la vuelta hacia la ventana y miró a los invitados con angustia.

—Si tuviese la menor capacidad de influir en mi padre, habría podido evitar que me obligara a casarme con su hermano y ahora no estaríamos en esta situación.

Gabriel se puso rígido al darse cuenta de que volvía sentir lástima por ella. Ya era lo bastante horrible verse obligado a casarse con la hija de Silas Dobson sin tener además que dejar que lo tomara por tonto.

—Entonces me temo que los dos tendremos que aceptar lo inevitable con resignación —le dijo antes de darse media vuelta hacia la puerta.

—Eso parece —susurró ella a su espalda.

Gabriel se detuvo en la puerta y la miró de nuevo.

—Ah, señorita Dobson.

—¿Sí?

—Preferiría que se abstuviese de cubrirse de joyas de ese modo —miró con desprecio la ostentosa exhibición de diamantes que llevaba al cuello—. La condesa de Ashcombe no necesita presumir de joyas.

Una vez dicho eso, Gabriel salió de la habitación preguntándose por qué demonios no sentía la menor satisfacción.

Talia se encontraba en el lavadero examinando las sábanas que había que arreglar cuando apareció el mayordomo de su padre.

Como era habitual, se sorprendió al ver a aquel hombre alto de cabello gris que se movía con una dignidad y una elegancia que su jefe jamás podría emular. A Silas Dobson no se le escapaba lo paradójico que resultaba y disfrutaba mofándose groseramente de su formal empleado. Anderson, sin embargo, se esforzaba en ocultar sus opiniones tras una fachada de impecable eficiencia.

Era lógico porque, a pesar de los muchos defectos de su padre, había que reconocer que era un empresario sagaz que no tenía ningún reparo en pagar generosamente a sus trabajadores, lo que le reportaba más lealtad de la que se habría ganado con elegancia o refinamiento.

Talia miró al mayordomo con extrañeza, pues no era habitual que se presentase en lo que consideraba territorio femenino.

—¿Sí?

—Está aquí el conde de Ashcombe —anunció Anderson con formalidad—. ¿Debo decirle que va a recibirlo?

La sábana que tenía agarrada se le escapó entre los dedos al ponerse en pie. ¿Lord Ashcombe estaba allí?

A pesar de que hacía ya casi una semana que era su prometido, a Talia le costó creer que hubiese ido a visitarla. Seguramente porque llevaba días repitiéndose una y otra vez que el conde de Ashcombe tenía tantas intenciones de casarse con ella como las que había tenido su hermano.

Lo cierto era que todas las mañanas se despertaba esperando que el *London Times* anunciara que lord Ashcombe había cancelado aquella absurda boda, aunque con ello implicase a su familia en un nuevo escándalo.

¿Qué estaría haciendo allí?

¿Habría ido a cancelar la boda en persona? En tal caso, ¿por qué habría de molestarse? Sin duda habría sido más fácil para todos que hubiese enviado un mensaje y así evitar tan incómodo encuentro.

Talia se aclaró la garganta para acabar con el silencio que de pronto reinaba en el cuarto de la colada.

—¿Le ha informado de que mi padre no se encuentra en casa?

Anderson bajó la cabeza.

—Ha pedido hablar con usted, señorita Dobson.

—Comprendo —no tuvo más remedio que quitarse el delantal que cubría su vestido de muselina—. Acompáñelo a la sala, por favor.

El mayordomo se inclinó ante ella y se disponía a salir cuando Talia se dio cuenta de que se olvidaba de sus obligaciones como anfitriona. Era extraño teniendo en cuenta el afán con el que se las habían inculcado sus numerosas institutrices.

Claro que rara vez tenía oportunidad de ejercer como anfitriona.

¿Quién iba a querer visitar a Silas Dobson y a su extraña hija? A los ojos de los habitantes de Londres, eran una vergüenza para la sociedad civilizada.

—Anderson.

—¿Sí, señorita?

—¿Podría pedirle a la señora Knight que prepare unos refrigerios?

—Por supuesto.

Aunque el mayordomo no hizo el menor gesto, el modo en que asintió denotaba cierta aprobación.

Una vez sola, Talia se lavó las manos y se colocó el lazo de color zafiro que llevaba el vestido bajo el corpiño de estilo imperio. Después, salió de la habitación y siguió con desgana el mismo camino que había seguido el mayordomo.

Cuando llegó a la sala, tenía el corazón acelerado y le sudaban las manos, pero no quiso detenerse ni siquiera un momento antes de entrar en aquella estancia decorada con abundancia de terciopelo color carmesí y muebles lacados. Si titubeaba lo más mínimo, corría el peligro de perder el valor y salir corriendo aterrorizada.

La idea de huir siguió en su cabeza mientras miraba al caballero alto de cabello dorado que siempre conseguía que el corazón le diera un vuelco.

Esa mañana llevaba una chaqueta azul claro y un chaleco plateado que se le ajustaba al torso impecablemente. De pie junto a la ostentosa chimenea, su elegancia no hacía sino acentuar la llamativa opulencia de todo lo que allí había.

Se puso rígido al verla entrar y la miró con expresión indescifrable mientras examinaba sin disimulo su desaliñado atuendo.

Talia se ruborizó, consciente de que llevaba un lazo ya muy gastado y de que la trenza con la que se había recogido el pelo era más propia de una sirvienta que de una dama. No sospechaba que el vapor del lavadero había hecho que la fina tela del vestido se le pegara al cuerpo, ni que los mechones ondulados que se le habían escapado de la trenza resaltaban una belleza tan sencilla que tentaría a cualquier hombre, pero especialmente a uno harto de la fría perfección de la mayoría de damas de la alta sociedad.

Y mucho menos podría sospechar que un hombre pudiera imaginársela tumbada sobre un lecho de flores silvestres, dejándose arrancar el vestido para dejar a la vista su maravillosa piel de marfil.

Solo sabía que el modo en que él la miró le provocó un calor y una inquietud que no comprendía.

Se humedeció los labios con la lengua y se inclinó ante él con torpeza.

—Milord, me temo que no esperaba su visita.

Como si sus palabras hubiesen roto un hechizo, lord Ashcombe se apartó de la chimenea y le dedicó una expresión sarcástica que le endureció el gesto.

—No creo necesitar una invitación para visitar a mi prometida —dijo, burlón.

Ella se ruborizó aún más.

—Por supuesto que no, pero no estaba preparada para recibir visitas. Si no le importa esperar, iré a cambiarme...

—Me temo que sí me importa —la interrumpió—. Soy un hombre muy ocupado, Talia. Además —añadió con una sonrisa fría—, ambos sabemos que no me ha traído aquí precisamente la imperiosa necesidad de ver a mi bella prometida.

A pesar de haber tomado la determinación de no dejarse ofender por sus provocaciones, Talia no pudo evitar sentirse herida.

—No es necesario ser tan ofensivo —dijo con una voz que era apenas un susurro—. Si ha venido a cancelar la boda, le agradecería que lo hiciera cuanto antes y así poder volver a mis tareas.

—¿Qué demonios? —frunció el ceño, sorprendido por sus palabras—. ¿Crees que he venido a cancelar la boda?

—¿Por qué habría de venir si no?

En los ojos de Ashcombe apareció un brillo peligroso.

—¿Acaso tu padre ha decidido dejar de amenazarme con denunciar a mi hermano?

—Mi padre no me ha comunicado sus intenciones.

—¿Y tienes algún motivo para creer que haya cejado en sus intentos de cazar a un conde?

Talia se encogió de hombros.

—No.

La tensión despareció de pronto cuando Gabriel movió la mano con impaciencia.

—Entonces, a menos que se haya obrado un milagro, todo parece indicar que la boda sigue adelante.

Talia intentaba encontrar una explicación a su extraña reacción. ¿Qué le ocurría? Parecía como si la posibilidad de cancelar la boda le... molestara.

¿O quizá lo que le molestaba era que le hubiese recordado tan desagradable acontecimiento?

Sí, era más probable que fuera eso.

—¿Puedo preguntarle a qué ha venido?

Meneó la cabeza antes de agarrar los papeles que había dejado sobre la repisa de la chimenea.

—Tu padre tiene que firmar esto antes de la boda —le explicó al tiempo que le daba los papeles.

Talia miró aquel pergamino de aspecto oficial.

—¿De qué se trata?

—Son los documentos legales con los que pretendo asegurarme de estar protegido.

—¿Protegido? —repitió ella al tiempo que levantaba la vista para mirarlo a los ojos—. ¿De mí?

—De ti y especialmente de Silas Dobson.

—¿Qué amenaza podríamos suponer para el mismísimo conde de Ashcombe?

Él se encogió de hombros.

—Está perfectamente detallado en los documentos.

Talia volvió a centrar su atención en los papeles con una desagradable sensación en la boca del estómago.

El silencio invadió la sobrecargada habitación mientras ella intentaba encontrar sentido a toda aquella jerga legal. Solo unos párrafos y lamentó haberlo hecho.

La vergüenza la dejó boquiabierta y sin poder retirar los ojos de aquella fría disección de lo que debería ser una unión romántica.

No fue por el hecho de que se insistiera en que la cuantía de su dote estaría bajo el control exclusivo de su esposo, ni que ella solo fuera a recibir una pequeña asignación para hacer frente a los gastos domésticos. Ni siquiera el que no le fueran a dar nada en caso de que se disolviera el matrimonio. Todo eso eran cosas que había asumido desde el principio de aquella locura.

Lo que le revolvió el estómago fue saber que lord Ashcombe había hablado de su comportamiento más íntimo con un completo desconocido.

—¿Cree que voy a serle infiel? —le preguntó con voz áspera, clavando sobre él una mirada de indignación.

Él se encogió de hombros con una arrogancia que hizo que sintiera ganas de abofetearle.

—Lo que creo es que eres una persona de una moralidad, cuanto menos, cuestionable y no voy a permitir que me pongan los cuernos en mi propia casa.

Talia apretó los puños. Cretino insensible.

—¿Entonces yo puedo exigir esa misma fidelidad por su parte?

Él esbozó una fría sonrisa.

—Por supuesto que no.

—¿Acaso no sería lo justo?

De pronto, sin previo aviso, fue hasta ella y le puso la mano en la mejilla de un modo que casi le quemó la piel.

—No pretendo ser justo, querida —murmuró, mirándola con una intensidad alarmante—. Soy yo el que va a determinar las condiciones de nuestro matrimonio, no tú.

—¿Y esas condiciones incluyen el derecho a pasearse por

la ciudad con sus amantes mientras espera que yo me quede en casa y me comporte como una esposa sumisa y obediente?

Se estremeció al sentir cómo se le colaba bajo el vestido el calor de su cuerpo. Dios, a menudo había soñado con estar en los brazos de ese hombre mientras bailaban, pero aquellas inofensivas fantasías no la habían preparado para la abrumadora realidad.

—¿Tú qué crees? —le preguntó él.

Talia bajó la mirada para no darle la satisfacción de ver lo doloroso que le resultaba imaginarlo con otra mujer.

—Creo que va a hacer todo lo que esté en su mano para humillarme.

Él inclinó la cabeza y Talia pudo sentir el roce de su respiración en la mejilla.

—¿Preferirías que me quedara en casa contigo y me comportara como un esposo abnegado?

Talia se apartó de él, tan horrorizada como sorprendida por el hormigueo que le recorría el cuerpo solo con sentirlo cerca de ella.

—Jamás me atrevería a pedir algo imposible —murmuró—. Pero sería muy agradable para variar...

—¿El qué? —preguntó él, instándola a continuar al ver que dejaba la frase a medias.

Talia se echó los brazos alrededor de la cintura, como si eso pudiera protegerla de algo.

—Sería agradable por una vez no ser el hazmerreír de todos los bailes —hizo un esfuerzo para poder proseguir.

Él la observó con gesto pensativo.

—¿Por eso quieres casarte conmigo? ¿Crees que recibirás la aprobación de la sociedad al convertirte en condesa de Ashcombe?

Talia hizo un gesto de frustración.

—Ya le he dicho que no tengo ningún deseo de casarme con nadie, y mucho menos con un caballero que siente tal desprecio por mí.

Ashcombe apretó los dientes un instante.

—¿Y la culpa es mía?

Se sintió culpable al darse cuenta de que trataba de recordarle que él era tan víctima de la situación como ella.

Si no más.

¿Qué mal había hecho él? Solo intentaba proteger a su familia y ahora estaba atrapado con una mujer a la que jamás en su vida habría elegido por esposa.

—No —respondió con apenas un hilo de voz—. No, la culpa no es suya.

Talia tuvo la impresión de que su respuesta le había sorprendido, pero enseguida volvió a mostrarse enfadado.

—¿Te asegurarás de que tu padre reciba los documentos?

—No hasta que haya terminado de leer las condiciones de mi encarcelamiento —dijo ella en voz muy baja.

Ashcombe frunció el ceño.

—¿Cómo has dicho?

—Me parece que debo al menos saber qué se espera de mí como esposa —aclaró, encogiéndose de hombros—. Si no lo hago, es aún más probable que acabe decepcionándolo.

Él la miró fijamente.

—No vas a decepcionarme, querida.

—¿Ah, no? —ahora era ella la que se sonreía sin sentimiento alguno—. ¿Cómo está tan seguro?

—Muy sencillo, porque no voy a permitirlo.

Una vez lanzada tan arrogante amenaza, lord Ashcombe se inclinó ante ella y la dejó sola en la sala, con aquellos terribles documentos aún en la mano.

La casa de lord Ashcombe era tan apabullante y elegante como Talia temía.

Estaba situada en la prestigiosa Grosvenor Square y era una construcción de piedra con siete grandes ventanales y arcos de ladrillo. Al salir del carruaje, Talia tuvo la impresión de que, tras cada una de aquellas ventanas que daban a la calle, había unos ojos que la observaban.

Su inquietud no disminuyó un ápice mientras la conducían por un vestíbulo con suelo de mármol blanco hacia una increíble escalera que pasaron de largo. Quizá no perteneciese a una ancestral familia aristocrática, pero había pasado tantas horas en la biblioteca que enseguida reconoció el valor de las obras maestras que decoraban las paredes del largo pasillo y los frescos de estilo italiano con escenas de la mitología griega que pudo admirar en el techo del gran salón. Tampoco le costó reconocer la araña veneciana que iluminaba la entrada a la capilla privada de la casa.

Todo ello bastó para hacerle recordar que el título de lord Ashcombe no era un mero distintivo social. Lo más importante de dicho legado era la enorme responsabilidad que conllevaba; no solo por los numerosos arrendatarios de tierras y sirvientes que dependían de él, sino por su propia familia y por la dignidad que debía proteger como actual conde de Ashcombe.

A pesar de la fortuna de su padre, no estaba preparada para entrar en un mundo en el que se juzgaba a las personas por su estirpe y por la pureza de su linaje. Aunque no hubiese sido tan pavisosa, jamás habría podido ejercer de condesa de Ashcombe con orgullo y elegancia.

Aquellos funestos pensamientos seguramente la habrían inmovilizado de no ser por esa extraña sensación de aletargamiento que le había dejado el último y humillante encuentro con Ashcombe.

Desde luego nunca habría podido recorrer el camino hasta el altar de madera labrada donde la esperaba lord Ashcombe.

Pero lo cierto fue que consiguió dar los pasos que la separaban de él, mirando brevemente la pequeña cúpula del techo y las vidrieras de colores antes de posar los ojos en el hombre que estaba a punto de convertirse en su esposo.

Se le cortó la respiración al ver su cabello dorado, iluminado por la luz del candelabro de plata y esos rasgos tan arrogantes y perfectos que casi parecían irreales. Llevaba chaqueta y pantalones negros, un atuendo más apropiado para un funeral que para una boda. Y esos ojos grises...

Transmitían la intensidad y el poder de un depredador.

A pesar del aletargamiento, sintió un escalofrío.

Gabriel no se movió cuando se detuvo a su lado. De hecho, ni siquiera la miró durante la ceremonia, ni siquiera mientras firmaban el certificado de matrimonio o cuando se tomaron una copa de jerez con el pastor, visiblemente curioso, el mayordomo y una mujer que Talia dedujo sería el ama de llaves.

Después, Ashcombe le hizo un gesto que la instaba a salir de la capilla. La siguió sin disimular su impaciencia.

Talia sabía que su vida acababa de sufrir un cambio irrevocable. Ya no era la pavisosa Dobson, ni la tímida hija de un simple comerciante. Era la condesa de Ashcombe.

La verdad era que tan elevado título no le ofrecía el menor consuelo.

¿Cuánto tiempo llevaba soñando con poder escapar de su padre? Incluso después de darse cuenta de que nunca atraería a un ejército de pretendientes, había seguido soñando con que algún día aparecería un caballero bueno y honrado que la rescataría. Un hombre que la trataría con dignidad y respeto.

Esas esperanzas se habían desvanecido para siempre.

Porque acababa de cambiar un tirano por otro.

Como si pretendiera asegurarse de que comprendía su papel de esposa sumisa, Gabriel recorrió su discreto atuendo con una mirada despectiva. Era un vestido rosado con un lazo de seda alrededor de la cintura y al cuello llevaba un sencillo collar compuesto por una sola hilera de perlas.

—La señora Manning te acompañará a tus aposentos —la informó él fríamente, señalando a la mujer oronda de cabello gris que había estado en la capilla. Su vestido negro tenía un aspecto tan impecable como el de la casa. Efectivamente, era el ama de llaves—. Comunícale a ella si prefieres cenar allí o en el comedor.

—¿No va a acompañarme? —le preguntó con una voz temblorosa que no supo controlar.

—Tengo cosas que hacer.

Talia sintió que le ardían las mejillas. ¿Era necesario que la avergonzara de ese modo, abandonándola cuando aún no se había secado siquiera la tinta del contrato matrimonial?

—¿Y su madre?

—Su señoría se encuentra en Kent, visitando a su hermana.

«Donde su vulgar nuera no pueda avergonzarla».

—Comprendo.

Los ojos de Ashcombe se oscurecieron por un instante mientras la observaba, pero se mantuvo distante.

—Puedes pasearte cuanto quieras por la casa y por los jardines, pero no debes salir de la propiedad.

—¿Estoy prisionera?

—Solo hasta mañana —matizó él con una fría sonrisa—. No te molestes en deshacer el equipaje porque mañana a primera horas partes hacia Devonshire.

Y sin molestarse en ver cómo reaccionaba, Gabriel pasó de largo junto a ella y desapareció por el largo pasillo.

Talia se sintió... perdida en aquella enorme casa. Como si fuera una impostora a la que habían descubierto por fin del modo más humillante.

Que era, no había duda, lo que pretendía su esposo.

La voz del ama de llaves la distrajo momentáneamente, cosa que agradeció.

—Por aquí, milady.

Milady. Talia disimuló una mueca de dolor.

Habría deseado con todas sus fuerzas poder refugiarse en la biblioteca de su padre y perderse entre los libros polvorientos.

Pero, como era imposible, esbozó una triste sonrisa y se dirigió hacia la escalera.

—Gracias, señora Manning.

La llevó hasta los aposentos que había mencionado Ashcombe, unas habitaciones deliciosamente decoradas en tonos azules tanto en las paredes enteladas, como en las cortinas y en el tapizado de los muebles. En una de las paredes había varias ventanas con vistas a los jardines y, más allá, a la calle sin salida.

—No son las habitaciones más grandes —advirtió la señora Manning—, pero pensé que le gustaría poder ver el jardín.

—Es precioso —murmuró Talia mientras admiraba los ramos de rosas que había sobre la repisa de la chimenea. Se dio media vuelta y le puso una mano en el brazo a aquella mujer, pues sabía que aquello no había sido obra de su marido—. Me encantan las flores. Muchas gracias.

El ama de llaves se aclaró la garganta, como si la avergonzara tanta gratitud por parte de Talia.

—Me pareció lo adecuado para el día de su boda.

Se acercó a la ventana para poder ver bien los jardines y descubrió una gruta que era más grande que la casa de campo en la que vivía su tía de Yorkshire.

—Supongo que ya sabe que no ha sido una boda habitual. El conde no ha hecho esfuerzo alguno en ocultar que para él soy una intrusa no deseada.

—No es culpa suya, milady —le dijo la mujer de manera sorprendente. ¿Sería posible que la señora Manning sintiese cierta compasión por ella?—. Lo que ocurre es que su señoría está muy disgustado por la manera en que el señorito Harry se ha comportado con usted.

Talia no era tan ingenua como para creer algo así, pero agradeció su amabilidad.

—Tengo la impresión de que lord Ashcombe sentía el mismo rechazo ante la idea de tenerme por cuñada. Imaginaba que se habría alegrado al saber que su hermano me había abandonado —apretó los labios un instante—. Antes, claro está, de que mi padre lo obligara a cumplir la promesa que había roto el señor Richardson.

—En cuanto a eso, supongo que no tardará en darse cuenta de que su señoría y el señorito Harry tiene una relación... —hizo una pausa para buscar la palabra adecuada—. Espinosa, digamos.

A pesar de que se había prometido a sí misma que iba a tratar a su marido con el mismo desprecio y falta de interés que él le prodigaba a ella, Talia no pudo evitar sentir curiosidad.

—Ya lo imaginaba —admitió y miró fijamente a la sirvienta—. No debe de ser fácil ser el hijo menor.

—Han sido demasiado benevolentes —murmuró la mujer.

—¿Cómo dice?

La señora Manning titubeó unos instantes, pero debió de llegar a la conclusión de que Talia acabaría descubriendo los secretos de Ashcombe tarde o temprano, porque finalmente se cuadró de hombros y la miró a los ojos.

—El anterior conde murió hace casi diez años y entonces su señoría tuvo que hacer frente al título y cuidar de su madre y de su hermano pequeño.

¿Hacía diez años? Talia parpadeó, sorprendida.

—Debía de ser muy joven.

—Acababa de cumplir los dieciocho años una semana antes.

—Madre mía.

—Él nunca se ha quejado —la señora Manning lanzó un suspiro—. Dejó sus estudios y se hizo cargo de todas las obligaciones de su padre mientras su madre intentaba recuperarse y el señorito Harry se metía en un lío después de otro.

En contra de sus propios deseos, Talia sintió cierta compasión por el arrogante de su esposo.

—¿No había nadie que lo ayudara?

—El conde no es de los que comparte sus responsabilidades.

—No me sorprende —murmuró Talia.

Ya antes de todo aquello, había tenido la clara impresión de que vivía muy aislado del resto del mundo.

En aquellos momentos había creído que ese afán de alejarse de los demás era algo que tenían en común, pero ahora sabía que simplemente era un arrogante que necesitaba tener bajo control a todos los que tenía cerca.

Igual que su padre.

La señora Manning volvió a suspirar.

—Es una lástima, la verdad.

—¿Por qué dice eso?

—Quizá si el señorito Harry hubiese tenido que hacer frente a parte de las obligaciones, no habría...

—¿Salido huyendo después de abandonarme?

—Sí —el ama de llaves apretó los labios en un gesto de desaprobación—. Su señoría intentó frenar los continuos excesos de su hermano, pero lady Ashcombe siempre se lo consentía todo. Si el conde se negaba a pagar sus deudas, el señorito Harry recurría inmediatamente a su madre.

Talia frunció el ceño, sorprendida por las palabras de la sirvienta. Por mucho que ahora fuera parte de la familia, no era habitual que el servicio contara ese tipo de cosas de sus señores.

Semejante descuido podría costarle el empleo.

Pero entonces se dio cuenta de algo.

Era evidente que la señora Manning sentía verdadera devoción por Gabriel y, aunque quizá censurara el modo en que la había tratado a ella, estaba claro que se sentía obligada a explicar de algún modo su comportamiento.

Quizá esperara incluso poder lograr así que Gabriel y su nueva esposa alcanzaran una tregua.

Esa vez fue Talia la que suspiró.

Era una vana esperanza, pero no se atrevía a decirle a aquella mujer tan amable que su querido Gabriel era un cretino sin corazón convencido de que ella no era más que una ambiciosa taimada que había utilizado a su padre para conseguir un esposo con título.

—Debía de ser muy frustrante para lord Ashcombe —optó por decir.

—Ya se puede imaginar —la mujer frunció el ceño—. De hecho, hace seis meses por fin...

—¿Sí?

—Le pidió a su madre que le permitiera exigirle al señorito Harry que viviera con la asignación que le correspondía y nada más.

—Eso explica que aceptara la oferta de mi padre.

La señora Manning apenas titubeó un segundo.

—Sí.

—Y que lord Ashcombe esté tan furioso. Pretendía que su hermano aprendiera una lección, pero al final ha sido él, una vez más, el que ha sufrido las consecuencias —Talia se llevó la mano al corazón—. No me extraña que me odie.

La otra mujer meneó la cabeza.

—Ahora está enfadado, pero en cuanto se haga a la idea de que usted va a ser su condesa, estoy segura de que todo irá bien.

Talia frenó el impulso de echarse a reír. De lo que estaba segura ella era de que nada iba a ir bien.

—Ojalá yo también pudiera ver las cosas de ese modo —dijo.

—Su señoría puede ser muy duro —admitió el ama de llaves—. Cuando heredó el título siendo tan joven, hubo muchas personas sin escrúpulos que intentaron aprovecharse de su falta de experiencia, incluyendo a varios caballeros a los que consideraba buenos amigos. No le quedó más remedio que protegerse a sí mismo y a su familia de ese tipo de gente. Pero tiene un gran corazón y es muy leal con todos aquellos a los que considera responsabilidad suya.

Talia trató de no sentir lástima por el muchacho que se había visto obligado a asumir tantas responsabilidades a tan temprana edad. El conde de Ashcombe había decidido humillarla y, en el momento en que dejara de verlo como al enemigo, estaría perdida.

—¿Responsabilidad suya? —se quedó pensando en ello un instante—. ¿Y qué hay de aquellos a los que ama?

La señora Manning apretó los labios.

—Me temo que está convencido de que amar es un síntoma de debilidad —hizo una pausa para mirar a Talia a los ojos—. Una mujer inteligente trataría de recordarle lo maravilloso que es entregar el corazón a otra persona.

CAPÍTULO 4

Gabriel no había hecho ningún plan concreto para el día de su boda. Nada excepto asegurarse de que su esposa comprendiera que no era bienvenida en su nueva casa, algo que había logrado con creces, a juzgar por el gesto de aflicción que había puesto ella al oír que se marchaba.

Mientras cabalgaba hacia las afueras de la ciudad, Gabriel se había negado a admitir que estuviera afectado por la imagen de Talia, esas mejillas pálidas y esos ojos llenos de dolor.

¿Qué más daba que pareciese una niña abandonada? ¿O que fuese a pasar el día de su boda sola en una casa desconocida? Había sido ella la que había accedido a vender su alma a cambio de un título; ahora iba a descubrir lo amarga que podía ser la victoria.

Con la firme determinación de olvidarse de Talia y de aquella farsa de boda, recorrió calles estrechas hasta que por fin llegó al campo. Se detuvo a ver pasar un carro que transportaba un oso enjaulado y luego se permitió distraerse con la pelea de dos hombres corpulentos en medio de una pradera.

Pero cuando hizo un alto en una pequeña posada para saciar el hambre con un sencillo guiso de carne de venado y pan recién hecho, sus pensamientos volvieron de inmediato a la novia abandonada.

Después de apurar el tercer vaso de cerveza, se levantó de la mesa y se acercó a mirar por la ventana. Pero apenas vio siquiera a los dos hombres que hablaban allí fuera, junto a los caballos, ni los perros callejeros que habían llegado hasta allí atraídos por el aroma de la cocina de la posada. Solo podía ver un par de ojos verde esmeralda y unos labios rojos.

Maldición.

Había ido hasta aquel lugar tan apartado para olvidarse de esa bruja, no para dejarse embrujar por la vulnerabilidad que había visto de pronto en sus ojos, ni para pensar constantemente en sus curvas tentadoras. Al cabo de solo unas horas, se marcharía a Devonshire y él podría seguir con su vida como si la boda no hubiese sido nada más que una horrible pesadilla.

Mientras bebía el contenido de una nueva jarra de cerveza, Gabriel se descubrió recordando el modo en que el vestido de novia le había marcado las curvas y las perlas habían brillado sobre su piel de marfil.

¿Estaría cenando en el comedor, disfrutando a solas de su nueva condición de condesa de Ashcombe? ¿O se habría escondido en sus habitaciones, arrepintiéndose de haberlo obligado a pasar por el altar?

Ninguna de las dos opciones le satisfacía lo más mínimo.

Sin embargo se le alteraba la sangre ante la idea de despojarla del vestido de seda y de pasar la noche entera explorando el cuerpo que se escondía bajo la tela.

¿Por qué no habría de hacerlo?

Al fin y al cabo era su noche de bodas, ¿no?

Puesto que era evidente que no iba a poder dejar de pensar en ella, ¿por qué habría de marcharse de casa y dormir en aquella posada, que tan poca comodidad prometía? Debería estar en sus propios aposentos, disfrutando del fuego de la chimenea y de un buen brandy. Y cuando decidiera que había llegado el momento, disfrutaría también de los placeres que podía ofrecerle su nueva y apetecible esposa.

Sería un tonto si no aprovechase el único beneficio de aquella unión tan inadecuada.

Además, le dijo una maliciosa voz al oído, no estarían del todo casados hasta que el matrimonio no fuese consumado.

No sería de extrañar que un hombre como Dobson exigiese ver alguna prueba que demostrara que su hija había sido desflorada.

Mientras el sol se deslizaba lentamente hacia el lejano horizonte, Gabriel dejó por fin la jarra de cerveza sobre la mesa y se puso en pie.

Ya estaba bien.

Talia no tardaría en marcharse a Devonshire, pero, hasta que se fuera, no había motivo para no saciar aquel inesperado deseo que había despertado en él.

No quiso pararse a pensar que era la primera vez desde que había aceptado las enormes responsabilidades que conllevaba el ser conde de Ashcombe que dejaba de lado el sentido común para dejarse llevar por un simple capricho. Se limitó a salir de la posada y ponerse rumbo a Londres a toda velocidad.

Pero de nada le sirvió darse tanta prisa porque cuando llegó a Londres, la noche había descendido ya por completo y parecía que todos los carruajes de la ciudad habían inundado las calles adoquinadas, junto con hordas de borrachos que hicieron que le resultara casi imposible alcanzar su casa.

Por fin llegó a la calle sin salida por donde se accedía a la residencia por la puerta trasera. Avanzó sigilosamente por los pasillos para que el servicio no se enterara de su regreso. Quería que aquellas horas de locura quedaran olvidadas en cuanto llegara el amanecer.

Ya en sus aposentos, se quitó la ropa sin contar con su ayuda de cámara y se cubrió el cuerpo, ya excitado, con un elegante batín bordado. Después, y sin querer admitir que su comportamiento era más propio de un ladrón que de un conde, apagó las velas y avanzó por los oscuros pasillos hasta las habitaciones azules.

Abrió la puerta de Talia sin hacer ruido. Una sonrisa de impaciencia afloró a sus labios al darse cuenta de que no había echado el cerrojo.

¿Por resignación o a modo de invitación?

Solo había una manera de descubrirlo.

Cruzó el umbral de la puerta y luego la cerró tras de sí, echando la llave discretamente. Recorrió la habitación con la mirada y se le aceleró el corazón al ver una figura esbelta que se levantaba del asiento de la ventana.

No supo si reírse o asustarse.

En algún momento de la tarde, Talia se había quitado el vestido de boda y lo había sustituido por una monstruosidad que supuso sería un camisón. Por Dios. Él era un caballero y estaba acostumbrado a mujeres que sabían que a los hombres les gustaba que los provocasen y los tentasen y lo cierto era que jamás había visto nada parecido a aquella infinidad de metros de tela blanca que cubría a Talia desde la barbilla a los pies como si de una mortaja se tratara. Para colmo de males, la prenda tenía además lazos, chorreras y una interminable hilera de botones.

¿Cómo podría dormir nadie con semejante atuendo?

Pero, en lugar de espantarse por su aspecto, Gabriel notó un hormigueo en los dedos, ansiosos por liberarla de aquel horror y descubrir su cuerpo voluptuoso.

¿Qué podría resultar más atrayente que la idea de desenvolverla como si fuera un regalo?

La dejaría en la cama y exploraría hasta el último milímetro de su piel. Primero con las manos, luego con los labios y esperaría hasta que ella se lo suplicara para sumergirse en su cuerpo y apagar su acuciante necesidad.

Como si adivinara tan lascivos pensamientos, Talia se llevó una mano al cuello. Tenía los ojos abiertos de par en par, llenos de sorpresa.

Gabriel dudó un instante.

Dios, parecía tan inocente.

—Milord —susurró ella.

Gabriel no quiso hacer caso a su conciencia y se recordó

que aquella mujer había estado de acuerdo en ofrecer su virginidad al título más importante. Él había cumplido con su parte del trato, era hora de que ella hiciera lo mismo.

En sus labios apareció una sonrisa burlona al dar el primer paso hacia ella.

—Ah, mi obediente esposa.

Talia se pasó la lengua por los labios.

—¿Qué hace aquí?

—No creo que te sorprenda —la rodeó lentamente, completamente excitado—. Esta es nuestra noche de bodas.

—Sí, pero... —se tocó la mejilla con dedos temblorosos—. Pero no lo esperaba.

—Es evidente —se detuvo frente a ella y agarró el lazo de aquel horrendo camisón—. ¿O acaso habéis elegido este atuendo con la esperanza de que me hiciera salir corriendo?

—No veo qué puede tener de malo este camisón —su voz le rozó la cara como una caricia—. Es perfectamente decente.

Gabriel tiró del extremo del lazo y, una vez deshecho, puso la vista en la interminable hilera de botones.

—Eso responde a una de mis preguntas.

El modo en que respiraba era lo único que hacía pensar que era consciente de que la estaba desnudando, lo que despertó la admiración de Gabriel por la dignidad que demostraba tener.

—¿Qué pregunta?

El corazón se le aceleró al rozarle un pecho.

—Si eres virgen —dijo él con una voz extrañamente profunda—. Una mujer con experiencia jamás habría elegido un camisón que parece una mortaja en lugar de otro que hiciera resaltar sus... encantos.

Sus ojos se llenaron de un brillo de furia.

—Si ha venido a insultarme...

—Sabes muy bien a qué he venido.

La fugaz muestra de genio flaqueó al oír aquellas palabras. Sintió cómo se estremecía bajo sus manos y se le aceleraba el pulso.

—Pero no me desea como esposa —dijo ella, con la voz ronca.

Gabriel tuvo que contener una carcajada. Realmente era muy ingenua si aquello tenía algo que ver con el que quisiera o no que fuera su esposa.

La repentina fuerza del deseo le hizo agarrar el camisón y tirar con fuerza hasta rasgarlo de arriba abajo. Los botones salieron volando ante la mirada sorprendida de Talia.

—Y sin embargo aquí estás, en mi casa, como condesa de Ashcombe —susurró, totalmente poseído por la excitación mientras apartaba la tela rasgada para poder ver por fin aquellas suaves curvas de marfil.

Dios. Era tan perfecta como la había imaginado.

Tiró la prenda al suelo. Comenzó a hervirle la sangre al bajar la mirada hasta sus pechos, generosos y con unos pezones rosados que parecían dos frambuesas que pedían a gritos unos labios. Siguió descendiendo hasta la delicada cintura y cuando vislumbró el vello oscuro que se escondía entre sus piernas, perdió el poco control que le quedaba.

Con una especie de rugido, la levantó en brazos y se la llevó hacia el dormitorio en penumbra.

—Milord —susurró ella, mirándolo con una mezcla de horror y una excitación que no podía disimular—. ¿Por qué está haciendo esto?

Gabriel saboreó el triunfo al descubrir que no era el único que sentía aquella atracción. Bajó la cabeza y se apoderó de su boca.

—No tengo elección —murmuró contra sus labios.

Ella se estremeció y lo agarró por las solapas del batín.

—¿Ha estado bebiendo?

—Para reunir valor.

Ella reaccionó como si le hubiera pegado una bofetada.

—¿Por qué lo hace si le parezco tan repulsiva que tiene que beber para acercarse a mí?

¿Repulsiva? Pero si estaba fascinado.

Al dejarla sobre la cama y mirarla, se le encogió el corazón ante tanta belleza. A la luz de la luna, parecía una criatura mágica que podría desaparecer en cualquier momento.

Volvió a rugir, pues la necesidad de poseerla era casi incontenible.

Eso no quería decir que fuera a admitir algo así ante una mujer. La idea de que pudiera tener semejante poder sobre él hacía que le rechinaran los dientes.

—Porque no puedo permitir que nadie me acuse de no haber consumado este absurdo matrimonio —gruñó—. No me extrañaría que Silas Dobson se presentara en mi puerta mañana y exigiera ver la prueba de la desfloración.

Ella frunció el ceño, confundida.

—¿La prueba? Yo... —de pronto se ruborizó al darse cuenta de que se refería a la ancestral costumbre de mostrar la sábana manchada de sangre, que demostraba que la novia había perdido la virginidad en la noche de bodas—. Ah.

Aquel gesto de inocente asombro fue lo que le faltaba a Gabriel para sumirse en aquel hechizo de sensualidad. Con una maldición entre los labios, se despojó del batín y se subió a la cama junto a ella. Rodeó su cuerpo tembloroso con un brazo antes de que tuviera ocasión de escapar.

—Rubores de doncella —murmuró mientras le acariciaba la mejilla—. Es increíble.

Sus mechones negros se desparramaron sobre la colcha como una tela de ébano y sus ojos brillaron como esmeraldas a la luz de la luna.

—Le aseguro que mi padre está satisfecho con que nos hayamos casado —dijo, casi sin voz al tiempo que le ponía las manos en el pecho—. No va a exigir prueba alguna.

Gabriel sumergió el rostro en su cuello, empapándose de su aroma. Olía a jabón, a almidón y a inocencia.

Una combinación increíblemente erótica.

—¿Esperas que me fíe de tu palabra? —le preguntó—. ¿De la palabra de una Dobson?

—Ya no soy una Dobson.

Gabriel se apartó unos centímetros para mirarla. El sentido común le decía que aquellas palabras deberían haberle hecho sentir furia, no...

Satisfacción.

Miró a su esposa fijamente y recorrió sus labios con los dedos.

—Hace falta algo más que una firma para convertirse en un Ashcombe.

—Milord —dijo ella.

—Gabriel.

Eso la hizo parpadear.

—¿Qué?

—Llámame Gabriel, no milord —le ordenó, sin saber muy bien por qué ansiaba tanto oírle decir su nombre.

—Gabriel —susurró, con los ojos abiertos de par en par—. No sé si es buena idea.

Él bajó la cabeza hasta rozarle la frente con los labios y luego descendió hasta la nariz.

—Yo tampoco, pero admito que cada vez me resulta más atractiva.

La sintió estremecer.

—Dios mío.

—Talia —le separó los labios con el dedo pulgar—. Es un nombre muy poco habitual. No creo que lo escogiera tu padre.

Ella le clavó las uñas en el pecho, pero no a modo de protesta. Gabriel podía sentir el latido acelerado de su corazón y el olor de su excitación.

Quizá no tuviera experiencia, pero su cuerpo ya estaba preparado para él, invitándolo en silencio.

—Era el nombre de la madre de mi madre —dijo ella con voz distraída mientras él le besaba la mejilla y luego la comisura de los labios.

—¿Era gitana?

La pregunta la puso en tensión.

—¿Importa eso?

—En estos momentos, no —le puso las manos en el cuello unos instantes antes de bajar una de ella y agarrar por fin uno de sus pechos. Sintió un gemido en lo más profundo de su cuerpo; estaba a punto de explotar a pesar de no haber hecho nada más que tocarla—. Eres tan exuberante y al mismo tiempo tan delicada. Como una figurita de Dresde.

—Yo... —no dijo nada más después de sentir que le agarraba el pezón entre los dedos.

—¿Sí? —le preguntó él mientras le besaba el cuello.

—No sé qué es lo que debo hacer —consiguió decir por fin.

Gabriel apretó los dientes para no maldecir a Silas Dobson. Solo alguien como él era capaz de enviar a su única hija al lecho nupcial sin la menor noción de lo que allí iba a ocurrir.

No sabía qué decirle para calmar aquella inquietud propia de la inexperiencia. Lo único que se le ocurría para aliviar sus temores era demostrarle que el lecho nupcial podía darle algo más que sacrificios.

Tratando de pensar que su impaciencia no tenía nada que ver con la necesidad de hacer que su esposa se sintiese mejor, sino con el más simple deseo, Gabriel se apoderó de su boca con un beso que reclamaba su más absoluta rendición.

Ella se puso en tensión y él se reprendió a sí mismo. ¿No acababa de pensar que Talia era virgen y, por tanto, necesitaba tiempo? Dios, si seguía así, acabaría poseyéndola como lo habría hecho con una prostituta barata.

Quizá lo hubiese obligado a casarse, pero, por todos los santos, que conseguiría que le suplicara que la hiciera suya antes de que acabara la noche.

Así pues, Gabriel respiró hondo y siguió más despacio, acariciándola lentamente mientras la besaba con suavidad hasta conseguir que abriera los labios voluntariamente. Entonces pudo meter la lengua en la cálida humedad de su boca.

Volvió a tensarse y él intentó controlar la frustración. No podía ser que le asustara un simple beso.

Entonces, cuando intentaba convencerse de que debía retirarse, sintió un suave gemido de placer y unos brazos que se le echaban al cuello.

No se había engañado a sí mismo, pensó con absoluta satisfacción masculina. Ella también lo deseaba.

Le mordió el labio inferior suavemente antes de abandonar su boca y seguir besándola en el cuello, por donde fue bajando hasta la curva de sus pechos. Sabía a sol y calor, como los plácidos días de verano de su infancia en Devonshire.

Mucho antes de que las obligaciones le arrebataran aquella vida sin preocupaciones.

Sintió que le palpitaba el sexo al notar el movimiento involuntario de su cuerpo. Quizá no tuviera experiencia, pero no había duda de que estaba hecha para los placeres de la carne.

Y, al menos por esa noche, era solo suya.

Bajó un poco más la boca, lo necesario para poder chupar uno de sus pezones y deleitarse en el sonido de sus gemidos. Una música celestial.

—Milord —susurró—. Gabriel.

—Calla —le dijo él suavemente, al tiempo que le ponía una mano entre los muslos—. Confía en mí.

La sintió estremecer mientras le pasaba la mano por la espalda con impaciencia.

—No me has dado muchos motivos para hacerlo... —se quedó sin palabras al notar que él sumergía un dedo en la humedad que se escondía entre sus piernas—. Ah.

Gabriel se echó a reír y luego siguió acariciándole el pezón con la lengua.

—Tu primera lección como esposa es confiar en que tu marido sabe lo que hace.

La oyó farfullar algo como respuesta a sus arrogantes palabras, pero los movimientos de su dedo la hicieron gritar de placer. Gabriel se apartó solo un poco para ver el modo en que se ruborizaba, se le cerraban los ojos y se le abrían los labios mientras él seguía moviendo el dedo con maestría.

Dios, nunca había visto nada tan hermoso.

Era absurdo.

Había estado con las cortesanas más dotadas de toda Inglaterra. Por el amor de Dios, su última amante había ocasionado un auténtico revuelo con su primera aparición en escena.

¿Cómo era posible entonces que aquella muchacha inexperta y sin demasiado encanto le hiciera temblar de deseo?

No quiso pararse a pensar en la posible respuesta y optó por besarla apasionadamente. Sintió el sabor de la victoria cuando ella respondió de la misma manera, uniendo su lengua a la de él y clavándole las uñas en la espalda, como si su cuerpo también ansiara alcanzar la liberación.

Había hecho todo lo que estaba en su mano para calmar sus temores de doncella, pero ya no podía esperar más. Si no hacía suya pronto, se volvería loco.

Con un solo movimiento, se colocó encima de ella, entre sus piernas. Enseguida encontró ese punto que la hacía retorcerse de placer y, mientras la acariciaba, rozó con el sexo el lugar por donde ansiaba colarse. Se sumergió en ella suavemente.

Su interior era cálido, húmedo y estrecho.

Una combinación exquisita.

Su corazón se olvidó de seguir latiendo mientras se bebía el néctar de su boca y esperaba a que ella se familiarizara con aquella íntima invasión. Cuando por fin sintió que sus músculos se relajaban y comenzaba de nuevo a acariciarle la espalda, él empezó a moverse.

Le besó el cuello y el lóbulo de la oreja, disfrutando del olor suave y simple de su piel. Hasta ese momento no se había dado cuenta de lo que detestaba a las mujeres que se empapaban en perfume. El aroma natural de aquella dama no hacía sino intensificar el resto de sensaciones que experimentaba su cuerpo, sin tener que luchar con una nube de intensas fragancias artificiales.

Siguió moviéndose despacio, pero la agarró de las caderas y se las levantó. Ella volvió a clavarle las uñas en la espalda.

—Gabriel —murmuró, cerca ya del clímax—. No puedo...

—Claro que puedes —le dijo él—. Yo te daré lo que necesitas.

Le besó el cuello y así fue bajando hasta chuparle un pezón. Ella le echó las piernas alrededor de la cintura.

La oyó gritar con alegría y sorpresa mientras los latidos de su orgasmo le apretaban el miembro. Apretó los dientes mientras se sumergía en ella hasta lo más profundo y se dejaba llevar por un clímax arrollador.

La habitación quedó en completo silencio, roto tan solo por el sonido de su respiración mientras intentaban recuperarse de aquella explosión de sensaciones.

«Es hora de irse», le susurró una voz.

Había poseído a su mujer, se había asegurado de que el matrimonio quedaba consumado y había saciado el deseo que tanto lo había atormentado. ¿Por qué habría de quedarse más tiempo?

Por mucho que pensara en marcharse, no podía moverse y entonces tuvo que hacer frente a la incómoda verdad. Lo cierto era que no estaba satisfecho.

A pesar de la fuerza del orgasmo, sentía que su sexo volvía a endurecerse y, cuando notó que ella se movía para apartarse, la agarró de manera instintiva y le dijo al oído:

—No ve muevas.

—Milord... Gabriel... —lo miró a los ojos, visiblemente sorprendida por lo que acababa de ocurrir entre ellos—. Creo que deberíamos hablar...

—Nada de hablar —la interrumpió. Lo último que deseaba era hablar de lo irónico que era que la mujer que lo había atrapado y forzado a casarse fuera capaz de acabar de golpe con diez años de férrea disciplina. Deseaba pasar el resto de la noche sumergido en la dulzura de su cuerpo y después olvidarse de aquel momentáneo ataque de locura—. Lo único que importa ahora es esto —sumergió la mano en su cabello y la besó como si quisiera devorarla—. Y esto —siguió besándola en el cuello. Ella gimió suavemente al tiempo que cerraba los ojos, dejándose llevar por la tentación—. Y esto —cerró los labios alrededor de su pezón y entonces dejó de pensar por completo.

CAPÍTULO **5**

Carrick Park, Devonshire, Inglaterra

Talia se había marchado de Londres rumbo a la aislada propiedad que Gabriel poseía en Devonshire sin saber muy bien qué esperar.

Lo cierto era que apenas había pensado en el lugar al que se dirigía mientras el carruaje había avanzado bajo la primera luz del día. ¿Cómo habría podido hacerlo si su mente estaba completamente invadida por Gabriel y por las horas que había pasado en sus brazos?

Había sido todo tan... increíble.

Desde el momento en que había entrado a sus aposentos como un loco hasta que había desaparecido sin apenas decir una palabra poco antes del amanecer, todo había sido como un sueño del que Talia tenía la impresión de ir a despertarse en cualquier momento.

Se había mostrado tan frío después de la ceremonia de boda, que jamás habría pensado que podría volver con la idea de compartir el lecho nupcial. Y desde luego jamás habría imaginado que mostrara tanta pasión hacia ella y ese deseo que la había arrastrado en un torbellino de placer.

¿Por qué habría vuelto?

¿Realmente temería que su padre pudiera exigir una prueba de que el matrimonio se había consumado, como habría hecho un personaje cruel de la Edad Media? Parecía absurdo. Además, no había tenido la impresión de que estuviera seduciéndola por obligación.

Incluso ahora, un mes después de llegar a su nuevo hogar, seguía pasando muchas horas en vela, recordando todos sus besos y todas sus caricias.

Se dijo una vez más que no importaba el motivo por el que lo hubiera hecho y meneó la cabeza mientras paseaba por el sendero polvoriento que separaba la casita de techo de paja de Carrick Park.

Después de las horas que había pasado dándole placer, Gabriel se había levantado de su cama sin decir nada y ni siquiera se había molestado en aparecer para despedirse de ella antes de que se marchara de Londres.

El mensaje estaba muy claro.

Seguía siendo la mujer pavisosa y no deseada a la que quería mantener lo más alejada posible.

Esa idea podría haber acabado de una vez por todas con su frágil espíritu, sin embargo su llegada a Devonshire le había hecho pensar que aquel traslado podría ser una bendición más que un castigo.

Desde el momento en que había puesto un pie en Carrick Park, se había sentido más tranquila y el miedo al futuro había desaparecido misteriosamente de su corazón.

Quizá había sido la belleza de la gran mansión.

Construida cerca de un acantilado sobre el Canal de la Mancha, la residencia había sido en otro tiempo un monasterio de piedra al que se le habían añadido algunas dependencias con grandes ventanas de estilo isabelino que encajaban a la perfección con la construcción original. La fachada principal estaba cubierta de hiedra, lo que hacía que el edificio se fundiera visualmente con la vegetación silvestre que rodeaba la casa. Esa misma hiedra podía verse también en las caballerizas y en otros edificios que había desperdigados por la propiedad.

No era tan grande, ni estaba tan cuidada como otras mansiones, pero Talia se había sentido de inmediato unida a la belleza natural de aquel lugar.

Se sentía como en casa.

Mucho más de lo que se había sentido nunca en la ostentosa residencia de Sloane Square. O en la fría y elegante casa londinense de Gabriel.

Pero lo más probable fuera que, lejos por primera vez de las constantes críticas de su padre y de la ferocidad de su esposo, había podido respirar libremente. Por fin tenía la oportunidad de tomar sus propias decisiones y eso le daba una fuerza que jamás habría creído posible.

A lo largo del mes, había conseguido ganarse poco a poco la confianza de los sirvientes y de los arrendatarios, que obviamente habían sentido cierto recelo ante la nueva condesa de Ashcombe.

A ellos no les importaba que fuera hija de Silas Dobson o que no descendiera de una familia de rancio abolengo. Lo único importante para ellos era el interés que mostraba por sus vidas y que estaba dispuesta a hacer todo lo que estuviese en su mano para ayudarlos.

Al pasar por la pequeña iglesia de ladrillo rojo, Talia se detuvo al ver a un caballero esbelto de cabello negro. Con una sonrisa en los labios, aquel hombre pasó por encima del seto que separaba la iglesia de la casa del pastor.

Jack Gerard no se parecía a ningún otro religioso que Talia hubiese conocido antes.

Era muy joven, pocos años mayor que ella, y tan guapo que no era de extrañar que los bancos de la iglesia estuviesen repletos todos los domingos. ¿Qué mujer podría resistirse a aquellos rasgos perfectos y a esos ojos de terciopelo marrón en los que se adivinaba un innegable sentido del humor? Si bien se vestía con sencillos pantalones y chaquetas negras, poseía una elegancia natural que hacía que los demás caballeros parecieran pavos reales presumidos.

Por supuesto no podía hacer la menor sombra a Gabriel, señaló una vocecilla desde su interior. Porque, a pesar de sus defectos, su guapísimo esposo tenía una presencia tan intensa que era capaz de llamar la atención allí donde estuviese.

Talia se apresuró a acallar aquella voz.

Era obvio que Gabriel se había empeñado en actuar como si ella no existiese, así que, por su propio bien, ella debía hacer lo mismo.

Así pues, Talia dejó de pensar en Gabriel, aunque no sin tristeza, y miró al pastor.

Fue entonces cuando vio el ligero cambio de expresión que experimentó su rostro al darse cuenta de que no estaba solo.

Parecía... ¿preocupado?

No encontró otra manera de describir su reacción, pero, al ver la sonrisa de bienvenida, decidió que no había sido más que una ilusión óptica causada por la luz del atardecer.

Como si quisiera demostrarlo, el pastor la agarró de la mano y se la llevó a los labios para darle un beso quizá demasiado largo.

—Buenas tardes, milady —dijo con un ligero acento.

Se rumoreaba que sus padres se habían instalado en Inglaterra huyendo de la Revolución francesa, pero Talia sabía por experiencia que a menudo los rumores no se correspondían con la verdad. Además, no sentía interés alguno por el pasado de aquel hombre.

Desde el primer momento, Jack Gerard la había tratado con una seductora amabilidad que ella no había querido frenar, pues aquel ligero coqueteo mitigaba el dolor que suponía el rechazo de Gabriel.

Por no hablar de la falta de trato con sus aristocráticos vecinos, que ni siquiera la habían invitado todavía a ninguna de sus reuniones.

Así pues, ya consideraba al pastor como un buen amigo.

Gerard observó detenidamente el vestido verde manzana que llevaba. Tenía un ribete plateado en el pronunciado escote y un lazo a juego en la cintura. Lo había conjuntado con un sombrero que había hecho teñir de amarillo para conjuntar con los botines que asomaban bajo el vestido.

Antes de vivir en Devonshire, jamás habría elegido un vestido de un color tan llamativo y mucho menos se habría atrevido a ponerse un escote tan abierto, pero, animada por el pastor, había ido a ver a la modista del pueblo y había encargado un vestuario completamente nuevo. Incluso había empezado a utilizar un peinado más desenfadado que le dejaba libres algunos mechones de pelo.

Al ver el modo en que él la miraba, sintió de pronto que había valido la pena soportar tantas miradas de desprecio, tantas burlas y tantas críticas.

—Debo decir que esta tarde está usted especialmente elegante —le dijo sin soltarle la mano—. Ese vestido la favorece mucho.

Talia sonrió orgullosa bajo su mirada.

—¿Usted cree?

—Desde luego. El color resalta el verde de sus ojos —en sus labios apareció una sonrisa pícara—. ¿Le parecería muy atrevido que me atribuyera una pequeña parte del mérito que merece su encantador aspecto?

Ella se echó a reír.

—Puede atribuirse todo el mérito, señor.

—Por favor, insisto en que me llame Jack —la interrumpió al tiempo que le apretaba la mano—. Al fin y al cabo, somos amigos, ¿no es cierto?

Talia se detuvo a pensarlo. Estaba segura de que a su marido no le haría ninguna gracia verla hablar con otro hombre de manera tan íntima. No obstante, inclinó la cabeza en un inconsciente gesto de orgullo.

Gabriel había renunciado voluntariamente a su derecho de influir en su comportamiento al alejarla de Londres.

—Jack —rectificó casi sin voz.

Él la miró con satisfacción.

—Mucho mejor. ¿Qué me estaba diciendo?

—Me disponía a admitir que, por desgracia, nunca tendré el menor talento para la moda. Por eso le agradezco tanto los consejos que me ha dado.

—Qué tontería —se encogió de hombros—. Tiene usted talentos mucho más importantes.

—Es usted muy amable.

—No, querida, solo digo la verdad —aseguró—. Su presencia en Carrick Park ha sido un regalo para todos.

—Jack...

—Esta misma mañana la señora Jordan estaba hablando maravillas de usted por la rapidez con la que había conseguido un buen médico —continuó hablando después de acallar sus protestas—. Y el señor Stone está convencido de que es usted un ángel por toda la comida que le ha proporcionado a su familia. Por no mencionar el plan de construir una nueva escuela, que tiene emocionado a todo el pueblo.

Talia se llevó las manos a las mejillas, ruborizadas. Llevaba toda la vida oyendo críticas, convencida de que siempre sería una continua decepción para aquellos que deberían haberla querido.

No sabía cómo aceptar tanta admiración.

—Ya está bien —dijo, riéndose con nerviosismo.

El pastor dio un paso hacia ella y le soltó la mano para poder levantarle la barbilla suavemente.

—Solo quiero que sepa que sus criados y sus arrendatarios creen que es usted la mejor condesa de Ashcombe que recuerdan.

Aquellas palabras le provocaron una cálida sensación. Al descubrir que podía contribuir a mejorar las vidas de las personas que dependían de ella había sentido que podía ser útil. Pero, sobre todo, la había hecho sentirse segura de sí misma.

Algo que jamás habría imaginado.

—Es agradable pensar que no soy un completo fracaso como condesa.

El pastor frunció el ceño.

—¿Un fracaso? ¿Cómo se le ocurre algo así?

—Como bien sabe, mis vecinos aún no se han dignado a darme la bienvenida. Es evidente que a ellos no les agrada tanto mi presencia aquí.

—¿Y eso le preocupa?

Talia bajó la mirada.

—Me preocupa la idea de avergonzar a la familia de mi esposo.

De repente, Jack la agarró de los hombros y la miró a los ojos.

—No debe preocuparse —le dijo con fuerza.

—Pastor... Jack.

—Perdóneme, pero no puedo permitir que diga esas tonterías —explicó, sin la menor muestra de arrepentimiento.

Talia lo miró, sorprendida por la vehemencia de sus palabras.

—No es ninguna tontería que me preocupe mi labor como condesa de Ashcombe.

—¿No cree que su labor es ayudar a aquellos que lo necesitan, cosa que ha hecho de un modo admirable, y no perder tiempo ni fuerzas en impresionar a los que no merecen que se preocupe por ellos?

Talia arrugó el entrecejo, dudando de lo que escondía Jack Gerard bajo tanto encanto, pero enseguida dejó de lado sus dudas. ¿Qué más le daba a ella? Era un caballero guapo y amable al que consideraba su amigo.

—No creo que mi esposo estuviese de acuerdo con usted —reconoció.

—Entonces es que es tonto.

—Jack —lo reprendió suavemente.

—Milady... Talia... —hizo una pausa, como si tratara de encontrar las palabras adecuadas—. Llevo aquí poco tiempo, pero la gente suele confiar en mí.

Ella se echó a reír. No era raro ver la iglesia llena de féminas deseosas por hablar a solas con el pastor.

—Sí, tiene una habilidad especial para ganarse la confianza de la gente, especialmente la de las mujeres —bromeó.

Él ni se inmutó.

—Entonces me creerá si le digo que se oían pocas palabras amables sobre la anterior condesa.

Aquellas palabras tan directas volvieron a sorprenderla. Sabía que lo más sensato sería llevar la conversación hacia otros derroteros, pues no era de buena educación atender a chismorreos sobre su suegra. Pero la curiosidad fue más fuerte que la sensatez.

—¿Por qué?

—Es como muchas otras personas de la alta sociedad —había en su voz cierta indignación—. Lo único que le importa es su propia comodidad y su posición social. En menos de un mes, usted ha pasado más tiempo con sus arrendatarios que ella en treinta años. Nunca se ha tomado la molestia de saber cómo se llaman o qué necesidades tienen —Jack apretó los labios un instante—. Para serle sincero, no creo que les dé más importancia que la que les da a los animales que tiene en el establo.

Talia se quedó pensando. Siempre que la había visto en Londres, había pensado que la condesa era una mujer orgullosa y engreída, pero resultaba inquietante pensar que los pobres y los necesitados no le importaban.

—No puedo creer que no preste atención a los que dependen de ella.

—¿No? —Jack miró a su alrededor, a los campos que se veían desde las ventanas de Carrick Park—. El invierno pasado hizo que echaran al viejo Lucas de la casa que había pertenecido a su familia durante doscientos años porque le estropeaba la vista de la iglesia.

—Seguro que no sabía...

—El pobre hombre le suplicó de rodillas que no lo hiciera, pero lo sacaron de allí y derrumbaron la casa. Él quedó al cuidado de su hija —Jack la miró a los ojos sin parpadear—. Murió menos de dos semanas después de eso.

—Me niego a creer que sea tan cruel.

—Fue indiferencia, más que crueldad —matizó él—. Para los aristócratas como la condesa, los que no tienen sangre azul simplemente no merecen consideración alguna.

Talia se apartó un poco de él y se pasó la lengua por los labios, sin darse cuenta de la fascinación con la que Jack observó el gesto.

—¿Y qué me dice de mi...? —aún no sabía cómo llamar al hombre que la había aceptado por esposa, le había robado la inocencia y luego la había mandado al campo—. ¿Del conde? Los criados y los arrendatarios hablan de él con mucho respeto.

—Como si pudieran hacer otra cosa —se limitó a decir el pastor.

A Talia se le revolvió el estómago. No habría sabido explicarlo, pero la idea de que Gabriel fuera otro aristócrata inútil que vivía del trabajo de sus arrendatarios sin siquiera ofrecerles la ayuda y el agradecimiento que merecían le llenó el corazón de tristeza.

—Ah.

Vio dudar a Jack un momento, pero después y sin previo aviso, lanzó un fuerte suspiro.

—Perdóneme, Talia. No estoy siendo justo.

—No entiendo.

—Por lo que he oído, su marido es un buen patrón, tengo entendido que se ha esforzado en proporcionar las últimas técnicas de agricultura a sus arrendatarios.

—¿Pero? —le preguntó, intuyendo que no le estaba diciendo toda la verdad.

—¿Cómo?

—¿Qué es lo que no me está contando?

El pastor meneó la cabeza.

—El conde resulta muy intimidante para la mayoría de la

gente. Pocas personas se atreven a acercarse a él sin una invitación previa, lo que quiere decir que hay muchos que continúan sufriendo.

Parte de su tristeza desapareció al saber que Gabriel simplemente se mostraba distante, no cruel. Seguro que podría ganarse la confianza de sus arrendatarios con un pequeño esfuerzo. Claro que no sería ella la que le sugiriese que debía hacer dicho esfuerzo, pensó con un escalofrío.

—¿Tiene mala opinión de mi marido? —le dijo mientras se preguntaba si se conocerían personalmente.

—No tengo demasiado trato con aquellos que ven el poder que tienen como si fuera un derecho divino en lugar de una responsabilidad que se tiene hacia los demás.

Talia lo miró fijamente.

—¿Es usted jacobino?

Al oír eso volvió a aparecer en su rostro aquella encantadora sonrisa.

—Soy un humilde pastor dedicado a su rebaño, no un revolucionario.

—Ya —siguió mirándolo con gesto pensativo—. ¿Por qué tengo la impresión de que oculta muchas cosas?

Antes de que pudiera sospechar lo que iba a hacer, Jack estiró la mano y le apartó un mechón de pelo de la cara.

—Admito que la opinión que tengo del conde ha mejorado mucho desde su llegada a Carrick Park —murmuró mientras la miraba sin disimular su fascinación—. Jamás habría imaginado que tuviese el buen juicio de casarse con una dama tan admirable en lugar de elegir a la típica debutante.

—Debe saber que no fui precisamente la esposa que él eligió —le confesó con nerviosismo.

Él bajó la mano hasta su boca y le acarició suavemente los labios.

—¿Está segura?

—Desde luego —Talia lo miró con sorpresa. No tenía ningún sentido que diese a entender que Gabriel pudiese haber sentido algo que no fuera horror ante la idea de casarse con la hija de Silas Dobson—. Ni siquiera sabía que existía hasta que mi padre lo obligó a casarse conmigo.

—La experiencia me dice que caballeros como lord Ashcombe no suelen dejarse obligar a hacer nada, y mucho menos casarse.

Ella arrugó la nariz.

—Aún no ha tenido la mala fortuna de conocer a mi padre.

—No dudo que sea un hombre...

—¿Terco, obstinado, además de zafio y sin principios? —completó ella con ironía.

—Por muy obstinado que sea, nunca podría engañar a un noble tan rico —repuso él—. Puede que su padre le diera al conde una excusa para que la tomara por esposa, pero estoy seguro de que jamás se habría casado si no lo hubiera deseado.

Talia sintió un sobresalto de emoción, una reacción ridícula que enseguida trató de aplacar.

Estaba claro que Jack subestimaba el orgullo de Gabriel. Habría sido capaz de casarse con una salvaje de las colonias con tal de evitar cualquier escándalo. Ahora la odiaba por el sacrificio que se había visto obligado a hacer. Y no lo culpaba por ello.

—Está muy equivocado.

Él apretó los labios.

—Puede ser.

Talia abrió los labios para volver a protestar, pero la distrajo el sonido de unos pasos procedentes del cementerio que había detrás de la iglesia.

Al darse la vuelta vio a dos hombres vestidos con abrigos de marinero y pantalones anchos, ambos se detuvieron bruscamente al verla.

La presencia de aquellos dos hombres le provocó un escalofrío; sus cuerpos fuertes y sus rostros curtidos daban cuenta de muchas horas de trabajo al sol. Pero no fue su imagen lo que le hizo pensar que debía salir corriendo, sino el aire de violencia que transmitían.

Dio un paso atrás de manera instintiva, sin saber muy bien qué esperar. Entonces Jack se colocó a su espalda y le echó un brazo alrededor de la cintura con una actitud sorprendentemente protectora.

Uno de los hombres miró al pastor. Talia se puso en tensión, temiendo que fueran a atacarlos.

Pero, después de un momento de silencio, ambos hicieron una inclinación de cabeza y se dieron media vuelta hacia la iglesia.

Talia parpadeó varias veces, sin saber qué acababa de ocurrir.

—Por el amor de Dios —dijo volviéndose para mirar a Jack—. ¿Quiénes eran esos hombres?

—Nadie de quien deba preocuparse —le aseguró él.

Pero aquello no bastó para reconfortarla.

—¿Está seguro? Tenían aspecto de rufianes.

Jack se encogió de hombros.

—Los rufianes necesitan tanta ayuda espiritual como cualquier otra persona. Quizá más, incluso.

—Pero...

—Es tarde, Talia —y entonces se inclinó sobre ella y le dio un beso en la mejilla—. Vuelva a casa.

No dio importancia a su atrevimiento, pues tenía la impresión de que intentaba librarse de ella deliberadamente.

¿Por qué?

¿Acaso temía que aquellos hombres pudieran hacerle algún mal? ¿O habría otro motivo para que quisiera que se fuera?

—¿No quiere que llame a la policía?

—No —la empujó suavemente hacia el camino—. No hay ningún peligro. Hasta mañana.

Talia echó a andar obedientemente y esperó hasta que Jack no pudiera verla para echar a correr hacia el primer macizo de árboles, desde donde comenzó a volver a escondidas hacia la iglesia.

Aquellos hombres le habían resultado muy sospechosos y,

aunque admiraba a Jack por su disposición a ofrecer cobijo a todo el que se acercara a la iglesia, no soportaba la idea de que tanta bondad lo hiciese vulnerable al peligro.

Incluso a la muerte.

Se levantó la falda para no engancharse en la maleza y fue avanzando entre los árboles sin hacer caso de la aprensión que sentía en el pecho. ¿Quién no habría tenido miedo de moverse así en la oscuridad?

Por primera vez desde que se había marchado de Londres era consciente de la presencia de todos los animales que no se veían; los movimientos entre los matorrales, el ulular de un búho que rompía el silencio. Pero lo más inquietante era la certeza de que estaba completamente sola.

¿Quién la oiría gritar si le ocurría algo?

Meneó la cabeza. No iba a permitir que hicieran daño a Jack solo porque tenía miedo a la oscuridad.

Cuando por fin llegó a donde acababan los árboles, se cuadró de hombros, respiró hondo y echó a correr hacia parte trasera de la iglesia. Allí, apoyó la espalda en los ladrillos y trató de controlar los latidos de su corazón.

Oyó voces procedentes del interior del templo, así que se acercó a la ventana antes de perder el poco valor que le quedaba y mientras rezaba en silencio para que nadie la viera.

¿Cómo podría explicar qué hacía la condesa allí agazapada y escuchando conversaciones ajenas?

Se asomó solo lo justo para ver el interior, donde enseguida reconoció la sacristía. Qué extraño. ¿Por qué se habría llevado el pastor a aquellos dos desconocidos a la sala donde se guardaban las posesiones más valiosas de la iglesia?

Lo más probable era que ellos lo hubiesen obligado a ir allí con la esperanza de descubrir algo de valor. Era una iglesia, pero había algunos objetos de plata y otros utensilios por los que cualquier coleccionista les pagaría una buena suma de dinero. Eso quería decir que debería ir corriendo a pedir ayuda a la casa más cercana.

Pero, al mirar de nuevo a los tres hombres, empezó a dudar.

Jack no tenía aspecto de estar allí en contra de su voluntad; de hecho, más bien parecía que era él el que estaba al mando de la situación. Eso fue lo que pensó Talia al ver que uno de los hombres le daba una bolsa de cuero.

Jack la abrió con impaciencia y sacó de ella unos papeles enrollados.

—¿Son los mapas más recientes? —preguntó mientras estudiaba uno de los documentos con absoluta atención.

—Los copió un funcionario del Ministerio del Interior.

Talia se quedó paralizada. Quizá no supiera mucho de política, pero sí sabía que era en el Ministerio de Interior donde se preparaba la guerra contra Napoleón.

Jack asentía sin apartar la mirada del mapa.

—¿Y ese funcionario está seguro de que nadie sospecha que haya podido copiar los mapas?

—Sí —afirmó el mismo hombre que había hablado antes—. Me ha costado una fortuna.

Talia no podía dejar de mirar a Jack, consciente ya de que aquel no era el amable pastor que ella conocía.

En sus ojos había la misma autoridad implacable con que la había despedido antes. Y el acento francés era más perceptible.

Era como si hubiera estado en un baile de máscaras y ahora hubiese quedado a la vista el hombre que se escondía bajo el disfraz.

—No temas, serás recompensado en cuanto compruebe la autenticidad de estos planes —prometió Jack.

El otro hombre se inclinó sobre la mesa donde Jack había extendido los mapas.

—Eso no es Francia, ¿verdad?

—Muy astuto, *monsieur* Henderson —respondió Jack en tono burlón—. Es Portugal.

—¿Y para que quieren los franceses un mapa de Portugal?

En los labios de Jack apareció una sonrisa de satisfacción.

—Porque esto nos dice el lugar y el momento exactos en

los que estará el ejército de sir Arthur Wellesley. Y la estrategia que va a seguir en la batalla —pasó una mano por el mapa—. Es muy útil.

«Traidor».

Talia se llevó la mano a los labios. No podía creerlo. Parecía el argumento de una de las novelas que escondía en su dormitorio.

¿Quién habría imaginado que el encantador pastor de un pequeño pueblo de Devonshire estuviese intentando destruir el Imperio Británico?

—A mí me parece un verdadero lío, pero si usted está satisfecho, me alegro —dijo el más alto de los dos hombres.

—Lo estoy —afirmó Jack inclinando la cabeza—. Y el emperador agradece mucho el servicio que le han prestado.

El hombre se echó a reír.

—Yo no quiero el agradecimiento de Napoleón. Lo que quiero es el dinero, nada más.

—Claro, yo....

Jack se quedó callado bruscamente y luego, de repente, se volvió hacia la ventana como si hubiese podido sentir la mirada de Talia. Ella no tuvo tiempo de agacharse y, cuando quiso darse cuenta, se encontró con su mirada, clavada en sus ojos.

—*Mon Dieu* —murmuró él al tiempo que se alejaba de la mesa y salía corriendo hacia la puerta.

Talia lanzó un gritó ahogado, se levantó las faldas y echó a correr sin pensar adónde iba, solo que tenía que alejarse de allí cuanto antes.

Pero su esfuerzo fue en vano.

Aunque no hubiese tenido el obstáculo de las faldas y las enaguas, no habría podido ser más rápida que un hombre tan atlético como él.

Aún no había salido del terreno de la iglesia cuando sintió unos brazos alrededor de la cintura y la presión de un pecho fuerte y masculino. Entonces oyó la voz de Jack al oído.

— No sabes cuánto habría deseado que hubieses hecho lo que te dije, *ma petite*.

CAPÍTULO 6

El club de caballeros de St. James Street estaba decorado con robustos muebles ingleses y viejas alfombras que cubrían los suelos desde el comedor hasta las discretas salas de juego. Sobre las paredes blancas, había óleos en los que se reflejaba el amor que la aristocracia profesaba a la caza y, en el techo, una pesada araña de cristal que relucía con la primera luz del sol. Todo el edificio olía a caoba, cuero y humo de tabaco.

Una combinación que normalmente bastaba para que Gabriel se sintiera más tranquilo.

Sin embargo esa mañana, sentado junto a un gran ventanal y tratando de leer el *Times*, no conseguía dejar de estar alerta. En todo momento era consciente del ir y venir de los criados y de la presencia de los numerosos caballeros que conversaban en voz baja detrás de él.

«Deberías haberte quedado en casa», le dijo una vocecilla en su interior.

Tenía una preciosa sala de desayuno con vistas a la rosaleda del jardín, que era mucho mejor que la estrecha calle londinense que tenía delante en ese momento, además de una cocinera dispuesta a prepararle lo que él desease. Y luego estaba, por supuesto, la ventaja que suponía estar solo, porque allí sentía las miradas que lo observaban con una curiosidad tan insistente y ávida que hacía que le rechinaran los dientes.

Desgraciadamente, llevaba un mes evitando a la gente, así que, a menos que quisiese que empezaran a sospechar que se escondía como un cobarde de sus supuestos amigos y conocidos, no tenía otra opción que volver a su rutina de siempre.

Esa rutina incluía una hora en el club, seguida de una visita al sastre y luego otra a Tattersall para echar un vistazo a los caballos que iban a subastarse.

Aunque eso significase que atraería precisamente la clase de atención que tanto detestaba.

Dejó a un lado el periódico sin leer, se pasó la mano por el sencillo pañuelo que llevaba al cuello, a juego con una chaqueta azul claro y un chaleco de color marfil.

¿Acaso era de extrañar que estuviese de mal humor?

Sabía perfectamente a quién echarle la culpa.

A su molesta esposa.

Apretó los dientes. Maldición. La había enviado a Devonshire para que se diera cuenta de que nunca más podría volver a manipularlo, que sería él el que tomaría las decisiones sobre aquella relación y ella tendría que aprender a ser obediente si no quería sufrir las consecuencias.

Pero después de esperar un día tras otro a que le enviara algún mensaje suplicándole que la dejara volver a Londres, Gabriel empezaba a perder la paciencia.

¿Qué demonios le ocurría a esa mujer?

Sin duda estaría ansiosa por volver a aparecer en sociedad y presumir de su nueva posición social como condesa de Ashcombe. Para una mujer tan ambiciosa, estar atrapada en el campo debía de ser peor que la muerte.

Sin embargo su ama de llaves le había escrito varias cartas en las que le contaba que Talia se había ganado rápidamente el cariño de sus empleados y de los arrendatarios. La propia señora Donaldson se había deshecho en elogios sobre la nueva condesa de Ashcombe, le había asegurado también que Talia se había adaptado maravillosamente a la casa y que no mostraba ningún deseo de volver a Londres.

Ni junto a su marido.

La pregunta por tanto era, ¿qué jueguecito se traía ahora entre manos su esposa?

Su lado más cínico se inclinaba a pensar que Talia se valía del silencio para tratar de hacerlo claudicar, pero lo cierto era que le costaba creer semejante argumento. Sus arrendatarios no tendrían estudios, pero sí una gran intuición que les habría permitido darse cuenta enseguida si el interés de Talia hubiese sido fingido.

Pero tampoco podía creer que fuera completamente inocente.

Mientras tamborileaba en la mesa con los dedos, Gabriel tuvo que admitir que la única manera de descubrir la verdad era viajar personalmente a Carrick Park. Ante su atenta mirada, Talia acabaría por demostrar que, o había salido a su padre, o era tan víctima suya como él.

Sí. La idea fue tomando un fuerza hasta convertirse en un plan. Era obvio que no tenía más opción que ir a Devonshire. De hecho, no había nada que le impidiera emprender el viaje ese mismo día.

De pronto se apoderó de él una inesperada sensación de impaciencia que, tuvo que reconocer, no tenía nada que ver con descubrir la verdad y mucho con volver a compartir lecho con su bella esposa.

Dios, se moría de ganas.

Era absurdo.

Podría haber elegido a cualquier mujer de la ciudad; todas ellas estarían encantadas de entregarse a él y hacerle disfrutar.

Y sin embargo dormía solo noche tras noche, invadido por el recuerdo de aquella gitana de cabellos negros.

Algo lo obligó a apartarse de la deliciosa idea de ver a Talia desnuda en su cama, el pelo desparramado sobre la almohada y su cuerpo abierto y preparado para recibirlo.

Giró la cabeza, dispuesto a ahuyentar a cualquier intruso, pero enseguida cerró la boca sin decir nada.

Vaya.

Miró al caballero alto y fuerte que se había acercado a él. Llevaba el cabello más corto de lo que imponían las modas y sus rasgos eran contundentes más que bellos. Sus ojos castaños, casi dorados, brillaban con simpatía, pero también eran capaces de intimidar a cualquier advenedizo que pretendiera hacerse amigo suyo.

Hugo, lord Rothwell, era uno de los pocos amigos de Gabriel.

—¿Qué haces ahí, acechándome como un buitre, Hugo? —le preguntó en tono sarcástico, consciente de que no serviría de nada decirle a su amigo que prefería estar solo.

Hugo lo miró fijamente mientras jugueteaba con el sello que llevaba en el dedo.

—Intentaba decidir si estaba preparado para molestar al león recluido en su guarida, o si debía esperar a haberme tomado un café que me ayudara a soportar tu mal humor.

Gabriel miró descaradamente a todos los zopencos que había en la habitación y que no dejaban de mirarlo disimuladamente.

—No estaría de tan mal humor si no estuviera rodeado de idiotas —gruñó.

—Ya —Hugo ocupó la silla de enfrente de su amigo sin necesidad de invitación—. No se me habría ocurrido pensar que fuera por eso por lo que llevas un mes contestando y mirando mal a todo el que ha tenido la mala suerte de cruzarse en tu camino.

—Por lo menos aún no me ha dado por disparar a aquellos que me molestan —replicó suavemente—. Aunque podría empezar a hacerlo en cualquier momento.

Hugo recibió aquella amenaza con una sonrisa.

—¿Supongo que te darás cuenta de que no puedes huir de todo el mundo el resto de su vida? Tarde o temprano tendrás que enfrentarte a la curiosidad de la gente.

—¿La de la gente, o la tuya?

—Las dos —admitió Hugo—. Pero teniendo en cuenta que somos amigos desde que te pegué el primer día de clase en Eton, creo que merezco ser el primero en saberlo todo.

Gabriel resopló.

—Para empezar, fui yo el que te pegué a ti cuando intentaste agarrar mi bate de críquet preferido. Y no sabía que te interesaran los chismorreos.

—Eso es porque nunca antes había oído chismorreos que afirmasen que el distante conde de Ashcombe se ha casado en secreto con la hija de Silas Dobson.

Gibson apretó los dientes nada más oír el nombre de su indeseable suegro.

—Es evidente que no ha sido tan en secreto.

—¿Entonces es cierto?

Hubo un momento de silencio antes de que Gabriel asintiera levemente.

—Sí.

—Por todos los demonios —murmuró Hugo.

—Eso mismo pienso yo.

Hugo observó atentamente el ceño fruncido de su amigo.

—Supongo que no es necesario que te pregunte cómo ha ocurrido semejante desastre —dijo con pesar—. Solo Harry podría haberte empujado a una situación tan insostenible.

Gabriel se encogió de hombros. Hugo nunca se había molestado en ocultar lo que opinaba de Harry y de sus temeridades.

—Es cierto que tiene su parte de culpa —admitió Gabriel.

—¿Parte? —Hugo meneó la cabeza—. Vamos, todo el mundo sabe que tu hermano dejó plantada a la señorita Dobson después de largarse con su dote. Muy propio de él.

Gabriel prefirió no hacer el menor caso a la punzada de celos que le provocaba la idea de que Talia hubiese podido casarse con su hermano.

—Desde luego —asintió—. Precisamente por eso debería haberlo previsto. Qué tonto fui.

Hugo maldijo entre dientes.

—Reconozco que fuiste un tonto, sí, pero solo por aceptar semejante matrimonio porque te sentías culpable por el comportamiento de Harry.

—¿Culpable?

—Desde luego. ¿Por qué si no ibas a haberte casado con una mujer tan vulgar?

Gabriel abrió la boca para decirle a su amigo que no se había casado porque se sintiera culpable, sino porque lo habían chantajeado, pero decidió tragarse las palabras. No solo porque le diera vergüenza admitir que se había dejado engañar por alguien como Silas Dobson, sino porque tenía la sensación de que no estaba siendo del todo sincero consigo mismo.

—Eso no es asunto tuyo —espetó.

Hubo una breve pausa antes de que Hugo accediese a cambiar de tema.

—¿Has podido localizar a tu hermano?

Gabriel meneó la cabeza. Había enviado a dos de sus lacayos de confianza en busca de Harry en cuanto se había dado cuenta de su marcha, pero hasta el momento no habían averiguado nada, aparte de los rumores que decían que se le había visto camino de Dover.

—Todavía no.

—Bastardo —farfulló Hugo.

—No podrá seguir huyendo mucho más tiempo —dijo Gabriel antes de echarse a reír—. Claro que ahora ya tampoco importa realmente.

—No, el daño ya está hecho —Hugo lo observó detenidamente durante varios segundos, como si estuviese midiendo lo que iba a decir a continuación—: ¿Puedo preguntarte dónde has escondido a tu esposa?

Gabriel enarcó una ceja.

—¿Acaso temes que la haya encerrado en la bodega?

—Los rumores dicen que la has enviado a alguna de tus propiedades, aunque yo albergaba la esperanza de que hubieras tenido el buen juicio de ahogarla en el Támesis —Hugo esbozó una sonrisa cruel—. O que al menos la hubieses enviado a las colonias.

Gabriel dejó caer una mano sobre la mesa con tal fuerza que hizo saltar la taza de café y el ruido retumbó en toda la sala.

No le importó el revuelo, no apartó la mirada del rostro de su amigo ni por un momento.

—Te recuerdo que estás hablando de mi mujer.

Hugo arrugó el entrecejo.

—Sí, una arpía ambiciosa que ni siquiera ha tenido la decencia de tener al menos un poco de elegancia o de belleza.

Gabriel se inclinó sobre la mesa, sin pararse a pensar si su furia estaba o no justificada.

—No digas una palabra más sobre ella —le advirtió.

Hugo lo miró atentamente.

—Por Dios, Ashcombe —gruñó—. ¿Qué demonios te pasa?

Una pregunta para la que Gabriel no tenía respuesta, pero tampoco le importaba demasiado. Lo único que quería era que su amigo comprendiera que ahora Talia era su mujer.

—No voy a permitir que nadie insulte a la condesa de Ashcombe —declaró—. Ni siquiera tú.

—¿Aunque te hayas casado a la fuerza?

—Talia... —comenzó a decir, pero volvió a callarse porque no estaba seguro de poder compartir aún sus dudas.

—¿Qué?

—Dice que no tenía el menor deseo de casarse ni con Harry ni conmigo —confesó por fin.

Hugo levantó la mano en un gesto con el que quitaba importancia a sus palabras.

—Es lógico que niegue haber vendido su alma a cambio de un título. ¿Qué mujer sería capaz de admitir algo así?

—Yo no estoy del todo seguro de su culpabilidad.

Su amigo abrió los ojos de par en par.

—¿Es que te has vuelto loco?

Gabriel volvió a clavar su mirada en él.

—Cuidado con lo que dices, Hugo.

—Si no quería casarse, lo único que tenía que hacer era haber dicho que no. Hace mucho que no se compra y vende a las mujeres como si fueran ganado —insistió Hugo—. Nadie podía obligarla a casarse.

Eso era precisamente lo que se había dicho Gabriel, sin embargo al oírlo decir en voz alta, tuvo ganas de pegarle un puñetazo a su mejor amigo.

—¿Has tenido la desgracia de conocer a Silas Dobson?

Hugo hizo una mueca.

—Es un tipo desagradable, pero con muy buen ojo para los negocios. Lo cierto es que he invertido en su último proyecto comercial.

—Es un bruto que tiene por costumbre aterrorizar a todos los que están por debajo de él.

—Pero eso no significa que la señorita Dobson...

—Lady Ashcombe.

La interrupción de Gabriel le hizo fruncir el ceño.

—No implica necesariamente que tu esposa haya sido víctima de su padre. Es probable que conspiraran juntos para conseguir el título más alto.

Gabriel meneó la cabeza con impaciencia. Muy pronto comprobaría la verdad personalmente.

—Ya no importa si es culpable o inocente.

Su amigo lo miró entonces con evidente compasión.

—Es cierto —murmuró—. Harry hizo un trato con el diablo y tú estás pagando por ello.

Gabriel levantó la mirada hacia el cielo.

—¿No has pensado nunca hacer carrera en el teatro?

—Yo...

Hugo se quedó callado al ver acercarse a un lacayo con el uniforme azul y plata de la casa Ashcombe.

—Disculpe, milord —dijo el criado dándole un papel doblado—. Esto acaba de llegar de Devonshire. El mensajero dijo que era urgente.

—Gracias —esperaba que fueran noticias de su hermano, no que el ama de llaves de Carrick Park le rogara que fuera a Devonshire cuanto antes. Se le quedó la sangre helada—. Tengo que irme —anunció al tiempo que se ponía en pie con tal ímpetu que tiró la silla al suelo.

—¿Adónde? —Hugo se levantó también.

—Me parece que se han cumplido tus deseos —le reprochó injustamente a su amigo mientras un temor que no alcanzaba a comprender le atenazaba el corazón.

—¿Qué demonios quiere decir eso?

—Mi esposa ha desaparecido —se dio media vuelta hacia la puerta—. Ya puedes rezar para que la encuentre.

Aquel castillo francés situado en medio del campo, al sur de París, conservaba gran parte de su encanto a pesar de haber sufrido los estragos de la guerra.

Construido en torno a un patio interior cuadrado, el edificio tenía dos torres que seguramente habían pertenecido a la antigua fortaleza y dos alas laterales de gran tamaño. En una de esas alas había una larga galería porticada que conducía a la residencia principal.

Muchas de las estatuas y fuentes de mármol de los jardines que rodeaban el castillo habían sido destruidas, pero el interior del edificio permanecía sorprendentemente intacto. A pesar de estar allí cautiva en contra de su voluntad, Talia no podía evitar admirar la exquisita belleza de aquel lugar.

¿Quién habría podido permanecer impasible ante las obras de arte de valor incalculable que decoraban las paredes, los enormes tapices, los suelos de madera taraceada y los impresionantes frescos de los techos?

Talia se acercó a una de las ventanas desde las que se veía el jardín y el camino que se alejaba de allí atravesando los campos.

No era la primera vez desde que había llegado allí tres días antes que consideraba la idea de salir por la puerta del castillo y tratar de escapar. Al fin y al cabo, estaba completamente sola y seguramente podría alejarse bastante antes de que alguien notara su ausencia.

Por desgracia no era tan tonta como para creer que pudiera llegar hasta Inglaterra.

No solo no hablaba francés, además no tenía dinero ni los documentos necesarios para viajar por Francia. En el mejor de los casos, la detendrían antes de llegar al pueblo más cercano. En el peor, la apresaría algún grupo de soldados de los muchos que pasaban por el castillo regularmente.

Y no tenía la menor duda de que serían menos amables con ella que Jack Gerard.

No... Jacques Gerard, se corrigió a sí misma con un suspiro de resignación.

A pesar de lo furiosa que estaba con él, no podía negar que su secuestrador había hecho todo lo posible para que estuviera cómoda.

La había sacado de la iglesia y la había llevado a un pequeño bote escondido entre los barcos de pesca, allí les había pedido a sus compinches que la llevaran a un impecable velero que tenían anclado en un rincón de la costa. Por suerte, aquellos dos brutos habían vuelto a Londres y ella había quedado al cargo de la tripulación francesa, que la habían tratado como si fuera un tesoro.

Una vez en Francia, había viajado hasta el castillo en un carruaje que había tardado varias horas en recorrer el camino a gran velocidad, parando tan solo para permitirle que aliviara sus necesidades entre los matorrales.

Desde que había llegado al palacio, había podido explorar el lugar a su antojo, pero había tenido cuidado de no acercarse a las dependencias que ocupaban un buen número de soldados heridos y por lo menos una docena de niños que debían de haber quedado huérfanos.

Esa mañana, sin embargo, había tenido la sensación de que su soledad no duraría mucho tiempo. Al salir del baño había descubierto que el vestido que había utilizado desde el secuestro había desaparecido y en su lugar había un precioso vestido de raso de color ocre. También había unos zapatos a juego y un conjunto de lencería que la había hecho sonrojar.

Como no tenía otra alternativa, se había puesto aquellas prendas y, al no tener ayuda de ninguna doncella, se había recogido el cabello con una sencilla trenza. No iba a quedarse encerrada en la habitación solo por ser demasiado orgullosa como para utilizar aquella ropa.

Por fin escuchó los pasos que llevaba horas esperando y, consciente de que no podría huir de lo inevitable, se volvió y vio aparecer a Jacques Gerard.

Sonrió a su pesar al ver lo elegante que estaba con aquella chaqueta gris hecha a medida que se le ajustaba a la perfección al cuerpo. Llevaba el pañuelo del cuello atado a la última moda y unos pantalones negros que le marcaban los músculos fuertes de las piernas.

El humilde pastor había dejado paso a un elegante caballero que transmitía la arrogancia propia de aquellos que habían nacido ya con poder. Una vez más, Talia se preguntó quién era realmente aquel hombre.

Era demasiado educado para ser un campesino y sin embargo demostraba sentir verdadero odio hacia la aristocracia.

Era un hombre lleno de misterio.

Se detuvo frente a ella, le agarró la mano y se la llevó a los labios para besársela mientras la observaba descaradamente.

—*Bonsoir, ma petite* —murmuró sin apartar los ojos del escote del vestido y del lazo que le sujetaba los pechos como si estuviera ofreciéndolos—. Desde luego la modista no me ha decepcionado. Estás magnífica. Aunque lo estarías aún más si pudiese arrancar una sonrisa a esos obstinados labios.

Tan prolongado y ardiente examen hizo sonrojarse a Talia, que no estaba acostumbrada a ser objeto de la admiración de nadie. Pero lo curioso fue que no se encogió ni sintió la necesidad de comenzar a parlotear con nerviosismo.

Quizá el haberse alejado del acoso constante de su padre le había dado fuerza, o la confianza en sí misma que tenía desde que se había convertido en condesa de Ashcombe.

O quizá fuera porque Jacques jamás se había burlado de ella por nada, sino que la había tratado con una dignidad y un respeto que nunca nadie le había profesado antes. Al menos hasta que había descubierto que era un traidor y la había secuestrado, matizó con pesar.

Fuera como fuera, el caso fue que lo miró directamente a los ojos y alzó bien la cabeza.

—Mira quién me llama obstinada —se pasó la mano por el vestido—. Sabes muy bien que no habría aceptado tu caridad si no me hubieras dejado sin vestido.

Jacques le apretó ligeramente la mano antes de soltársela.

—No es caridad, es un regalo y, como francés conocido por su buen gusto en moda, no podía permitir que fueras por ahí con esos harapos.

—No eran harapos.

—Además, eres mi invitada —continuó diciendo, sin hacer el menor caso a su protesta—. Es mi obligación, pero también un placer, asegurarme de que disfrutas de todas las comodidades que puedas desear.

—Soy tu prisionera, no tu invitada.

—¿Prisionera? —repitió él, haciéndose el inocente—. Que yo sepa, no hay barrotes en las ventanas, ni llevas grilletes que te retengan aquí en contra de tu voluntad.

—No es propio de ti fingir que estoy aquí por deseo —lo reprendió Talia.

—Vamos, *ma petite* —susurró al tiempo que le acariciaba la mejilla—. No creo que esté siendo una aventura tan horrible, ¿verdad?

Ella se apartó de su caricia y lo miró con desconfianza.

—Llevo toda la vida aguantando que me manipulen y me coaccionen, *monsieur* Gerard —le dijo apretando los dientes—. Al llegar a Carrick Park, albergué la absurda esperanza de haber encontrado por fin un lugar en el que podría ser la dueña de mi propio destino y amigos que valoraban mi independencia.

Creyó ver en sus ojos un fugaz destello de arrepentimiento antes de que volviera a ponerle la mano en la cara.

—*Oui*, me temo que fue una esperanza absurda. No habrías podido disfrutar de tu independencia mucho más tiempo.

Talia frunció el ceño.

—No es necesario que te burles de mí.

—Vamos, Talia, aprovecha esa inteligencia tan magnífica que tienes.

—¿Qué quieres decir?

—Que no habrías podido quedarte sola en Carrick Park para siempre.

—No veo por qué no —protestó ella—. A mí me parecía un arreglo perfecto.

—Puede que a ti sí, pero te aseguro que tu marido no habría tardado en acudir a Devonshire o en exigir que volvieras tú a Londres.

Talia se tensó al oír mencionar a Gabriel. Había hecho todo lo que había podido para no pensar en él después de las primeras horas del secuestro, cuando había sido tan tonta de creer que él acudiría a salvarla. Como si, de enterarse de que la habían raptado, Gabriel fuera a molestarse en ir en busca de una esposa a la que no deseaba. ¡Qué tonta era!

—No lo creo —replicó, sin poder ocultar del todo su amargura—. Mi marido estaba encantado de haberse librado de mí.

Jacques la miró como si pensara que era una ingenua.

—No, lo que ocurre es que quería castigarte por que tu padre se hubiese atrevido a amenazarlo —aseguró él—. Pero en cuanto esté seguro de haber reafirmado su poder sobre ti y, lo que es más importante, sobre Silas Dobson, querrá que seas suya de verdad.

En la mente de Talia apareció el traicionero recuerdo de cuando Gabriel la había hecho suya entre las sábanas. Pero enseguida echó a un lado aquella imagen. ¿Qué demonios le ocurría?

—No tienes la menor idea de la situación —dio un paso atrás y se alegró de que Jacques no pudiera leerle los pensamientos—. Gabriel está impaciente por olvidar que estamos casados.

Él la miró fijamente.

—Aunque fuese cierto algo tan absurdo, no podría olvidarte.

—¿Por qué?

—Porque eres la condesa de Ashcombe, no la esposa de un hombre corriente.

—Soy perfectamente consciente del título que ostento —aseguró ásperamente. Por árida que hubiese sido la ceremonia de boda, el matrimonio era perfectamente legal. De hecho Gabriel había acudido aquella noche a su dormitorio para asegurarse...

No.

Otra vez no.

—Entonces deberías ser consciente también de que, sea cual sea la opinión de lord Ashcombe sobre su esposa, jamás permitirá que puedas dar pie a que se burlen de él —las palabras de Jacques alejaron aquellos pensamientos tan peligrosos de su mente—. Cuando considere que ha llegado el momento oportuno, se servirá del poder que tiene para meterte en sociedad.

Talia se estremeció solo de pensarlo. Prefería pudrirse en una cárcel francesa a tener que volver a la alta sociedad londinense.

—No puede hacer que me acepten.

—Claro que puede —Jacques movió la mano para apartarle un mechón de la mejilla—. Nadie se atreverá a hacer otra cosa más que inclinarse a tus preciosos pies.

Talia soltó una fría carcajada que retumbó en la galería del palacio.

—Eso es ridículo.

Jacques continuó como si no hubiese dicho nada.

—Eso no quiere decir que ocupar el papel que te corresponde en sociedad sea lo más importante que tienes que hacer como condesa de Ashcombe.

—Supongo que piensas decirme qué es entonces.

Se acercó a ella lo suficiente para envolverla en su calor masculino y le agarró el rostro entre ambas manos.

—No debería tener que hacerlo, por muy inocente que seas.

El corazón se le detuvo durante un instante.

—*Mons...*

—Jacques —insistió él, interrumpiéndola.

—Jacques —rectificó Talia, impaciente—. Dime de una vez de qué se trata.

—Está bien —en sus labios se dibujó una sonrisa burlona—. La principal obligación de la condesa de Ashcombe, *ma petite*, es darle un heredero a su esposo.

De pronto se quedó sin respiración, más por la punzada de necesidad que sintió de pronto que por la audacia de Jacques.

No era ninguna tonta. Ya antes de la boda se le había pasado por la cabeza que Gabriel necesitaría un heredero, pero había preferido no hacerse ilusiones que, como muchas otras en su vida, jamás se cumplirían. ¿Cómo iba a soñar con tener un hijo cuando era posible que su esposo ni siquiera quisiera dignarse a compartir lecho con ella?

Después de la noche de bodas tampoco había querido volver a pensarlo cuando se había hecho evidente que no se había quedado embarazada. Era evidente que Gabriel estaba contento y satisfecho con la amante que tenía en la ciudad, pues no le había importado lo más mínimo dejarla sola en el campo. Si se permitía el lujo de albergar la esperanza de tener algún día a su bebé en brazos, podría volverse loca de deseo.

—Yo...

Jacques le acarició la sonrojada mejilla, confundiendo su inquietud con vergüenza.

—Eres realmente inocente.

—No tanto como crees —dijo ella con sequedad.

—Es encantador —respondió él con un peligroso brillo de emoción en la mirada—. Tú eres encantadora.

El pánico hizo que Talia se echara atrás de inmediato.

—No pienso hablar de eso contigo.

Jacques cruzó los brazos sobre el pecho mientras la observaba detenidamente.

—¿De qué? —le preguntó—. ¿De que tu esposo no es un ser imaginario del que podrás vivir separada y de que algún día tendrás que cumplir tus deberes como esposa?

—Mi relación con lord Ashcombe no es asunto tuyo.

—Solo pretendo hacerte comprender que tu paz no habría durado mucho más —insistió—. Deberías darme las gracias por salvarte de una vida que jamás te habría hecho feliz.

—¿Salvarme? Me secuestraste —le recordó—. Y no tienes la menor idea de qué podría hacerme feliz.

La sonrisa que curvó sus labios entonces denotaba un profundo orgullo masculino.

—Te conozco muy bien, *ma petite*.

Talia sintió que le ardían las mejillas.

—Eso es absurdo.

—Sé que te gusta dedicarte a ayudar a los demás y que serías muy desgraciada si te vieras obligada a tener que frecuentar los bailes de Londres —bajó la mirada hasta el pronunciado escote—. Sospecho también que no tienes ninguna prisa por convertirte en una especie de ama de cría para un marido que no ha mostrado hacia ti nada más que desprecio.

Se dio media vuelta bruscamente para que él no pudiera ver en su rostro que lo cierto era que daría cualquier cosa por ser madre y tener un hijo al que poder darle todo el amor que otros habían rechazado.

—No, por favor —le suplicó con un susurro.

Pero Jacques se acercó a hablarle al oído al tiempo que le ponía una mano en cada hombro.

—Aquí respetaremos tus deseos, *ma petite*. Hay muchas necesidades y muy pocas manos que puedan ofrecer ayuda.

Talia negó con la cabeza.

—No soy una traidora.

—Ven —Jacques la agarró y la llevó hasta otra ventana que daba al patio interior del palacio. Ella sonrió sin darse cuenta al ver a la docena de niños que corrían entre las fuentes y las estatuas, tenían entre cinco y quince años—. ¿Los ves, Talia? —le preguntó Jacques con una voz suave, pero llena de fuerza—. No son ni ingleses, ni franceses, son niños. Lo único que saben es que la guerra ha acabado con sus casas y con sus familias. Piensa en lo mucho que podrías ayudarlos.

Talia no pudo evitar sentir dolor.

En el tiempo que había pasado en Devonshire, había descubierto que tenía un talento especial para ayudar a aquellos que lo necesitaban, ya fuera haciendo que un arrendatario hambriento recibiera comida o asegurándose de que se construyera una nueva escuela para los niños del pueblo.

¿Cuánto podría hacer por aquellos pobres huérfanos?

De sus labios salió un suspiro de tristeza.

—No estás jugando limpio.

—Juego para ganar.

Se volvió a mirarlo a los ojos, olvidándose por un momento de una oferta que le resultaba inesperadamente tentadora.

—¿Vas a retenerme aquí para siempre?

Él enarcó una ceja y miró a las obras de Rubens que decoraban las paredes y a la araña de cristal veneciano del techo.

—¿Acaso no te gusta tu alojamiento?

Ella apretó los labios, luchando contra su innegable encanto.

—Solo quiero saber qué piensas hacer conmigo.

Él alargó el brazo para colocarle el lazo del escote.

—Puedes estar tranquila, Talia. La información que recibí servirá muy pronto para derrotar a Wellesley, entonces yo mismo te llevaré de regreso a Devonshire —hizo una pausa—. Aunque antes de eso espero haberte convencido de que te quedes conmigo.

Aquella promesa no sirvió para tranquilizarla.

—¿Cómo puedes hablar tan tranquilamente de lo que has hecho? ¿No te das cuenta de que tu traición puede hacer que mueran cientos, o quizá miles, de soldados ingleses?

—Y que se salven cientos, o quizá miles, de soldados franceses —replicó de inmediato—. Así es la guerra, *ma petite*.

—Una guerra que empezó vuestro emperador, un loco que no estará satisfecho hasta que conquiste el mundo entero —lanzó una mirada de desprecio al busto de Napoleón que había sobre un pedestal de madera—. ¿Cómo puedes ser leal a un hombre así?

CAPÍTULO 7

—Yo podría preguntarte lo mismo —respondió Jacques, apretando los dientes—. ¿Cómo puedes ser leal a un rey loco y al tonto de su hijo, al que le preocupa más que le brillen las botas que el hambre que asola a su pueblo?

Talia bajó la mirada, incapaz de rebatir aquel argumento. No estaba dispuesta a admitir la verdad ante un hombre dispuesto a traicionar a aquellos que habían confiado en él, incluyéndola a ella.

—Nunca nos pondremos de acuerdo.

—¿Tú crees? —Jacques esperó hasta que levantó la mirada hasta sus ojos—. En realidad no somos tan diferentes.

Talia se quedó inmóvil.

—¿Qué quieres decir?

Él se quedó callado un instante, como si no estuviera del todo seguro de querer explicárselo. Después, encogiéndose de hombros, volvió a mirar a los niños que jugaban en el patio.

—Mi padre era artista y su obra llamó la atención del rey Luis —le contó en voz baja y con cierta tensión que sin duda intentaba controlar—. Recibió el encargo de hacer varias esculturas para los jardines de las Tullerías.

Talia lo miró detenidamente y adivinó el profundo dolor que escondía su rostro.

—Debe de tener mucho talento.

—Lo tenía.

—Ah, ¿ha fallecido?

—Murió cuando yo era niño —sonrió con nostalgia—. Por suerte conseguí quedarme con algunas de sus obras.

Talia se olvidó por un momento de que estaba enfadada con él y se acercó a ponerle una mano en el hombro. Ella había sufrido enormemente cuando había perdido a su madre siendo tan pequeña. Ningún niño debería tener que sufrir semejante dolor.

—Me encantaría verlas.

—Entonces te las enseñaré —la miró de nuevo—. Le habrías encantado.

Aquellas palabras la incomodaron.

—¿Qué ocurrió?

Jacques tardó unos segundos en responder, lo que hizo después de respirar hondo. Era evidente que no tenía costumbre de hablar de su pasado.

—Mi madre había sido actriz antes de casarse con mi padre y era... —en su rostro se dibujó una tierna sonrisa—. Bellísima.

—No lo dudo —no había más que ver lo guapo que era él.

—*Merci, ma petite*. Por desgracia, muchas veces la belleza se convierte en una maldición para las mujeres.

—¿Una maldición? —preguntó sorprendida, pues pensaba que era más bien lo contrario y ella misma había sufrido las consecuencias de no ser bella.

—Mi padre recibió una invitación para pasar unas semanas en Versalles y, como es lógico, la aceptó encantado, pues era la oportunidad perfecta para conseguir un mecenas rico y recibir, quizá, más encargos —le explicó.

—¿Y tú lo acompañaste?

—No, yo me quedé en casa con mi tutor, pero mi madre sí fue con él —apretó de nuevo los dientes—. En solo unos días atrajo la atención del *comte* de Rubell.

Talia se mordió el labio inferior, presintiendo la tragedia.

—Ah.

—Como miembro de la nobleza, el *comte* dio por hecho que mi madre se sentiría halagada de poder calentarle la cama. No soportó que ella lo rechazara.

Desgraciadamente, era una historia muy habitual.

Las mujeres que no contaban con la protección que proporcionaban el dinero y el poder siempre estaban a merced de hombres sin escrúpulos como aquel.

Aunque ni siquiera la riqueza podía impedir a veces que los hombres impusiesen sus deseos a las mujeres, reconoció con tristeza.

—¿Y ese hombre...la forzó?

En los ojos de Jacques apareció el brillo del odio más puro.

—Eso pretendía hacer cuando apareció mi padre y le hirió con la espada.

—Bien hecho —dijo Talia.

Pero Jacques sonrió con pesar.

—Me temo, *ma petite*, que no fue un cuento de hadas y nadie pensó que mi padre fuera el héroe de la historia. Apenas le hizo una herida al *comte*, sin embargo lo llevaron a la Bastilla y allí fue condenado a muerte.

Talia abrió la boca, horrorizada.

—Lo siento mucho, Jacques.

—Sí, yo también —la emoción le había crispado la cara, pero después de unos segundos consiguió recobrar la compostura—. Mi padre era un hombre bueno y trabajador, pero lo mataron como a un perro callejero.

—Lo querías mucho —dedujo.

—*Oui* —respondió con una tenue sonrisa—. Y él me adoraba.

—Entonces eres muy afortunado por haberlo tenido, aunque fuera tan poco tiempo —sintió un dolor en el pecho que conocía bien—. Muchas veces, después de una velada desagradable en algún baile, lo único que me servía de consuelo era el recuerdo de mi madre.

Él recibió aquellas palabras de consuelo encogiéndose de hombros.

—Lo cierto es que no me siento nada afortunado.

Talia le apretó el brazo suavemente.

—¿Qué fue de tu madre?

—Volvió a París, pero solo para buscarme a mí, hacer el equipaje y marcharnos a Londres, donde una prima suya nos ofreció alojamiento.

—Por eso hablas tan bien inglés.

—Mi madre se casó con el hijo menor de un barón, que no tuvo problema en pagarme los estudios en Eton y así evitó que fuera un estorbo —lo explicó sin emoción alguna, pero había algo en su mirada que daba a entender que el rechazo de su padrastro no hizo sino exacerbar el odio que sentía hacia la aristocracia—. Fue un inglés de formación impecable hasta que alcancé la mayoría de edad y pude volver a Francia.

—¿Y aun así no sientes el menor apego hacia Inglaterra? —le preguntó, pues le costaba creer que no hubiese entablado amistad con nadie durante sus años de estudiante.

—No puedo ser leal a un país que permite que un puñado de nobles que están por encima de la ley oprima a su pueblo.

—Pero...

—Dejemos de hablar de política —la interrumpió bruscamente, poniéndole un dedo sobre los labios—. He venido a pedirte que cenes conmigo.

Talia meneó la cabeza con resignación al ver que Jacques volvía a servirse de su encanto para protegerse de todo.

—No debería aceptar —murmuró ella, consciente de que era sencillamente incapaz de sentir la furia que debería por que aquel espía francés la tuviera prisionera.

Jacques se llevó la mano al corazón con actitud dramática.

—Tú no serías tan cruel.

—Eres mi enemigo.

—Eso jamás —dijo y entonces se inclinó y le dio un beso en la mejilla, tras lo cual le agarró la mano, se la puso sobre su brazo y comenzó a caminar—. Acompáñame, *ma petite*. Deja que te demuestre lo... amable que puedo ser.

Una semana después

La oscuridad reinaba ya en la campiña francesa cuando Gabriel se detuvo junto a un invernadero abandonado a observar el palacio que se levantaba frente a él.

Pero apenas se fijó en el imponente edificio porque estaba concentrado en los soldados que vigilaban el terreno, hasta que vio la figura solitaria de una mujer que paseaba entre estatuas en ruinas.

—Talia —dijo y cayó de rodillas, invadido por una intensa sensación de alivio.

El hombre que lo acompañaba se acercó a mirar rápidamente.

—¿Estás seguro? —le preguntó Hugo.

Gabriel miró a su amigo con mala cara.

No había sido idea suya que Hugo lo acompañara a Francia. De hecho, había hecho todo menos pegarle para impedir que fuera con él.

Por desgracia, Hugo era un hombre muy tenaz, por lo que había hecho caso omiso de las órdenes, insultos y amenazas de Gabriel; se había presentado en Carrick Park poco después que el propio Gabriel y se había negado en redondo a separarse de él.

Así pues, no había tenido más remedio que soportar la presencia de su amigo para poder ir en busca de Talia cuanto antes. Lo cierto era que Hugo le había resultado muy útil, pues había sido él el que había hablado con los sirvientes mientras Gabriel recorría los alrededores.

Por suerte, los arrendatarios se habían encariñado mucho con la condesa de Ashcombe y, en cuanto se había corrido la voz de que no se había presentado a cenar, todos ellos habían salido en busca de su adorada Talia. No habían tardado muchas horas en encontrar a dos desconocidos que se alojaban en la posada del pueblo y que llevaban demasiado dinero para ser unos inocentes viajeros.

Habían sido trasladados a la cárcel más cercana para que los vecinos más violentos no pudieran tomarse la justicia por su mano.

Gabriel también había tenido que contenerse mientras interrogaba a aquel par de insolentes y, de no ser por Hugo, seguramente habría acabado con ellos después de que admitieran que Jack Gerard se había llevado a Talia a su guarida, en Francia.

Pero sí que le había roto un par de costillas a uno de ellos y algún que otro diente al otro antes de que Hugo consiguiera apartarlo de ellos.

A la mañana siguiente habían partido rumbo a Francia en el barco de Gabriel.

—Hace tiempo que no la veo, pero aún reconozco a mi esposa, Hugo —le aseguró.

Su amigo la observó detenidamente.

—No parece una prisionera.

Gabriel maldijo entre dientes. Esa era precisamente la razón por la que había intentado impedir que fuera con él, a pesar de que sabía que no encontraría compañero más leal y diestro que él.

—A veces las apariencias engañan —murmuró.

—En eso estamos de acuerdo —Hugo se puso en tensión al ver a un soldado que pasó tan cerca del invernadero que pudieron notar el olor del tabaco que fumaba. Agarró del brazo a Gabriel y lo llevó hacia la parte trasera del edificio—. Maldita sea, Ashcombe, no podemos quedarnos aquí. Puede que los soldados franceses sean tan ignorantes como incompetentes, pero tarde o temprano tropezarán con nosotros. Además, ya no somos tan jóvenes como antes y es muy incómodo estar agazapado entre los matorrales.

Hugo resopló al ver el estado en que se le habían quedado los pantalones y las botas después de recorrer el tupido bosque que rodeaba el palacio. Gabriel también tenía un aspecto muy deteriorado, con el pantalón rasgado, el nudo del pañuelo deshecho y una sombra de barba en la cara. Una imagen que distaba mucho de la elegancia que solía caracterizarlo.

—No pienso irme de aquí sin Talia —declaró tajantemente.

Hugo meneó la cabeza.

—No seas estúpido, Ashcombe.

—No tiene nada de estúpido el querer rescatar a mi esposa del sinvergüenza que la ha raptado.

—Pero no puedes atacar ese nido de serpientes así como así —insistió su amigo—. Te matarán antes de que llegues siquiera a los jardines.

Gabriel resopló con impaciencia, pues sabía que no podía llegar hasta Talia.

Todavía.

—No voy a atacar.

—¿Qué piensas hacer, entonces?

—En cuanto se haga completamente de noche, me colaré y la encontraré.

Hugo lo agarró del brazo con fuerza.

—No.

—No hay nada más que hablar.

—No voy a permitir que te suicides por una mujer que no merece...

Cuando quiso darse cuenta, Gabriel había agarrado a su amigo y lo había puesto contra la pared del invernadero. El miedo que se había apoderado de él al descubrir que Talia había desaparecido era ya incontrolable.

Dios. No había podido dejar de imaginar los horrores que estaría sufriendo. El verla de lejos y saber que no podía llegar a ella era una auténtica tortura.

—Cuando te empeñaste en acompañarme, te advertí que no iba a tolerar ningún tipo de insulto.

Pero, como era de esperar, Hugo no cedió ni un ápice. Era una de las pocas personas a las que Gabriel no podía intimidar.

Motivo por el cual era también uno de sus pocos amigos.

—No voy a permitir que un amigo mío se arriesgue de ese modo —le dijo Hugo—. Tengo muy pocos amigos.

No sin esfuerzo, Gabriel respiró hondo para aplacar sus nervios y lo soltó.

—No es tan peligroso.

Hugo frunció el ceño y le señaló el palacio.

—Quizá no te hayas dado cuenta de que hay todo un batallón de soldados franceses vigilando el lugar.

Gabriel se encogió de hombros mientras miraba a un par de soldados apoyados en una fuente y coqueteando con una criada.

—Es obvio que les interesa más divertirse que vigilar.

Hugo no iba a dejarse convencer tan fácilmente.

—Eso no quiere decir que no vayan a matar a cualquier intruso.

—Siempre y cuando se den cuenta de que hay un intruso —replicó Gabriel. Ni el ejército de Napoleón al completo podría disuadirlo de rescatar a su esposa—. Por si no lo recuerdas, durante años entraba y salía del colegio sin que nadie se enterara.

Consciente de la determinación de Gabriel, Hugo soltó una maldición.

—Esto no me gusta nada.

—A mí tampoco, pero no hay otra opción.

—Siempre hay otra opción —arguyó Hugo—. Como tú mismo has señalado una y otra vez, ahora Talia es la condesa de Ashcombe. Lo único que tenemos que hacer es encontrar a las tropas inglesas más cercanas y ellos...

—No voy a dejar que mi mujer pase una noche más en manos del enemigo, y mucho menos los días o semanas que podríamos tardar en reunir un ejército —le explicó Gabriel—. Además, no quiero que Talia se encuentre en medio de una batalla. Los dos sabemos la cantidad de inocentes que resultan heridos.

—Si es inocente...

—Ya está bien —espetó Gabriel.

Esa vez era Hugo el que resoplaba.

—¿Puedes escucharme, Ashcombe? Solo tienes la palabra de dos traidores para creer que se la llevaron contra su voluntad. ¿Y si logras llegar a ella sin que te vean y resulta que no quiere irse contigo? —Hugo hizo una pausa—. O, lo que es peor, ¿y si denuncia tu presencia a los franceses?

Gabriel apretó los dientes, negándose a admitir que las palabras de su amigo estaban haciendo mella en él.

Pero, desde su interior, una vocecilla le recordó que había enviado al campo a una mujer joven y bella sin una sola persona que le hiciera compañía. ¿Tan sorprendente sería que hubiese buscado esa compañía en un pastor guapo y encantador? Quizá incluso hubiese necesitado saciar un deseo que él mismo le había hecho descubrir en su noche de bodas.

Claro que esa misma voz lo había convencido de que Talia era tan culpable como su padre por haberlo obligado a casarse en contra de su voluntad.

Para preciarse de ser capaz de afrontar cualquier situación con lógica y frialdad, sin dejarse llevar por las emociones, se comportaba como esos estúpidos petimetres que llenaban los salones de baile londinenses.

La idea le resultaba tan molesta como incomprensible.

—Vuelve al barco y asegúrate de que esté todo preparado para zarpar en cuanto yo vuelva con Talia —le ordenó a Hugo en un tono que no dejaba lugar para la protesta.

Su amigo acabó por asentir de mala gana.

—Está bien.

—Otra cosa, Hugo.

—¿Sí? —preguntó frunciendo el ceño.

—Si no he vuelto al amanecer, vuelve a Inglaterra sin mí.

—No.

Gabriel lo miró fijamente.

—Cuando accedí a que me acompañaras, diste tu palabra de que seguirías mis órdenes.

Hugo dejó caer los brazos en un gesto de rendición.

—Empiezo a pensar que el matrimonio te ha ablandado los sesos.

Gabriel torció el gesto.

—Reconozco que yo también lo he pensado.

Hugo comenzó a caminar.

—No pierdas el barco.

—Haré todo lo que pueda.

Los aposentos de Talia eran tan impresionantes como el resto del palacio.

Las cortinas de terciopelo verde combinaban con el tapizado verde y oro de los muebles. Una de las paredes estaba dedicada casi por completo a una magnífica chimenea de mármol blanco sobre la que había un enorme espejo de marco dorado. La pared de enfrente estaba cubierta de ventanas de formas redondeadas desde las que se veía el jardín y, más allá, el lago. Y la lámpara del techo proyectaba una luz dorada sobre la cama con dosel que parecía presidir la estancia.

Talia se sentó frente al tocador, aún ataviada con el vestido de noche de raso verde, adornado con rosas blancas en las mangas y perlas en el cuello.

Llevaba allí casi una semana y, si bien Jacques le hacía compañía y seguía mostrándose divertido y encantador cuando no tenía que atender a los numerosos visitantes que iban a verlo desde París, empezaba a hartarse de aquella lujosa prisión.

Como debía ser, pensó al tiempo que se ponía de nuevo en pie.

Desde que había llegado a la conclusión de que no podía escapar, había empezado a pensar en el desastre que esperaba a las tropas del general Wellesley. Pero, por mucho que se esforzara, no encontraba la manera de avisar a aquellos pobres hombres del peligro que los acechaba. Tampoco había tenido suerte en descubrir algún secreto que pudiera serle de utilidad a Inglaterra en cuanto pudiese regresar a Devonshire.

Estaba claro que como espía era el mismo fracaso que como debutante.

Salió al balcón a tomar un poco de aire. Estaba apoyada en la balaustrada de piedra con la mirada clavada en el jardín cuando oyó pasos a su espalda.

—¿Jacques? —preguntó, asustada. Era la primera vez que tenía miedo allí, pues todos los guardias la trataban con respeto y le habían asegurado que Jacques había dado órdenes de que no la molestaran. Sin embargo en ese momento se dio cuenta de pronto de la situación tan vulnerable en la que se encontraba—. ¿Quién hay ahí?

Y entonces apareció una figura masculina.

—Desde luego Jacques, no —gruñó una voz que reconoció enseguida.

—¿Gabriel? —Talia se quedó boquiabierta, mirándolo sin parpadear mientras pensaba que debía de ser un sueño, pues a menudo imaginaba que su esposo se presentaba allí por arte de magia para llevarla consigo a Inglaterra. Por supuesto en aquellas fantasías, él le dedicaba palabras de amor y de arrepentimiento, por lo que el tono frío de su respuesta le confirmó que no estaba soñando—. Dios mío. ¿Qué haces aquí?

Gabriel salió al balcón con ella. Su cabello dorado resplandecía a la luz de la luna, tan brillante como sus ojos grises.

Talia se estremeció al sentir el peligro de su proximidad. Resultaba irónico que se sintiese segura junto al hombre que la había secuestrado e inquieta frente a su propio esposo, la persona en la que más debería confiar.

—Me parece que es evidente —la miró detenidamente—. He venido a buscar a mi díscola esposa.

La intensidad de su mirada le recordó la cantidad de piel

que dejaba a la vista aquel vestido y el modo en que se le ajustaba a las generosas curvas de su cuerpo.

—¿Cómo has conseguido encontrarme?

Se detuvo a unos milímetros de ella, envolviéndola con su fragancia masculina.

—No soy tan tonto como crees.

—No...

—¿Por qué has pensado que era otro el que entraba en tu dormitorio? —la interrumpió bruscamente.

De pronto se le pasó por la cabeza que alguien pudiera oírlos desde el jardín.

—Calla —dijo, poniéndole un dedo sobre los labios—. Podrían oírte.

Él la agarró de la muñeca y la miró con furia, pero el mero roce de su piel le aceleró el pulso.

—Respóndeme, Talia. ¿Quién es ese Jacques?

Ella lo miró, confundida.

—Tu pastor, o lo era hasta que resultó ser un traidor y me secuestró.

—Jacques... Jack —dedujo por fin—. Claro.

—Sí, Jack Gerard.

—¿Y viene a verte a menudo?

—No te entiendo.

No comprendía por qué le preocupaba tanto su secuestrador cuando deberían dedicarse a salir de allí antes de que alguien los sorprendiera.

Pero entonces lo entendió y fue como una bofetada en la cara.

—Dios mío —apartó la mano de él—. ¿Has venido aquí a salvarme o a averiguar si Jacques es mi amante?

—¿Lo es?

Por un momento, Talia consideró la idea de tirar a aquel arrogante por el balcón.

¿Qué clase de bestia se preocupaba más de si su esposa le había sido infiel que de si estaba bien después de haber sido raptada?

Llegó a la conclusión de que seguramente tenía la cabeza tan dura que no se haría nada al caer, así que le echó a un lado y entró a la habitación.

—Deberías irte antes de que los guardias descubran que estás aquí —le dijo, apretando los dientes.

Gabriel fue tras ella.

—¿Es que quieres quedarte? —le preguntó con la misma furia.

—Lo que quiero... —se detuvo junto a la cama, pensando lo tonta que había sido al imaginar que acudiría a rescatarla como un héroe romántico—. Soy una estúpida.

La agarró de los hombros y la obligó a mirarlo.

—Talia.

—No —se apartó de él instintivamente—. No me toques.

Él se quedó paralizado, mirándola como si fuera un monstruo.

—Eres mi esposa.

Talia soltó una fría carcajada que retumbó en toda la habitación.

—Una esposa a la que echaste de tu casa solo unas horas después de la boda y a la que no te molestaste en enviarle ni un mísero mensaje.

En su rostro apareció un rubor que cualquiera habría atribuido a la vergüenza, pero Talia sabía que era imposible tratándose de Gabriel.

—¿Y por eso te echaste en los brazos de otro hombre?

—Yo nunca me he echado en los brazos de otro hombre.

—¿No? —la miró de arriba abajo, observando el carísimo vestido—. No es eso lo que parece.

—Muy bien —Talia puso los brazos en jarras y miró a Gabriel con auténtica ira, algo que habría creído imposible hasta hacía pocas semanas—. ¿Quieres saber la verdad?

—Es lo menos que merezco —replicó, lleno de arrogancia.

—Entonces admito que pensé que el pastor Jack Gerard era un caballero amable y encantador que me trataba como a una dama y no como un ser vergonzoso al que había que esconder.

—Eso no es...

—Pero jamás lo vi como otra cosa que no fuera un amigo y ni siquiera eso desde que me obligó a venir con él a Francia —continuó diciendo sin dejarle defenderse porque no había defensa posible—. Puedes creerme o no. La verdad es que no me importa.

CAPÍTULO 8

Gabriel apretó los puños mientras miraba a su esposa con una profunda frustración.

¿Qué demonios había ocurrido?

Todo había ido según lo planeado mientras esperaba a que se hiciera noche cerrada para colarse en los jardines y desde allí buscar una ventana abierta por la que entrar al palacio.

Había tardado más de lo que imaginaba en encontrar las habitaciones de Talia y más de una vez se había visto obligado a esconderse de los guardias que pasaban, pero finalmente se había alegrado mucho de dar con Talia sin que esos cochinos franceses se percataran de su presencia.

Después la había oído pronunciar el nombre de otro hombre y se había olvidado de golpe y por completo de su intención de escapar con ella lo más rápidamente posible. A partir de entonces lo único que había podido sentir había sido una furia arrolladora.

Había puesto en peligro su vida por rescatarla. ¿Cómo era posible que se atreviera a esperar a otro hombre en su dormitorio? Especialmente llevando puesto ese finísimo vestido que haría pensar en sexo a cualquier hombre.

Aunque estuviese diciendo la verdad y realmente ese cretino no fuera su amante.

Y para colmo de males, Talia ni siquiera tenía la decencia

de pedirle disculpas, sino que además intentaba hacerle creer que el malo era él.

Se pasó la mano por el pelo en un gesto de impaciencia.

—Cuéntame cómo llegaste hasta aquí —le ordenó, en un intento por recuperar el control de la situación.

—¿Para qué? —respondió ella con gesto sarcástico y con una mirada tan llena de genio, que nada tenía que ver con la muchacha tímida con la que se había casado—. Es evidente que tú ya has llegado a la conclusión de que no solo soy una campesina maquinadora que te obligó a casarte conmigo, sino que además tengo tan poca moralidad que apenas unos días después de convertirme en condesa de Ashcombe, me busqué un amante y... —respiró hondo con tal fuerza que atrajo toda la atención de Gabriel hacia sus preciosos pechos—, y, como golpe de gracia, me convertí en espía.

Eso que notaba en la boca del estómago no podía ser porque se sintiera culpable, o al menos eso intentó decirse a sí mismo.

Era el conde de Ashcombe, tenía todo el derecho del mundo a interrogar a su esposa.

—Dímelo, Talia —insistió.

Ella lo miró fijamente, pero acabó por ceder.

—El día que ocurrió todo, al pasar por la iglesia, vi por casualidad que entraban dos rufianes —comenzó a decir y se encogió de hombros—. Me preocupaba que fueran a hacer algo malo, así que me fui sigilosamente hasta la parte de atrás, desde donde podría ver lo que ocurría en el interior.

El corazón le dio un vuelco al imaginar a Talia frente a aquellos dos brutos a los que estaban interrogando ahora en el Ministerio del Interior, en Londres.

—Maldita sea, Talia. ¿Es que no tienes sentido común? —la reprendió—. La condesa de Ashcombe no puede ir por esos caminos rurales sin la compañía de algún sirviente y, desde luego, no puede enfrentarse a... rufianes. Si no te preocupa tu seguridad, al menos debería preocuparte tu reputación.

Aquellas palabras deberían haberla acobardado, sin embargo lo que hizo Talia fue mirarlo frente a frente, con la misma furia que la miraba él.

—¿Del mismo modo que te preocupaste tú por mi reputación cuando me rechazaste públicamente?

—Maldita sea —espetó él—. Deberías haber vuelto a Carrick Park y haber enviado a algún criado para que averiguara qué estaba pasando.

—Solo quería ver si realmente iban a hacer algo malo antes de decidir si debía llamar a las autoridades.

—Pero te descubrieron.

—Obviamente.

La furia y la frustración de Gabriel se dirigieron entonces hacia el hombre que había osado secuestrar a su mujer. Tenía el vago recuerdo de que había llegado un nuevo pastor a la iglesia del pueblo, pero lo cierto era que el tiempo que había pasado últimamente en Devonshire lo había dedicado por completo a tratar de enseñar las nuevas técnicas agrícolas a los reacios arrendatarios y a restaurar la mansión, que había estado algo abandonada desde la muerte de su padre. A decir verdad, el bienestar espiritual de su gente le despertaba bastante poco interés.

Ahora lamentaba no haber investigado a fondo a ese Jack Gerard.

—Lo voy a matar —juró Gabriel—. ¿Te hicieron algún daño?

Ella levantó la mirada al cielo, sin dejarse impresionar lo más mínimo por su preocupación.

—¿No deberías haberme preguntado eso lo primero, en lugar de acusarme de adúltera?

Gabriel soltó una especie de gruñido. No estaba acostumbrado a que nadie le sermoneara y mucho menos su propia mujer.

—Madre de Dios, ¿desde cuándo tienes tanto genio?

—Desde que me di cuenta de que mi marido tenía intención de tratarme con la misma falta de respeto que mi padre.

Semejante acusación le ofendió profundamente porque él no se parecía en nada a Silas Dobson.

Trató de no recordarse a sí mismo de pie junto a una ventana de su casa de Londres, viendo cómo Talia subía al carruaje con gesto derrotado y herido. En ese momento había hecho lo que pensaba que era mejor para todos.

Eso no lo convertía en un grosero irrespetuoso, ¿no?

Por supuesto que no.

—Si pensara tratarte como dices, no habría puesto en peligro mi vida para venir a rescatarte —señaló duramente.

Ella quitó importancia a tan heroico gesto, sin importarle lo más mínimo que el conde de Ashcombe se hubiese enfrentado a todo tipo de peligros cuando podría haberse quedado tranquilamente en Londres, esperando a que los diplomáticos intentaran liberarla.

—No sé muy bien por qué te has molestado en hacerlo —murmuró ella.

—En estos momentos, yo tampoco —replicó antes de intentar una vez más controlar sus nervios. Dios, esa mujer no se quedaría satisfecha hasta que consiguiese volverlo completamente loco—. ¿Ese sinvergüenza ha tratado en algún momento de aprovecharse de ti?

—No —Talia se echó los brazos alrededor de la cintura—. Jacques se ha portado como un caballero.

—Los caballeros no traicionan a su país, ni raptan a mujeres vulnerables —le recordó con una especie de rugido.

Pero ella hizo caso omiso a sus palabras.

—¿Cómo me has encontrado?

Gabriel estaba harto. No comprendía qué le había pasado a su tímida esposa, pero estaba seguro de que no era el mejor momento para tener una disputa conyugal, estando rodeados de enemigos.

—Ya hablaremos de eso más tarde —comenzó a caminar hacia la puerta—. Tenemos que irnos.

—Espera.

Se detuvo a mirarla sin ocultar su impaciencia.

—Talia.

Ella abrió el armario y comenzó a sacar cosas.

—No voy a emprender viaje sin un cepillo de dientes y algo de ropa para poder cambiarme —declaró con una firmeza casi irrebatible.

—Trae solo lo imprescindible. Yo te he traído bastantes cosas, están en el barco.

Talia se volvió a mirarlo con los ojos abiertos de par en par y cara de incredulidad.

—¿Tú me preparaste una bolsa de viaje?

Gabriel se acercó al tocador para agarrar el cepillo de dientes, un espejo y un cepillo de plata y prometió tirarlos al mar en cuanto llegaran al barco. Su mujer no iba a usar las cosas de otro hombre.

Ella era suya.

Por mucho genio que tuviese ahora.

—En realidad, te traje varias porque nunca había hecho de doncella y no sabía qué podrías necesitar —le explicó.

—¿Por qué no le pediste a la señora Donaldson que te ayudara?

Resopló al recordar los llantos y la preocupación que habían invadido la casa.

—Porque todo el servicio estaba paralizado por el miedo y la preocupación —meneó la cabeza, asombrado todavía del histerismo que había provocado entre los criados la desaparición de Talia—. Me temo que, si no te llevo de regreso pronto, se vendrá abajo la casa entera.

Ella lo miró apretando los labios.

—No tienes por qué burlarte.

—No me burlo, querida —aseguró mientras admiraba la delicada belleza de su rostro, para después descender por un cuerpo que era pura perfección. La sensación que percibió entonces en el corazón lo obligó a admitir lo mucho que la había echado de menos. Era absurdo. Se había casado con ella sin apenas conocerla y sin embargo el deseo de tenerla cerca era tan intenso que no podía aplacarlo. Maldición—. Te has ganado la lealtad de todos los que dependen de Carrick Park, lo cual es sorprendente en tan poco tiempo.

—Son buenas personas y a mí me preocupa de verdad su bienestar —explicó ella—. A diferencia...

Gabriel esbozó una sonrisa al verla morderse los labios sin terminar la frase.

—¿Sí? —le preguntó.

—Nada, nada.

—A mí me parece que era mucho más que nada. Creo que ibas a insultar a alguien —la vio sonrojarse mientras pensaba que lo cierto era que, a pesar de no tener sangre azul, ya había demostrado ser mucho mejor condesa que muchas de sus antecesoras, incluyendo la actual condesa viuda—. Lo que me gustaría saber es si era a mí o a mi madre.

Se ruborizó aún más, pero echó a andar hacia la puerta con sus cosas en la mano.

—Estoy preparada.

Gabriel fue tras ella y la agarró del brazo antes de que pudiera salir al pasillo.

—Por aquí —le indicó, llevándola a una pequeña sala donde abrió una puerta escondida.

Recorrieron en completo silencio el pasadizo secreto que había encontrado antes. No había polvo ni telarañas, lo que quería decir que se utilizaba a menudo, pero no creía que los guardias hicieran su ronda por allí.

Aunque debía estar alerta.

Guió a Talia en la oscuridad hasta alcanzar la salida del pasadizo, situada en la enorme biblioteca. Comprobó que no hubiera nadie antes de abrir la puerta, pero al asomarse a la terraza de la biblioteca descubrió que no podían seguir el mismo camino que había utilizado antes.

—Maldita sea.

—¿Hay guardias? —le preguntó Talia susurrando.

—Sí.

Intentó apartarla, pero no pudo evitar que se asomara también.

—¿Qué están...? —se quedó muda al ver al soldado que había apoyado en la fuente y a la criada que había arrodillada entre sus piernas—. Ah.

Gabriel la alejó de la terraza, lamentando que hubiera presenciado un comportamiento tan lascivo. ¿Acaso ese Jacques no sabía controlar a sus hombres?

Cruzó la enorme sala y abrió sigilosamente una puerta que daba a otra habitación.

—¿Adónde da esta habitación? —le preguntó a Talia.

—No estoy segura.

Entraron de todos modos y cruzaron un salón con una enorme chimenea de mármol negro, sillas brocadas y una mesa con un ajedrez tallado en jade y marfil.

Apenas habían llegado al otro extremo cuando empezaron a oírse pasos en el pasillo.

—Gabriel —dijo Talia, sobresaltada.

—Sí, ya lo he oído.

La agarró de la mano y la llevó hasta una gran ventana protegida por gruesas cortinas de terciopelo granate.

—¿Qué vas a hacer? —le preguntó Talia al ver que abría la ventana.

Gabriel se asomó para ver a qué distancia estaban del suelo.

—No está muy alto.

—¿Te has vuelto loco?

—Yo saltaré primero —le explicó cuando ya había lanzado el pequeño hatillo de ropa de Talia—. En cuanto compruebe que no hay peligro, te silbaré para que saltes tú también —ella lo miró con los ojos oscurecidos por el miedo—. Yo te agarraré.

—No —dijo, meneando la cabeza—. No puedo.

—Mírame, Talia —le puso una mano bajo la barbilla y le levantó la cara para que lo mirara—. Ya has demostrado que eres capaz de enfrentarte a cualquier reto con valentía. Claro que puedes hacerlo.

—Pero...

Gabriel inclinó la cabeza y acalló sus protestas con un beso suave, pero intenso, que no era más que una pequeña muestra del deseo que lo devoraba por dentro.

—Confía en mí —le susurró contra los labios.

Talia aún no se había recuperado del impacto del beso de Gabriel cuando lo vio saltar al vacío desde la ventana. Se asomó a mirar a la oscuridad mientras se repetía una y otra vez que no había de qué preocuparse.

No tenía la menor idea de qué habría empujado a Gabriel a ir en su busca, pero estaba segura de que no era porque sintiera algo por ella. Ni porque estuviese preocupado, como le habría ocurrido a cualquier esposo.

Solo había que ver el modo en que se había comportado desde que había llegado; no había hecho más que acusarla, insultarla e intimidarla.

La única explicación que le encontraba era que el orgullo no le permitiese aceptar que la condesa de Ashcombe fuese rehén de un espía francés.

Pero, muy a su pesar, esperaba impaciente a oír su silbido para saber que todo iba bien. Tampoco pudo controlar el pánico que se fue apoderando de ella a medida que pasaban los minutos y no oía otra cosa que el ulular lejano de un búho.

Se agarró al borde de la ventana y se asomó tanto cuanto pudo, pues la preocupación por Gabriel era mayor que su miedo a la altura.

—¿Gabriel? —dijo—. ¿Estás bien?

Oyó un movimiento entre los matorrales, tras lo cual se le heló el corazón al ver aparecer a Gabriel flanqueado por Jacques y un soldado francés que le apuntaba con una pistola.

—Quédate donde estás, *ma petite* —le ordenó Jacques con

una sonrisa burlona—. Sería una lástima que te rompieras ese cuello tan precioso justo cuando estás a punto de librarte del esposo que no deseas.

—¡No, Jacques! —exclamó, horrorizada—. Por favor.

—Cómo suplica por el esposo que la ha tratado con menos respeto del que mostraría hacia un perro callejero —dijo Jacques y miró a Gabriel—. ¿Sabe lo que creo, milord?

Gabriel le dedicó una mirada de indiferencia y arrogante, como si se encontrara en un baile y no con una pistola apuntándole a la sien.

—No me importa lo más mínimo.

Jacques sonrió aún más.

—Creo que sería mucho más feliz viuda —aseguró—. Desde luego yo lo sería.

A pesar de la distancia, Talia pudo sentir la furia de Gabriel.

—Es mía —le dijo con voz áspera.

—*Non* —replicó el francés, meneando la cabeza—. Puede que legalmente sea la condesa de Ashcombe, pero usted aún tiene que ganársela como esposa.

El gesto de Gabriel se endureció aún más.

—Sin duda tiene razón —admitió fríamente—. Pero puede estar seguro de que lo veré en el infierno antes de que le ponga una mano encima.

—Pienso poner algo más que una mano...

—Jacques —lo interrumpió Talia, consciente de que lo único que pretendía era provocar a Gabriel.

—Perdóname, *ma petite* —se disculpó Jacques antes de levantar la vista hasta alguien que había aparecido detrás de ella—. André te acompañará a tu habitación.

Talia no se molestó en mirar a aquel hombre, pues conocía ya al joven soldado que más de una vez se había detenido a hablar con ella en el jardín. Siempre se había mostrado muy amable con ella, pero no dudaba de su absoluta lealtad hacia Jacques.

—¿Qué piensas hacer con mi marido?

Jacques se encogió de hombros.

—Por el momento va a disfrutar de la comodidad de mi bodega.

Talia se mordió el labio.

—¿Me prometes que no le haréis ningún daño?

—No va a sufrir ningún daño incurable —Jacques miró a Gabriel con evidente desprecio—. Al menos por el momento. No puedo prometerte nada sobre el futuro —una vez dicho eso, le hizo un gesto al soldado que estaba ya junto a ella—. André, asegúrate de que nuestra invitada esté cómoda.

—No... espera...

Nadie hizo caso a las protestas de Talia mientras André la agarraba de la cintura y se la echaba encima del hombro.

Lo último que vio fue a Gabriel forcejeando con el soldado y con Jacques, que lo inmovilizó poniéndole un brazo alrededor del cuello.

—Suelta a mi esposa —gritó él—. ¡Talia!

Cegado por la furia de ver a ese maldito soldado agarrando a Talia, Gabriel luchó contra los que intentaban reducirlo y no se calmó hasta que sintió el frío de la pistola en la sien.

—No seas idiota, Ashcombe —le dijo Jacques—. Talia está completamente fuera de tu alcance.

Gabriel consiguió controlar la necesidad de seguir luchando y tuvo que admitir que no podría salvarla si moría. Jacques y el soldado lo soltaron, pero ese último siguió apuntándole, aunque esa vez al corazón.

El francés tenía la situación bajo control, pero pronto, muy pronto, encontraría la manera de girar las tornas. Entonces disfrutaría acabando con Jacques Gerard antes de volver con su esposa a Carrick Park.

Y a la cama.

—Si sufre el menor daño...

—Por el momento soy el único caballero que no le ha

hecho el menor daño —señaló Jacques con voz suave antes de señalar al sendero—. Por aquí.

Gabriel apretó los dientes, incapaz de negar aquella acusación.

Había acudido a salvarla de las garras de aquel cruel francés y aun así se las había arreglado para insultarla con sus sospechas.

¿Por qué?

Porque ella le había despertado emociones que no deseaba ni comprendía.

Se obligó a sí mismo a dejar a un lado todo lo demás y concentrarse en el peligro más inminente.

—Bonita casa para un pastor —comentó.

—*Oui* —respondió Jacques con una ligera sonrisa de satisfacción en los labios—. En otro tiempo perteneció al caballero que condenó a muerte a mi padre. Resulta irónico, ¿verdad?

—No tiene nada de irónico que los hombres se maten unos a otros.

—Ahí está el noble consentido —comentó Jacques con desprecio—. No serías tan engreído si tuvieras que ver pasar hambre a tus propios hijos.

Gabriel enarcó una ceja mientras miraba la opulencia del palacio y sus inmensos jardines.

—Por eso tú prefieres disfrutar de ese lujo que dices detestar sin importarte que se esté derramando la sangre de tus compatriotas.

Con la vanidad propia de un fanático, el francés pasó por alto los miles de muertos que había habido desde la toma de la Bastilla. Unas muertes que habían seguido ocurriendo bajo el gobierno de Napoleón a causa de su insaciable deseo de poder.

—La libertad tiene un precio.

Gabriel rebufó, asqueado.

—¿Es eso lo que les dices a los huérfanos?

—Cuando Napoleón resulte victorioso, entenderán que merecía la pena hacer tantos sacrificios.

—Lo más probable es que sigan pasando hambre cuando ese monstruo corso caiga derrotado y sus aliados desaparezcan como lo que son, unos cobardes.

Gabriel se alegró de ver la tensión que se reflejaba en el rostro de Jacques, pero el francés recuperó la compostura de manera admirable.

—El tiempo dirá quién de los dos tiene razón —Jacques se detuvo de pronto para abrir una puerta situada en la fachada del palacio, tras la que había una empinada escalera de piedra que descendía bajo tierra. Antes de bajar por ella, el francés agarró una antorcha de la pared—. Aunque no creo que vivas lo suficiente para ver el triunfo de Francia—. Concluyó con arrogancia.

Gabriel no se dejó provocar y prefirió concentrarse en memorizar el camino que estaban siguiendo por aquellos túneles subterráneos.

—Puede que seas tan estúpido de sacrificar tu honor por una guerra inútil, pero no creo que lo seas hasta el punto de matar al conde de Ashcombe —lo desafió.

—¿Quién iba a enterarse? —preguntó Jacques, señalando aquel pasadizo oscuro y húmedo—. Tengo una habilidad especial para hacer desaparecer cuerpos.

Gabriel se esforzó en esbozar una sonrisa. Habían llegado a un lugar que en otro tiempo debía de haber sido una bodega de vino, pero que ahora solo albergaba un par de camastros y una palangana.

—No pensarás que he venido hasta aquí solo, ¿verdad? —le preguntó, sonriendo de nuevo con una despreocupación que esperaba que el francés diera por cierta.

No quería pensar qué ocurriría si Jacques descubriera que su único acompañante se dirigía ya al barco.

—Pronto lo descubriremos. Mis soldados están examinando toda la zona.

—Mis hombres son lo bastante listos para no dejarse atrapar.

Jacques se echó a reír.

—Lástima que su jefe no lo fuera tanto, ¿verdad, Ashcombe?

Gabriel apretó los puños y trató de contener el impulso de darle un puñetazo a aquel insolente.

«Paciencia», se dijo.

Pronto escaparía de allí y Jacques Gerard tendría que arrepentirse de todo lo que había dicho.

Pero por el momento tendría que contentarse con borrarle la sonrisa de la cara.

—Fui lo bastante listo para colarme en tu palacio —le recordó, cruzándose de brazos y, a juzgar por la expresión de su enemigo, sus palabras tuvieron el efecto deseado.

—Yo no presumiría tanto si estuvieran a punto de encerrarme en un lugar como este.

—Es posible, pero me basta con saber que he arruinado tu plan de tenderles una emboscada a los hombres de Wellesley.

La furia de Jacques llenó el ambiente de tensión.

—Muy listo —farfulló el francés—. ¿Y te importaría decirme cómo descubriste...? —dejó la pregunta a medias y meneó la cabeza—. Claro, Henderson y su hermano.

Gabriel disfrutó de su decepción.

—Sí, no fue difícil hacerles hablar, la verdad.

Pasó un largo rato antes de que el francés lanzara un suspiro y su furia dejara paso a la resignación.

—Es una lástima, pero siempre supe que eran dos sinvergüenzas capaces de vender a su propia madre por un buen precio —reconoció—. Espero que reciban un buen castigo por su traición.

—Por supuesto —dijo Gabriel antes de ahondar un poco más en la herida—. Igual que el cómplice que tenían en el Ministerio del Interior, al que también han detenido.

Jacques apretó la mandíbula mientras pensaba, seguramente, en las repercusiones que tendría el hecho de que hubieran descubierto la conspiración.

—Supongo que fue Henderson el que te dio la información necesaria para encontrarme.

—Sí.

—*Merde* —protestó—. Cometí un error al decirles adónde me dirigía, pero me habían prometido seguir con nuestro beneficioso acuerdo.

Gabriel sintió ganas de gritar. Aquel «beneficioso acuerdo», como él lo llamaba, probablemente les había costado la vida a decenas o quizá cientos de soldados británicos.

—Puedo asegurarte que ese acuerdo ha llegado a su fin —le dijo.

Pero Jacques volvió a sonreír.

—Puede ser, pero afortunadamente, ellos no eran mis únicos socios y sigo teniendo a Talia para que me consuele —su sonrisa se hizo más amplia—. Hablando de tu bella esposa, debería asegurarme de que tu inoportuna visita no la ha afectado demasiado. *Bonsoir*, Ashcombe.

Gabriel salió corriendo hacia la puerta, pero llegó cuando ya se había cerrado y solo pudo golpear la gruesa madera con el puño.

—¡Tócala y te mataré, hijo de perra!

CAPÍTULO 9

A Talia le pareció que había pasado una eternidad hasta que oyó unos pasos que se acercaban, pero en realidad hacía menos de una hora que André la había llevado de vuelta a sus lujosas habitaciones y le había cerrado la puerta con llave.

Al oír la llave en la puerta, se detuvo en medio de la habitación, que había estado recorriendo de un lado a otro impacientemente.

—Jacques —dijo, casi sin aliento y llevándose una mano a la boca del estómago—. ¿Qué has hecho con mi...? —una vez más, le resultó imposible pronunciar la palabra—. ¿Con Gabriel?

En la mirada de Jacques apareció un brillo de satisfacción.

—Ni siquiera soportas decir que es tu marido, ¿verdad, *ma petite*?

Talia bajó ligeramente la cabeza. Estaba abatida por el cansancio, la frustración y el miedo de que Gabriel estuviera herido o algo peor, y todo por el impetuoso empeño de salvarla.

—No creas que sabes lo que siento por Gabriel —le advirtió—. Porque ni siquiera yo lo sé.

—No merece tanta lealtad por tu parte.

Eso le hizo apretar los labios. Algo de razón tenía.

Gabriel no era precisamente un esposo entregado. Ni siquiera lo había sido al llegar allí a buscarla.

Sin embargo solo con pensar que pudiera sufrir daño alguno se le revolvía el estómago y se le rompía el corazón.

—Eso debo decidirlo yo.

Jacques meneó la cabeza.

—Eres demasiado benevolente.

Talia puso los brazos en jarras y lo miró fijamente.

—Estás evitando mi pregunta.

—Su señoría está cómodamente instalado en la bodega... Al menos por ahora.

—¿Qué piensas hacer con él?

El francés se acercó hasta la chimenea y comenzó a colocar los objetos que había sobre la repisa.

—Admito que estoy tentado de atarlo al árbol más cercano y dejar que mis soldados lo utilicen para practicar puntería.

—Dios mío... no.

Jacques se volvió hacia el rostro horrorizado de Talia.

—Por suerte para tu marido, yo no soy un aristócrata caprichoso al que solo le interesa su propio placer.

—¿Qué quieres decir?

—El conde de Ashcombe es un cretino arrogante, pero no dudo de que su madre estará dispuesta a ofrecer una buena cantidad de dinero para recuperarlo. Esta misma noche voy a enviar un mensaje exigiendo un rescate.

Talia se mordió el labio inferior, se debatía entre el alivio de saber que no pensaba matarlo y la consternación que le provocaba el que su madre fuera a verse sometida a la terrible experiencia de enterarse de que su hijo estaba en manos de espías franceses.

—No puedes ser tan cruel.

—Es lo que debo hacer —ni siquiera se molestó en disculparse—. Tengo muchas bocas que alimentar y nuestros cofres están casi vacíos.

—Dime cuánto vas a pedir por liberar a Gabriel y yo me encargaré de que lo recibas —le aseguró—. No es necesario que asustes a una mujer mayor.

Jacques la miró arrugando el entrecejo.

—¿Has olvidado que esa mujer ha estado rehuyéndote desde que te casaste con su hijo?

Claro que no lo había olvidado, ni tampoco era tan ingenua como para pensar que la condesa viuda dejaría algún día de considerarla una vergüenza para la familia que había que mantener apartada de la sociedad.

Pero, a pesar de que no la apreciaran, ahora pertenecía a la familia Ashcombe e iba a hacer todo lo que estuviese en su mano para protegerlos.

—¿Qué más te da a ti, siempre y cuando recibas el dinero?

—Tú... —Jacques meneó la cabeza y se quedó mirándola con una extraña expresión.

—¿Qué?

—A veces se me olvida que quedan personas realmente buenas en el mundo —se acercó a ella y le retiró el pelo de la cara—. Me das miedo.

—Y ahora te burlas de mí.

—*Non* —le pasó la mano por la mejilla—. Eres de esas mujeres por las que un hombre siente la tentación de reformarse. Y eso es muy peligroso.

Talia frunció el ceño, sin comprender aquellas palabras tan absurdas.

Toda su vida había estado a merced de algún hombre. Su padre, Harry, Gabriel y ahora Jacques. Y todos ellos la habían obligado a acatar su voluntad.

—Muy bonito, pero si algo he aprendido es que ningún hombre está dispuesto a reformarse solo por una mujer. O al menos, por mí —se lamentó justo antes de que la carcajada de Jacques retumbara en toda la habitación—. ¿Qué es lo que te parece tan divertido?

—He dedicado toda mi vida a luchar por la libertad de los franceses, aunque para ello tuviese que volver a Inglaterra y engañar a aquellos que confiaban en mí. Y sin embargo lo he arriesgado todo para traerte conmigo en lugar de librarme de ti, que es lo que debería haber hecho.

—Tú no podrías matar a un inocente —lo rebatió ella.

—He hecho cosas peores, *ma petite* —una sonrisa de tristeza curvó sus labios—. Pero cuando me miras con esos ojos tan inocentes, deseo ser como tú me ves.

—Jacques.

—Aunque lo que me has hecho a mí no es nada comparado con la destrucción hacia la que has empujado a tu pobre esposo —siguió diciendo.

—No tiene ninguna gracia.

—Supongo que sabrás que, antes de casarse contigo, todo el mundo consideraba al conde de Ashcombe un caballero arrogante y orgulloso que no se dignaba a entablar relación con nadie, excepto con unos pocos privilegiados.

—Supongo que sí que tenía fama de distante —reconoció Talia a regañadientes.

—Era un hijo de perra sin corazón —corrigió Jacques—. Pero en solo unas semanas lo has convertido en un bárbaro posesivo capaz de lanzarse al peligro nada más darse cuenta de que habías desaparecido.

—Eso es... —se quedó pensando un instante—. No tiene sentido.

—El pobre hombre está ahora gritando como un loco —sonrió con satisfacción, pues era evidente que se alegraba de estar haciendo sufrir a Gabriel—. ¿Qué más pruebas necesitas?

Durante un instante de locura, Talia llegó a creer que Gabriel podría verla como algo más que una carga que tenía que soportar por el bien de su familia. Pero enseguida apartó tan absurda idea de su mente.

No era momento para insensateces.

—Lo único que quiero es poder volver a Inglaterra con mi esposo —se apartó de la mano que aún la tocaba—. ¿Cuánto dinero necesitas?

Jacques se cruzó de brazos y la miró detenidamente.

—He dicho que estaba dispuesto a entregar al conde a cambio de una buena donación para mis huérfanos, pero tú no estás incluida en el trato.

Aquello le provocó un escalofrío.

—Prometiste que me soltarías en cuanto hubiese comenzado la batalla contra Wellesley.

—Pero es posible que no pueda hacerlo.

—Jacques.

—Estás muy cansada, *ma petite* —murmuró justo antes de acercarse a darle un rápido beso en los labios—. Vete a la cama y ya hablaremos de todo esto mañana por la mañana.

Talia lo vio salir de la habitación mientras se preguntaba qué estaba ocurriendo.

Por mucho que coqueteara con ella, no era posible que realmente quisiese que se quedara con él.

¿Verdad?

Se puso a caminar de un lado a otro de la habitación, analizando cuáles eras sus opciones.

Por una vez no pensaba quedarse sentada esperando a ver qué nuevo golpe le deparaba el destino.

Para variar, iba a tomar las riendas de su vida.

Sophia Reynard se movía por el silencioso palacio con la misma elegancia que en otro tiempo la había convertido en la gran estrella del escenario parisino y le había hecho ganarse la absoluta adoración del público.

Aunque algunos habrían dicho que lo que le había dado la fama había sido la belleza de un rostro de piel de marfil que contrastaba con sus rizos castaños rojizos. O esos ojos tan expresivos, más cerca del negro que del marrón. O incluso esa figura alta y esbelta que siempre resultaba elegante, ya fuese vestida con harapos o, como en aquel momento, con una bata color zafiro que se cerraba con unos lazos negros que parecían estar pidiendo a gritos que alguien se los abriera.

Sin embargo Sophia siempre había sabido que habían sido

sus dotes interpretativas lo que la había sacado de las malolientes habitaciones donde había vivido con su madre en Halles, cerca del viejo Cementerio del los Inocentes, y la había catapultado hasta las mejores mansiones de Chausée d'Antin y del Faubourg Saint-Germain.

Sobre el escenario era capaz de transmitir el humor de Molière y la tragedia de Racine. Y fuera del escenario... bueno, en realidad era ahí donde demostraba su verdadero talento.

Con la habilidad que ostentaban tan solo las mejores cortesanas, era capaz de hacer realidad los deseos de cualquier caballero.

Podía ser tímida o traviesa, cauta o atrevida, dulce o vulgar. Podía conversar con los intelectuales más profundos o contar chistes que harían sonrojar al marinero más aguerrido. Pero lo más importante de todo era que hacía que cualquier hombre se sintiera único en cuanto la estrechaba en sus brazos.

Todos esos talentos eran los que le habían permitido sobrevivir a la revolución a pesar de que sus aristocráticos amantes hubiesen sido asesinados. Incluso había atraído la atención de Napoleón después de su ascenso al poder.

Era una superviviente nata.

Pero, por desgracia, no siempre tomaba las decisiones más sabias.

Había conocido a Jacques Gerard en París hacía cinco años y, por primera vez en sus treinta años de vida, se había quedado prendada de inmediato.

Era algo más que una simple atracción física, aunque aún sentía ese hormigueo cada vez que él la miraba. De hecho, se había sentido transportada a los días en que todavía era lo bastante joven e ingenua como para creer en el amor.

Lo que realmente le había fascinado había sido su inquieta inteligencia y esa ardiente intensidad que emanaba de él.

Era una persona radiante, incandescente.

Tanto cuando estaba ideando estrategias con Napoleón como cuando la seducía hasta llevársela a la cama, la pasión que lo movía la inundaba a ella también en cuerpo y alma.

En solo unos días se había enamorado locamente de él y le había sido fiel a pesar de todo el tiempo que pasaban separados cuando Jacques estaba en Inglaterra durante meses y a veces años.

Pero no era tan tonta de creer que él hacía lo mismo. Después de todo, era un hombre. ¿Había alguno que no esperara que una mujer le fuera fiel mientras ellos se acostaban con cualquiera que estuviese dispuesta a levantarse las faldas?

No obstante, Jacques nunca había mostrado cariño o verdadero interés por ninguna otra mujer.

Hasta ahora.

Después de detenerse a dibujar una sonrisa de impaciencia en su rostro, Sophia entró en los aposentos de Jacques y se le aceleró el corazón al verlo apoyado junto a la ventana con una copa de brandy en la mano.

Su elegante belleza y su cuerpo cubierto por el batín brocado encajaban a la perfección con la majestuosa decoración en oro y marfil. Sophia siempre se había preguntado si no correría por sus venas más sangre noble de la que estaba dispuesto a admitir, porque desde luego parecía más un aristócrata que un campesino.

Pero era una sospecha que jamás le contó, pues sabía que a él no le resultaría nada divertido descubrir que por sus venas corría sangre azul.

Especialmente esa noche, pensó mientras se fijaba en la tensión de sus hombros y la expresión adusta de su rostro.

Se quedó parada, titubeando. Había ido en su busca para exigirle una explicación, pero ahora ya no estaba tan segura de querer escuchar lo que él pudiera decirle.

Su lado más cobarde no sabía si estaba preparada para enterarse de la verdad, si esa verdad iba a romperle el corazón.

Claro que no había sobrevivido treinta años gracias a su cobardía. Así pues, respiró hondo y se obligó a echar a andar hacia él. Pasó entre las sillas de madera de haya tallada, la mesa ovalada adornada con porcelana de Sevres que había frente a la chimenea de mármol y, casi había llegado al escritorio repleto de mapas, sobres sin abrir y todo tipo de anotaciones, cuando Jacques se percató de su presencia y se volvió hacia ella con cara de pocos amigos.

Sophia siguió sonriendo.

—¿Te molesto?

Durante un instante apareció en el rostro de Jacques una expresión parecida al pesar, como si le hubiera recordado algo que hubiera preferido olvidar. Pero después se acercó a ella con su encanto habitual, le agarró la mano y se la llevó a los labios.

—Sophia, siempre es un gusto verte —murmuró en francés, pero con un ligero acento inglés que la volvía loca—. ¿Esa bata es nueva?

—*Oui*. Mientras contaba los días para que volvieras a Francia, descubrí una estupenda modista en París —bajó la voz deliberadamente hasta adquirir un tono sensual y tentador—. Estaba impaciente por tener la oportunidad de mostrarte mis tesoros.

—El tesoro no son esas telas, sino tú, *ma belle* —dijo recorriendo lentamente su cuerpo con la mirada—. Tú estarías impresionante incluso con un saco.

—Pues parece que soy un tesoro fácil de olvidar.

Sophia se arrepintió de haber pronunciado aquellas palabras al ver que Jacques le soltaba la mano y daba un paso atrás con expresión cautelosa.

Sacré bleu. ¿Qué le pasaba? En otro tiempo había sido una verdadera maestra en esa clase de juegos.

—Ah, vienes a regañarme por tenerte abandonada —la acusó.

—No soy tan tonta de regañar a mi amante, pues no hay manera más certera de acabar con el interés de un hombre —intentó hablar en tono desenfadado, de chanza—. Pero debo admitir que siento curiosidad por saber qué te tiene tan ocupado que no te permite pasar ni una hora conmigo.

—Perdóname, *ma belle* —dijo y señaló el escritorio—. Me

temo que no sospechaba que pudiera llevar tanto tiempo organizar a un puñado de espías.

—¿Entonces no tiene nada que ver con tus invitados ingleses?

La ira endureció su rostro bruscamente.

—Claro que tiene que ver. La peste negra...

—¿La peste?

—También conocida como conde de Ashcombe —aclaró—. No solo ha tenido la desfachatez de colarse en mi casa, también ha arruinado la oportunidad perfecta para que nuestros hombres asestaran un golpe mortal al enemigo —apretó los puños al decir aquello—. Y, para colmo de males, ha descubierto al contacto que tenía en el Ministerio de Interior inglés, que nos proporcionaba una información muy valiosa. Voy a tardar meses en reparar todo el daño que nos ha hecho.

—Sí que es una peste, sí —asintió ella mientras observaba la expresión de su rostro y se preguntaba si tanta tensión se debía realmente al daño ocasionado por el conde, o a su intento de rescatar a su joven esposa—. ¿Qué vas a hacer con él?

Jacques se encogió de hombros.

—Tengo intención de mandar una carta a la condesa viuda pidiendo un rescate por su hijo. No tengo ninguna duda de que estará dispuesta a darnos una buena parte de su fortuna para asegurarse de que está bien.

Sophia se agarró un mechón de pelo que se había dejado suelto a propósito para que le cayera sobre el escote.

—¿Y qué hay de su esposa?

Jacques se puso muy recto.

—¿Talia?

—*Oui*.

—Me temo que la viuda no siente ningún apego por la actual condesa —dijo secamente, sin dar pistas de lo que pensaba—. Seguramente sería más fácil que me pagara por retenerla aquí que por dejarla volver.

—¿Y vas a hacerlo?

—¿Si voy a hacer qué?

—Retenerla.

Sophia sintió una intensa punzada de dolor en el pecho al ver que Jacques se alejaba de ella e iba hacia la chimenea.

Eso quería decir que sus sospechas no eran simples fantasías.

No era del todo de extrañar.

Según los rumores, la condesa de Ashcombe había conquistado con su simpatía y su amabilidad a todos los hombres del castillo, desde el soldado más fiero al huérfano más tierno.

¿Qué hombre podría resistirse a una mujer joven y bella, sola y vulnerable?

—Aún tengo que pensarlo —murmuró.

Sophia era demasiado lista como para seguir presionándolo, así que optó por apelar al lado más prosaico de su naturaleza y obviar su evidente necesidad de hacerse el héroe.

—Tengo entendido que su padre es muy rico, ¿no es así? —le preguntó con voz suave.

—Eso dicen —respondió él, encogiéndose de hombros.

—Entonces seguro que pagará un buen rescate por recuperar a su única hija.

Jacques volvió a torcer el gesto.

—Es difícil saber algo así con hombres como Silas Dobson. Vendió a Talia a cambio del título más alto que encontró, así que está claro que mucho cariño no le tiene —había desprecio en su voz; los arribistas le provocaban tanta repugnancia como los nobles—. Puede que piense que su hija ya no es responsabilidad suya.

—Solo hay una manera de descubrirlo —le sugirió—. Estaría encantada de ayudarte a escribir la petición de rescate.

—*Non*.

—¿Jacques?

Había en sus ojos una advertencia imposible de pasar por alto.

—La condesa de Ashcombe es responsabilidad mía y seré yo el que decida su futuro. ¿Comprendido?

Sophia se mordió la lengua para no protestar. «*Mon Dieu*». Parecía que ya había hecho suficiente por una noche.

Había llegado allí con la intención de ser sutil, algo que no debería haberle sido difícil a una mujer que llevaba persuadiendo y seduciendo hombres desde los trece años. Debería haberle sido sencillo descubrir lo que sentía por Talia y, a partir de ahí, ir haciendo mella en la admiración que sentía por aquella intrusa.

Lo había hecho cientos de veces.

Pero nunca con un hombre al que amara.

Lo único que había conseguido con su torpeza había sido que Jacques se empeñara aún más en proteger a la pobre lady Ashcombe.

—Por supuesto —respondió ella en un murmullo.

Jacques apartó la silla que había frente al escritorio.

—Debería seguir con la correspondencia.

—Como quieras —no tenía más remedio que marcharse, pero se detuvo antes de salir—. No trabajes demasiado, *chéri*. Tienes que estar fuerte por el bien de todos.

Él ni siquiera se molestó en levantar la cabeza.

—*Bonsoir, ma belle.*

—*Bonsoir.*

Sophia recorrió el largo pasillo hacia su dormitorio sin poder dejar de pensar. El encuentro con Jacques la había convencido de algo. La condesa de Ashcombe debía marcharse de Francia.

Cuanto antes mejor.

Y solo había una manera certera de conseguirlo.

Una vez tomada la decisión, Sophia fue hasta su dormitorio a buscar una manta y, sin hacer caso de la vocecilla que le decía que aquel era el mayor riesgo de su vida, se dirigió sigilosamente hasta el despacho de Jacques. Se coló en la oscura habitación con el corazón a punto de escapársele del pecho, pero no se dejó llevar por el miedo y no paró hasta encontrar lo que buscaba.

Se metió la pequeña joya en un bolsillo de la bata y el sobre cerrado en el otro, y salió de allí rumbo a la escalera más cercana.

Recorrió el castillo con paso firme, sin prestar atención a los guardias con los que se cruzaba y que la miraban con curiosidad, hasta que llegó a la puerta de la bodega, donde había apostado un soldado.

Con la mejor de sus sonrisas, Sophia le mostró la manta y le explicó al soldado que Jacques la enviaba para asegurarse de que su invitado estaba cómodo. El joven titubeó, pero luego metió la llave en la cerradura y abrió la pesada puerta de roble.

Sophia esperó a que se cerrara de nuevo antes de adentrarse en la habitación. Se le cortó la respiración al ver a aquel hombre alto y fuerte levantarse del camastro e ir hacia ella.

A pesar de lo harta que estaba de hombres, Sophia tuvo que admitir que aquel era todo un ejemplar.

A la luz de la antorcha, su cabello parecía de oro y sus rasgos perfectos parecían más propios de un ángel que de un simple mortal. Pero, al margen de semejante belleza, Sophia sintió un escalofrío al sentir su mirada sobre ella.

A diferencia de la mayoría de nobles a los que había conocido a lo largo de los años, el conde de Ashcombe no parecía un dandi, ni tampoco un lujurioso. *Non.* Aquel caballero tenía la mirada fría y peligrosa de un depredador, capaz de atravesar sin dificultad las defensas que tanto le había costado levantar.

—Vaya, vaya —dijo él—. Jacques es un pésimo anfitrión, pero sin duda tiene muy buen gusto para elegir guardias —la miró de arriba abajo descaradamente—. ¿O está aquí para ejercer de doncella?

Sophia dejó a un lado la manta y le ofreció la sonrisa con la que había seducido a toda clase de hombres, desde deshollinadores a miembros de la realeza.

—¿Cómo está tan seguro de que no soy una doncella de verdad? —le preguntó con voz suave.

Él la miró detenidamente, pero, afortunadamente, resultó no ser inmune a sus encantos.

—Pocas sirvientas podrían permitirse una bata de seda como esta —se acercó a ella y le agarró las manos—. Y estas manos... —le pasó los dedos por las muñecas de un modo que daba cuenta de su habilidad para satisfacer a las mujeres—. Demasiado suaves para una trabajadora.

—Las suyas, sin embargo, son finas como las de un artista y al mismo tiempo fuertes como las de un guerrero. Una combinación muy atractiva —dejó de hablar bruscamente al verse empujada contra el muro de ladrillo de la bodega. Sophia se quedó inmóvil, incapaz de escapar de la presión del cuerpo del conde. Él se las había arreglado para hacer que se sintiera segura, justo lo que había planeado hacer ella. No sabía si estar ofendida o impresionada—. Milord. ¿No deberíamos ser presentados antes de pasar a actitudes tan íntimas? —le dijo, bromeando.

Pero él la miraba con furia.

—¿Tan tonto me cree Jacques?

—En realidad se refiere a usted como la peste negra.

—¿Para qué la envía?

La frialdad de su mirada la hizo estremecer. De cerca resultaba aún más intimidante.

Tenía la impresión de haber provocado a un león y ahora iba a sufrir las consecuencias.

—No sabe que estoy aquí —confesó.

Él apretó los dientes.

—No tengo paciencia para jueguecitos aburridos.

Con cierto esfuerzo, Sophia se puso recta y esbozó una sonrisa provocadora. No podía acobardarse, aquello era demasiado importante.

—Le aseguro, milord, que mis juegos nunca resultan aburridos.

Él volvió a mirarla de arriba abajo, pero mostrando una absoluta indiferencia por sus curvas perfectas.

—O pretende sacarme información o alejarme de mi esposa

—la miró de nuevo a los ojos—. Pero me temo que no va a conseguir ninguna de las dos cosas.

Sophia no pudo evitar sentir cierta amargura.

—*Non*. Jamás soñaría siquiera con alejar a un caballero de los encantos de la condesa de Ashcombe.

—¿Qué sabe de mi esposa? —rugió.

—Que no puede quedarse aquí más tiempo.

Ashcombe frunció el ceño, sin duda sorprendido por su respuesta.

—¿Quién demonios es usted?

—Sophia Reynard.

—Sophia... —repitió él con gesto pensativo—. ¿De qué conozco yo ese nombre?

—Antes de retirarme, era una de las mejores actrices de París —explicó con orgullo.

—Ah, sí —asintió antes de mirarla con absoluta frialdad—. Fue amante de Napoleón.

Sophia meneó la cabeza. Por muchos éxitos que hubiese cosechado en los escenarios, siempre la recordarían por sus amantes.

Era una lástima que fueran los hombres los que dirigieran el mundo.

—De eso hace ya mucho tiempo.

—¿Qué hace aquí entonces?

—Me parece que debería ser obvio para un hombre de mundo como usted.

—Madre mía —hizo una mueca—. ¿Jacques Gerard?

—*Oui*. Es guapo y encantador, además de un amante magnífico. Pero lo que es más importante es que también es un gran líder que va a cosechar muchos éxitos.

Lord Ashcombe se encogió de hombros.

—Solo si Napoleón se sale con la suya.

—Lo hará. Pero para ello necesita a Jacques —añadió con voz firme y sincera.

Él la observó durante unos segundos llenos de tensión,

luego se apartó de ella, pero Sophia sabía que no habría podido escapar, de querer hacerlo.

—¿Por qué ha venido a verme?

Se pasó la mano por la bata con nerviosismo antes de responder.

—Estoy preocupada desde que Jacques ha vuelto a Francia.

—Es lógico —asintió él—. Es un traidor peligroso al que habría que llevar a la guillotina cuanto antes.

—Lo que me preocupa es que hay algo que lo está distrayendo de sus obligaciones.

—Si no quiere que se distraiga, quizá debería marcharse.

Ella esbozó una triste sonrisa.

—Muy a mi pesar, me temo que no soy yo la que lo está distrayendo, milord —lo miró a los ojos—. Es su esposa.

CAPÍTULO 10

En una postura en la que pudiera ver la puerta y al mismo tiempo no perder de vista a su inesperada visitante, Gabriel miró a Sophia Reynard y se resistió al impulso de estrangularla.

Indiscutiblemente, era toda una belleza.

El cabello sedoso y los ojos oscuros contrastaban con su piel de alabastro y le daban un aire exótico que para cualquier hombre evocaría noches cálidas y sábanas de raso.

Pero Gabriel nunca se había dejado controlar por el sexo.

Hasta el momento, Sophia había intentado distraerlo mostrándole ligeramente el escote y con unas cuantas sonrisas seductoras. Pero había cambiado de estrategia y era evidente que ahora pretendía hacerle dudar del honor de su esposa, insultándola.

—Tenga cuidado con lo que dice —le advirtió.

Ella apretó los labios en un gesto, quizá, de arrepentimiento.

—Solo digo la verdad.

—Mi mujer está por encima de cualquier reproche, así que, si dice lo contrario, lamentará...

—Milord —lo interrumpió con impaciencia—. Nunca sería tan tonta como para cuestionar el honor de la condesa de Ashcombe, pero tiene que reconocer que es exactamente el tipo de mujer que despertaría los instintos de protección de Jacques.

Muy a su pesar, Gabriel se dio cuenta de que lo había hecho dudar. Habría querido pensar que sus acusaciones no eran más que un truco, pero, ¿cómo iba a hacerlo? Solo había una razón que explicara por qué el francés se había llevado a Talia a su palacio y la trataba como una invitada más que como a una prisionera.

Porque la quería para él.

Una furia incontrolable estalló dentro de él.

—La condesa es mía y solo mía.

—Pues tiene usted una manera muy extraña de demostrarlo —replicó Sophia—. No alcanzo a comprender por qué decidió abandonar a su joven esposa en el campo. Fue una irresponsabilidad. Debería haber pensado que cualquier hombre de los alrededores sentiría el deseo de rescatarla.

Gabriel la miró con cara de pocos amigos, sin querer pararse a pensar en que tenía algo de razón en lo que decía.

—Yo no la abandoné.

—La dejó sola, en una situación muy vulnerable y eso la convirtió en el objetivo perfecto de un hombre que venera la memoria de su padre.

Comenzó a caminar por la bodega, se le encogía el corazón de pensar que Talia pudiese haberse sentido sola y vulnerable mientras él estaba en Londres, regodeándose en sus supuestas razones.

—¿Qué tiene que ver su padre con mi esposa?

—*Monsieur* Gerard estuvo dispuesto a morir para salvar a su mujer de la crueldad de un noble. Es lógico que Jacques estuviese deseando lanzarse a rescatar a una dama en apuros.

Gabriel resopló.

—Ese sinvergüenza no la rescató, la secuestró y la convirtió en su prisionera.

—Él, sin embargo, se ve como un héroe que la ha salvado de usted, el malvado esposo que amenazaba con arruinarle la vida —insistió Sophia.

Gabriel se sintió azuzado por el instinto de posesión. Talia era suya y estaba dispuesto a matar a cualquiera que pensara lo contrario.

—Supongo que habrá venido a verme con algún propósito —dijo, furioso.

Ella lo miró fijamente con los ojos llenos de una emoción que no podía contener.

—Quiero que su esposa se marche de Francia y me parece que usted es el más apropiado para llevar a cabo tal misión.

—Yo, desde luego, estaría encantado de llevarla de regreso a Inglaterra, pero no sé si se habrá dado cuenta de que en estos momentos me encuentro prisionero —añadió señalando la puerta cerrada—. ¿O es que ha hecho desaparecer a los guardias?

—*Non*, pero puedo distraerlos mientras usted escapa.

Gabriel la miró con absoluta desconfianza.

—¿Por qué?

Ella frunció el ceño, confundida.

—*Pardon?*

—¿Por qué quiere ayudarme?

—Ya se lo he dicho, quiero que se lleve a la condesa de Francia.

—No creo que esté dispuesta a traicionar a su amante y a su país solo por unos simples celos.

En sus labios apareció una sonrisa trágica.

—Conoce muy poco a las mujeres si no sabe que somos capaces de sacrificarlo todo por amor.

Una punzada de envidia, o quizá de deseo, se le clavó en el pecho durante un instante, pero enseguida acalló tal sensación.

El amor no era más que una bella ilusión bajo la que las damas ocultaban sus pasiones más primitivas. Las parejas se unían por lujuria, por ansias de poder o de riqueza. Nada tenía que ver con la luz de la luna y los poemas románticos.

—Las conozco lo bastante como para sospechar cuando aparece de pronto una mujer hermosa y me ofrece exactamente lo que más ansío —le explicó, desdeñoso—. Siempre hay que pagar un precio y normalmente es algo que no deseo pagar.

Ella hizo un gesto de impaciencia.

—¿Qué podría yo ganar con vuestra huida?

—No tengo intención de averiguarlo —la miró con obstinación—. Francamente, no me fío de usted, Sophia Reynard.

Se hizo un largo silencio, como si ella estuviese analizando un importante problema, después respiró hondo.

—Es una lástima —dijo por fin—. Tenía la esperanza de no tener que hacerlo.

—¿No tener que hacer qué?

Se cuadró de hombros antes de responder.

—Demostrar que estoy dispuesta a sacrificarlo todo con tal de recuperar a mi amante.

Gabriel enarcó una ceja.

—Es una oferta muy tentadora, pero no me interesa.

Ella lo miró con ostensible enfado.

—No tengo intención de compartir mi cuerpo con usted.

—¿Entonces de qué se trata?

—Yo...

—¿Sí?

—Puedo decirle quién es el traidor inglés, cómplice de Jacques.

No era ninguna revelación, teniendo en cuenta que ya se habían encargado de todos aquellos sinvergüenzas inmorales.

—Ya hemos capturado a sus cómplices.

—*Non*, han capturado a unos cuantos empleados sin demasiada importancia.

El tono burlón de sus palabras hizo que Gabriel se pusiera en tensión.

—No creo que un empleado del Ministerio de Interior sea alguien de poca importancia.

—Es posible, pero es alguien fácil de sustituir —hizo una pausa—. Siempre que se conozca a la persona con el puesto adecuado para reemplazarlo.

—¿Jacques? —preguntó, desconcertado por las pistas que le había dado.

Pero ella meneó la cabeza con vehemencia.

—Jacques huye de Londres como de la peste. Su presencia en Inglaterra debe de ser siempre muy discreta, para no llamar la atención.

—¿Por qué?

—Su madre vive en Londres y no tiene la menor idea de su...

—¿Traición?

A Gabriel no le sorprendió demasiado que el francés tuviera familia en Inglaterra, pues la soltura con la que manejaba el idioma hacía pensar que habría pasado al menos varios años allí.

—No, de su valiente cruzada —corrigió ella—. Como es lógico, los rufianes de los que se sirve para sacar la información de Londres nunca podrían tener los contactos necesarios en el gobierno y en el ejército —Sophia dio un paso adelante sin dejar de mirarlo a los ojos—. *Non*, solo un caballero de buena familia podría servir a Jacques de intermediario perfecto.

Gabriel abrió la boca para asegurar que ningún caballero de la nobleza se involucraría jamás en una conspiración tan sórdida, pero no llegó a hacerlo porque él, mejor que nadie, sabía que algunos de los ladrones y asesinos más importantes no procedían de los burdeles, sino de las distinguidas calles del bario de Mayfair.

Además, no le faltaba razón en algo que había dicho. Jacques debía de tener mucho poder para haberse convertido en un espía tan importante.

—Está bien, reconozco que pueda haber un caballero de buena posición social y con contactos en el Ministerio de Interior —admitió, muy a su pesar.

—Si le descubro la identidad del traidor, ¿se marchará de Francia con su esposa? —le preguntó—. Necesito que me dé su palabra.

Gabriel titubeó. Desde el momento en que la había visto aparecer había dado por hecho que sería una trampa. Habría sido un tonto de pensar otra cosa.

Pero, ¿podía pasar por alto la oportunidad de descubrir a un traidor a la corona?

Quién sabía cuántos soldados británicos habrían caído por culpa de ese misterioso hijo de perra. Y a cuántos más pondría en peligro en el futuro.

No tenía otra opción que dejarse llevar por aquella farsa.

Al menos por el momento.

—Le doy mi palabra.

—Muy bien. El traidor es...

La vio titubear, fingiendo una reticencia con la que sin duda no pretendía otra cosa que aumentar la expectación, pero que solo sirvió para enervarlo.

—¿Sí? —le preguntó, molesto.

—El señor Harry Richardson.

Se hizo un intenso silencio mientras Gabriel intentaba asimilar que aquella mujer se hubiese atrevido a acusar a su hermano. Entonces la agarró de ambos brazos con una furia asesina y se la acercó para clavarle una mirada aterradora.

—Zorra —la insultó—. Sabía que era un truco.

Se quedó pálida, pero no quiso reconocer la verdad.

—*Non*. Tiene que escucharme.

—¿Quiere que escuche las sucias mentiras que salen de tan bellos labios? —le puso una mano en el cuello y la agarró con la fuerza justa para demostrarle lo fácil que le sería poner fin a tales mentiras—. Se me ocurre algo mejor. ¿Por qué no la obligo a decirme la verdad?

Notó que se le aceleraba la respiración y los ojos se le llenaban de temor.

—En mi bolsillo —consiguió decir.

—¿Qué?

—Meta la mano en mi bolsillo.

—¿Por qué? —le preguntó en tono burlón—. ¿Tiene una víbora escondida?

—Tengo una prueba.

Gabriel soltó una risotada. No sabía por qué le sorprendía

tanto que sus enemigos cayesen tan bajo como para acusar de traición a su propio hermano.

¿No se decía acaso que «en el amor y en la guerra todo vale»?

Le metió la mano en el bolsillo de la bata sin retirar la otra de su cuello.

—Ya había tomado la decisión de matar a Jacques Gerard, pero ahora además me aseguraré de que su muerte sea lo más dolorosa y lenta que... —se quedó sin palabras al sacar del bolsillo aquel objeto redondo y ver que era un antiguo anillo de oro con un sello que conocía muy bien—. ¿Qué demonios?

—¿Lo reconoce? —le preguntó ella suavemente.

¿Cómo no iba a reconocerlo? Él mismo se lo había puesto a su hermano después del funeral de su padre y, antes de eso, lo había llevado durante años hasta que se había visto obligado a ponerse el anillo con el escudo de los Ashcombe.

Apenas se atrevía a respirar; ya era esfuerzo suficiente luchar contra la avalancha de emociones que amenazaban con ahogarlo.

Conmoción. Incredulidad. Rabia.

Arrepentimiento.

—¿Dónde lo ha encontrado?

—Jacques se lo pidió a Harry cuando accedió a espiar para Francia.

—No —murmuró, meneando la cabeza.

—Jacques tenía la impresión de que Harry podría no ser de fiar, por eso le exigió una prenda con la que tener la certeza de que no lo traicionaría —le explicó ella.

Se le había revuelto el estómago y la sangre se le había helado en las venas, pero enseguida se dijo que tenía que ser una broma cruel.

Harry había cometido numerosos pecados, pero jamás traicionaría a su país.

Jamás.

Apretó el anillo con fuerza.

—¿Por qué precisamente esto?

Sophia se encogió de hombros.

—El anillo delataría a Harry si alguna vez cambiaba de opinión.

—Esto no demuestra nada —se obligó a decir—. Podrían haberlo robado de Carrick Park. Estoy seguro de que el pastor —pronunció aquella palabra con gesto burlón—.... Gerard era muy bien recibido en la casa.

Ella lo miró con algo parecido a la lástima antes de sacar algo del otro bolsillo de la bata.

—¿Y esto, demuestra algo?

Gabriel agarró el papel al tiempo que maldecía entre dientes y seguía intentando convencerse de que todo era falso. Por desgracia, solo tuvo que echar un vistazo para toparse con la dura realidad.

No solo aparecía la firma de Harry y su sello junto a la declaración de lealtad al emperador Napoleón Bonaparte y su compromiso a ayudar a Jacques Gerard en todo lo que necesitara; lo que realmente le convenció de la autenticidad del documento fue esa caligrafía descuidada y casi ilegible que no podía ser de otro más que de su hermano. Era prácticamente imposible de imitar.

Maldito fuera.

La cabeza empezó a darle vueltas mientras intentaba enumerar las funestas repercusiones de la traición de su hermano.

Habían muerto soldados, Dios sabía cuántos. El monstruo corso había continuado asolando Europa y ahora también la Península Ibérica porque Inglaterra y sus aliados siempre estaban un paso por detrás. Multitud de personas se habían visto obligadas a abandonar sus hogares huyendo de las continuas batallas.

¿Podría haber un crimen peor?

En su mente aparecieron entonces recuerdos poco agradables de su hermano. Harry llegando a caso borracho y apestando a perfume barato, o acosando a su madre para convencerla de que le hiciera un nuevo préstamo para comprar un ostentoso carro o un palco en el teatro. O los matones que más de una vez habían llamado a su puerta exigiendo el pago de las deudas de juego de Harry.

Sí, su hermano era un hombre débil y propenso a los excesos. Dos defectos que lo habían hecho más peligroso que cualquier loco asesino.

Comenzó a caminar de un lado a otro, incapaz de estar quieto mientras su mente no paraba.

¿Sería posible que lo hubiesen obligado a convertirse en espía? ¿Acaso lo habrían chantajeado para escribir esa maldita nota?

Por descabellado que fuera, era lo único a lo que podía agarrarse.

—Cuéntemelo todo.

Sophia se aclaró la garganta, sin duda aliviada de que Gabriel no hubiese tratado de matar a la mensajera.

—Por lo que me ha contado Jacques, Harry y él estudiaron juntos.

Gabriel frunció el ceño. Le extrañaba que alguien tan tenaz como Jacques hubiese elegido la amistad de un joven tan superficial al que solo le preocupaban sus propios deseos.

—¿Eran amigos?

—No conozco todos los detalles, pero sé que tenían la bastante confianza como para que su hermano supiese que Jacques compartía los ideales de la revolución y que había vuelto a Francia.

Gabriel la miró con desconfianza.

—¿Cómo puede estar tan segura?

—Porque hace unos dos años visitó por sorpresa este mismo palacio.

¿Harry había viajado a Francia?

—¿Cuándo exactamente? —quiso saber.

Sophia se detuvo a pensar un momento.

—En abril hizo dos años —precisó—. No puedo decirle la fecha exacta.

Gabriel trató de hacer memoria con la esperanza de poder recordar algo que demostrara que por aquel entonces Harry había estado en Inglaterra y no vendiendo su alma al diablo.

Por desgracia lo que recordó fue a su madre quejándose de que su hermano no quisiese acompañarla a la ciudad para el comienzo de la Temporada y su propia extrañeza al ver que Harry insistía en quedarse solo en Carrick Park a pesar de lo mucho que detestaba el campo.

Si hubiese sabido el mal que iba a causar su hermano...

Meneó la cabeza de nuevo, esa vez para dejar de lado cualquier lamento.

Ya se recriminaría todo lo que fuese necesario más adelante; ahora debía descubrir cómo había comenzado aquella pesadilla y cómo ponerle fin.

—¿Se presentó aquí sin ser invitado?

—Vino con *madame* Martine, que en ese momento era su amante —le dijo Sophia mientras le veía ir de un lado a otro—. Creo que fue ella la que le sugirió que podría acabar con sus problemas económicos aliándose con Jacques. A su hermano le gusta todo lo extravagante.

Gabriel resopló.

—Estoy al corriente de las costumbres de mi hermano, pero me cuesta creer que llegara a tal nivel de depravación como para traicionar a su propio país. A menos que lo obligaran a hacerlo.

—Nadie lo obligó a nada, como sin duda sabe, milord —añadió con cierta compasión—. Hay hombres con el alma tan vacía que buscan todo tipo de placeres exóticos con los que llenarla, pero nada les da la paz que buscan.

Aquellas palabras eran tan dolorosamente acertadas que a Gabriel se le estremeció el corazón.

—Usted no sabe nada de mi hermano —protesto a pesar de saber que no podía seguir negando lo evidente.

—Tengo la impresión de que lo conozco mejor que usted —en sus labios apareció una triste sonrisa—. Al menos yo lo veo tal como es.

—No dudo de su vasta experiencia con los hombres —respondió vilmente.

Ella recibió el insulto con una mueca de dolor, pero no bastó para hacerla callar.

—¿Se le ha pasado por la cabeza que su hermano no solo ha traicionado a su país, sino también a su familia?

—¿Qué se supone que significa eso?

—¿Cómo cree que Jacques consiguió el puesto de pastor en sus propiedades?

Gabriel había llegado a la conclusión de que ya no había nada que le sorprendiera sobre la falta de escrúpulos de su hermano y tan absurda suposición había hecho que no estuviese preparado para el golpe que significaba que Harry hubiese dejado que su madre y sus arrendatarios tuviesen que tratar con unos espías despiadados e inmorales.

El dolor se transformó en furia.

Cuando le pusiera las manos encima a su hermano...

¿Qué iba a hacer?

¿Entregarlo a las autoridades para que su madre tuviera que ver cómo su hijo pequeño moría ahorcado y enfrentarse luego a la peor de las vergüenzas y al rechazo de la sociedad?

¿Dejar que, una vez más, saliese airoso sin recibir castigo alguno?

Dios. Estaba metido en un buen lío.

—Maldita sea —protestó.

Sophia se acercó a él.

—¿Entonces me cree?

—Me temo que no tengo otra alternativa —se metió el papel y el anillo en el bolsillo de los pantalones—. Lo que sí puedo hacer es asegurarme de que su amante no pueda amenazar a mi hermano con delatarlo.

Ella se encogió de hombros.

—Puede llevarse esas cosas si lo desea, pero no conseguirá proteger a Harry.

Gabriel la miró frunciendo el ceño.

—¿Hay algo más?

—Si no lo hay ahora, lo habrá pronto.

—Eso es un farol —gruñó.

—Pobre lord Ashcombe —Sophia lo miró con una lástima que le hizo apretar los dientes—. Esta misma mañana Jacques ha recibido un mensaje en el que su hermano le pedía dinero y un lugar para esconderse de los «demonios que su hermano ha enviado en su busca».

Gabriel sonrió ante lo irónico de la situación. Había enviado a sus hombres tras Harry para hacerle pagar por haberlo obligado a casarse.

¿Quién habría podido imaginar que abandonar a Talia en el altar era el menor de sus pecados?

—¿Y Jacques ha accedido a ayudarlo?

—Por supuesto. El hermano del conde de Ashcombe siempre es un socio muy valioso.

—¿Desde dónde ha enviado la carta?

—Desde Calais —ambos se quedaron inmóviles y en silencio al oír unas voces al otro lado de la puerta—. Viene alguien, milord. No podemos perder más tiempo.

Gabriel no tuvo más remedio que olvidarse de su hermano y concentrarse en la situación en la que estaba. No tendría que preocuparse más por Harry si acababa en una fosa común en Francia.

Como seguía sin fiarse del todo de Sophia, le echó un brazo alrededor del cuello y la llevó hacia la puerta. No iba a permitir que nadie lo siguiese. Además, sería una rehén muy útil en caso de necesidad.

Estaba casi en la puerta de la bodega cuando se oyó el chirrido de los goznes.

Al no disponer de arma alguna, Gabriel no tuvo más remedio que limitarse a ver cómo se abría la puerta. Seguro de que sería algún guardia, o incluso Jacques, se quedó atónito al ver a aquella mujer de cabello rizado y despeinado y ojos verdes.

—Dios mío —dijo sin voz—. ¿Talia?

CAPÍTULO 11

Tras recuperarse de la considerable caída desde la ventana de su habitación, Talia había buscado el hatillo con sus cosas que Gabriel había dejado entre los matorrales del jardín y poco después se había puesto rumbo a las bodegas del palacio.

Para llegar allí había tenido que esconderse y salir corriendo varias veces para que no la vieran los guardias. En todo momento había tratado de hacerse a la idea de que quizá encontrase a Gabriel en no muy buenas condiciones.

¿Quién sabía lo que le habría hecho Jacques?

Podría estar encadenado a la pared, o recuperándose de una brutal paliza, o quizá mutilado después de ser torturado.

Había imaginado un sinfín de posibilidades terribles, pero en ningún momento se le había pasado por la cabeza la idea de encontrarlo con una mujer bella y medio desnuda entre los brazos.

El muy canalla.

Se detuvo en seco y miró a su esposo con la cabeza bien alta.

—Perdón —dijo entre dientes—. He sido tan tonta de creer que quizá quisieras que te liberaran —miró a la mujer que tenía al lado, pero no le consoló lo más mínimo que fuera por lo menos diez años mayor que ella. ¿Qué más daba? Era una de esas sirenas sensuales capaces de seducir a los hombres hasta en la vejez—. No se me había ocurrido que estuvieses ocupado.

La desconocida la miró de arriba abajo y esbozó una misteriosa sonrisa.

—Usted debe de ser la condesa de Ashcombe.

—Así es —dijo Talia—. ¿Y usted quién es?

—Sophia Reynard.

Incluso su nombre resultaba exótico y tentador, pensó Talia mientras deseaba que tuviera por lo menos alguna verruga que estropeara en algo tanta perfección.

Gabriel tuvo la decencia de apartarse de su amante y se acercó a ella frunciendo el ceño.

—Talia, ¿cómo demonios has conseguido salir de tus aposentos?

—He saltado por la ventana.

—Madre mía, podrías haberte roto el cuello.

Eso era gratitud. Estúpido desagradecido.

—Hace tres días tú mismo me convenciste para que lo hiciera.

—Pero conmigo debajo para agarrarte —gruñó como si le costara creer que pudiera haber sido tan tonta.

—Es evidente que estabas muy ocupado para ayudarme, así que no tenía otra opción.

—¿Y los guardias? —intervino Sophia.

—Ha sido bastante fácil que no me vieran.

La otra mujer enarcó una ceja.

—¿Y el soldado de la puerta?

Talia se mordió el labio con cierto sentimiento de culpa.

—La verdad es que lamento mucho lo del pobre Pierre —admitió—. Siempre ha sido muy amable conmigo.

Al oír eso, tanto Gabriel como Sophia pasaron por delante de ella y se asomaron al otro lado de la puerta.

—*¡Sacré bleu!* —exclamó Sophia al ver al fornido soldado en el suelo—. ¿Está muerto?

—¡Por supuesto que no! —respondió Talia, ofendida—. No tardará en despertarse —pero hizo una mueca al pensar en lo que le esperaba—. Aunque me temo que le va a doler bastante la cabeza. Espero que su esposa sepa prepararle una tintura de lavanda.

—Dios mío —Gabriel miró a Talia con absoluta incredulidad—. Yo no sé si habría podido derribarlo. ¿Cómo demonios lo has hecho?

Talia metió la mano entre los pliegues del vestido con el que había hecho el hatillo para llevar sus cosas y sacó una pequeña porra de madera.

—No me siento orgullosa, pero le dije que me molestaba algo en el pie y cuando se agachó para ayudarme, lo golpeé con esto.

—¿Qué es eso? —preguntó Sophia.

—Pasé bastante tiempo de niña en los muelles con mi padre, allí me hice amiga de un marino portugués que me lo hizo y me enseñó a golpear con ello —Talia sonrió al acordarse de Santos y de la paciencia infinita que había tenido con esa niña solitaria, necesitada de cariño—. Me dijo que lo llevara siempre encima para poder defenderme.

Gabriel miró el arma detenidamente.

—¿Tenías eso escondido durante la boda?

—Sí, en el bolso —le extrañó la pregunta—. ¿Por qué?

—Madre de Dios —murmuró Gabriel.

De pronto, Sophia soltó una sonora carcajada.

—Sabe, milady, tenía la firme intención de odiarla, pero debo reconocer que me ha dejado tan cautivada como a todos los demás —entonces se volvió hacia Gabriel y le lanzó una mirada burlona—. Confío en que se la lleve lo más lejos posible de Francia y no le permita volver.

—Yo...

La airada réplica de Talia se vio interrumpida por Gabriel.

—¿Podrá distraer a los guardias? —le preguntó a Sophia al tiempo que la agarraba a ella del brazo.

La bella mujer sonrió de nuevo.

—Creo que puedo hacer algo mejor —agarró la antorcha que había en la pared y echó a andar—. Por aquí.

Como no tenía otra opción, Talia se dejó llevar por el largo pasadizo.

Nadie dijo ni palabra cuando se alejaron del pasillo principal para adentrarse en un estrecho túnel lleno de telarañas y quién sabía qué más criaturas desagradables. Talia se acercó a Gabriel instintivamente, pues en ese momento le daban más miedo las ratas peludas que sin duda habría por allí que la que tenía a su lado.

Después de una eternidad, Sophia los condujo hasta la salida del túnel, que daba a un jardín abandonado situado detrás de las cocinas del palacio. Una vez se hubo asegurado que no había guardias a la vista, los llevó a un camino cubierto de vegetación, allí abrió una puerta tapada por la hiedra desde la que continuaba el sendero a través del bosque.

Talia se levantó las faldas para poder seguirles el ritmo y no se detuvieron hasta estar tan lejos del palacio que nadie podría verlos desde allí.

Sophia se volvió a mirarlos y le dio la antorcha a Gabriel.

—Yo los dejo aquí.

—No dirá nada a nadie de lo que hemos hablado antes —le ordenó Gabriel, intercambiando una misteriosa mirada de complicidad que Sophia compartió.

—Tengo el mismo deseo que usted de revelar nuestros secretos —dijo ella y, después de lanzarle una mirada a Talia, se inclinó a darle un beso en la mejilla a Gabriel—. *Bon voyage*, milord.

Tras una última sonrisa de arrogancia que dedicó a Talia, la muy bruja se adentró de nuevo en las sombras y desapareció. Automáticamente, Gabriel tiró de ella sin importarle lo mucho que protestara porque los matorrales le estaban haciendo trizas el vestido.

Gabriel mantuvo tan infernal ritmo durante las siguientes dos horas, abriéndose camino entre la maleza sin detenerse un momento. Talia se habría quedado impresionada de no haber estado demasiado preocupada por lo que habría hecho con Sophia.

¿Acabarían de levantarse del camastro cuando ella había entrado, o quizá los había interrumpido antes de que llegaran a intimar?

Cualquiera de las dos opciones hacía que le dieran ganas de ponerle un ojo morado a Gabriel.

Se había casado con él con la certeza de que él tendría decenas de amantes, pues la fidelidad se consideraba algo muy puritano entre la clase alta y no había nada más burgués que mostrar afecto en público hacia la esposa o el marido de uno.

Además, Gabriel le había dejado muy claro que, si bien él podía exigirle fidelidad, no tenía la menor intención de prometerle él lo mismo.

Por supuesto que se llevaría a la cama a una mujer tras otra.

Desgraciadamente, toda esa lógica no sirvió para mitigar su enfado, así que cuando por fin se detuvieron, no estaba de humor para aguantar su desaprobación.

—Pareces un golfillo harapiento —le dijo Gabriel mientras le limpiaba la cara con un pañuelo.

—Seguramente habrías preferido estar huyendo con la bella Sophia. Ella jamás parecería un golfillo harapiento.

Gabriel frunció el entrecejo, pero recorrió su rostro con suavidad hasta llegar con el pañuelo a la comisura de sus labios.

—Lo que preferiría es que abandonaras la costumbre de lanzarte de cabeza al peligro.

Talia hundió la mirada en sus intensos ojos, incapaz de creer que alguien, aunque fuera Gabriel, pudiera culparla de que la hubiesen secuestrado.

—¿Es que te has vuelto loco?

La brisa le movió el pelo. La luz de la luna se reflejaba en sus ojos grises. Quizá fuera la influencia de aquel agreste paisaje que los rodeaba o el peligro en el que se encontraban, el caso fue que el frío y distante conde de Ashcombe parecía haber sido sustituido por un completo desconocido.

—Es obvio que sí, si no, jamás te habría dejado sola después de nuestra boda. Un error que pienso corregir de ahora en adelante.

Talia se estremeció al oír aquello, pero no por miedo, fue más bien una reacción puramente femenina provocada por lo posesivo que acababa de mostrarse.

Molesta por la reacción de su propio cuerpo, Talia lo miró fijamente.

—Debería haberte dejado allí encerrado, para que te pudrieras con tu fulana francesa.

No disminuyó la tensión que se palpaba en el aire, pero en el rostro de Gabriel apareció de pronto algo parecido a la satisfacción.

—No sabía que fueras tan celosa.

—Yo no soy celosa —se apresuró a negar, indignada.

—¿No?

—Por supuesto que no. Soy perfectamente consciente de que en ningún momento me prometiste fidelidad.

Gabriel la miró como si sus palabras lo hubiesen ofendido.

—Soy tu marido.

—Eso no significa nada entre la nobleza. Para la alta sociedad el matrimonio no es más que unos votos vacíos y... —se quedó muda cuando él la apretó contra sí, rodeándola con los brazos—. ¿Qué haces?

—Demostrarte que para mí nuestros votos no son algo vacío. Tú eres mía y no voy a tolerar que tengas ningún amante —en sus ojos había un brillo ardiente y peligroso—. Jamás.

Volvió a sentir la fuerza de la excitación y una vez más se apresuró a acallarla.

—Mientras que tú puedes hacer lo que te venga en gana, si mal no recuerdo —murmuró.

Él bajó la mirada hasta sus labios.

—Lo que me viene en gana es tener a mi mujer en mi cama, donde debe estar.

Talia se estremeció, quizá por el íntimo contacto con su cuerpo.

Aquello debía de ser un nuevo castigo, se dijo a sí misma. No podía ser que Gabriel la deseara con la pasión que se reflejaba en la tensión de su rostro y la excitación de su cuerpo.

—Claro, eso explica por qué estabas tan ansioso de enviarme al campo —le recordó.

Sintió el roce de su respiración en la mejilla.

—Estaba enfadado y no pensaba con claridad.

No se atrevía a moverse.

—¿Y por qué te he descubierto hace solo un rato con una mujer medio desnuda entre los brazos?

Comenzó a mordisquearle los labios.

—No estaba entre mis brazos.

La excitación la sacudió del modo más traicionero, le aflojó las rodillas y le estremeció el corazón.

—Pero lo había estado, ¿no es cierto? —tenía que saber la verdad, tenía que quitarse esa espinita que se le clavaba en el corazón.

Entonces la besó suavemente en los labios, una y otra vez.

—No me interesan las mujeres como Sophia —susurró él mientras le pasaba las manos por la espalda—. Siempre y cuando mi dulce y sumisa esposa vuelva conmigo.

Lo que le hizo girar la cabeza para rehuir sus besos fue la respuesta de su propio cuerpo. No quería recordar el increíble placer de ser suya, ni la satisfacción de dormir entre sus brazos.

Solo había hecho que el inevitable rechazo fuese aún más doloroso.

—Esa esposa dulce y sumisa ya no existe —le respondió.

Arrimó la boca y la nariz a la base de su cuello, donde podría sentirle el pulso, y justo allí la acarició con la lengua.

—Podría exigirle que volviera.

Entonces lo agarró por las solapas de la chaqueta y se apretó contra él con absoluto deleite. Dios, deseaba apretarlo aún más y sentir sus manos acariciándole el cuerpo desnudo, explorándolo como lo había hecho la noche de la boda.

Pero se quedó inmóvil.

Aún le quedaba su orgullo.

—También podría exigir que el sol saliera por el oeste, pero probablemente no serviría de nada.

Gabriel se echó a reír, consciente sin duda de que sus caricias y sus besos no la dejaban precisamente indiferente.

—Otros maridos te obligarían a rendirte a golpes —le dijo al tiempo que encontraba un punto increíblemente sensible bajo su oreja.

Volvió a estremecerse con sus besos, pero se resistió a gemir de placer.

—Sé defenderme.

—Sí, ya lo has demostrado —sus labios le acariciaban la piel con la delicadeza de una pluma, provocando continuas ráfagas de placer—. Lo cierto es que solo los débiles recurrirían a la violencia para hacer cooperar a una mujer —le puso las manos en las nalgas y la apretó contra su excitación—. Hay maneras mucho más agradables de hacerlo.

Se obligó a ponerle las manos en el pecho, preocupada por la intensidad del deseo que latía en su interior.

—No.

Gabriel se apartó solo lo justo para mirarla a los ojos.

—¿Tienes miedo a que sea cierto?

Sí, estaba aterrada.

Después de tantos años sufriendo el acoso constante de su padre y más tarde la brutal humillación a la que la había sometido Gabriel, Talia había conseguido finalmente alcanzar una existencia cómoda y tranquila. Resultaba muy frustrante pensar que, con solo unos cuantos besos, Gabriel fuese capaz de arrebatarle lo que había conseguido en las últimas semanas solo para satisfacer un simple deseo físico.

—No creo que sea el momento ni el lugar para estas tonterías —le dijo sin apenas voz.

Gabriel levantó la cara sin demasiadas ganas y con la mirada llena de frustración.

—Lo será pronto, querida —aseguró como si fuera una amenaza—. Muy pronto.

Las siguientes horas resultaron muy incómodas para Gabriel. Por si no bastaba con tener que despejar el camino de maleza, además debía soportar el dolor de la excitación y el deseo insatisfechos. Cada paso era una verdadera tortura que le hacía preguntarse por qué había sido tan estúpido de tomarla en sus brazos.

Pero lo que realmente le preocupaba era la mera posibilidad de adentrarse en un peligro aún mayor por haber escapado de Jacques Gerard.

Debía encontrar un lugar donde pudieran refugiarse y descansar hasta que fuera de día. En cuanto pudiera averiguar dónde se encontraban exactamente, estaba seguro de que sabría llegar hasta el yate sin problema.

Por supuesto, encontrar refugio en medio de territorio enemigo era más fácil de decir que de hacer.

Estaba ya cerca el amanecer cuando por fin abandonaron el bosque y vio una granja situada junto a un arroyo.

A pesar de la distancia, era evidente que hacía poco que habían incendiado la casa de la granja, de la que había quedado poco más que la estructura de ladrillo. Por suerte, también quedaba en pie una pequeño establo a pocos metros de la casa.

Se detuvo y, al ponerle las manos sobre los hombros a Talia y ver el modo en que la primera luz del sol iluminaba su rostro cansado, le dio un vuelco el corazón. Su cabello era ya una maraña de rizos y tenía el vestido completamente destrozado.

Era obvio que estaba a punto de derrumbarse, pero no se había quejado ni una sola vez, ni le había pedido que la llevase en brazos o la dejase descansar. Pero ya no le sorprendía. Era la misma mujer que había saltado desde una ventana y había atacado a un fornido soldado francés para poder rescatarlo.

No conocía a ninguna mujer tan valiente como ella. Desde luego no la había entre la clase alta.

Se estremeció solo de pensar en que su madre o cualquiera de las mujeres que conocía se hubiesen encontrado en la situación de Talia. Dios, no habría habido más que gritos, llantos y protestas para que las sacara de allí por arte de magia.

El orgullo que sintió de pronto le hizo sonreír. Resultaba irónico.

Hacía apenas unas semanas que la había acusado de no ser lo bastante buena para convertirse en su esposa y ahora tenía que reconocer que valía mucho más que cualquier mujer de sangre noble.

Era una mujer de verdadera valía, no una simple fachada.

—Espérame aquí —le pidió.

Ella frunció el ceño.

—¿Adónde vas?

Miró hacia la casa de la granja.

—Apenas puedes mantenerte en pie. Tenemos que encontrar un lugar donde descansar.

—Jacques no tardará en descubrir que hemos escapado —protestó ella—. Y los guardias irán en nuestra busca.

Le retiró un mechón de pelo de la cara, acariciándole de paso las sombras que tenía bajo los ojos.

—Hay mucha tierra entre la guarida de Jacques e Inglaterra —le aseguró—. Mientras no caigamos derrotados por el cansancio en medio del camino, estaremos a salvo.

Ella meneó la cabeza.

—¿Siempre tienes que salirte con la tuya?

—Claro, soy un conde —replicó en un tono arrogante y juguetón que la hizo ruborizar—. Además, siempre tengo razón, así que, ¿por qué no habría de insistir para que los demás hagan lo que...?

Talia le puso una mano sobre los labios para hacerlo callar.

—Si sigues, voy a tener que ser tremendamente malvada.

Gabriel le agarró la mano, se la besó y se apartó.

—Quédate aquí. Vuelvo enseguida.

Ella se mordió el labio con evidente preocupación.

—Gabriel.

—Tranquila —le dijo él—. Solo quiero comprobar que no hay nadie cerca. No tardaré.

—A menos que te disparen.

—No te vas a librar de mí tan fácilmente, querida —la sonrisa desapareció de su rostro y la miró con gesto sombrío—. No te muevas de aquí, ¿entendido?

—Estoy demasiado cansada como para desobedecerte, milord.

—Bien. Puede que Dios sí que responda a las plegarias —murmuró al tiempo que se daba medida vuelta para cruzar la húmeda pradera.

Después de examinar detalladamente la casa, Gabriel se dirigió al establo de piedra, que apenas se había visto afectado por el fuego. Recorrió con cautela los dos pisos de la estructura antes de pasar a otros edificios pequeños que había en el terreno.

Una vez estuvo completamente seguro de que no había peligro alguno, volvió junto a Talia y, al verla sentada en el suelo con la cabeza apoyada en las rodillas, se le rompió el corazón.

Era su marido. Jamás debería haber permitido que se viera expuesta a semejante peligro o que tuviera que enfrentarse a condiciones tan difíciles.

Era imperdonable.

De ahora en adelante iba a procurar que no saliera por la puerta a no ser que fuera junto a él.

En lugar de pensar en las protestas que sin duda provocaría eso en Talia, Gabriel se agachó, la agarró en brazos y se reafirmó en la decisión al notar su diminuto cuerpo contra el pecho. A pesar de las deliciosas curvas de su figura, era ligera como una pluma.

Parecía que también tendría que vigilar lo que comía. No quería que nadie dijera que no alimentaba adecuadamente a su esposa.

Ella abrió los ojos al ver que se movían.

—¿Qué haces?

—Ya deberías estar metida en la cama.

—No seas cruel —protestó con la voz agotada—. No sabes lo que daría por una cama cómoda.

Gabriel apretó los labios. Fuera lo que fuera lo que estuviera dispuesta a dar, no sería nada comparado con lo que él sacrificaría por poder estar con ella en dicha cama.

Llevaba tanto tiempo deseándola que se había convertido en un dolor constante.

Esbozó una sonrisa con cierto esfuerzo.

—Una buena esposa diría que estará contenta siempre y cuando esté junto a su marido.

—Pues bravo por esa buena esposa —replicó, pero se acurrucó contra su pecho—. Yo quiero un colchón blandito, una almohada de plumas y unas sábanas de hilo.

Gabriel meneó la cabeza con frustración ante su constante terquedad.

—¿Qué voy a hacer contigo?

—¿Qué quieres hacer conmigo?

—Es una pregunta peligrosa.

Sus miradas se encontraron de golpe, con intensidad y deseo. Gabriel notó que se ponía en tensión antes de que bajara la mirada para ocultar unas emociones que no quería compartir con él.

Pero ya era tarde.

Quizá ya no fuera la jovencita tímida y apocada con la que se había casado, pero lo deseaba con la misma pasión que él a ella.

El descubrimiento le dio una satisfacción que hizo que la frustración resultara más fácil de soportar.

Ya dentro del establo, la llevó hasta un rincón donde había amontonado un poco de paja.

—No es la cama más cómoda del mundo —reconoció al dejarla en el improvisado lecho—, pero es mejor que el suelo. Dame tus cosas.

Agarró el vestido en el que Talia transportaba sus cosas y se lo puso debajo de la cabeza para que le hiciera de almohada, después la tapó con su chaqueta y, una vez se hubo asegurado de que estaba cómoda, se tumbó a su lado y la apretó contra sí.

—¿Gabriel? —reaccionó ella con tensión.

—Calla —le dijo—. Solo tenemos unas horas para descansar, así que cierra los ojos y duérmete.

Pensaba que seguiría protestando, pero le sorprendió verla acurrucarse contra él y cerrar los ojos. Pocos segundos después, estaba profundamente dormida.

Sin apenas atreverse a respirar para no molestarla, lo que hizo fue sentir el aroma de su cuerpo y mirarla durante un largo rato, admirando la belleza de su rostro y dejando que esa belleza calmara el temor que no lo había abandonado desde el momento en que le habían comunicado que había desaparecido.

Después, con una absurda sensación de placidez, le dio un beso en el cuello y se dejó llevar por el cansancio.

Gabriel despertó a media mañana con un intenso dolor en el cuello y el estómago vacío. Las luces rosáceas del amanecer habían dejado paso a unas oscuras nubes de tormenta que cubrían el cielo.

Salió sigilosamente del establo para no molestar a su esposa. Necesitaba estirar los músculos y reconocer minuciosamente el terreno porque, aunque se encontraban en un lugar bastante apartado, seguían estando en medio de Francia. No podría bajar la guardia hasta que estuvieran sanos y salvos en Devonshire.

Tardó media hora en comprobar que no había peligro alguno y otra media en bañarse en el arroyo que pasaba por la granja. Después llenó dos baldes de agua y un tercero con manzanas de un árbol cercano.

Había empezado ya a llover cuando volvió al establo y cerró

la puerta tras de sí para que no entrara el agua ni el sonido de los truenos. Fue en ese momento cuando se dio cuenta de que en realidad no le importaba lo inhóspito que fuera el lugar.

Algo extraño en un hombre acostumbrado al lujo y la comodidad.

Quizá fuera porque, por primera vez desde que se había convertido en conde, sabía que no había ningún secretario acosándolo con los informes de sus numerosas propiedades, ni tenía que revisar la correspondencia o las interminables facturas que llegaban todas las mañanas. Por no mencionar las responsabilidades que conllevaba el formar parte de la Cámara de los Lores. Allí no había criados acechándole, ni tampoco estaba su madre con sus continuas quejas, ni su hermano con sus exigencias.

Estaba completamente solo con Talia.

Y eso era poco menos que el paraíso.

Se sentó junto a Talia y lavó las manzanas una a una antes de colocarlas sobre el pañuelo que había extendido en el suelo. No era el mejor desayuno del mundo, pero tendría que bastarles.

Sintió que Talia se movía y sonrió al ver que lo buscaba con la mano y, al no encontrarlo, abrió los ojos.

—¿Gabriel?

—Estoy aquí, pequeña —murmuró él para tranquilizarla—. Y he traído regalos.

Después de parpadear varias veces, Talia se sentó y observó las manzanas con los ojos abiertos de par en par.

—¿De dónde lo has sacado?

—Las manzanas de un árbol del jardín y el agua, del arroyo que hay detrás de la casa.

Ella lo miró detenidamente y Gabriel sonrió, consciente de lo que ella veía y pensaba. Tenía el pelo mojado y alborotado, la cara sin afeitar y la camisa abierta, lo que le dejaba a la vista buena parte del pecho.

No podía estar muy elegante, sin embargo mientras lo miraba, a Talia se le oscureció la mirada y se le aceleró la respiración.

Su cuerpo reaccionó rápidamente a esa mirada. Dios. ¿Cómo se las había arreglado esa delicada gitana para cautivarlo con tanta facilidad? Desde luego no había habido ninguna otra mujer a la que deseara hasta el punto de pensar que se volvería loco si no la hacía suya.

Inmediatamente.

Talia debió de sentir el calor del ambiente porque se aclaró la garganta.

—¿Te has caído a ese arroyo?

Gabriel se rio mientras se acercaba a ella y comenzaba a juguetear con los botones de su vestido.

—Pensé que a los dos nos iría bien un baño, pero supuse que tú preferirías un poco de intimidad.

Se le entrecortó la respiración al notar que le había bajado el corpiño del vestido.

—¿Qué haces, Gabriel?

—Ayudar a mi esposa en su higiene diaria —se inclinó sobre ella para cubrir de besos su cuello—. ¿No es esa la obligación de un buen marido?

—No. La obligación de un buen marido es hacer guardia en la puerta para asegurarse...

Sus palabras dejaron paso a un suave gemido de placer cuando él le agarró los pechos por encima de la camisa.

—¿Te gusta? —le preguntó en un susurro, al tiempo que le acariciaba los pezones con la yema de los dedos—. ¿O prefieres esto? —le abrió la camisa y tocó por fin la piel suave de sus senos.

—Gabriel, estamos en un establo —protestó a pesar de haberse dejado caer contra él.

—Lo sé —le pasó la lengua por la garganta y fue después bajando por su hombro.

—A plena luz del día.

Apartó toda la ropa que se interponía en su camino.

—Así es.

Talia se dejó tumbar sobre la paja.

—Y Dios sabe cuántos franceses habrá buscándonos —siguió recordándole.

Gabriel se despojó de las botas y de la camisa.

—Pero ha empezado a llover —respondió él mientras se quitaba los pantalones para poder por fin tumbarse con ella, también desnudo—. Sería una locura salir en medio de la crecida de los ríos y con tanto barro.

—Los soldados...

Puso fin a sus protestas con un beso.

La excitación estalló dentro de él al sentir la dulzura de sus labios.

—Aquí estamos a salvo, Talia. Vamos a olvidarnos del resto del mundo —le susurró al oído—. Al menos por un momento.

Ella respondió echándole los brazos alrededor del cuello y Gabriel, entusiasmado, se agachó para llevarse a la boca uno de sus pechos. Talia arqueó la espalda de placer, enterrando los dedos en su cabello.

—Sí —susurró ella.

Sin sacarse el pezón de la boca, Gabriel le pasó la mano por la espalda hasta llegar a las nalgas. Sintió palpitar su propia erección al tocar la humedad de su sexo femenino. Podría pasar el día entero recorriendo su cuerpo de arriba abajo.

O quizá no, pensó cuando ella se movió y le apretó el miembro.

El recorrido tendría que continuar en otro momento; ahora debía saciar el deseo que sentía por ella.

Más de una vez.

—Tócame —le pidió mientras le separaba las piernas.

Ella dudó un instante antes de acercar la mano tímidamente y a Gabriel le sorprendió que tan leve caricia pudiera provocarle semejante placer. No comprendía cómo era posible que una mujer con tan poca experiencia despertara en él tanto deseo, pero así era.

Volvió a besarla en la boca, pero esa vez le abrió los labios con la lengua y la saboreó a su antojo. Sabía a todas las cosas buenas de la vida, cosas que Gabriel ansiaba desesperadamente, como si creyera que pudieran curar su alma herida.

Afuera se oía la lluvia y el ruido lejano de los relámpagos que de vez en cuando iluminaban el establo, pero Gabriel se entregó por completo a las sensaciones de su cuerpo y se olvidó de lo que había al otro lado de aquellas paredes.

Con mucho cuidado de no asustar a Talia, introdujo los dedos en su cuerpo.

—Confía en mí —le dijo al notar su tensión.

—Sí.

Algo cambió dentro de él al escuchar esa única palabra y era algo tan importante que prefirió no analizarlo en ese momento.

Siguió acariciándola, aumentando su deseo más y más, sin dejar de besarla ni un momento. Sus labios fueron bajando por el cuello, por el pecho, por el vientre...

Levantó la cabeza para mirarla un instante antes de colocarse entre sus piernas y acariciar con la lengua lo que acababan de explorar sus dedos.

—Ah —dijo ella, ruborizada.

Gabriel sonrió y se concentró en llevarla poco a poco hasta el éxtasis y, cuando estaba a punto de alcanzarlo, se apartó de ella.

Talia abrió los ojos de golpe.

—Gabriel... por favor —le imploró.

—Sí, sí —dijo él, incapaz de esperar ni un momento más.

La estrechó entre sus brazos y, rodando por la paja, se tumbó boca arriba con ella encima. Ella lo miró con los ojos muy abiertos, desconcertada por la postura.

—Así te será más cómodo —le explicó Gabriel, que apenas podía hablar.

—No sé muy bien qué hacer —reconoció.

A Gabriel se le estremeció el corazón. Estaba tan hermosa

con el cabello cayéndole sobre los hombros desnudos y el rostro sonrojado por el deseo.

—Yo te enseñaré —le dijo y le llevó la mano hasta su erección.

Se le cortó la respiración al sentir sus dedos y a punto estuvo de no controlarse. Dios. Se suponía que era un amante sofisticado, no un adolescente calenturiento.

—¿Así? —le preguntó ella.

—Sí —gimió—. Ahora llévame hasta ti.

Talia cambió de postura hasta colocarse sobre su erección y él tuvo que apretar los dientes para no ponerse en vergüenza hasta que por fin se encontró con aquella deliciosa humedad.

—Gabriel —gimió ella al sentirlo dentro.

—Talia —respondió él con placer—. Mi dulce bruja.

Ella le siguió el ritmo, con los labios entreabiertos y la cabeza inclinada hacia atrás mientras se movía con un entusiasmo que enseguida llevó a Gabriel hasta el borde del precipicio.

La oyó decir palabras sin sentido mientras arqueaba el cuerpo, poseída por el clímax. Gabriel observó fascinado cómo se rendía al placer que él le daba, pero la sensación de que su cuerpo le apretara el miembro era demasiado intensa como para contenerse, así que muy pronto la acompañó con un grito de gozo, un gozo que sintió hasta en el alma.

Cuando cayó derrumbada sobre él, Gabriel la abrazó mientras intentaba recordar cómo volver a respirar.

Por unos momentos, el mundo entero había desaparecido de verdad.

CAPÍTULO 12

Sophia estaba sentada en el tocador, cepillándose el pelo lentamente, cuando se abrió de golpe la puerta de su dormitorio.

Apenas se inmutó.

A pesar de la preocupación que la había acompañado desde que se había levantado de la cama, se había obligado a seguir la misma rutina de siempre. Se había tomado un café mientras leía la carta que le había mandado una amiga de París, había elegido el vestido que quería que le planchase la doncella y se había dado un baño caliente antes de vestirse.

Todo ello mientras se preparaba mentalmente para aquella confrontación.

Por eso pudo dejar el cepillo tranquilamente cuando Jacques entró en la habitación hecho un torbellino de furia.

—¿Acaso pensabas que no descubriría que me habías traicionado?

Sophia se puso en pie con elegancia. Inconscientemente, se fijó en la chaqueta negra de su amante y en el chaleco gris que se le ajustaba al cuerpo de manera impecable. Los pantalones negros le marcaban los muslos antes de desaparecer bajo las botas altas. Como de costumbre, estaba arrebatador.

—*Non* —respondió ella y la poca fuerza de su voz fue lo único que hacía pensar en su incomodidad—. Sabía que te enterarías de mi visita al conde de Ashcombe.

—Fue algo más que una visita —se acercó lo suficiente para permitirle oler el aroma a agua de laurel de su piel—. Lo ayudaste a escapar.

La risa fría de Sophia retumbó en la habitación.

—Por desgracia, no puedo presumir de eso. La verdadera heroína resultó ser tu bella Talia.

Jacques se quedó inmóvil, mirándola con sorpresa.

—¿Estás celosa de ella?

El muy tonto. ¿No se había dado cuenta de la tortura que la estaba obligando a soportar?

—*Naturellement*.

Sophia cruzó la enorme alfombra que cubría el suelo de la elegante habitación, se detuvo cerca de la mesa ovalada en la que había una pequeña colección de miniaturas y se quedó mirando con gesto ausente la figurita de un niño de rostro angelical, ojos azules y sonrisa inocente. Instintivamente, se llevó la mano al vientre, vacío.

—Es joven, bella, valiente y al mismo tiempo tremendamente vulnerable —explicó—. El tipo de mujer por el que mueren los hombres.

—Lástima que no lo haga su marido —murmuró Jacques.

—Ya sabes que la muerte del conde no te daría lo que deseas.

—Te equivocas. Deseo con todas mis fuerzas que Talia quede viuda.

Sophia se llevó la mano al corazón y reunió fuerzas para mirar a los ojos a su amante.

—Los he visto a los dos juntos, Jacques.

—¿Y?

—Que está locamente enamorada de él.

—Eso es imposible —protestó, enfadado—. Ese hijo de perra la abandonó solo unas horas después de la boda. Ella no sería tan tonta de querer a semejante cerdo.

Eso le arrancó de los labios una sonrisa triste y burlona.

—Todo el mundo sabe que las mujeres solemos querer a los hombres que menos lo merecen.

—Él la considera inferior. ¿Cómo podría hacerla feliz?

—No sabes lo equivocado que estás —le dijo suavemente—. He visto el modo en que mira a su esposa el conde de Ashcombe. Está encantado por ella —una incómoda sensación de envidia la hizo estremecer—. Como parecen estarlo todos los hombres que la conocen.

La única respuesta que recibieron sus palabras fue el silencio, hasta que Jacques comenzó a caminar hacia ella con paso lento y decidido.

—¿Por qué dejaste escapar a los prisioneros?

Merde. ¿Por qué había sido tan tonta de dejar que la controlasen las emociones? Antes de Jacques, siempre había conseguido alejarse de sus distintas relaciones con el corazón intacto.

Pero ahora...

Ahora se sentía sensible y vulnerable, como si su alma hubiese quedado al descubierto.

—Eran peligrosos —farfulló.

Jacques la agarró por los hombros y la miró con dureza.

—Valían una cuantiosa fortuna que necesitamos desesperadamente.

—No había ninguna certeza de que fueras a recibir rescate alguno por el conde —rebatió ella, negándose a disculparse por lo que había hecho—. Con la buena relación que tiene con el príncipe, lo más probable es que hubiéramos descubierto cientos de soldados ingleses asediando el palacio.

—¿Y Talia?

—Estaba distrayéndote de lo importante.

—¿De ti?

—No, de tu compromiso con Napoleón.

Entonces la miró con incredulidad y furia.

—¿Tú te atreves a hablarme de lealtad después de haberme traicionado?

—No creo que sea una traición haber evitado una refriega innecesaria con el ejército inglés.

—¿Y el haber robado los dos objetos que me aseguraban la lealtad del señor Richardson sí que lo es?

Eso sí la obligó a bajar la cabeza, avergonzada. No esperaba que lo descubriese todo tan rápidamente.

—¿Qué quieres que diga?

Sintió su mano en la barbilla, obligándola a levantar la cara y a mirarlo.

—La verdad.

—La verdad es que quería que lady Ashcombe desapareciera de aquí y de Francia, y me pareció que la manera más eficaz de conseguirlo sería liberando a su esposo —le explicó con una sinceridad tan absoluta que los sorprendió a ambos—. ¿Estás satisfecho?

Por un instante, el gesto de Jacques se suavizó ligeramente y Sophia albergó una pequeña esperanza. Creyó ver en sus ojos algo del afecto que en otro tiempo le había profesado y quizá también cierto sentimiento de culpa por haberle hecho daño.

Pero al instante siguiente volvió la furia a su rostro y dio un paso atrás.

—*Non* —dijo bruscamente—. No estoy en absoluto satisfecho, ni mucho menos. Tu egoísmo puede hacer que se descubra la mejor arma de la que disponemos para luchar contra los británicos. No puedo permitir que Ashcombe llegue a Inglaterra.

La decepción se alojó en la boca del estómago de Sophia como una bola de acero.

—Harry Richardson no sirve de nada mientras esté escondido en Francia —replicó con voz vacía mientras luchaba contra la horrible certeza de que se había arriesgado y lo había perdido todo—. En realidad, no es más que una carga.

—En cuanto capture a Ashcombe, su hermano podrá volver a Londres a buscar un nuevo espía dentro del Ministerio de Interior.

—El gobierno británico ya conoce la existencia de traidores en su seno —se echó los brazos alrededor de la cintura, pues tenía frío a pesar de la cálida brisa de verano que entraba por la ventana—. Si Harry aparece de pronto en Londres sin su distinguido hermano, todo el mundo sospechará.

—Inventaremos una historia creíble para distraer la atención el tiempo que sea necesario mientras obtenemos toda la información que nos permita vencer a Inglaterra.

—No, es demasiado tarde —insistió Sophia, agitando la cabeza—. Hace ya horas que escapó lord Ashcombe —no pronunció el nombre que se interponía entre ellos, Talia, ni mencionó tampoco que el empeño de Jacques por capturar a los prisioneros se debía más a la necesidad de salvar a lady Ashcombe que al deseo de que Harry volviera a Londres. Era como un muro que se había alzado entre los dos—. Es imposible que lo alcances.

—No tendré que hacerlo. Lo que voy a hacer es estar esperándolo —observó un momento la tensión de su cara—. Y eso es posible gracias a ti, *ma belle*.

Sophia frunció el ceño con confusión.

—¿Cómo?

—Estoy seguro de que, además de contarle que Harry es mi cómplice, también le dijiste que ahora mismo se encuentra en Calais —adivinó.

Sophia hizo un esfuerzo para mirarlo a los ojos con una indiferencia que ocultaba lo que en realidad sentía.

—¿Y qué si lo hice? —preguntó, orgullosa.

—El honorable conde de Ashcombe se verá obligado a ir en busca de su hermano y tratar de evitar que venda su alma a los malvados franceses —aseguró.

—Lord Ashcombe no es ningún tonto —protestó ella—. Me parece que todos sabemos que no hay salvación posible para Harry Richardson.

—Entonces querrá retorcerle el cuello —repuso Jacques antes de inclinarse ante ella y dirigirse a la puerta, donde se detuvo un momento antes de salir—. En cualquier caso, sé que no se marchará de Francia sin encontrar primero a su hermano y, cuando lo haga, volverá a ser nuestro prisionero.

De pie en el centro de la habitación, Sophia derramó unas cuantas lágrimas por primera vez en treinta años.

Talia no habría sabido decir cuánto tiempo estuvo acurrucada entre los brazos de Gabriel y lo cierto era que ni siquiera intentó calcularlo. Prefería seguir flotando llena de satisfacción mientras la tormenta amainaba y por fin pasaba.

Quizá debería haberse arrepentido de entregarse a Gabriel con tal ímpetu, pensó. Debía recordar que su marido la había insultado, abandonado y, sobre todo, la había tratado con una alarmante falta de respeto.

Y ella no iba a perdonarlo.

Pero estaba demasiado a gusto como para arrepentirse.

No importaba que hubiese acudido a Francia con la intención de salvarla, ni que hubiese hecho todo lo que estaba en su mano por hacerla sentir cómoda a pesar de las circunstancias. Ella no era tan ingenua como para creer que de verdad se preocupaba por ella; eso solo podía conducir a la decepción y Dios sabía que ya había sufrido demasiadas decepciones en lo que llevaba de vida.

Pero era una mujer y por eso apreciaba la maestría de un amante experimentado. Dado que se esperaba que se acostase con su esposo al margen de lo que sintiese, ¿por qué no disfrutar de lo que él podía darle?

Todo era muy lógico hasta que sintió sus dedos en las cintura y, tras ellos, un escalofrío de impaciencia.

Al encontrarse con su mirada plateada, Talia sintió algo más que simple deseo. La sensación de calidez que invadía su cuerpo denotaba unas emociones tan peligrosas que sería mejor destruir antes de que le rompieran el corazón.

—Ha dejado de llover —consiguió decir.

Él se rio suavemente sin dejar de acariciarle el pecho sin ningún pudor y jugueteando con el pezón entre sus dedos.

—¿Ah, sí?

Talia miró hacia las ventanas, cerradas con postigos, intentando no dejarse llevar por el placer que le provocaba cada uno de los movimientos de sus dedos.

—Sí —respondió en lugar de gemir y lo miró a los ojos—. ¿No deberíamos irnos?

En su rostro apareció una fugaz expresión de dolor antes de que bajara la cabeza y empezara a besarle el cuello.

—Sin duda —murmuró.

Talia sumergió los dedos en su cabello y por un momento estuvo tentada de poner fin a sus caricias, hasta que se perdió por completo en el goce del momento.

Sin embargo sí se percató de algo. Gabriel intentaba ocultarle algo, algo que lo tenía visiblemente inquieto.

—Gabriel.

—¿Umm?

—¿Qué te preocupa?

Le pasó la lengua por el pecho.

—En este momento, nada.

—Pero... —Talia se mordió el labio inferior. No tenía más remedio que aceptar que Gabriel podía estar dispuesto a compartir su pasión con ella, pero era evidente que aún no la consideraba digna de ser su confidente. ¿Por qué habría de hacerlo? Ya le había dejado muy claro que para él el matrimonio no era más que un mal necesario. Así pues, se tragó el nudo que se le había formado en la garganta y zanjó el tema—: No importa.

Él levantó la cabeza y la miró con el ceño arrugado.

—Una respuesta típicamente femenina con la que en realidad estás diciendo que importa y mucho.

—Yo no me ando con esa clase de juegos —aclaró ella, ofendida por tan injusta acusación—. Si no quieres decirme lo que piensas, me parece estupendamente.

Pensando que le daría alguna otra respuesta mordaz, Talia se sorprendió al ver que se ponía en pie y se pasaba la mano por el pelo en un gesto de frustración.

—¿Se te ha ocurrido pensar que quizá quiera escapar de mis pensamientos durante un rato?

Su voz y sus palabras estaban cargadas de tensión e inquietud. Talia se olvidó de todo pudor y se puso en pie como si no estuviese completamente desnuda, igual que él.

Le puso una mano en el brazo.

—¿Y es posible escapar?

Sin previo aviso, Gabriel la estrechó entre sus brazos y la apretó contra su cuerpo con fuerza.

—Depende de la distracción que tenga —respondió al tiempo que le cubría el rostro con sus besos, hasta que llegó a la boca. Fue entonces cuando se dio cuenta de que ella estaba rígida; no lo rechazaba, pero tampoco lo alentaba a seguir. Echó la cabeza hacia atrás y la miró con frustración—. Maldita sea. ¿Por qué tengo la sensación de que me estás llevando por donde quieres?

Ella levantó la barbilla con dignidad.

—Ya te he dicho que yo no...

—Para ser una mujer que no se anda con juegos, la verdad es que se te dan muy bien —la interrumpió con furia, pero, al darse cuenta de que la había herido, respiró hondo y apoyó la frente sobre la suya—. Perdóname, Talia. Tienes razón, estoy preocupado.

Talia se quedó callada un momento, por miedo a estropear el momento.

—¿Te preocupa que no podamos escapar de los franceses? —se atrevió a preguntarle por fin.

Él la miró con gesto divertido.

—¿Pretendes insultarme?

—No, claro que no.

—Me alegro. Puedes estar segura de que antes de que caiga la noche, estarás sana y salva a bordo de mi barco.

—¿Entonces de qué se trata?

Se hizo un tenso silencio mientras Gabriel luchaba contra la arraigada costumbre de enfrentarse solo a todos sus problemas. Llevaba toda la vida haciendo frente a sus responsabilidades y protegiendo a los demás sin la ayuda de nadie. Nunca le resultaría fácil contar sus problemas a alguien.

Talia tuvo la sabiduría de esperar pacientemente, pues imaginaba que, si lo presionaba, solo conseguiría que volviera a retraerse.

Finalmente, Gabriel levantó la cabeza sin dejar de abrazarla, como si necesitara sentir la proximidad de su cuerpo.

—He descubierto algo sobre mi hermano que no consigo asimilar —le confesó.

—Dios mío, no habrá...

—No —se apresuró a decir—. Tiene la buena salud de la que gozan la mayoría de los pecadores —apretó los dientes un momento antes de continuar—. Me he enterado de que está viviendo en Calais.

—¿En Francia? —Talia trató de aclarar su creciente confusión.

—Sí.

—Es absurdo. ¿Qué está haciendo en Calais?

—Esconderse de los hombres en su busca, para empezar. Y también... —hizo una mueca de asco.

Talia le puso una mano en la mejilla.

—¿Gabriel?

Un brillo de profundo pesar invadió sus ojos plateados. Talia tuvo un terrible presentimiento.

—También está intentando desplumar a Jacques Gerard y conseguir así los fondos necesarios para seguir aquí, en Francia, con su vida de excesos.

¿Harry y Jacques se conocían? Seguramente se habrían visto alguna vez en Devonshire, pero a Talia le extrañó que Harry hubiese querido entablar amistad con un pastor, por mucho que viviese en las propiedades de su familia. Además estaban en Francia, lo que quería decir que, si Harry sabía que Jacques estaba allí, también debía de saber que era un espía.

Lo que podría significar que... cortó la idea antes de que terminara de tomar forma.

—No entiendo nada.

—Ojalá yo tampoco lo entendiera —farfulló Gabriel—. Harry es un traidor.

A pesar de haber presentido algo terrible, Talia se quedó estupefacta.

—No, no puede ser —se apartó de él, meneando la cabeza.

Gabriel se sacó un papel del bolsillo.

—Mira.

Talia agarró la nota y tras leer la confesión escrita y firmada de su puño y letra, miró a Gabriel con el corazón encogido. Dios, siempre había sabido que Harry era un hombre débil, de comportamiento reprochable, pero aquello...

—¿Cómo ha podido hacer algo así? —le preguntó al tiempo que le devolvía el papel.

—No puedo responderte —admitió él con profunda tristeza—. Mi madre siempre lo mimó mucho, pero hay muchos otros nobles malcriados y no por eso se convierten en espías.

—A ti no —murmuró Talia sin pararse a pensar.

Gabriel la miró, arqueando las cejas.

—¿Qué?

—Que a ti no te mimaron —aclaró, a su pesar.

Entonces él se agachó, agarró su chaqueta del suelo y se la echó a ella por los hombros.

—No, cuando no estaba estudiando, debía aprender todas las labores de un conde —reconoció sin lamentarse por no haber tenido una verdadera infancia. De hecho, se le enterneció el gesto al mencionar a su padre—. Una de las primeras cosas que recuerdo es haber conducido unas mulas por un campo mientras mi padre ayudaba a los arrendatarios a echar el heno en un carro.

Talia lo observó detenidamente, con absoluta atención. La belleza de su rostro de ángel caído, la elegancia de su cuerpo y la seguridad de un hombre que siempre había sentido la adoración de los demás...

De pronto, se acordó de la sospecha que había tenido sobre Harry cuando había pensado que seguramente llevaba toda la vida viviendo a la sombra de su hermano mayor.

—¿Harry no te acompañaba?

—A él no le interesaban nuestras propiedades, salvo por el hecho de que servían para costear todos sus lujos.

—Puede que tuviera envidia de que tú estuvieras tan unido a vuestro padre —sugirió Talia con mucho cuidado—. Eso explicaría que tu madre lo mimara tanto y le consintiera todo.

Gabriel reaccionó airadamente.

—Mi padre no fue el culpable de la traición de Harry.

—Por supuesto que no —se apresuró a decir—. Pero es posible que su resentimiento empezara cuando era niño y fuera aumentando a medida que tú ibas ganando popularidad entre la alta sociedad —esbozó una sonrisa antes de añadir—. Tienes que reconocer que tú haces sombra a la mayoría de los caballeros.

—¿Ahora resulta que tengo yo la culpa? —preguntó con una mezcla de indignación y orgullo masculino.

—No. Todo el mundo tiene algún trauma de la infancia; a algunos los hace más fuertes y a otros... —se apretó la chaqueta alrededor del cuerpo, pues le daban escalofríos al pensar en que Harry hubiese albergado tanto mal como para traicionar a su país. Debía encontrar las palabras justas para no hacer que Gabriel sufriese más de lo que ya estaba sufriendo—. Otros utilizan el pasado como excusa para no luchar contra sus debilidades.

Él se encogió de hombros.

—Ya da igual por qué eligió el camino que eligió.

—Supongo que sí —Talia lo miró con preocupación—. De lo que se trata ahora es...

—De qué pienso hacer con él.

—Sí.

El dolor volvió a su rostro. La estrechó de nuevo entre sus brazos y apoyó la mejilla en su cabeza.

—No lo sé —admitió—. No creo que haya ninguna solución buena.

Talia se abrazó a él, apoyó la cabeza en su pecho, donde podía sentir los latidos firmes de su corazón, y deseó poder decirle algo que lo consolara de algún modo.

—Lo siento mucho, Gabriel.

Él comenzó a acariciarle la cabeza.

—Si lo juzgan y lo declaran culpable, el escándalo perseguirá a la familia durante generaciones, y acabará con mi madre.

—¿Crees que es necesario que se sepa lo que ha hecho?

Lo sintió estremecerse y a continuación notó sus manos por debajo de la chaqueta, buscando el calor de su piel.

—Aunque yo estuviese dispuesto a vivir con la vergüenza de tener que proteger la reputación de mi familia a costa de mi país, este tipo de cosas siempre acaban saliendo a la luz —aseguró fríamente—. De hecho me sorprende que Harry haya sido capaz de esconder sus pecados durante tanto tiempo. La discreción nunca ha sido su fuerte.

No había que ser muy lista para saber lo increíblemente doloroso que sería para Gabriel tener que delatar a su propio hermano.

—Entonces deja que las cosas sigan su curso y que el destino se encargue de todo —le sugirió—. Tú no tienes por qué ser el que elija lo que tiene que ocurrir.

Lo oyó respirar hondo.

—Siempre me he sentido responsable de mi hermano.

Talia lo miró con una sonrisa de tristeza en los labios, consciente de que ella era una de las cargas que había tenido que echarse al hombro por culpa de su hermano.

—Sí, ya sé todos los sacrificios que has hecho por Harry.

Pensando que se limitaría a darle la razón, a Talia se le estremeció el corazón al ver que esbozaba una cálida sonrisa.

—Unos son más placenteros que otros —dijo en voz baja.

Esa vez no protestó cuando se acercó a besarle la cara y luego bajó hasta su boca.

Probablemente no pudiera hacer desaparecer sus problemas, ni evitar el desastre, pero al menos podría ofrecerle unos minutos de distracción.

Tratando de no pensar en sus propias emociones, Talia dejó caer la chaqueta al suelo y le echó los brazos alrededor del cuello.

Sabía que cada minuto que pasara con Gabriel no haría más que intensificar el dolor que sentiría cuando le rompiera el corazón, pero no podía resistirse al deseo que le transmitía con cada beso y con cada caricia.

Respondió a él con tal entusiasmo que le hizo gemir de aprobación mientras la tumbaba sobre el lecho de paja.

—Talia... —susurró, mirándola con una vulnerabilidad que habría bastado para destruir cualquier barrera que ella quisiese interponer entre los dos—. Mi bella gitana.

Ella recibió el apelativo con una sonrisa.

—Me llamas unas cosas muy curiosas. Bruja, gitana...

—Esposa —respondió él justo antes de besarla.

Aquella simple palabra hizo que algo cambiara dentro de ella. Incapaz de afrontar las peligrosas emociones que estaba sintiendo, optó por centrar toda su atención en las sensaciones físicas que despertaban sus caricias.

Quizá nunca tuviera el corazón de Gabriel, pero al menos podía disfrutar de su cuerpo.

No quería pensar en cuántas mujeres habrían estado a antes en su lugar y cuántas estarían en el futuro, así que cerró los ojos y se entregó al placer del momento.

Ahora era suyo y solo suyo.

Gabriel fue bajando por su cuello y continuó hasta encontrar uno de sus pechos, que recorrió con la lengua antes de centrarse en el pezón.

—Sí —gimió ella, encantada.

Sin dejar de chuparla, le agarró una mano y se la llevó a la erección.

Talia se quedó inmóvil un instante, por pura timidez, pero enseguida le pudo la curiosidad y comenzó a recorrer el miembro con los dedos.

Gabriel maldijo entre dientes mientras ella le tocaba de arriba abajo.

—Dios —ahora era él el que gemía—. Con solo tocarme, estoy perdido.

No era el único, pensó ella al sentir su mano en el centro de su feminidad, húmeda de excitación. Levantó las caderas de manera instintiva en cuanto notó el dedo que se sumergía en su interior.

Sí, sí. Cerró los ojos, ya sentía esa creciente y maravillosa presión en el vientre. Apretó ligeramente su erección.

—Espera, Talia —le suplicó al tiempo que ponía su mano sobre la de ella.

—¿Qué?

—No tengo tanto control como quería pensar —admitió humildemente al tiempo que la colocaba de lado.

—¿Gabriel? —le preguntó, confusa.

—Te prometo que vas a disfrutar —le dijo al oído, al tiempo que se apretaba contra su espalda.

Talia no podía dudar de su talento, pero se inquietó cuando le agarró una pierna y se la levantó.

Eso no podía estar bien.

El placer de sentir sus manos en los pechos, jugueteando con los pezones, era innegable. Y fue aún mayor el gozo que experimentó cuando esos mismos dedos bajaron por todo su cuerpo y se zambulleron en la humedad de su sexo. Y entonces, lentamente, sintió su erección abriéndose camino dentro de ella.

—Dios... mío.

No podía hablar, solo podía disfrutar del goce que le daban sus dedos a la vez que la tomaba con movimientos lentos y superficiales.

—¿Quieres más, Talia?

¿Más? Se preguntó, sin saber si podría soportar más sin romperse en mil pedazos. Pero entonces él cambió de ángulo y se sumergió un poco más. Talia echó la mano atrás, buscándolo hasta que pudo clavarle las uñas en las caderas.

—Sí, sí, por favor.

El aire se llenó de jadeos y gemidos. Talia cerró los ojos, acompañándolo con sus propios movimientos, cada vez más rápidos y desesperados.

—Talia —rugió justo antes de que su semilla la llenara.

Ella gritó de placer al entregarse a su propio éxtasis, olvidándose de dónde estaban y del peligro que los acechaba.

En aquel momento no importaba nada más que lo que estaban compartiendo y lo que le hacía sentir el notar los latidos de su corazón contra la espalda.

De pronto Talia se acordó de su abuela y de todas las veces que le había dicho que disfrutara del momento.

Después de todo, los dos estaban solos en el mundo y el destino había querido unirlos.

¿Por qué resistirse a la fuerza del destino?

CAPÍTULO 13

Mientras Talia se lavaba y se ponía el vestido limpio, Gabriel salió a inspeccionar el terreno y no volvió hasta que consiguió robar un caballo que encontró en un pueblo cercano.

Aquel viejo animal de granja no podía ofrecerle la velocidad que él habría deseado, pero sí fue lo bastante fuerte para llevarlos a ambos y llegar a la costa al sur de Calais poco antes del atardecer.

Una vez allí, Gabriel se bajó del caballo y caminó a su lado por un estrecho camino que conducía al agua.

—¿Estás seguro de que tu barco estará esperando? —le preguntó Talia.

El cansancio la había dejado pálida, pero mantenía la espalda recta y firme, con una determinación que hizo sonreír a Gabriel.

Su bella y valiente gitana.

Pero no todo eran ventajas en aquel nuevo carácter lleno de fuerza de su esposa.

Cualquiera habría pensado que, después del apasionado encuentro, Talia se mostraría más complaciente con él. Al menos eso era a lo que le habían acostumbrado sus amantes.

Sin embargo ella había pasado la primera parte del viaje censurándolo por haberle robado el caballo a alguna familia pobre y la segunda, sumida en sus pensamientos, con una actitud tan distante que Gabriel estuvo tentado de bajarla del caballo y estrecharla en sus brazos hasta hacerla gemir y pedirle a gritos que la hiciera suya una vez más.

No habría sabido explicar por qué, pero le molestaba que fuese capaz de distanciarse de ese modo. Era su esposa. Debería entregarse a él en cuerpo y alma.

Molesto también consigo mismo, Gabriel trató de concentrarse en asuntos más importantes.

—Estoy completamente seguro —dijo—. A pesar de que di orden de que volvieran a Inglaterra si me apresaban, no tengo duda de que no se habrán marchado sin mí.

—Debes de sentirte orgulloso de contar con semejante lealtad —murmuró ella.

—Lo estoy, sí —respondió sin demasiada convicción, pues le preocupaba cómo iba a reaccionar Hugo al verlo aparecer con ella—. Sin embargo creo que debo advertirte de que hay alguien que quizá no se muestre demasiado cordial.

—¿Quién?

—Hugo, lord Rothwell.

—¿Es parte de tu tripulación? —el cansancio apenas le permitía hablar.

—Somos amigos desde el colegio —Gabriel clavó la mirada en la densa arboleda que flanqueaba el camino e hizo que el caballo aminorara el paso. Estaban muy cerca de poder huir para caer en una trampa—. Lo cierto es que Hugo es para mí un hermano, más que Harry.

—Sin duda tenéis más en común.

—Desde luego —asintió, sorprendido de que comprendiera tan fácilmente la estrecha relación que lo unía a Hugo, pues mucha gente no entendía que estuviesen tan unidos. Gente como su madre, que siempre se quejaba de que le dedicara tanto tiempo y tan poco a su hermano—. Los dos éramos herederos de las propiedades de nuestros respectivos padres y siempre supimos que tendríamos que hacer frente a muchas responsabilidades. No siempre fue fácil para dos jóvenes ansiosos por vivir las mismas aventuras que los demás.

—Claro —murmuró ella con cierta amargura—. A menudo los padres esperan demasiado de sus hijos.

Gabriel le puso la mano en la pierna y le hizo una promesa con la mirada.

—Silas Dobson no volverá a intimidarte nunca más —juró, pues ya había decidido que hablaría con Dobson en cuanto regresara a Inglaterra. Tenía que hacerle entender que no podría acercarse a Talia nunca más a menos que él estuviese presente—. Te lo aseguro.

Le sorprendió verla sonrojarse y bajar la mirada tímidamente.

—¿Por qué crees que lord Rothwell no va a mostrarse cordial? —le preguntó entonces—. ¿Es que le parece mal que no pertenezca a la nobleza?

Gabriel lamentó tener que hablar de algo tan incómodo, pero lo cierto era que no podía confiar en que su amigo fuera a comportarse. Por desgracia aquello no haría sino recordar a Talia los prejuicios que él mismo había tenido hacia ella.

—No le gustó que nos casáramos con tanta premura —admitió a regañadientes.

—¿Ni que mi padre te obligara a aceptarme por esposa mediante el chantaje? —quiso saber, a pesar de la evidente tensión que le estaba provocando la conversación.

—Digamos que no hizo que mejorara su opinión al respecto.

Hubo un momento de silencio antes de que Talia respirara hondo y volviera a hablar.

—No lo culpo por ello. Es lo mismo que piensa toda la alta sociedad londinense, no tengo ninguna duda.

—No temas —le dijo en tono tranquilizador y desenfadado—. En cuanto te conozca, Hugo llegará a la conclusión de que eres demasiado buena para mí.

Talia meneó la cabeza al oír aquellas palabras.

—No lo creo.

—Confía en mí.

—¿Y el resto de la gente?

—Lo que menos les preocupará sobre mi familia es con quién estoy casado —le recordó con pesar.

Detuvo el caballo un momento para volver a examinar el terreno. El sol se acercaba ya al horizonte, tiñendo el cielo de tonos rojizos que se adivinaban entre la incipiente niebla. A lo lejos, se oían ruidos de animales pequeños entre la vegetación, pero cerca de ellos, no había más que silencio.

Lo que quería decir que había alguien por allí.

—No te muevas, Talia —le ordenó en voz baja mientras se lamentaba de no haber encontrado un momento para hacerse con un arma que supliera a las que le había quitado Jacques Gerard.

—¿Qué ocurre?

Gabriel se colocó deliberadamente delante del caballo, preparado para hacer que se desbocara si era necesario.

—Salga de ahí —gritó.

Se oyó movimiento detrás de un árbol y enseguida apareció delante de ellos un hombre corpulento con una sonrisa burlona en los labios.

—Los años te están volviendo más lento, Ashcombe —Hugo se guardó la pistola bajo la capa—. Podría haberte utilizado para practicar mi puntería.

Gabriel sintió un profundo alivio al ver a su amigo, sin embargo lo primero que hizo fue dedicarle una mirada de reprobación.

—Y tú has perdido oído con la edad —replicó—. Te ordené que volvieras a Inglaterra.

Hugo se encogió de hombros.

—Sabía que podrías con esos estúpidos franceses.

—En realidad escapamos gracias a Talia —aclaró volviéndose hacia su acompañante para ayudarla a desmontar. Apenas se había bajado, la apretó contra sí—. Ha sido muy hábil.

Hugo observó atentamente el protector gesto de su amigo.

—Me lo imagino.

Gabriel le lanzó una mirada de advertencia.

—Hugo..

Talia carraspeó mientras ellos dos se miraban duramente.

—¿Está cerca el barco?

—Al otro lado de esos árboles —le respondió Hugo sin apartar los ojos de Gabriel.

—Gracias a Dios —murmuró—. ¿Qué vamos a hacer con el caballo? No podemos dejarlo abandonado.

—Sabrá volver solo a su casa —aseguró Gabriel.

Con un par de palmadas en el lomo, el animal se dio media vuelta y echó a trotar en dirección contraria.

—¿Estás seguro?

—¿Quién iba a querer un caballo tan lento?

Talia sonrió, consciente de que a Gabriel le hacía gracia que se preocupara tanto.

—Me da lástima pensar que va a estar deambulando por ahí él solo.

Hugo resopló. Gabriel lo miró de reojo.

—Hugo, vuelve al barco y encárgate de que le preparen un baño caliente a mi mujer.

—Como quieras —dijo, apretando los puños, pero sin querer provocar una pelea estando en territorio enemigo.

Gabriel esperó a que su amigo se hubiera alejado para agarrar a Talia del brazo y echar a andar tras él.

—No te preocupes por él.

Talia sonrió sin ganas.

—Para ti es fácil decirlo. La verdad es que es muy... intimidante.

No era así como lo habría descrito Gabriel en esos momentos.

Más bien habría dicho que era un estúpido odioso.

—Hablaré con él.

—No —se apresuró a decirle ella—. Prefiero que no lo hagas.

—¿Por qué?

—Es tu amigo y se preocupa por ti —le explicó con un gesto indescifrable—. No puedo culparlo por ello.

—No voy a permitir que...

Talia le puso un dedo sobre los labios.

—Ahora prefiero pensar en el baño caliente que me espera que en la opinión que tiene de mí lord Rothwell. Eso lo dejo para otro día.

Gabriel guardó silencio porque no quería disgustarla, pero decidió que hablaría con su amigo en cuanto tuviese oportunidad.

Siguieron caminando en silencio y, cuando por fin salieron del bosque, apareció ante ellos la escarpada costa.

Talia apretó los labios al ver el acantilado, pero siguiendo su costumbre de afrontar las dificultades sin protestar, se agarró con fuerza al brazo de Gabriel y dejó que la guiara por el angosto sendero.

Además de la pendiente, el suelo estaba lleno de pequeños guijarros que se movían cada vez que ponían un pie, haciendo que resultara muy fácil resbalar y perder el equilibrio. No obstante, poco a poco consiguieron ir descendiendo y llegar por fin a la base del acantilado.

Gabriel le concedió unos segundos para recuperar el aliento antes de echar a andar hacia una roca detrás de la cual los esperaba un barco de remos con un corpulento marinero que ayudó a Talia a subir a bordo y después los llevó hasta el barco remando a toda velocidad.

Ante la atenta mirada de Gabriel, Talia miró boquiabierta aquella impresionante embarcación construida por los mejores artesanos de Inglaterra y con la que podrían capear cualquier temporal. No era un barco grande, pero estaba diseñado para navegar con comodidad y rapidez, no para impresionar a nadie.

Gabriel frunció el ceño al darse cuenta de que la tripulación estaba preparándose para zarpar y llevarlos de vuelta a Inglaterra de inmediato. Apretó los dientes mientras ponderaba sus planes, con mucho cuidado de que Talia no adivinase nada en su gesto.

Acudieron a recibirlos al menos una docena de marineros,

todos ellos sonriendo, orgullosos de que su patrón hubiese conseguido colarse en territorio enemigo, salvar a su esposa y regresar sano y salvo.

Pero, claro, no lo sabían todo, pensó Gabriel mientras llevaba a Talia a los camarotes.

Pasaron por el salón antes de llegar a su camarote.

—Madre mía —exclamó Talia al entrar.

Disfrutó de ver el modo en que miraba los muebles de madera maciza, solo la manta verde de la cama y los accesorios de latón ponían una nota de color a una estancia dominada por el elegante tono marrón de la madera de nogal.

—¿Te gusta?

Ella se acercó y pasó la mano por el escritorio decorado con taracea de madera de teca.

—Mucho.

—Lo diseñé yo.

Talia lo miró, sorprendida.

—¿Tú?

Gabriel meneó la cabeza, pero no porque a ella le sorprendiera que lo hubiera hecho él, sino por su absurda necesidad de presumir.

—¿Por qué te sorprende?

—No sé, es tan...

—¿Qué?

—Acogedor.

Sintió un escalofrío al ver el modo en que paseaba los dedos por la madera, los mismos dedos que lo habían acariciado apasionadamente hacía solo unas horas.

Probablemente era indecente desear con tal ferocidad a su propia esposa, pero lo cierto era que solo de recordarla sentada encima de él, con el rostro sonrojado por la excitación, experimentó una erección tan intensa como dolorosa que le obligó a cambiar de postura y a maldecir entre dientes. Lo único que le frenó para no tumbarla sobre la cama en ese mismo momento fue el saber que los criados le estaban preparando el baño.

Así pues, lo que hizo fue llevarla hasta la habitación contigua, de diseño parecido a aquella.

—A veces resulta pesado ser conde y esta es una de las cosas que me ayudan a escapar.

Talia arqueó las cejas, aparentemente sorprendida por sus palabras.

—No se me había ocurrido pensar que pudiera resultarte pesado.

¿De verdad creía que le gustaba estar rodeado de frío mármol y de aduladores? ¿Que realmente deseaba tener un ejército de criados que se ofendían profundamente si intentaba distender el ambiente y reducir el grado de formalidad?

—Este título conlleva muchos privilegios, pero también numerosas obligaciones —trató de explicarle.

Talia se volvió hacia él y le acarició la mandíbula en un gesto de comprensión, lo que le provocó una peligrosa emoción que lo llevó a poner la mano sobre la de ella y apretársela contra la cara.

No habría sabido decir cuánto tiempo estuvieron así, en silencio, perdidos el uno en la mirada del otro, pero el momento llegó a su fin con la llegada de dos marineros que colocaron la bañera de cobre en el centro del camarote, además de dos cubos con más agua caliente.

Las curiosas miradas de sus hombres hicieron que Gabriel se apartara de ella y le señalara el arcón que había al fondo del camarote.

—Ahí encontrarás todas tus cosas —junto a la ventana había una cuerda—. Si necesitas algo, solo tienes que tirar de aquí y enseguida vendrá alguien.

Talia frunció el ceño.

—¿Tú adónde vas?

—Tengo que hablar con el capitán.

—¿Zarparemos pronto?

—Sí.

—Gracias a Dios.

Estaba perdiendo un tiempo precioso, pero no pudo contenerse, así que se acercó a ella, la agarró de la cintura y la besó en la boca.

—Disfruta del baño y luego descansa un poco —le ordenó, ya desde la puerta—. Haré que te traigan algo de comer en cuanto nos pongamos en movimiento.

Después del baño, Talia se puso un vestido de muselina color marfil, adornado con lazos verdes y mangas de farol. La tensión que sentía en la boca del estómago era ya casi insoportable.

Se recogió el pelo en una trenza rápida, se puso unas botas de piel y salió en busca de su marido.

Seguramente estaba exagerando.

No había nada extraño en que Gabriel siguiera hablando con el capitán o quizá examinando a la tripulación que oía moverse de un lado a otro de la cubierta. O quizá lo había entretenido lord Rothwell, que sin duda trataría de hacerle ver los numerosos motivos por los que debía abandonar a la actual condesa de Ashcombe.

Pero no podía quitarse de la cabeza la agitación que había visto en su mirada incluso estando ya sanos y salvos en el barco o ese beso tan intenso que le había sabido a... despedida.

Le había ocultado algo y tenía la terrible sospecha de que sabía de qué se trataba.

No encontró nadie en el camarote de al lado, así que pasó por el salón y fue directamente a cubierta. No le sorprendió ver el cielo casi oscuro, pero se le encogió el corazón al sentir el movimiento.

Dios, no. Estaban alejándose de la costa.

Se quedó paralizada durante unos segundos, buscando frenéticamente con la mirada a Gabriel entre los marineros y, cuando por fin tuvo que aceptar que no estaba, se le heló la sangre en las venas.

—Debería estar bajo cubierta, milady —le dijo la voz fría de lord Rothwell—. Nos disponemos a soltar amarras.

Talia lo miró con impaciencia, sin importarle lo que él pudiese pensar.

—¿Dónde está Gabriel?

El corpulento caballero se encogió de hombros.

—En su camarote. Me dijo que necesitaba darse un baño y le di la razón.

Se llevó una mano al estómago. Dios, ya era demasiado tarde.

—Tiene que detener el barco.

Como era de esperar, lord Rothwell la miró como si hubiese perdido el juicio.

—Los barcos no se detienen así como así.

Hacía unas semanas, el evidente desprecio que mostraba hacia ella aquel hombre la habría hecho acobardarse y habría hecho todo lo posible para evitar cualquier confrontación.

Sin embargo ahora se cuadró de hombros y apuntó al temible lord Rothwell con el dedo. Gabriel la necesitaba y estaba dispuesta a enfrentarse al mismísimo demonio si hacía falta.

—No me importa lo que tenga que hacer para detenerlo, hágalo —espetó—. Tengo que volver a tierra.

—¿Por qué? —preguntó, visiblemente sorprendido.

—Porque Gabriel no está en su camarote.

—Entonces estará con el capitán.

Talia apretó los puños y miró hacia aquellos acantilados que, en la creciente oscuridad, parecían aún más imponentes.

¿Se atrevería a hacerlo?

Gabriel había confiado en ella al contarle la traición que había cometido Harry, un precioso regalo viniendo de un hombre que no acostumbraba a sincerarse con nadie, y sabía que si ahora ella traicionaba esa confianza, su relación no tendría arreglo.

Pero, ¿debía dejar que la llevasen a Inglaterra mientras él se enfrentaba solo a su hermano? O, lo que sería peor, ¿caía en una trampa ideada por Jacques?

La idea la hizo estremecer de pavor.

No. Fuera como fuera, no podía abandonar a Gabriel. Ya se enfrentaría a las consecuencias cuando volviera a estar a su lado en el barco.

Miró a lord Rothwell a los ojos.

—No, Gabriel no está con el capitán —hizo una pausa para reunir el valor necesario y poder continuar—. Ahora mismo va camino de Calais.

Sus palabras fueron recibidas con un silencio ensordecedor tras el cual lord Rothwell la agarró del brazo y la llevó a donde nadie pudiera oírlos.

—¿Por qué demonios iba a ir a Calais?

—Porque su hermano está allí escondido.

—¿Harry? —meneó la cabeza—. ¿Qué hace Harry en Calais?

Talia miró hacia la costa con impaciencia y desesperación.

—Se lo explicaré más tarde —le dijo con una mirada de súplica—. Ahora debe dar orden de que detengan el barco.

Lo vio ponerse en tensión, preparándose para la batalla. Igual que habría hecho Gabriel, reconoció Talia. Era evidente que aquellos dos hombres tenían en común algo más que el título. Lord Rothwell tenía la misma mirada implacable que Gabriel, por no hablar de ese aire de arrogancia y autoridad que desprendían con la misma naturalidad con la que respiraban.

Sin embargo no dio orden alguna a los marineros, ni le pidió al capitán que echara el ancla. Simplemente se quedó mirándola.

—No —dijo por fin.

—¿No? —¿qué demonios le ocurría?—. ¿Es que no me ha oído? Gabriel no está a bordo.

—Pero fue él el que dio la orden de soltar amarras, lo que quiere decir que sabría que el barco partiría sin él.

—¿Y eso qué importa?

—Que quiere ponerla a salvo.

Talia no prestó atención al tono de voz de Rothwell, que hacía pensar que él personalmente habría preferido lanzarla por la borda e ir tras su amigo. ¿Qué más le daba lo que pensara de ella siempre y cuando la ayudara a encontrar a Gabriel?

—Él ahora mismo no piensa con claridad.

—En eso le doy la razón, pero yo no puedo ir en contra de sus deseos.

—No sería la primera vez —tuvo el atrevimiento de recordarle—. Según me dijo, le ordenó que volvieran a Inglaterra y usted no lo hizo.

Rothwell la miró con obstinación.

—Soy libre de poner en peligro mi propia vida si así lo deseo, pero creo que Gabriel no me perdonaría que pusiera en peligro la de su mujer.

Talia levantó las manos con frustración y desesperación.

—Esto es ridículo.

Apenas había dado un paso cuando lord Rothwell la agarró del hombro y le dio media vuelta.

—¿Adónde va?

—Si usted no da la orden al capitán, tendré que hacerlo yo.

—No la obedecerá.

Ella irguió la espalda y levantó la cabeza.

—Soy la condesa de Ashcombe, haré que me obedezca.

Lord Rothwell arrugó el entrecejo mientras la miraba fijamente como si fuera la primera vez que la veía.

—Por mucho que sea usted la condesa, estos hombres no desobedecerán a Gabriel.

No había duda de que decía la verdad.

—Lo sabía —protestó—. Sabía que este título sería tan inútil como pretencioso.

—Si eso fuera cierto, no habría podido atrapar a mi amigo y obligarlo a casarse.

—Yo no tuve nada que ver con... —se mordió el labio, dejando la frase a medias. Le apartó la mano para poder agacharse a desabrocharse las botas—. Piense lo que quiera. No tenemos tiempo.

Lo oyó maldecir entre dientes mientras la veía descalzarse y quitarse los medias. Su padre la había obligado a aprender a nadar siendo muy niña y estaba segura de no haberlo olvidados.

No sabía qué haría cuando llegase a tierra sin zapatos y sin medias, pero ya lo pensaría cuando estuviera allí.

—Espere —rugió lord Rothwell—. ¿Es que se ha vuelto loca?

Lo miró un instante sin decir nada, para que pudiera ver la determinación reflejada en su rostro.

—No voy a permitir que Gabriel vaya solo a Calais —respondió.

Rothwell volvió a maldecir mientras miraba a la costa, que se alejaba más y más.

—¿Está en peligro?

—Puede que no en peligro físico —admitió—, pero sé que me va a necesitar.

Él volvió a mirarla.

—¿Piensa nadar hasta la costa?

—Si es necesario.

Rothwell se quedó inmóvil, debatiéndose entre obedecer a Gabriel u obedecer a sus instintos e ir tras él.

Por fin meneó la cabeza y echó a andar con paso firme.

—Capitán...

CAPÍTULO 14

Al igual que muchas otras ciudades portuarias, Calais había sufrido un buen número de invasiones.

Julio César había la había ocupado para lanzarse desde allí a la invasión de Inglaterra. En 1346, el rey británico Eduardo III la había sometido a un asedio de casi un año, hasta conseguir que el pueblo, muerto de hambre, se rindiera. Y también los españoles la habían tomado como propia a finales del siglo XVI. Cada una de esas conquistas había dejado su huella en la ciudad, pero en el fondo seguía siendo un sencillo pueblo pesquero con un encanto único.

Delimitada por las murallas, la ciudad estaba orientada al mar. Tenía un gran muelle lleno de barcos de pesca y, más allá, una imponente fortaleza que aún conservaba su puente levadizo.

Gabriel recorrió las estrechas calles del centro y pasó por la Place d'Armes sin apenas ver la atalaya negra o el viejo ayuntamiento mientras observaba las pequeñas casas de contraventanas blancas y los cafés llenos de soldados franceses. De vez en cuando se oían campanas a lo lejos y risas que quedaban flotando en el aire nocturno mientras la luna iluminaba las paredes de piedra de la Rue de Guise.

Era todo muy pintoresco, pero no parecía el tipo de lugar que podría atraer a su hermano. Tenía que descubrir la parte menos respetable de la ciudad.

Fue entonces cuando apareció de entre las sombras, muy oportunamente, un golfillo que sin duda intentaba robarle, pero Gabriel agarró sin el menor esfuerzo al muchacho, que no debía de tener más de doce años, y lo levantó del suelo para dejarlo a la altura de su mirada.

—¿Cómo te llamas? —le preguntó en francés, fijándose en que estaba sucio, muy delgado y tenía unos ojos muy inteligentes—. Y que no se te pase por la cabeza siquiera la idea de mentirme, a menos que quieras que te entregue a las autoridades.

El muchacho se quedó inmóvil, observándolo con una mirada demasiado sabia para tan tierna edad. Debió de llegar a la conclusión de que Gabriel no era ningún pervertido con debilidad por los niños porque respondió a su pregunta, aunque con gesto desafiante.

—Armand.

—Armand, tengo una pequeña tarea para ti.

—¿Qué clase de tarea? —le preguntó el muchacho con desconfianza.

Gabriel le describió a su hermano con todo lujo de detalles, incluyendo el tipo de lugares que elegía para entretenerse, después le mostró unas cuantas monedas que recibiría como recompensa si cumplía con su cometido. Era evidente que el muchacho estaba familiarizado con los bajos fondos de Calais, por lo que encontraría a Harry mucho más fácilmente que él.

Mientras esperaba que regresara Armand, Gabriel se permitió pensar en Talia.

A esas horas, estaría ya de camino a Inglaterra. ¿Se habría dado cuenta ya de que no estaba en el barco? Y, si lo había hecho, ¿le habría preocupado su ausencia, o se habría alegrado de librarse de su marido?

Esa segunda posibilidad hizo que frunciera el ceño, a pesar de que se dijo a sí mismo que era una tontería.

¿Acaso Talia no había puesto en peligro su vida para sacarlo de las bodegas de Jacques Gerard? ¿Y no había respondido con entusiasmo a sus caricias?

Quizá aún no había olvidado los extraños comienzos de su matrimonio y no lo había perdonado por ello, pero sí parecía haberlo aceptado como esposo.

¿Qué más podía pedir?

Prefirió no pensar en la respuesta a esa pregunta, ni en el dolor que sentía en el pecho, y volvió a mirar a su alrededor. Ya pensaría en su mujer cuando volviera a Inglaterra, por el momento ya tenía bastantes cosas en la cabeza.

Nada más ver aparecer al muchacho, Gabriel salió de entre las sombras.

—¿Lo has encontrado?

El joven asintió una sola vez.

—Sígame.

Pero Gabriel lo agarró del brazo antes de que pudiera dar un solo paso.

—Cuidado con lo que haces, Armand. No soy ningún ingenuo al que puedas desplumar.

—*Non, monsieur* —el niño adoptó una expresión de inocencia evidentemente ensayada, sin embargo el miedo que había en sus ojos parecía sincero—. Tiene usted mi palabra de honor.

—Entonces vamos.

Armand lo llevó hasta detrás de la iglesia en la que el rey Eduardo III se había casado con Isabelle de Valois y después pasaron también por el hotel Dessein, con su elegante fachada y su tejado inclinado. Cuanto más se alejaban del centro, más estrechas eran las calles y más desvencijados los edificios, hasta que Armand aminoró el paso por fin y Gabriel vio un edificio de estilo inglés con torreones hexagonales y un patio en el que había reunidos unos cuantos borrachos, jugando. Al otro lado del patio se veía un salón de llamativa decoración donde había varias mujeres que pretendían tentar a los caballeros que se cansaban de las cartas o los dados y preferían un entretenimiento más íntimo.

Desde la puerta del patio, escabullidos en unas sombras

donde nadie podría verlos, Armand le señaló al joven caballero de pelo castaño y ojos claros, ya algo turbios por la bebida.

Harry.

—*Voilà* —dijo Harry con gesto orgulloso.

Gabriel observó a su hermano, elegantemente vestido con chaqueta dorada y chaleco negro con bordados en hilo dorado. Parecía tan cómodo entre los caballeros franceses que a Gabriel se le heló la sangre.

¿Acaso no tenía vergüenza alguna?

Sintió ganas de entrar a allí y sacarlo a rastras del burdel, pero se obligó a pensar las cosas con calma.

—¿Hay alguna otra entrada?

—Por aquí.

Con una familiaridad que hacía pensar que pasaba bastante tiempo con aquellas prostitutas, Armand lo llevó hasta una entrada lateral del edificio, una puerta estrecha de madera que, una vez abierta, daba a un jardín privado desde el que se veía el patio.

—¿Le vale esta? —preguntó el muchacho.

—Me vale —Gabriel sacó un buen puñado de monedas y se las puso en la mano—. Es tarde, Armand, vuelve a tu casa.

—*Merci, monsieur* —Armand observó maravillado aquella pequeña fortuna—. *Merci*.

—Directo a casa —le ordenó y meneó la cabeza al ver que el muchacho se alejaba con una pícara sonrisa en los labios.

No podía hacer nada más por Armand, así que se volvió para mirar de nuevo a su hermano a través de la celosía de madera.

Ya lo había encontrado, ¿y ahora qué? Por muy furioso que estuviese con él, no era tan tonto como para hacer una escena rodeados de tantos franceses. Pero tampoco quería pasarse la noche entera esperando en aquel húmedo jardín a que Harry se cansase y volviese a donde estuviera alojado.

Estaba tan inmerso en sus pensamientos, tratando de encontrar la manera de alejar a su hermano de la nueva *roulette*, que tardó bastante en reaccionar cuando vio aparecer por los escalones que tenía detrás a una esbelta joven.

—*Ah, bonsoir* —susurró con voz sensual.

Gabriel se sacó la pistola lentamente y se volvió hacia ella. Tenía el cabello del color del trigo en verano, con unos rizos que le caían sobre los hombros que la fina túnica que llevaba le dejaba a la vista. Tenía unos rasgos delicados y unos bonitos ojos castaños, pero solo con mirarla, Gabriel supo que estaba calculando el precio de su ropa y la pequeña fortuna que habría que pagar por el rubí que llevaba en el pañuelo del cuello.

—¿Busca compañía? —se pasó la mano por el escote para atraer la atención de Gabriel hacia la curva de sus pechos—. Soy Monique.

—*Non* —respondió Gabriel con impaciencia, pero enseguida se dio cuenta de que aquella mujer era precisamente la clase de cebo que necesitaba para atraer a su presa—. Espera, Monique.

La joven se acercó más a él con una sonrisa que era toda una invitación.

—¿Ha cambiado de opinión? —dijo con una especie de ronroneo, al tiempo que le pasaba las manos por los brazos—. No se arrepentirá.

Gabriel la agarró de ambas muñecas para que no siguiera bajando.

—Quiero que hagas algo por mí.

Su risa tenía el tono perfecto para despertar las fantasías más íntimas de cualquier hombre.

O al menos de muchos hombres, matizó Gabriel.

Porque él había descubierto recientemente que su interés por las mujeres, por bellas o inteligentes que fueran, se reducía a una gitana de ojos color esmeralda.

—Haré lo que usted me pida —no dejó de sonreír mientras tiraba del lazo que le mantenía cerrada la túnica.

—No —la detuvo Gabriel de inmediato antes de que se quedara completamente desnuda.

Ella frunció el ceño.

—¿Qué es lo que quiere entonces?

La llevó hasta la celosía y le señaló a su hermano.

—¿Ve aquel caballero joven que hay junto a la mesa de la ruleta?

—¿*Monsieur* Richardson?

Gabriel se puso en tensión al ver que lo conocía bien. Era obvio que Harry era un cliente habitual del local.

—Sí.

—Claro —Monique sonrió con arrogancia—. Más de una vez ha querido pasar un rato conmigo, pero tiene que conformarse con las chicas menos caras.

—Pues parece que esta noche va a tener suerte —murmuró Gabriel—. ¿Tiene usted una habitación cerca?

Monique señaló la escalera de piedra por la que había salido.

—En el piso de arriba, la tercera puerta de la izquierda —se quedó mirándolo fijamente—. Pero si van a ser dos caballeros, tendrán que pagarme el doble.

Gabriel se encogió de hombros.

—Le pagaré el doble sin ningún problema, pero lo único que necesito es que lleve al caballero a esa habitación sin decirle que estoy aquí y, una vez allí, me permita hablar con él en privado.

—¿Y yo? —preguntó con evidente desconfianza.

—Tendrá la suerte de poder disfrutar de una hora de tranquilidad —se fijó en el rostro perfecto de la joven y en las ligeras sombras que tenía bajo los ojos—. Seguro que prefiere pasar así la velada, ¿verdad?

Inesperadamente, la mujer dio un paso más hacia él y dejó que sus pechos lo rozaran.

—Sin duda lo preferiría. Sin embargo esta noche me gustaría más tener compañía, siempre que fuera la suya, claro.

Gabriel meneó la cabeza y la apartó suavemente.

—Es muy tentador, pero tengo algo importante que hablar con *monsieur* Richardson.

Monique recibió el rechazo con un ligero mohín.

—Si le debe dinero, me temo que no va a conseguir nada —le advirtió—. Ya tiene muchas deudas con François.

—¿Quién es François?

—El dueño de este encantador lugar —dijo irónicamente y con cierta repugnancia.

—Claro —murmuró Gabriel, pensando lo tristemente predecible del comportamiento de su hermano, aunque sus deudas de juego era lo que menos le preocupaba de él—. Es un asunto personal.

La prostituta lo miró de nuevo, tratando de analizarlo.

—No pensará matarlo, ¿no?

—Si lo hago, prometo retirar el cuerpo —se sacó unos cuantos billetes del bolsillo interior de la chaqueta y se los dio—. ¿Podrá convencerlo de que la acompañe?

La mujer miró el dinero con absoluta codicia y luego le dedicó una sonrisa de orgullo femenino.

—*Chérie*, podría convencer a un santo de que se viniera conmigo y le aseguro que *monsieur* Richardson no es ningún santo.

—No puedo estar más de acuerdo con usted —murmuró—. La esperaré en la habitación.

Monique se guardó el dinero.

—Quizá cuando termine con ese asunto personal, podríamos encontrar una manera más agradable de pasar el resto de la noche, ¿no cree?

Gabriel respondió con una tenue sonrisa que no lo comprometía a nada y se quedó allí esperando hasta que la prostituta se encaminó al patio en el que se encontraba su hermano, después entró al edificio y subió por la escalera de caracol que conducía al último piso del torreón.

La habitación de Monique era sencilla pero elegante. Era obvio que era la más cara del burdel y los muebles de oro y marfil no pretendían sino ofrecer el marco adecuado para su belleza.

Apenas se fijó en la enorme cama con sábanas de raso, ni en las herramientas de castigo que hacían disfrutar a algunos hombres; simplemente fue de un lado a otro de la estancia con una presión en el pecho que apenas le dejaba respirar.

Había estado tan preocupado por dar con Harry y encontrar la manera de estar a solas con él, que no se había parado a pensar en qué sucedería después.

¿Por qué no habría vuelto a Inglaterra con su esposa? En ese momento podría haber estado con ella en la estrecha cama del camarote, su bello cuerpo acurrucado entre los brazos, perdiéndose en el placer de sus caricias hasta el punto de no poder pensar en nada más.

Podría haber dejado que Harry siguiese su camino hacia el infierno y haberse concentrado en su futuro con Talia.

Por desgracia, no era tan ingenuo de pensar que eso habría bastado para olvidarse del problema. ¿Cómo podría labrarse un futuro con Talia mientras esperaba que en cualquier momento estallase el desastre?

Además, su conciencia jamás le habría permitido olvidar el daño que había causado Harry y el peligro que suponía mientras siguiese ejerciendo de espía.

Siguió caminando de un lado a otro hasta que por fin oyó unos pasos al otro lado de la puerta y la risa de su hermano retumbando en el pasillo.

—Vamos, muchacha, solo un poquito.

—Ya está bien, *monsieur* —protestó Monique—. Espere hasta que lleguemos a la habitación.

—¿Una prostituta recatada?

—La intimidad siempre se disfruta más en privado.

—No siempre. A mí no me importa hacerlo en público si se trata de una mujer hermosa —otra risotada—. O de dos.

Gabriel oyó algo que le pareció un manotazo de Monique para retirar la mano de Harry y después se abrió por fin la puerta de la habitación.

—Por aquí, *monsieur*.

—Espero que tengas más de una hora porque yo...

Harry apenas había cruzado el umbral de la puerta cuando se detuvo en seco al ver a Gabriel. Durante un instante los dos hermanos se quedaron mirándose sin decir nada, Harry, sonrojado de vergüenza igual que cuando Gabriel lo había descubierto en alguna travesura siendo niños.

Pero no tardó en adoptar una postura de fingida indiferencia.

—Vaya, vaya, Gabriel, no esperaba que se uniera alguien más a la diversión.

Gabriel miró a Monique y tuvo que reconocer que le decepcionaba la reacción de su hermano al verlo. ¿Qué esperaba, que se mostrara avergonzado y le suplicase perdón?

—Eso es todo, querida —le dijo a la prostituta.

La mujer le dedicó una tentadora sonrisa.

—Estaré en el salón privado que hay al final del pasillo, por si quiere venir cuando termine aquí.

Gabriel bajó la cabeza.

—*Merci*.

Esperaron en silencio a que Monique saliera de la habitación y cerrara la puerta. Una vez solos, Harry se acercó a una mesita, agarró la botella de whisky que había encima, le quitó el corcho y pegó un buen trago.

—Una víctima más del encanto Ashcombe —comentó con desprecio.

—No, una pobre mujer tratando de ganarse la vida, más bien —replicó Gabriel, observando detenidamente el rostro de su hermano. Estaba pálido y demacrado.

Dios, parecía el doble de viejo de lo que era en realidad.

—No es necesario que me recuerdes que no solo tienes un atractivo arrollador, sino que también dispones de una fortuna interminable —farfulló Harry.

—No es en absoluto interminable y tú la has disfrutado bastante —le recordó Gabriel—. Pero lo has desperdiciado todo tratando de buscar siempre el mayor placer.

—¿Qué otro cometido puede tener un hermano menor? Nadie me ha querido ni necesitado nunca, salvo para servir de sustituto por si le ocurriera algo al magnífico heredero.

—Muy poético —Gabriel apretó los labios—. ¿Tenías ensayado el discurso?

Harry tomó otro trago de la botella.

—Hijo de perra.

Gabriel tuvo que apretar los puños para no dejarse llevar por la tentación de agarrar a su hermano y hacerle entrar en razón a la fuerza.

—Más de una vez he intentado que participaras en la gestión de las propiedades, pero siempre dijiste que no te interesaba un negocio tan aburrido.

—¿Y pasarme el día inclinándome ante el señor de la mansión como tus otros criados? No, gracias.

—Si lo que te molestaba tanto era mi presencia, nada te habría impedido utilizar tu asignación para comprarte tu propia residencia.

Harry resopló con amargura antes de lanzar la botella de whisky al fuego.

—¿Una casa diminuta mientras tu manejas la mitad del país?

—Dios —Gabriel meneó la cabeza, recordando la acertada hipótesis de Talia de que quizá Harry sintiese envidia de él y de la estrecha relación que había tenido con su padre. Era tan desmoralizador saber que la antipatía que le profesaba su hermano había empezado tan temprano—. ¿Cómo pude no darme cuenta?

—¿De qué?

—De los celos infantiles que has dejado que te pudrieran el alma.

Harry se encorvó, negándose a admitir su parte de culpa.

—¿Cómo me has encontrado? —le preguntó con gesto de arrogancia—. Sé que no ha sido gracias a esos payasos que me mandaste porque los despisté antes incluso de llegar a Dover.

—Jacques Gerard.

Eso le hizo abrir los ojos de par en par.

—Imposible, él jamás...

Gabriel dio un paso adelante. Cualquier esperanza de que las acusaciones de Sophia fuesen infundadas desapareció al ver la reacción de Harry.

—¿Jamás revelaría que es un espía francés y que tú eres un traidor que ha vendido a su rey y a su patria solo por codicia? —terminó de decir Gabriel con un dolor que le desgarraba el alma a pesar de que creía haber estado preparado.

—Eso es ridículo —se defendió Harry—. No sé qué te habrá dicho, pero es evidente que solo pretende ponerte en mi contra.

Gabriel levantó una mano para frenarlo.

—Ya está bien de mentiras, Harry. Conozco toda la historia.

Harry se pasó la lengua por los labios, tratando de encontrar seguramente la mejor manera de salir del entuerto, como llevaba haciendo toda la vida.

—Y tú, claro está, prefieres creer a un francés sinvergüenza que a tu propio hermano.

—Por desgracia me has demostrado que no mereces mi confianza —lo miró fijamente antes de añadir—: Ni mi respeto.

Gabriel creyó ver algo que cambiaba en la mirada de Harry, pero no se engañó por un momento pensando que pudiera ser un síntoma de su arrepentimiento.

—Me las he arreglado sin las dos cosas la mayor parte de mi vida, así que podré seguir haciéndolo de ahora en adelante.

—Eso me lleva a preguntarte, ¿cómo piensas sobrevivir? Jacques Gerard no va a seguir manteniéndote ahora que tu traición ha salido a la luz.

—Puede que siga tu ejemplo y me case con una joven podrida de dinero como... —no pudo seguir hablando porque Gabriel lo agarró y lo puso contra la pared, inmovilizándolo por completo—. ¿Qué demonios?

—No consiento que vuelvas a hablar de mi mujer, ¿me has oído? —le advirtió en un tono letal.

La sorpresa de Harry dejó paso a una sonrisilla engreída porque creyó que lo que había provocado la furia de Gabriel había sido que le recordara que se había visto obligado a casarse con la prometida a la que él había rechazado.

—No sabes cuánto me reí cuando me enteré de que no habías tenido más remedio que aceptar a la pavisosa Dobson y convertirla en condesa de Ashcombe —le dijo a modo de provocación—. Por una vez mi impecable hermano se convertía en el hazmerreír de toda la sociedad londinense.

Gabriel maldijo entre dientes, asqueado por la idea de que Talia hubiese podido casarse con su hermano y por su traición.

Dios, no habría soportado tenerla tan cerca y al mismo tiempo, completamente fuera de su alcance.

—No tienes ni idea —se limitó a decirle.

—Dime, Gabriel, ¿invitas a menudo a cenar a Silas a ese mausoleo de casa en el que vives? ¿O lo has expulsado al campo junto con tu ridícula esposa? —Harry se rio de su propio chiste—. Entonces lo habrás alojado en la cuadra, porque es un cerdo que no merece ni limpiarle las botas a un caballero de verdad.

—Sin embargo tú no dudaste en robarle el dinero que con tanto esfuerzo había ganado.

—Se lo tenía bien empleado por atreverse a pensar que se podía hacer un hueco entre los que son superiores a él.

El hecho de que él mismo hubiese pensado eso también de Silas Dobson aumentó aún más su enfado. Se apartó de él lentamente y dejó que se alejase de la pared.

—Además de cobarde, eres un estúpido, Harry —le dijo.

Pero él levantó la mano y se colocó el pañuelo del cuello con gesto sarcástico.

—No, en esta ocasión el estúpido eres tú. No soportas tener una mujer horrible que...

Esa vez, Gabriel no intentó contener el mal genio, sino que se dejó llevar por él. Con un rápido movimiento, le dio un puñetazo en la mandíbula que lo tiró contra la pared. Harry se llevó la mano a la cara y escupió sangre antes de mirarlo, visiblemente asombrado.

—Maldita sea, me has roto un diente.

—La próxima vez que hables de mi mujer, te rompo el cuello —lo amenazó Gabriel.

Hubo un momento de silencio antes de que Harry volviera a mirarlo, esa vez con incredulidad.

—Madre mía. Te has enamorado de ella —soltó una gélida carcajada—. Menudo chiste. El conde de Ashcombe enamorado de su propia esposa.

Gabriel se encogió de hombros, negándose a dejarse provocar. Aún no sabía bien qué era lo que sentía por Talia, pero no podía negar que se había convertido en una parte muy importante de su vida.

—No es un chiste. Es una mujer extraordinaria —sonrió ante la inesperada ironía de la situación—. De hecho, si tu único pecado hubiese sido abandonar a Talia en el altar, obligándome a casarme con ella, habría estado en deuda contigo —la sonrisa desapareció de su rostro, dejando tras de sí una expresión sombría—. Pero los dos sabemos que lo que has hecho no tiene perdón posible.

Harry se acercó a la ventana y miró a la calle oscura que había abajo.

—No necesito uno de tus sermones, hermano. A menos que pienses proponerme alguna manera de saldar mis deudas, te sugiero que vuelvas con tu extraordinaria esposa a tu vida perfecta.

—¿Crees que puedo volver a Inglaterra y olvidar así como así que mi hermano ha traicionado a su país?

—¿Por qué no? —Harry se volvió a mirarlo para hacerle la pregunta—. Tú tienes la conciencia limpia.

Gabriel estaba atónito ante la indiferencia de su hermano. ¿De verdad estaría tan corrompido que no sentía la menor vergüenza?

—¿Es que no sabes el daño que has hecho? —le preguntó, iracundo—. ¿Has pensado cuántos soldados británicos han muerto por tu culpa? ¿Cuántas familias han quedado destrozadas?

—No tenía otra opción —aseguró él—. Tú te negaste a pagar mis deudas y los cobradores empezaban a ponerse... problemáticos.

—Recibes una asignación muy generosa, por no hablar del dinero que no dejas de pedirle a madre.

—He tenido una racha de mala suerte, pero tendrá que llegar a su fin tarde o temprano.

Gabriel meneó la cabeza, consciente de que era demasiado tarde.

Tarde para todos.

No había salvación posible para su hermano, convencido de que tenía derecho a hacer todo lo que se le antojase sin preocuparle el dolor que pudiera causar a otros. No se arrepentía de haber traicionado a su país y no dudaría en volver a hacerlo si le ofrecían el dinero necesario.

Lo que significaba que Gabriel no tenía más opción que poner fin a esa locura.

—No, me temo que no va a haber ocasión de que cambie tu suerte —dijo con una tristeza que ahora era más fuerte que la ira.

Quizá presintió la decisión que había tomado Gabriel porque Harry se apartó de la ventana y lo miró con gesto preocupado y confuso.

—¿Qué se supone que significa eso?

—Muchas veces, demasiadas, he excusado tus continuos excesos y te he permitido escapar de las repercusiones que tenían tus equivocaciones —Gabriel soltó un suspiro de resignación—. Puede que, si te hubiese obligado a afrontar tu responsabilidad, no hubieses perdido por completo los principios.

Harry lo miró frente a frente con su habitual gesto de desafío.

—¿Y qué piensas hacer, Gabriel? ¿Hacer que me descuarticen?

—Lo que pienso hacer es llevarte de regreso a Inglaterra para que te juzguen por tus crímenes.

Su hermano recibió aquellas palabras con un profundo silencio y gesto de asombro para después romper a reír exageradamente.

—No tiene ninguna gracia, hermano.

—No —reconoció Gabriel—, esta situación no tiene absolutamente nada de graciosa.

—Tú nunca me delatarías porque eso acabaría con el buen nombre de los Ashcombe.

Gabriel apretó los puños.

—¿Desde cuándo te importa a ti el buen nombre de nuestra familia?

Algo que se acercaba peligrosamente al odio enturbió la mirada de Harry antes de que esbozara una nueva sonrisa.

—A mí no me importa, pero a ti sí.

Gabriel no podía negarlo. Jamás podría superar el haber sido en cierto modo responsable de empañar la buena imagen de los Ashcombe, pero eso no era nada en comparación con lo que había hecho su hermano.

—Hay deberes más importantes que el de proteger la reputación de nuestra familia. Debo impedir que pongas en peligro la guerra contra Napoleón, cueste lo que cueste.

Harry se quedó pálido de pronto, como si por fin acabara de darse cuenta de que no se trataba de un aprieto más del que podría salir sin un rasguño.

—¿Y qué hay de madre? No podrá soportar la vergüenza de que su querido hijo sea condenado por espionaje.

Gabriel no podía permitirse pensar en su madre y en cómo le afectaría semejante humillación. No tenía duda de que lo culparía a él por no haber dejado escapar a Harry y haber evitado el escándalo.

Un peso más que cargar sobre los hombros.

—Será difícil para todos, pero no me has dejado otra alternativa.

—No te creo —Harry empezó a moverse con nerviosismo—. Es... es un farol.

—No. No es ningún farol.

—Tú no pondrías en peligro tu orgullo solo para castigarme.

Gabriel se cruzó de brazos para demostrar su determinación al respecto.

—Saldremos hacia Inglaterra por la mañana.

Estaba tan concentrado en su hermano, que no se dio cuenta de que se había abierto la puerta hasta que vio a Harry abrir los ojos de par en par. Se volvió a mirar esperando ver a Monique o algún otro cliente del burdel.

Pero al ver que no era así, buscó instintivamente la pistola que llevaba bajo la chaqueta sin apartar los ojos del francés, que a su vez le apuntaba al corazón con su arma.

—Estoy de acuerdo en que Harry vuelva a Inglaterra cuanto antes —dijo Jacques Gerard—. Sin embargo usted, milord, se quedará en Francia como invitado mío.

CAPÍTULO 15

Acababan de cruzar las murallas de Calais y lord Rothwell se empeñó de nuevo en soltarle el mismo sermón que Talia llevaba soportando desde que habían bajado del barco.

—No —lo interrumpió por fin. No podía escuchar una vez más todas las razones por las que lord Rothwell quería que permaneciese escondida cerca de las murallas mientras él iba en busca de Gabriel—. No me voy a quedar en ninguna parte.

Hugo suspiró con resignación, aunque al mismo tiempo la miraba con una extraña fascinación; como si no supiera muy bien qué pensar de ella.

—Maldita sea, ¿siempre es usted tan terca?

Talia se cuadró de hombros, preparándose para la batalla.

—No soy terca, es que sé qué es lo que debo hacer.

—Porque Gabriel le importa.

No era una pregunta, sino una afirmación y Talia se encogió de hombros, avergonzada de que se hubiese dado cuenta tan fácilmente de la necesidad que sentía de volver a estar con Gabriel.

—Es mi esposo.

—Eso significa muy poco en nuestra sociedad.

En eso tenía razón. El matrimonio en la clase alta era algo que se negociaba para consolidad el poder, la fortuna o la posición social de los contrayentes. Y a menudo era una combinación de las tres cosas.

Las bodas no tenían nada que ver con algo tan tonto como el amor.

—Para mí significa mucho —murmuró. Qué importaba revelar emociones que habría preferido seguir ocultando? Lo importante ahora era rescatar a Gabriel, no proteger su orgullo—. No puedo quedarme aquí esperando sin hacer nada mientras Gabriel está en peligro.

Lord Rothwell meneó la cabeza lentamente.

—Ya me advirtió que era usted una mujer única.

Talia se estremeció al oír la palabra. Era otra manera de decir que era rara, un insulto que había recibido incesantemente desde su llegada a Londres.

—No me voy a disculpar por preocuparme por el bienestar de mi marido —declaró con firmeza.

Inesperadamente, Rothwell estiró el brazo y le apretó la mano suavemente.

—No, soy yo el que debo disculparme.

—¿Por qué? —preguntó, desconfianza.

—Porque he caído en la absurda costumbre de juzgar a alguien basándose en algo tan insustancial como los rumores —suspiró de nuevo—. Algo que siempre he criticado y que sin embargo he hecho con usted.

¿De qué le estaba pidiendo perdón aquel noble arrogante? Habría apostado el collar de perlas de su madre a que aquel hombre no había reconocido haberse equivocado en toda su vida.

Talia lo miró a los ojos, algo confundida.

—Estaba usted preocupado por su amigo.

Él asintió.

—Sí, pero incluso después de darme cuenta de que el casarse no lo había hecho infeliz en absoluto, seguí dejándome guiar por los prejuicios —esbozó una sonrisa de arrepentimiento—. No volveré a cometer dicho error.

Talia sonrió también. Después de tanta sinceridad, ella no podía ser menos.

—No, no fue un error —le aseguró al tiempo que perdía su mirada en el suelo de la Place d'Armes, que en otro tiempo había sido el centro de Calais, con su atalaya medieval—. Yo nunca seré digna del título de condesa de Ashcombe.

—Se equivoca —le puso un dedo bajo la barbilla y la obligó a mirarlo de nuevo—. Quiero mucho a Gabriel, pero no se puede negar que en los últimos años ha estado... perdido.

—¿Perdido?

Rothwell se tomó unos segundos para escoger cuidadosamente las palabras.

—Siempre fue muy consciente de sus obligaciones como heredero, pero tras la prematura muerte de su padre se fue aislando más y más y eso hacía que desconfiara de todo el mundo.

Era exactamente lo mismo que le había confesado su ama de llaves el día de la boda. En aquel momento, no habría imaginado que serían precisamente las debilidades de su esposo lo que la volvería loca.

—Estaba muy solo —susurró ella.

—Sí —confirmó Rothwell—. Y tengo la impresión de que un matrimonio al uso lo habría dejado aún más solo. No necesitaba la fría perfección de una doncella de la alta sociedad, sino la calidez de una mujer —levantó la mirada hasta sus ojos antes de apartarse—. Su calidez, milady.

Aquellas palabras le llegaron a lo más hondo, al lugar donde residía su temor a no ser nunca más que una pesada carga con la que Gabriel tendría que vivir por el bien de su familia.

La idea de que pudiera ofrecerle algo que no pudiera darle una bella debutante era tan maravillosa que deseaba desesperadamente creer que era cierto.

—Gracias —murmuró.

—No he dicho nada más que la verdad —la expresión de su rostro se endureció después de decir aquello—. Por eso precisamente no puedo permitir que se ponga en peligro. No sé qué sería de Gabriel si la perdiera a usted.

Talia lo miró y pensó que había sido muy hábil para dejarla sin argumentos.

—Es usted muy inteligente, lord Rothwell —le dijo a modo de regañina—. Pobre de la mujer con la que decida casarse; tendrá que estar siempre alerta para que usted no la manipule con sus encantos.

Rothwell arqueó una ceja.

—No será necesario ningún tipo de manipulación porque tengo intención de asegurarme de que mi esposa esté siempre encantada de hacer lo que le pida.

Talia se rio ante tanta arrogancia. Era muy típico de los nobles hablar de una esposa como si se tratara de un perro bien entrenado y no de una mujer de carne y hueso, con sus propias ideas y necesidades.

Y cuántas mujeres había que permitían que las tratasen de ese modo.

Por suerte, ella ya no se veía amenazada por las constantes expectativas de la sociedad. Haría todo lo que fuese necesario para encontrar y rescatar a Gabriel, pero jamás volvería a ser una esposa sumisa y obediente.

—Ahora sí que siento lástima por esa mujer. Me temo que Gabriel no ha tenido tanta suerte —le dijo—. Voy a ir con usted y no hay nada más que hablar.

Después de mirarla un segundo más, Rothwell meneó la cabeza y la agarró del brazo para conducirla hacia una calle que salía de la plaza.

—Qué mujer tan terca —farfulló.

Talia empezaba a acostumbrarse a que la llamaran terca, así que sonrió y se dejó llevar por las oscuras calles de Calais, satisfecha por su pequeña victoria. Tarde o temprano, lord Rothwell decidiría que era demasiado peligroso y entonces no podría hacer ni decir nada para convencerlo de lo contrario.

Siguieron avanzando en silencio, alejándose cada vez más de las murallas de la ciudad y adentrándose en barrios más elegantes. Rothwell caminaba con una determinación que hacía pensar que supiera adónde se dirigía, un lugar que, aparentemente, no estaba entre aquellas casas de tejas rojas y grandes ventanas redondeadas.

Talia lo seguía mirando a todos lados, a cada rincón oscuro y a cada callejón, aunque realmente no esperaba toparse con Gabriel. No podían tener tanta suerte. Pero tal certeza no impedía que se sobresaltase cada vez que veía un caballero alto caminando por las calles o saliendo de alguna casa.

Acababan de dar la vuelta a una esquina y parecían estar a punto de abandonar aquel barrio cuando Talia se detuvo en seco y agarró del brazo a su acompañante.

—Espere.

Lord Rothwell se detuvo también, pero la miró con impaciencia.

—¿Qué ocurre?

Ella señaló al edificio de la esquina de enfrente, una enorme casa de piedra con el tejado a dos aguas. Había un pequeño jardín que la separaba de las demás casas y un callejón que daba a la calle sin salida de detrás.

—Ahí está Jacques Gerard.

Rothwell frunció el ceño.

—¿Cómo puede estar tan segura?

—Porque conozco su carruaje —señaló el coche granate y dorado que había visto tantas veces en el palacio del francés. No creía que hubiera muchos iguales—. Además, es lógico que el empeño por vengarse de la aristocracia lo haya llevado a hacerse con la mejor residencia de Calais.

Rothwell se quedó inmóvil, como un cazador que acabara de localizar a su presa. Talia sintió un escalofrío; de pronto se dio cuenta de verdad de lo peligroso que sería como enemigo aquel hombre.

—Puede que el que esté aquí no tenga nada que ver con Gabriel —señaló Rothwell.

—¿Usted cree en las coincidencias?

—No.

—Yo tampoco.

Talia dejó que la escondiera entre los matorrales que delimitaban el terreno de la casa. Solo podía pensar en Gabriel. ¿Lo habría encontrado ya Jacques? ¿Lo habría vuelto a convertir en su prisionero, o quizá lo había...?

Como si hubiera podido percibir el pánico que la invadió, Rothwell le pasó un brazo por los hombros y le dijo al oído:

—No llegue a ninguna conclusión precipitada —le advirtió—. No estamos seguros de que Gabriel esté ahí dentro.

—Es posible, pero sí que sabemos que es muy probable que trajeran aquí a Harry como cebo para atrapar a Gabriel —de pronto vio un movimiento en la puerta principal de la casa, era una persona y, por la rigidez de su porte, debía de ser un soldado. Levantó la mirada y vio que había otro en el balcón del segundo piso y dos más junto al carruaje. No había duda de que Jacques Gerard estaba allí, pues un ciudadano normal no necesitaría soldados vigilando su casa—. Lord Rothwell, tenemos que encontrar la manera de entrar.

—No creo que sea fácil, puede que sea imposible —murmuró con la mirada puesta en los guardias—. Parece que hay hombres en todas las entradas.

Talia se quedó pensando las opciones unos instantes.

—No es imposible.

Rothwell la giró para poder mirarla a la cara.

—¿Por qué tengo la sensación de que no me va a gustar lo que está pensando?

—Necesitamos algo que los distraiga.

—¿Y usted piensa ser ese algo?

Talia se encogió de hombros.

—Es lo mejor. Jacques no me hará daño...

—No.

El tono de Rothwell hacía pensar que no iba a ceder, pero Talia tenía que intentarlo de todos modos. Era la mejor solución para poder acceder a la casa, quizá la única. Al aparecer ella de pronto, crearía la confusión necesaria para que Rothwell se colara por alguna ventana.

—Pero...

—No.

—¿Tiene un plan mejor? —le preguntó con un suspiro de frustración.

—Sí, usted se queda aquí y yo me cuelo por la puerta de servicio. En cuanto descubra si Gabriel está ahí o no, volveré y decidiremos qué hacer a continuación.

—Está bien —dijo, aceptando la derrota.

¿Por qué los hombres eran incapaces de asumir que a veces necesitaban la ayuda de una mujer?

Adivinando de nuevo sus pensamientos, Rothwell la agarró del brazo y la obligó a mirarlo.

—Talia.

—¿Qué?

—Si se mueve de aquí aunque sea un milímetro, le daré unos azotes. ¿Comprende?

No la soltó hasta que consiguió que asintiera a regañadientes, luego se sacó una pistola de debajo de la chaqueta y se escabulló entre los arbustos hacia la parte trasera de la casa.

—Hombres —farfulló Talia.

Quería pensar que lord Rothwell se las arreglaría para colarse en la casa sin ser visto y volver para decirle que Gabriel no estaba allí, pero al verlo desaparecer sintió un escalofrío de terror.

Permaneció escondida entre los matorrales sin apenas atreverse a respirar con la atención puesta en la casa y una extraña sensación de peligro que le recorría la piel.

O quizá no fuera tan extraña, pensó al sentir el cañón de una pistola en el costado.

—¡Ay... Dios! —exclamó al tiempo que se giraba lentamente para encontrarse con la mirada aterciopelada de Jacques Gerard.

En sus labios apareció una sonrisa encantadora mientras alargaba la mano para quitarle un mechón de pelo de la cara.

—*Bonsoir, ma belle*. Pensé que quizá te encontrara escondida en la oscuridad.

La biblioteca era la típica de un aristócrata más preocupado por impresionar que por crear un lugar agradable para disfrutar de los libros.

Las estanterías llegaban hasta el techo decorado con frescos de las musas griegas. Sobre la alfombra de flores, había varias butacas de madera tallada y tapizadas en raso de color verde claro. Hasta las figuritas de cristal que había sobre la repisa de mármol de la chimenea tenían el brillo frío de la belleza intocable.

Claro que seguramente a Gabriel le habría parecido todo más acogedor de no encontrarse en el suelo, con las manos atadas a una columna sobre la que apoyaba la espalda. Su estado de ánimo no mejoró al ver aparecer a Jacques Gerard con una arrogante sonrisa en los labios.

Hijo de perra.

Habían pasado menos de tres horas desde que el francés lo había capturado y trasladado hasta allí, pero tenía la impresión de que hiciera una eternidad desde que lo habían atado a esa columna y Jacques había desaparecido acompañado por Harry, que no se había atrevido ni a mirarlo.

En ese tiempo, Gabriel no había parado de culparse por haber sido tan estúpido de dejarse atrapar.

Otra vez.

—Espero que esté cómodo —dijo Jacques.

—¿No le parece algo excesivo? —respondió Gabriel, escondiendo su rabia tras una sonrisa burlona—. Soy un simple noble, no un tigre salvaje.

Jacques sonrió, disfrutando sin duda de su humillación.

—Siempre trato de aprender de mis errores, milord. Esta vez no voy a ofrecerle la oportunidad de escapar.

—¿Entonces voy a estar aquí atado hasta que acabe la guerra? ¿O piensa devolverme a las bodegas del palacio?

Jacques se cruzó de brazos y dejó de sonreír.

—Ninguna de las dos cosas, me temo.

Gabriel frunció el ceño mientras trataba de descifrar la misteriosa expresión de su rostro. Había en él una tensión que no presagiaba nada bueno.

—¿Podría preguntarle cuáles son sus planes entonces?

—Le alegrará saber que me tomé muy en serio vuestra amenaza.

—Me halaga, por supuesto —respondió Gabriel con cautela—. Pero me permitirá que me resulte difícil de creerlo. Si realmente me hubiese hecho caso, ahora no estaría aquí atado como un animal.

—Me refería a lo del regreso de Harry a Inglaterra.

Gabriel apretó los dientes para soportar el dolor que le provocaba el simple hecho de oír mencionar el nombre de su hermano. ¿Dónde estaría? ¿Seguiría en la casa o habría olvidado ya que su hermano estaba allí atado y habría ido en busca de diversión?

—Puede hacerlo volver cuando desee, pero muy pronto toda Inglaterra conocerá su traición y entonces ya no le será a usted de ninguna utilidad.

Jacques se echó a reír.

—No se apresure, Ashcombe. Puede que Harry sea aún muy valioso.

—Si usted lo dice.

Jacques miró a su espalda y con un movimiento de mano, dio una orden que sus hombres siguieron de inmediato. Dos soldados entraron llevando a cuestas a un hombre corpulento, inconsciente.

—Dejadlo en el sofá.

El cuerpo inmóvil de lord Rothwell cayó como un peso muerto sobre el sofá verde y dorado, que crujió a modo de protesta por el considerable peso de Hugo.

La ira estalló dentro de Gabriel ante la imagen del rostro ensangrentado de su amigo, que parecía haber recibido un golpe en la sien.

—Maldito sea, Gerard —bramó tratando de alcanzar a su amigo como si no existiesen las cuerdas que lo inmovilizaban.

—No hace falta que se comporte como un loco. Su amigo está vivo, al menos por ahora.

Gabriel se dejó caer sobre la columna, aliviado de saber que Hugo seguía con vida. Jamás se habría perdonado que su amigo hubiese muerto por culpa de su estupidez. Pero a medida que amainaba el temor, empezó a comprender lo que significaba que Hugo estuviese en Calais.

¿Qué demonios estaba haciendo allí?

Se suponía que estaba en el barco con Talia, asegurándose de que ella volvía a Inglaterra sana y salva.

—¿Dónde lo ha capturado?

—Lord Rothwell fue tan amable de caer en mis manos como una fruta madura. Igual que usted —explicó Jacques con arrogancia—. Ya ve, el servicio que Harry presta a Francia sigue siendo un secreto.

—No —Gabriel se negaba a aceptar la derrota—. Lady Ashcombe y mi tripulación están ya muy lejos. Ella no permitirá que Harry continúe traicionando a su país.

Jacques se rio de la bravuconería de Gabriel.

—Se olvida de que conozco a Talia mejor que usted, Ashcombe.

El francés tenía suerte de que estuviese atado porque de otro modo habría muerto solo por aquellas palabras.

Talia era suya y solo suya.

—Tú no sabes nada de mi mujer, hijo de perra.

La sonrisa de Jacques le recordó dolorosamente que Talia había acudido a él en busca de consuelo cuando su marido la había dejado abandonada en el campo.

—Sé que quiso asegurarse de que un par de rufianes no hicieran daño alguno a un pobre pastor rural, a pesar de que eso implicaba ponerse ella en peligro —señaló con voz suave—. Y que también arriesgó su vida por salvar a un esposo que no merece tanto. Y sé también que jamás se habría marchado de Francia sabiendo que usted estaba en peligro.

Se le alojó en el corazón un terrible pálpito. Era cierto que no se habría marchado, dejándolo a él en peligro, por eso no le había contado sus planes.

Pero aunque hubiera descubierto su marcha antes de que zarpara el barco, no podía creer que la tripulación y Hugo hubieran sido tan tontos como para permitirle que fuera en su busca.

—A pesar de lo que ella hubiese querido, Hugo habría insistido en que Talia volviese a Inglaterra.

—Él podría haber insistido todo lo que quisiese, pero ella no se habría ido.

La seguridad con la que hablaba el francés empezó a parecerle sospechosa. El pálpito se convirtió entonces en una certeza aterradora.

—La has capturado.

Jacques inclinó la cabeza burlonamente.

—*Oui.*

Dios. No debería haberse bajado del barco. El orgullo y esa estúpida conciencia le habían exigido que buscara a su hermano y lo llevara a Inglaterra para que se enfrentara al castigo que merecía, pero el corazón le había advertido que debía quedarse con Talia.

Por desgracia, el día que había enterrado a su padre había olvidado cómo se escuchaban los mandatos del corazón.

Ahora su esposa estaba pagando una vez su absoluta incapacidad para ser el marido que merecía.

—¿Dónde está?

—A salvo en mi dormitorio —Jacques hizo una provocadora pausa—. Donde le corresponde.

Gabriel imaginó el placer que sería borrar esa sonrisa del rostro de Jacques Gerard, o quizá podría ahogarlo con sus propias manos.

Sí, eso era lo que le hacía falta para acabar con aquella terrible frustración.

Pero trató de olvidarse de que su esposa estaba de nuevo en

manos de aquel sinvergüenza y se concentró en analizar qué opciones tenía.

No podría hacer nada para ayudar a Talia si antes no conseguía escapar. O mejor aún, convencer a Jacques de que lo soltara.

—Aunque no hayamos podido regresar a Inglaterra, no puedes pretender que Harry vuelva a espiar para ti —dijo con la misma seguridad con la que hablaba cuando defendía una ley en la Cámara de los Lores.

Era increíble lo que se podía llegar a lograr con un poco de audacia.

—Nadie tiene motivos para sospechar de su hermano o pensar que es algo más que un canalla que abandonó a su prometida en el altar y desapareció con la dote —el rostro de Jacques se ensombreció levemente—. Aunque es cierto que en las actuales condiciones quizá no pueda moverse libremente por Londres sin llamar la atención por culpa del reciente escándalo. Por eso tengo intención de hacer que se le abran todas las puertas.

—¿Y cómo piensas conseguirlo?

El aire de la biblioteca se llenó repentinamente de tensión.

—Voy a convertirlo en el conde de Ashcombe —anunció Jacques con orgullo—. Nadie se atreverá a rechistarle en cuanto sea el dueño del título.

Gabriel apretó los dientes.

Dios, qué imbécil era.

Había imaginado que Jacques lo tomaría como rehén y exigiría cuantiosas sumas de dinero a cambio de liberarlo. Era lo que habría esperado cualquier noble secuestrado por el enemigo.

Pero en ningún momento había considerado la posibilidad de que Jacques estuviese dispuesto a sacrificarlo para hacer que Harry volviese a Londres como conde de Ashcombe.

Ahora le costaba asimilar la crueldad del francés.

—¿Piensas matarme?

—Así es la guerra. Hay que hacer sacrificios —Jacques miró a Hugo, todavía inconsciente—. Es una lástima, la verdad. Habría obtenido un buen rescate por ustedes dos.

El terror de Gabriel no hacía sino aumentar. Una cosa era que lo amenazara a él y otra muy distinta no poder hacer nada mientras su amigo yacía inconsciente sin poder defenderse.

—¿Y Talia? —preguntó—. ¿También vas a sacrificarla a ella?

—*Non* —replicó Jacques, ridículamente ofendido por la pregunta—. Ella no sufrirá el menor daño, pero no podrá marcharse de Francia... Claro que tampoco deseará hacerlo —añadió con una ligera sonrisa.

Las provocaciones de Jacques eran más de lo que podía soportar.

Recordó el modo en que Talia se había entregado a él y supo que, al hacerlo, le había dado algo más que su cuerpo.

Le había dado su confianza y su lealtad. Dos regalos más valiosos que cualquier tesoro.

—No deberías mostrarte tan seguro —le advirtió con profundo desprecio—. Puede que yo no merezca a Talia, pero es una mujer de una lealtad inapelable. Jamás podrá perdonar al hombre que asesinó a su marido.

Jacques se pasó la mano por el pañuelo del cuello.

—Yo puedo ser muy persuasivo cuando me lo propongo —dijo con la seguridad de un hombre acostumbrado al éxito entre las damas—. Y usted querrá que sea feliz, ¿verdad?

Gabriel apretó los labios con asco.

—Lo que quiero es que te pudras en el infierno.

—No tengo duda de que ese será mi destino, pero antes conduciré a Francia a un futuro glorioso.

—¿Sirviéndose de mi hermano?

—Exacto —asintió el francés—. ¿No cree que será un magnífico conde de Ashcombe? Y, formando parte de la Cámara de los Lores, tendrá acceso a los secretos mejor guardados del Imperio Británico. Ambos saldremos tremendamente beneficiados con nuestra asociación.

Gabriel sintió que se le helaba la sangre en las venas.

Jacques tenía razón. Aunque Harry siempre había tenido un hueco entre la alta sociedad, sus malas costumbres le habían borrado a menudo de las listas de invitados de los acontecimientos sociales. Además, como era lógico, ningún caballero habría hablado de temas confidenciales de estado con un jugador empedernido que siempre andaba en busca de dinero.

Sin embargo siendo el conde de Ashcombe...

Harry se convertiría de pronto en el invitado más solicitado de cualquier celebración, donde tenían lugar importantes conversaciones sobre política y, cómo no, sobre la guerra. Y, como bien había mencionado Jacques, sería miembro del parlamento, lo que le permitiría relacionarse con las máximas personalidades de las tropas británicas.

Incluso podría pedir audiencia con el príncipe sin levantar la más mínima sospecha.

Bastaría una conversación indiscreta o un simple vistazo a unos mapas para que estallara el desastre.

Gabriel meneó la cabeza. El plan de Jacques prometía desencadenar un sinfín de horrores. Pero optó por no pensar en el futuro hasta estar seguro de que aquel fatídico plan no era producto de la imaginación del francés.

—¿Has hablado de todo eso con mi hermano? —le preguntó.

Jacques enarcó una ceja.

—¿Acaso alberga la esperanza de que Harry rechace la idea de ocupar su lugar? —le dijo, provocador—. Le aseguro que no existe tal posibilidad. Él mismo apretaría el gatillo si fuese necesario para conseguir el título que siempre ha deseado.

Gabriel meneó la cabeza bruscamente. No quería recordar la última conversación que había tenido con su hermano, ni lo conflictiva que había sido su relación desde hacía años. Por muchas diferencias que hubiera entre ellos, eran hermanos. Al final, Harry haría lo que tenía que hacer.

No podía pensar otra cosa.

—A pesar de sus muchos pecados, Harry nunca me desearía la muerte —aseguró.

Los labios de Jacques se curvaron con una fría sonrisa al tiempo que se volvía hacia la puerta.

—Entonces está claro que conoce a su hermano tan poco como a su mujer.

CAPÍTULO 16

Gabriel maldijo entre dientes mientras el francés desaparecía de su vista.

Se había acostumbrado a tener bajo control su vida y la de aquellos que lo rodeaban. Daba una orden y los demás obedecían sin preguntas ni protestas. Aunque el comportamiento de Harry había sido una constante fuente de preocupaciones, siempre había tenido la convicción de que acabaría madurando y dejando atrás esa temeraria necesidad de escandalizar al mundo.

Ahora, atado como un cerdo esperando la matanza, con su esposa prisionera del demonio francés y su hermano elegido para interpretar el papel de Caín, se sentía impotente como no se había sentido nunca en su vida.

Como si hubiese llegado a él la fuerza de su rabia, Hugo se movió en el sofá.

—Menuda situación en la que nos has metido —protestó su amigo intentando abrir los ojos a pesar del dolor.

El alivio mitigó un poco el sombrío estado de ánimo de Gabriel al ver que Hugo era capaz de incorporarse.

—Veo que el golpe no ha acabado con el poco ingenio que posees —bromeó Gabriel.

—Pero no porque no lo hayan intentado —Hugo examinó la enorme biblioteca con la mirada antes de evaluar la situación en la que se encontraba Gabriel—. Conoces gente de lo más encantadora, amigo mío.

Gabriel apretó los dientes.

—No es así como describiría yo a Jacques Gerard.

—No, yo tampoco —reconoció Hugo antes de volver a mirar a Gabriel—. ¿Estás herido?

—Solo en mi orgullo.

—¿Pudiste encontrar a Harry?

Eso le hizo esbozar una triste sonrisa.

—Veo que mi esposa te ha hablado de la fechorías de mi hermano.

—No le dejé otra opción que hacerlo —admitió Hugo—. Tuvimos un pequeño enfrentamiento a la hora de zarpar hacia Inglaterra.

Gabriel le lanzó una mirada de desaprobación.

—Un enfrentamiento que sin duda ganó ella, a pesar de mis esfuerzo por asegurarme de que volviera sana y salva.

Hugo se sacó un pañuelo del bolsillo y se limpió la sangre de la cara. La hemorragia de la herida parecía haberse detenido, cosa que Gabriel agradeció al cielo. Aunque su compañero no estaría en condiciones de pelear hasta dentro de algún tiempo y no creía que pudiera siquiera ponerse en pie.

—No deberías haberte casado con una mujer tan terca —declaró Hugo—. Me amenazó con tirarse al agua si no hacía volver al barco.

Gabriel sonrió.

Solo unas semanas antes habría asegurado que no había nada peor que una esposa terca, pues cualquier joven de bien comprendía que su deber era dejarse guiar por un caballero, especialmente si ese caballero resultaba ser su esposo.

Y lo cierto era que su vida habría sido mucho menos complicada si Talia hubiera sido el tipo de mujer que se habría contentado con seguir recluida en Carrick Park en lugar de lanzarse de cabeza al peligro.

Sin embargo lo único que podía sentir en ese momento era un profundo orgullo de tener una esposa tan valiente.

—Deberías haberla atado al mástil —dijo no del todo en broma.

—No sé si eso habría bastado para detenerla —replicó Hugo.

—Tienes razón.

Hubo un momento de silencio antes de que Hugo tirara al suelo el pañuelo manchado de sangre y se aclarara la garganta.

—Estaba equivocado.

Gabriel enarcó las cejas ante tan repentina declaración.

—Te equivocas a menudo, Hugo. Vas a tener que darme más detalles.

—Me equivoqué con tu mujer —reconoció con expresión sombría—. No es la mujer ambiciosa y superficial que yo creía.

—No, no lo es.

—Le importas mucho —siguió diciendo—. La muy loca.

Desde luego que era una locura. Talia merecía un caballero que la adulara con bellas palabras y gestos de atención, como deseaban todas las mujeres. No un bruto arrogante que había estropeado el día de su boda y luego se había empeñado en quitarle la inocencia antes de expulsarla al campo.

Pero por desgracia para Talia, a él le daba igual si la merecía o no porque no pensaba dejarla escapar nunca más.

—No solo es una loca, también es impulsiva y temeraria —añadió meneando la cabeza.

Hugo no le llevó la contraria. Miró un instante hacia la puerta para asegurarse de que los guardias no sabían que había despertado, después se inclinó hacia delante y habló en un susurro.

—Estaba escondida en la calle cuando me capturaron, quizá tuvo el sentido común de volver al barco...

—Me temo que no —lo interrumpió Gabriel sin ocultar su rabia—. Jacques la tiene encerrada arriba.

—Maldita sea —protestó Hugo—. Perdóname, Gabriel. Te he fallado.

—No, era yo el que debía proteger a Talia —replicó él, negándose a que su amigo cargara con su responsabilidad—. Debería haberme asegurado de dejarla sana y salva en Carrick Park antes de volver en busca de Harry.

Hugo asintió mientras Gabriel analizaba su sorprendente cambio de parecer respecto a Talia, a quien parecía respetar profundamente ahora. Era casi un milagro teniendo en cuenta que su amigo odiaba a la mayoría de las mujeres.

—No me has dicho si encontraste a tu hermano —le recordó.

—Sí, por desgracia lo encontré.

—Era el cebo para que cayeras en la trampa del francés, ¿no es así?

Gabriel se debatía entre la sospecha de que Harry era capaz de cometer cualquier pecado y la imperiosa necesidad de creer que jamás lo conduciría deliberadamente a manos del enemigo.

—No creo que supiese lo que pretendía Jacques.

—¿Sigues defendiéndolo?

Gabriel se encogió de hombros.

—No, pero parecía tan sorprendido como yo de ver aparecer a Jacques en el burdel.

—¿Has estado en un burdel?

—¿Dónde si no iba a encontrar a mi hermano?

—Quizá quieras omitir el lugar exacto cuando hables de ello con Talia —le sugirió Hugo con gesto divertido.

—Lo que trato de decir es que no creo que supiese siquiera que yo estaba en Francia hasta que lo sorprendí en el burdel.

Hugo no parecía tan convencido.

—Si Harry no formaba parte del plan, ¿dónde está ahora?

Gabriel apoyó la cabeza sobre la columna. Pensar en su hermano le ocasionaba un dolor insoportable.

—No lo sé.

—¿Pero sabe que te han hecho prisionero?

—Sí —respondió sin mirar a su amigo.

—¿Qué ocultas, Gabriel?

Se resistía a contarle el despiadado plan de Jacques Gerard, pero no sabía bien por qué. ¿Acaso esperaba que, si no hablaba de ello, no se materializaría? Era como huir del mal de ojo, admitió al tiempo que se preguntaba si la abuela gitana de Talia lo habría aprobado.

O quizá no fuera más que vergüenza.

Después de todo, ningún caballero deseaba reconocer que su hermano era un espía despreciable y que, además, era muy probable que estuviese planeando su muerte.

En cualquier caso, su amigo merecía que le contara la verdad después de haber arriesgado su vida para intentar salvarlo.

Así pues, se obligó a mirarlo de nuevo.

—Jacques Gerard acababa de salir cuando te has despertado. Me ha dicho que Harry está a punto de convertirse en el nuevo conde de Ashcombe.

—Eso es imposible —comenzó a decir Hugo hasta que cayó en la cuenta de lo que eso significaba—. Maldita sea.

—Sí —asintió Gabriel—. Y me temo que tienen intención de matarte a ti también para hacer desaparecer cualquier obstáculo y que mi hermano herede el título.

—¿Y Harry está de acuerdo con dicho plan? —le preguntó Hugo después de lanzar un par de juramentos más.

Gabriel se encogió de hombros.

—Quiero pensar que no, pero la verdad es que... no lo sé.

Hugo debió de darse cuenta de lo doloroso que resultaba aquello para su amigo.

—Bueno, no importa —anunció impetuosamente—. No van a matarnos a ninguno de los dos.

Gabriel esbozó una tenue sonrisa.

—Estoy de acuerdo.

—Solo tenemos que encontrar la manera de evitar la inminente muerte.

Jacques no se permitió siquiera replantearse la drástica decisión que había tomado mientras se dirigía al despacho situado en la parte trasera de la casa.

Era su habitación preferida de aquella residencia que había pertenecido al conde de Devanne. Aunque no era tan grande como la biblioteca, seguía siendo una estancia muy espaciosa, con cómodos sillones tapizados en terciopelo verde y cortinas a juego en las ventanas que daban al jardín trasero. Una de las paredes estaba dedicada prácticamente por completo a un enorme tapiz bajo el que se situaba el escritorio de roble.

Después de comprar la casa, había mandado retirar todas las figuritas de porcelana y las había sustituido por las preciosas esculturas que había hecho su padre antes de su prematura muerte.

Aquel era su refugio privado y nadie se atrevía a entrar sin una invitación clara y explícita.

Por lo menos nadie con sentido común, matizó con furia al ver aparecer en la puerta a Harry Richardson, que entró desenfadadamente como si fuera el invitado de honor en lugar de una especie de plaga que había que soportar.

—Harry —lo saludó después de poner el sello a la carta que acababa de terminar—. No recuerdo haberte invitado a venir a verme aquí.

—Necesito hablar contigo —anunció el joven con una expresión huraña habitual en él.

Jacques salió un momento a darle la carta al soldado que hacía guardia en la puerta. Era tarde, pero quería que su emperador estuviese al corriente del cambio de planes. No dudaba de que Napoleón apoyaría su decisión, pues su deseo de conquistar Europa, y quizá el mundo, no se detenía ante nada.

Ningún sacrificio era demasiado grande si servía para alcanzar sus ambiciones.

—Encárgate de que esto llegue a manos del emperador lo antes posible —ordenó.

—*Oui*.

El soldado se dio media vuelta y se alejó de allí. La carta estaría en manos de Napoleón en solo unos días.

Jacques volvió al escritorio y se sentó frente a Harry.

—¿Ves cómo obedece las órdenes un buen soldado? —le comentó con segundas.

Harry se ruborizó.

—Yo no soy uno de tus malditos soldados.

Jacques miró de arriba abajo la ropa arrugada que llevaba, un atuendo que debía de haber costado una pequeña fortuna. Aquel presumido era la clase de aristócrata hedonista que Jacques siempre había detestado.

—No, jamás pondría mi vida en tus manos en una batalla porque saldrías huyendo al primer disparo.

—¿Me estás llamando cobarde? —preguntó, ridículamente ultrajado.

Jacques se encogió de hombros.

—¿Acaso niegas que lo seas?

—¿Un cobarde pondría su vida en peligro para espiar a su país?

—Lo que has hecho no tiene nada de honorable —le advirtió, pagando su mal humor con él. Desde el momento que se había sumado a la causa de Napoleón había sabido que tendría que tomar decisiones difíciles. La guerra no era el negocio soñado de ningún joven, pues a menudo la victoria dependía de sacrificios que uno jamás habría elegido hacer y daba lugar a alianzas poco deseables. Pero eso no quería decir que tuviese que alegrarse de ir en contra de lo que le dictaba la conciencia—. Te convertiste en espía porque eres un vanidoso indulgente capaz de traicionar por dinero todo y a todos a los que deberías querer.

Como era lógico, Harry recibió con asombro tan brutal crítica. Jacques llevaba años cortejando y alabando a aquel insolente, alentando una vida de disipación y excesos y recordándole lo injusto que era el mundo por haber otorgado semejante riqueza a Gabriel mientras él tenía que arreglárselas con una mísera asignación.

Había sido tan sencillo.

—No te mostrabas tan crítico conmigo cuando me propusiste que nos aliáramos —le reprochó Harry con una especie de mohín—. De hecho, me diste a entender que me considerabas un héroe por lo que iba a hacer.

Jacques levantó un hombro.

—Necesitaba tu cooperación.

—¿Y ahora?

—Ahora eres tú el que me necesita a mí —respondió sin apartar la mirada de su interlocutor—. O más bien necesitas lo que puedo ofrecerte.

Si bien no era ni mucho menos tan inteligente como su hermano mayor, Harry tampoco era del todo tonto. En ese momento se vio obligado a aceptar que su aventura como espía llegaba a su fin.

—Solo te he pedido un lugar en el que esconderme de nuestros enemigos —murmuró—. Es lo menos que me debes.

—No te debo nada —Jacques sonrió—. Pero por suerte para ti, voy a ofrecerte lo que más deseas.

—¿Y tú cómo sabes qué es lo que más deseo?

—Para cualquiera que te conozca, *mon ami*, es obvio que envidias desesperadamente todo lo que tiene tu hermano.

Harry se quedó pálido y se apresuró a negarlo en vano.

—Eso es absurdo.

—Estoy de acuerdo —dijo Jacques, burlón y asqueado por la idea de dar poder a semejante cobarde—. Eres una sabandija que no merece el título, pero lamentablemente, el actual conde de Ashcombe es un caballero íntegro y honrado por el que seguramente habría sentido sincera admiración de no haber supuesto un obstáculo para alcanzar lo que más deseo —se encogió de hombros, sin querer pararse a pensar que estaba a punto de dar orden de asesinar a un noble—. Tú, por el contrario, careces de toda moral y eso favorece a mis necesidades.

Harry perdió el poco color que le quedaba.

—Aunque deseara el título, no es precisamente una baratija que pueda pasar de unas manos a otras.

—Conozco bien las normas de sucesión —replicó, invadido

por los amargos recuerdos de su infancia, cuando se había dado cuenta de que, siendo hijo de un artista, por mucho talento que tuviese, siempre sería considerado inferior a todos los nobles remilgados que se paseaban por las calles de París.

—Puede que en Francia se pueda hacer lo que se quiera, pero en Inglaterra hay un ritual muy preciso que debe seguirse para heredar un título.

—¿Y?

—Pues que no puedo aparecer en la Cámara de los Lores y exigir que me nombren conde de Ashcombe solo porque mi hermano haya desaparecido —Harry había empezado a ir de un lado a otro de la habitación con un nerviosismo que no se molestaba en tratar de disimular—. Tardarían años en darlo por muerto. Ya sabes que todo el mundo lo adora; seguramente impondrían un duelo nacional.

—No será necesario que nadie lo declare por muerto —le aseguró Jacques.

Harry se detuvo en seco y lo miró con una expresión tan insolente que Jacques sintió ganas de abofetearlo.

—¿Crees que les bastaría con mi palabra?

—Siempre y cuando les mostraras su cuerpo sin vida.

—¿El cuerpo? —Harry se quedó boquiabierto al caer en la cuenta de lo que le estaba diciendo—. No pretenderás...

—Vamos, Harry, no te hagas el ofendido.

Pero el otro frunció el ceño y lo miró con furia.

—No me lo hago, hijo de perra.

—Claro que sí —insistió—. Desde el momento en que te enteraste de que tu hermano había descubierto que habías vendido tu alma a Napoleón debiste de saber que tendría que morir —hizo una deliberada pausa—. Y si no lo sabías, es que eres idiota.

—Lo has hecho prisionero, no supone ninguna amenaza.

—He aprendido a no subestimar a tu hermano y sé que, mientras viva, siempre será una amenaza —reconoció Jacques—. Además, ¿no acabas de decir que sería imposible que ocuparas su lugar sin que hubiera antes un funeral por el actual conde?

Harry hundió los hombros, incapaz de aceptar que, una vez más, debía pagar un precio por las decisiones que tomaba.

—No necesito ser el conde de Ashcombe para encontrar otro contacto en el ministerio. Volveré a Londres y...

—*Non*.

—¿Qué?

—¿Es que has olvidado el escándalo que provocaste al huir con la dote de tu prometida y abandonarla en el altar?

Ni siquiera tenía la elegancia de mostrarse arrepentido por lo que había hecho.

—Seguro que todo el mundo lo ha olvidado ahora que mi hermano se ha casado con Talia.

Jacques levantó la mirada hacia el cielo. Harry creía que su hermano había vuelto a borrar todos sus pecados.

—¿Y cómo piensas explicar su misteriosa desaparición?

Acostumbrado a mentir y maquinar, Harry no tardó en encontrar una excusa.

—Todo el mundo sabrá que secuestraste a Talia y que Gabriel viajó a Francia para rescatarla —señaló—. Pensarán que sigue buscándola o que fue capturado.

—Lo que haría que todos los soldados británicos que hay en Francia fueran tras de mí —apuntó Jacques—. No, gracias.

Era evidente que eso no le preocupaba a Harry.

—Entonces diré que volvieron, pero que han ido a pasar un tiempo a la propiedad que tiene mi hermano en Escocia, para recuperarse de la odisea que han vivido.

—¿Y se llevaron a lord Rothwell de carabina?

Harry resopló con impaciencia y tensión. De no conocerlo tan bien como lo conocía, Jacques podría haber llegado a creer que realmente le preocupaba la vida de su hermano.

—Encontraremos una historia que resulte creíble.

—No pienso arriesgarme a que no te crean los mismos que ya desconfían de ti —esbozó una fría sonrisa—. Y no puedes negar que tener el contacto del conde de Ashcombe sería mucho más beneficioso para mí.

Harry comenzó de nuevo a caminar de una lado a otro de la habitación.

—Maldita sea, no quiero el título —gruñó.

—¿Es una broma? Llevas toda la vida pudriéndote de envidia.

—Reconozco que odiaba sentirme inferior a mi hermano, pero eso no significa que quiera estar en su lugar —farfulló—. Y desde luego no quiero que lo maten.

Jacques resopló.

—Si no hubiese escuchado tus lamentos de borracho durante horas, quizá te creyera.

Aquella acusación hizo que Harry se detuviese bruscamente.

—¿Qué lamentos?

—Que el título de conde de Ashcombe estaba desaprovechado en un mojigato sin gracia al que deberían haber matado al nacer —le recordó el francés—. Que si el destino no hubiese sido tan cruel, tú habrías sido mucho mejor heredero.

—Uno dice cualquier cosa cuando está borracho —se disculpó Harry.

—Sí, y la mayoría de las veces es la verdad.

—No, no, no quiero —insistió Harry al tiempo que se aflojaba el pañuelo del cuello como si estuviese ahogándose—. Me pides demasiado.

—No, Harry, no te estoy pidiendo nada —matizó Jacques—. Simplemente te informo de lo que va a ocurrir.

—No puedes obligarme a aceptar el título —protestó casi tartamudeando—. Si matas a mi hermano, me negaré a volver a Inglaterra.

—Veo que no amenazas con declararte culpable de traición, lo que acabaría por siempre con mi esperanza de utilizarte como espía. En ese caso, tú tendrías que enfrentarte al castigo, ¿verdad? —vio el miedo que invadía su mirada y supo que había conseguido lo que se proponía—. Algo que nunca has estado dispuesto a hacer.

—Puedes decir lo que quieras, pero me niego a ser el nuevo conde de Ashcombe —le advirtió Harry en un tono que recordaba al llanto de un niño.

Jacques se acercó y lo agarró de las solapas de la chaqueta.

—Cuidado, *mon ami*, en el momento en que dejes de serme de utilidad, te pego un tiro en el corazón —sonrió al ver el esfuerzo que le suponía respirar—. Y será un placer librar al mundo de tu presencia.

—Maldito seas.

Jacques lo empujó contra la puerta, harto de aquella conversación.

—Tú sigue divirtiéndote mientras los hombres trabajan —le ordenó—. Te avisaré cuando te necesite —lo vio dirigirse a la puerta—. Ah, Harry.

El inglés miró hacia atrás antes de salir.

—¿Qué?

—No te alejes demasiado.

—¿Es que ahora estoy prisionero?

—Calais está rodeado de soldados franceses ansiosos por hacer correr sangre inglesa —le dijo Jacques, riéndose—. Solo un tonto se les pondría a tiro deliberadamente.

CAPÍTULO 17

Cuando por fin oyó a Harry cerrar la puerta principal de la casa, Jacques respiró hondo y salió del despacho.

Pensaba volver a la biblioteca y zanjar el desagradable asunto que lo esperaba allí. Lord Rothwell despertaría pronto, por lo que debía... acabar con ellos discretamente antes de que causaran más problemas.

Cuanto antes acabara con todo aquello, antes podría hacer que Harry regresara a Londres y antes descubriría los planes del ejército británico.

Sin embargo, descubrió que los pies no le obedecían y, en lugar de dirigirse a la biblioteca, se encontró camino de sus aposentos privados. Quizá debiera comprobar que Talia seguía allí encerrada, se dijo tratando de razonar con sensatez. Lo que menos deseaba en esos momentos era que se escapara de la habitación y presenciara la muerte de su esposo.

Aun así, iba a costarle aceptar que se había quedado viuda.

Jacques prefirió no imaginar siquiera la reacción de Talia al enterarse de que Gabriel había muerto, pero de todos modos, enseguida lo distrajo el ruido de cajones procedente del dormitorio que había al otro lado del pasillo.

Abrió la puerta para descubrir a Sophia sacando vestidos del armario para meterlos después en una maleta que había abierta sobre la cama con dosel.

Tenía la bastante experiencia para saber que, cuando una mujer furiosa tenía a mano artillería como frascos de perfume o pesados candelabros de plata, era mejor no entrar en la habitación, así que se quedó apoyado en el marco de la puerta.

—¿No te gustan tus aposentos? —le preguntó.

Sophia se volvió hacia él con los ojos encendidos de furia.

—Nunca admitiría que no me gustan después de haber insistido en redecorarlos a mi gusto —murmuró, echando un vistazo a su alrededor a la decoración en negro y oro que ella misma había elegido para toda la habitación, incluyendo la chimenea de mármol negro y las sábanas doradas de la cama.

Jacques recordó por un momento la alegría de Sophia al ver el resultado final de la habitación y el entusiasmo con el que habían inaugurado la cama con una verdadera tormenta de pasión. Al terminar, el pañuelo de él colgaba de la lámpara del techo y sus pantalones estaban tirados en el asiento de la ventana.

Tuvo que contener un suspiro. *Sacré bleu*. Tuvo la impresión de que hubiera pasado un siglo y por primera vez dudó de si había sido buena idea pedirle a Sophia que lo acompañara a Calais. Después de enterarse de que lo había traicionado, había tomado la decisión de enviarla a París, pues ya no podría confiar en que no volviese a dejarse llevar por las emociones, olvidándose del buen juicio. Especialmente ahora que volvía a tener prisionera a Talia.

Pero al final había acabado ordenándole que preparara el equipaje para que fuera con él. Había asegurado que necesitaba tenerla cerca para poder vigilarla, pero lo cierto era que sus motivos eran algo más difíciles de comprender.

Lo único que sabía era que no soportaba la idea de que se fuera de su lado.

—Entonces, ¿por qué estás haciendo las maletas? —quiso saber.

—Me parece que es obvio.

—Puede que lo sea para ti, pero yo reconozco que estoy perdido —la siguió con la mirada de un lado a otro de la habitación, mientras sacaba cosas de los cajones y del armario—. Explícate.

Ella levantó la cabeza para lanzarle una mirada heladora.

—Ya tienes a la mujer que deseas, ¿no?

Una pregunta que Jacques no se había permitido plantearse. Desde luego era cierto que Talia era perfecta para él. Poseía todas y cada una de las cualidades que él buscaba en una mujer; era valiente y con carácter, pero a la vez tan dulce y vulnerable que uno deseaba estrecharla en sus brazos para protegerla. Y, por supuesto, tenía un cuerpo voluptuoso que habría atraído hasta a un muerto.

Sin embargo eso no disminuía el deseo que sentía por Sophia. O la ira que le provocaba verla hacer el equipaje y pensar en que se marchara de su lado.

—Deduzco que te refieres a lady Ashcombe.

—Sí —replicó—. A menos que tengas alguna otra mujer escondida en tus habitaciones.

Jacques se encogió de hombros.

—Por el momento es mi prisionera.

Sophia cruzó los brazos sobre su hermoso pecho, realzado por el generoso escote del vestido.

—Te ruego que no me trates como si fuera tonta, Jacques.

No pudo evitar sentir un imperioso ataque de deseo que le llevó a preguntarse si Sophia le arañaría la cara si la tumbaba sobre la cama, o si lo recibiría con la pasión que siempre había habido entre ellos.

Pero en lugar de comprobarlo, se acercó para interponerse en su camino hacia la cómoda.

—No sabía que fuera eso lo que estaba haciendo —murmuró al tiempo que la agarraba por los hombros—. Déjate un momento de tonterías y siéntate.

Sophia se apoyó en el colchón y lo miró con gesto desafiante.

—¿Y ahora qué?

—¿Cómo te has enterado de que estaba aquí Talia?

—Los criados no dejan de susurrar sobre que no solo has capturado a lord Ashcombe, sino que también te has hecho con su esposa y con su amigo, lord Rothwell.

Jacques apretó los dientes, malditas bocas capaces de propagar un chismorreo más rápidamente que un reguero de pólvora.

No era tan tonto como para creer que podría haber mantenido en secreto a sus prisioneros, pero sí que había esperado poder deshacerse de Ashcombe y Rothwell antes de que el rumor de su presencia se extendiera por las calles de Calais.

No iba a ser nada fácil llevar dos cuerpos y al petulante de Harry Richardson al barco que había hecho atracar al norte de la ciudad sin llamar la atención. Con el problema añadido de que había cientos de soldados franceses al otro lado de las murallas, unos soldados que sin duda estarían deseando derramar sangre inglesa.

Especialmente si esa sangre era la de un aristócrata.

—Los criados deberían concentrarse en sus obligaciones y no en chismorrear de cosas que no son asunto suyo —gruñó.

—No puedes culparlos por sentir interés —replicó Sophia—. Se dice que tienes intención de matar a lord Ashcombe para dejar viuda a Talia y poder convertirla en señora de la casa.

Jacques dejó caer los brazos, horrorizado por aquellas palabras.

Era cierto que había disfrutado provocando a Ashcombe con la amenaza de dejar viuda a Talia, pero jamás mataría a un hombre solo para quedarse con su mujer. Por mucho que la deseara.

—Mi decisión sobre lord Ashcombe no tiene nada que ver con Talia —aseguró tajantemente.

Pero ella arqueó las cejas con asombro.

—¿*Non*?

—*Non*. Hago lo mejor para Francia —frunció el ceño con impaciencia—. Tendrás que admitir que tener como espía al conde de Ashcombe sería todo un avance.

Pero Sophia no estaba dispuesta a admitir nada.

—No estabas tan ansioso de acabar con el actual conde hasta que te quedaste fascinado con su bella esposa.

Jacques maldijo entre dientes. Las ansias de tumbar a Sophia y ahogar de placer todas sus preocupaciones resultaban casi incontrolables.

¿Pasaría algo si retrasaba unas horas sus desagradables obligaciones y disfrutaba un poco de los encantos de su amante?

Muy a su pesar, tuvo que reconocer que no era buena idea, que debía recuperar la cordura por muy excitado e inquieto que estuviese.

—Harry me fue útil hasta que salió a la luz nuestro trato. Ahora el gobierno estará más alerta y no bastará con un simple soborno para obtener la información que necesitamos —meneó la cabeza, asqueado. Era tan frustrante haber perdido el contacto que tenía en el Ministerio de Interior. La información que recibía de él podría haber servido para inclinar la balanza de la guerra hacia la victoria de Francia—. Además, era demasiado peligroso intentar matar a lord Ashcombe mientras estaba en Inglaterra, un noble de su posición social y su fortuna siempre está rodeado de criados y aduladores —se encogió de hombros—. Ahora, sin embargo, no hay nadie que lo proteja.

En el rostro de Sophia apareció una expresión que se acercaba mucho al horror. Pero, ¿por qué?

No conocía tanto al conde de Ashcombe como para lamentar su muerte. ¿Acaso tenía miedo del efecto que tendría en el alma de Jacques el ordenar la muerte de un aristócrata?

—¿Y qué hay de su hermano? —le preguntó ella.

—Como es habitual en él, a Harry Richardson solo le preocupan sus necesidades —farfulló con desprecio—. Creo que no dudaría en vender a su propia madre si lo creyera necesario.

—¿Y lord Rothwell?

Jacques no se permitió titubear.

—Sufrirá el mismo destino que su amigo.

—No así lady Ashcombe —dedujo Sophia.

Era absurdo. ¿Acaso pensaba que se había convertido en la clase de hombre capaz de matar a una mujer inocente?

—Su muerte no es necesaria.

—No, claro que no —dijo con cierto sarcasmo y luego guardó silencio unos segundos antes de volver a mirarlo fijamente—. ¿Piensas casarte con ella?

Jacques cambió de postura, repentinamente inquieto. «*Mon Dieu*». ¿No pensaría que iba a hablar de su futura esposa con su actual amante?

Sería muy poco elegante.

—¿No te parece una hipótesis muy atrevida? —contestó con una evasiva—. Ni siquiera la he dejado viuda todavía.

—¿Pero es eso lo que deseas?

—¿Quién sabe? —la impaciencia le hizo ponerse en pie y comenzar a caminar por la habitación, preguntándose en qué momento se había vuelto tan complicada su vida. Casi deseaba poder volver a ser el joven idealista que había regresado a Francia con la intención de dedicar su vida a su país—. Es mejor centrarse en el día a día, ¿no crees?

Sophia esbozó una sonrisa de nostalgia.

—Eso era lo que solía pensar.

Jacques prefirió no hacer caso a la sensación de culpa que le encogió el corazón.

—¿Y ahora?

—Ahora tengo que pensar en el futuro —miró a la maleta que seguía abierta sobre la cama—. Ya no soy ninguna joven doncella.

—¿Qué piensas hacer?

—Por el momento volver a París.

—¿Vas a retomar tu carrera de actriz?

—Es posible.

Entonces se detuvo en seco y la miró arrugando el entrecejo.

—¿Te espera algún caballero?

Ella se había levantado también y volvía a sacar ropa del armario.

—Siempre hay alguno.

La idea de que pasara de sus brazos a los de otro hombre era como un puñal que se le clavaba en el pecho.

No importaba que fuera una cortesana, o que apenas le hubiese hecho caso desde que había llegado a Francia con Talia. Sophia era... parte de su vida y no tenía derecho a abandonarlo.

—Ya está bien de tonterías —le dijo.

—¿A qué tonterías te refieres? —preguntó ella sin mirarlo—. ¿A que vaya a dejarte?

Pero Jacques no respondió.

—Es demasiado tarde para viajar a París esta misma noche.

—Entonces lo haré mañana a primera hora.

—*Non*.

Entonces sí que levantó la cara para mirarlo y lo hizo con una expresión muy dura.

—No eres tú el que debe tomar la decisión, Jacques.

Con solo tres pasos, se puso frente a ella y la agarró de los brazos.

—Debo protegerte.

—¿Protegerme de qué? —le preguntó, lanzándole una mirada desafiante.

—Los dos sabemos que los intentos de Napoleón por mantener la seguridad en las ciudades no han tenido demasiado éxito —dijo, utilizando la primera excusa que se le ocurrió—. Con tantos soldados en la calle, siempre es peligroso que una mujer se mueva sola.

No parecía dispuesta a dejarse impresionar por sus argumentos.

—Las calles de París nunca han sido seguras, *chérie*, pero me temo que es algo que descubrí hace ya muchos años —su tono de voz denotaba lo duro que había sido a veces conseguir sobrevivir—. Por suerte, no soy una criatura frágil. A diferencia de tu querida Talia, yo he aprendido a depender solo de mí misma.

Jacques fue lo suficientemente inteligente como para no recordarle que Talia había demostrado que no necesitaba a nadie para defenderse y se limitó a ponerle una mano en la mejilla, acariciándole el labio inferior con la yema del dedo.

—No pongo en duda tu capacidad para defenderte, Sophia, solo te digo que no es necesario que lo hagas —matizó suavemente—. Siempre tendrás un lugar en mi casa.

—¿Como amante?

—Como... —Jacques titubeó, lamentando que hubiera rechazado su protección. ¿Qué quería de él?—. Como amiga.

De pronto le apartó la mano y dio un paso atrás.

—Quizá deberías comunicárselo a Talia —le sugirió con mordacidad—. No creo que haya muchas mujeres que quieran tener a la anterior amante bajo su mismo techo.

—Tengo más de una casa, puedes elegir la que quieras.

Sophia recibió tan generosa oferta con un resoplido de furia.

—Una mujer en cada casa, qué cómodo.

Él también empezaba a ponerse furioso. Estaba haciendo todo lo que podía para asegurarle una vida cómoda, en lugar de dejarla en la calle como habría hecho cualquier otro después de romper con ella. Debería estarle agradecida, en lugar de lanzarle esas miradas de odio.

—Me estás malinterpretando deliberadamente —la acusó.

—*Non*, te entiendo perfectamente. Ya no me deseas, pero tampoco soportas la idea de que encuentre a otro. Admítelo, Jacques.

Él se puso en tensión, incapaz de reconocer lo acertado que era su análisis.

—Muy bien. Es evidente que ya lo has decidido —dijo y a continuación se inclinó ante ella para después dirigirse hacia la puerta—. Haré que te preparen un carruaje.

Gabriel respiró aliviado cuando Hugo consiguió por fin aflojar las cuerdas que le habían cortado ya las muñecas.

—Habría que lavarte bien esas heridas para que no se te infecten —señaló Hugo con gesto de preocupación.

—Ya me encargaré de ello más tarde —respondió Gabriel mirando el rostro sin color de su amigo—. ¿Qué tal tu cabeza?

—Dolorida —reconoció Hugo con una mueca antes de intentar calmar dicho dolor con un buen trago de brandy de la botella que había sobre una mesa auxiliar—. Seguro que esto me ayuda.

—Habla bajo. Los guardias no deben enterarse de que estás despierto y mucho menos de que me has soltado.

—¿Qué más da? —preguntó su amigo con gesto derrotado—. Sin un arma no tenemos ninguna posibilidad de salir de aquí.

Gabriel se puso en pie.

—No pienso irme sin Talia.

Hugo se apresuró a levantar la mano para dejar las cosas claras.

—Tranquilo, Ashcombe, en ningún momento se me ha ocurrido que te fueras sin tu esposa.

—Perdona —Gabriel se llevó la mano a la sien—. Han sido unos días muy duros.

—Más bien unos meses, diría yo.

—Es cierto —admitió Gabriel mientras miraba a escondidas por la ventana para comprobar que había dos guardias en el balcón y otro cerca de la puerta de la calle—. Mi vida ha cambiado mucho desde que Silas Dobson me obligó a casarme con su hija.

Hugo observó a su amigo unos segundos.

—No sé si envidiarte o dar gracias a Dios por que ningún padre ultrajado me haya obligado a pasar por el altar.

Gabriel tampoco habría sabido qué elegir.

No lamentaba haberse casado con Talia, ni mucho menos. En realidad su esposa había obrado una especie de milagro al llenar su vida de una alegría que jamás habría esperado, ni creía merecer. Pero en el fondo sabía que ella nunca le perdonaría del todo por haberla tratado tan mal los días antes de la boda o por haberla tenido olvidada durante semanas cuando ya era su esposa.

Por muy gustosa que respondiese a sus caricias o mucha lealtad que mostrase hacia él, siempre mantendría cierto recelo y no podía culparla por ello, pues había sido él el que había destruido su confianza.

—Solo un tonto nos tendría envidia en estos momentos —bromeó con tristeza.

—En eso estamos de acuerdo —asintió Hugo—. Claro que, si fueras razonable, podría encontrar una solución.

Gabriel comenzó a negar con la cabeza antes incluso de que su amigo hubiese terminado de hablar.

—No.

—Ni siquiera sabes lo que te voy a proponer.

—No hace falta —aseguró Gabriel—. Te conozco lo suficiente para saber que se te ha ocurrido alguna locura para distraer a los guardias mientras yo rescato a Talia y escapo de aquí.

Hugo se cuadró de hombros como si se preparara para un enfrentamiento.

—Es la única opción.

Gabriel respiró hondo, consciente de que no serviría de nada decirle que era demasiado arriesgado.

—De verdad, Hugo, los mártires resultan tremendamente aburridos.

—No soy un mártir, más bien un aventurero —aseguró, orgulloso—. En cuanto se den cuenta de que has escapado, lo más probable es que los soldados vayan detrás de ti y yo pueda salir sin que me vean. En realidad voy a correr menos peligro que tú.

—No —repitió Gabriel—. Si alguien tiene que distraerlos, lo haré yo. Yo soy el culpable de que te capturaran.

—Ashcombe, yo tomo mis propias decisiones —gruñó Hugo—. Y si alguien tiene la culpa de todo esto es tu hermano.

—Tú siempre das por hecho que tengo la culpa de todo —

dijo de pronto otra voz masculina—. Nunca te he caído bien, ¿verdad, Rothwell?

Gabriel se dio media vuelta y se encontró con su hermano, de pie junto a una puerta secreta que se abría en medio de la estantería. Se quedó mirándolo sin decir nada, como si creyera que fuera una alucinación que acabaría desvaneciéndose.

Hugo, sin embargo, se lanzó a él con furia.

—Hijo de perra.

Gabriel se interpuso entre ambos sin pararse a pensar si era buena idea ponerse delante de un hombre tan corpulento.

—Espera, Hugo —le pidió, agarrándolo por la cintura.

—¿Por qué? —le preguntó su amigo, apretando los dientes—. Debería arrancarle la piel a tiras.

—Antes debo hablar con él.

—Está bien.

Hugo dio un paso atrás sin dejar de farfullar cosas como que era una rata a la que había que disparar en cuanto se moviera y Gabriel se dirigió a su hermano.

—¿Qué demonios haces entrando aquí así?

—Me parece que es evidente. No quería que Jacques ni los guardias se enteraran de que había vuelto.

Gabriel lo miró con desconfianza.

—¿Por qué conocías ese pasadizo?

—He tenido dos semanas para explorar la casa mientras esperaba noticias de Jacques. Hace unos días encontré por casualidad esa puerta y seguí el pasadizo. Supongo que el dueño anterior de la casa se dedicaba al contrabando.

Era una suposición lógica, pues Calais era desde hacía mucho tiempo el principal puerto de llegada de contrabando procedente de Inglaterra.

—¿Adónde lleva ese pasadizo?

—A las bodegas.

Gabriel asintió con cautela de no ilusionarse más de la cuenta.

—¿Hay manera de salir de la casa?

—Sí, hay un conducto para el carbón que da al jardín de atrás —Harry meneó la cabeza al mirar el estado en el que había quedado su carísima chaqueta—. Por eso me he destrozado la ropa.

—¿Está vigilado?

—No. Por lo que yo he podido ver ahí dentro, no parece que nadie haya utilizado esos pasadizos desde hace años. Ni siquiera creo que Jacques conozca su existencia.

—¿Hay alguno que conduzca al piso de arriba? —siguió preguntando Gabriel.

—No los he inspeccionado tanto.

Hugo se acercó a Gabriel y lo agarró del brazo.

—¿Te has vuelto loco? No puedo creer que te fíes de él.

Gabriel arrugó el entrecejo.

—¿Crees que es una trampa?

—Harry no dudaría en conducirnos a la muerte si así fuera a convertirse en el próximo conde de Ashcombe —aseguró con crueldad—. Siempre lo ha deseado.

—Maldita sea —explotó Harry—. ¿Por qué todo el mundo piensa que quiero ese estúpido título? Solo conlleva obligaciones y deberes, que es de lo que llevo huyendo toda la vida, por no hablar de las continuas visitas de gente pidiendo cosas. Prefiero tirarme al mar que tener que soportar semejante carga.

Hugo soltó una risotada.

—Yo puedo ayudarte con lo del mar...

—Hugo —le advirtió Gabriel.

Su amigo siempre había disfrutado burlándose de Harry, pero ahora lo hacía con verdadera violencia. Claro que Harry no hacía nada por aliviar la tensión, sino que más bien parecía querer provocarlo con sus sonrisas.

—Bueno, hermano. ¿Entonces creer que he venido a tenderte una trampa?

Gabriel apretó los labios.

—No me has puesto muy fácil que confíe en ti, Harry.

Eso lo hizo sonrojar de tal modo que por un momento pareció un chiquillo vulnerable.

—Puede que sea un sinvergüenza que ha traicionado a su país, pero jamás te he deseado ningún mal, Gabriel —aseguró solemnemente y con voz sincera—. Jamás.

Los dos hermanos se quedaron mirándose unos segundos, volviendo a los días en que solo eran dos muchachos sin preocupaciones que jugaban y hacían todo tipo de travesuras juntos. Eso había sido antes de que el viejo conde decidiera que había llegado el momento de preparar a Gabriel para el futuro y Harry quedara al cuidado de su madre.

Pero el momento de conexión llegó a su fin cuando Hugo agarró de nuevo a Gabriel del brazo.

—Puede que no te deseara la muerte, pero si le dieran a elegir entre su vida y la tuya, puedes estar seguro de que elegiría la suya sin dudarlo.

—Ya me han dado a elegir, cretino —espetó Harry—. Jacques me ha ordenado que haga la vista gorda y deje que acabe con vosotros o me pegará un tiro. Así que, ya veis, estoy arriesgando tanto como vosotros.

Gabriel no hizo demasiado caso a sus palabras, estaba ocupado ideando un plan.

Comprendía que Hugo dudase de su hermano, puesto que ni siquiera él se fiaba de Harry. Pero por el momento era la única esperanza que tenían de poder escapar y debían aprovecharla.

¿Qué tenían que perder?

—Harry, quiero que lleves a Hugo a las bodegas.

Su hermano lo miró confundido por tan repentina orden.

—¿Y tú?

Hugo comenzó a menear la cabeza.

—Maldita sea, Ashcombe.

Harry no entendía nada.

—¿Qué demonios está pasando?

Gabriel no apartó la mirada de Hugo, pues necesitaba la cooperación de su amigo para que funcionara el plan.

—Ya te he dicho que no me iré sin Talia —le recordó.

—Entonces iremos todos a buscarla —decidió Hugo.

—No, no voy a discutirlo. Tú vas a ir con Harry a las bodegas y nos esperaréis allí. Si en media hora no he llegado, quiero que os vayáis al barco —le apuntó con un dedo—. Y esta vez te asegurarás de que zarpe.

—De eso nada —se negó su amigo con obstinación.

—Por el amor de Dios —protestó Harry—. Vamos a acabar todos muertos si seguimos aquí charlando.

—Seguro que tú te asegurarías de salvarte —lo acusó Hugo.

—Como haría cualquiera con un poco de sentido común —replicó Harry con furia—. Tenemos dos opciones, o nos quedamos aquí discutiendo o vamos a las bodegas para que Gabriel pueda ir a buscar a su esposa.

—Tiene razón —dijo Gabriel, empujando su amigo hacia la puerta secreta—. Va con Harry y yo iré lo más rápidamente que pueda.

—Está bien —Hugo se dispuso a entrar al pasadizo con resignación, pero antes volvió a mirar a su amigo—. Pero no te prometo que no vaya a estrangular a tu hermano si tardas mucho.

Gabriel agarró una vela de uno de los candelabros antes de meterse también en aquel pasadizo con olor a humedad.

—Siempre y cuando no llames la atención de los guardias.

CAPÍTULO 18

Talia no sintió el menor remordimiento al pegar la oreja a la puerta para escuchar la acalorada discusión entre Jacques y Sophia.

Ninguna de sus numerosas institutrices le había enseñado cómo respetar los buenos modales siendo la prisionera de un espía francés, pero en las horas que había pasado en los muelles había aprendido que una joven debe estar dispuesta a dejar a un lado los buenos modales en caso de necesidad.

Además, seguía teniendo la esperanza de que Sophia convenciera a Jacques para que liberara a sus prisioneros. No le importaba los motivos que tuviera la francesa para estar tan ansiosa por librarse de ella, solo que hiciera ver a su amante que le convenía más dejarlos en Calais mientras él retomaba sus obligaciones allí donde tuviese que hacerlo.

Dicha esperanza se desvaneció súbitamente cuando oyó salir a Jacques de la habitación y dirigirse a la puerta sobre la que ella estaba apoyada.

Talia se sacó la pequeña porra del bolso y colocó contra la pared. Solo tendría una oportunidad para derribar a su oponente y, si desaprovechaba el factor sorpresa, estaría perdida.

Sin apenas atreverse a respirar, levantó el brazo al ver que se abría la puerta, pero esperó después a que Jacques entrara del todo en la habitación, momento en el que se lanzó sobre él.

Habría sido un buen golpe de no haber sido por las faldas

del vestido que se enrollaron a los tobillos en el peor momento posible, un riesgo que los hombres que le habían enseñado aquel movimiento no habían tenido que considerar.

Perdió el equilibrio por completo y, en lugar de atacar a Jacques, cayó en sus brazos al tiempo que la porra aterrizaba en la alfombra.

—*Sacré bleu!* —exclamó él—. ¿Así tratas a un caballero que te ha tratado como a una invitada de honor?

Una vez recuperada la posición vertical, Talia se enfrentó a la mirada de Jacques sin pedir disculpas. Quizá se hubiese mostrado muy educado mientras la conducía a aquellas habitaciones, pero no había dudado en encerrarla ni en amenazar con matar a su marido y a lord Rothwell.

—A un invitado de honor no se le encierra bajo llave.

—¿Habrías preferido que te atara a la cama?

—Habría preferido que me dejaras darte un golpe en la cabeza —replicó ella.

Jacques meneó la cabeza y dio un paso atrás.

—¿Qué he hecho yo para merecer la compañía de mujeres tan difíciles?

Talia recibió su aparente enfado con un resoplido. Solo un hombre podría degradar a una mujer mientras tenía a otra prisionera y culparlas a ellas de ser difíciles.

Nunca dejaría de asombrarse ante semejante arrogancia.

—La verdad es que no la mereces —le dijo.

—¿Cómo dices?

—A Sophia —aclaró—. Ella te adora y sin embargo tú la tratas como si no fuera más que una cortesana de la que puedes deshacerte a tu antojo.

Jacques enarcó una ceja.

—Siento escandalizarte, *ma petite*, pero eso es exactamente lo que es.

Talia ya no se escandalizaba por nada.

—Si pensabas que no era más que una prostituta, no deberías haber dejado que se enamorara de ti.

—¿Me culpas a mí? —preguntó Jacques, con cara de asombro.

—Claro que te culpo porque es evidente que has alentado sus afectos.

—¿No se supone que es eso lo que debe hacer un caballero con una cortesana?

—No me refería... —trató de buscar una manera delicada de decirlo—. Físicamente.

Con una carcajada, Jacques cruzó la alfombra persa y agarró una cajita de rapé esmaltada.

—Menos mal porque es una parte habitual de la relación —respondió antes de esnifar un poco de tabaco.

Talia miró a la porra que seguía en el suelo, lamentándose de haber perdido la oportunidad de golpearlo, pero no solo porque le habría permitido escapar, sino porque era evidente que Jacques necesitaba un buen golpe.

—Lo que quería decir es que es obvio que has confiado en ella y habéis compartido algo más que la cama —le aclaró en tono acusador.

Él reaccionó a la defensiva.

—¿Y tú cómo puedes saber eso?

—Las mujeres podemos ser muy tontas cuando se trata de hombres, pero Sophia es demasiado sofisticada e inteligente como para haber entregado su corazón a no ser que pensara que la considerabas algo más que una simple compañera de cama.

—Ya da igual —dejó la cajita sobre la mesa y se acercó a la ventana desde donde se veía la calle, envuelta en el silencio de antes del amanecer—. Vuelve a París dentro de unas horas.

—No lo hará si le pides que se quede.

—Ya lo he hecho —se volvió a mirarla—. No le gusta que estés en mi casa.

Talia pegó un bufido, pues no comprendía cómo podía ser tan obtuso.

—¡Pues claro que no le gusta! —se puso las manos en las caderas—. ¿Sientes algo por ella?

Jacques se puso en tensión como si le ofendiera la pregunta. Luego sonrió y la miró fijamente.

—Muy inteligente.

—¿Qué?

—Piensas que si soy leal a Sophia, accederé a liberarte para calmar sus celos.

Por supuesto que era lo que buscaba, pero no era tan tonta como para admitirlo. Jacques no sabía si su deseo por Sophia podía más que las ansias por vengar la muerte de su padre.

—¿No puedo sentir compasión por una mujer abandonada por un hombre en el que confiaba? —le preguntó en lugar de reconocer la verdad—. Sé muy bien lo que se siente ante semejante decepción.

En los ojos del francés apareció un brillo de furia.

—No me compares con Harry Richardson.

—Entonces no te comportes como él.

Sus palabras quedaron flotando en el aire mientras Jacques la observaba con una expresión extraña en el rostro.

—Ya no eres la chiquilla herida que llegó a Devonshire.

Talia esbozó una sonrisa al recordar su llegada a Carrick Park. Realmente se había sentido como una chiquilla a la que habían castigado injustamente: perdida y sola, completamente incapaz de contemplar un futuro en el que pudiera haber un resquicio de felicidad.

Así pues, daba las gracias por no ser ya esa muchacha tímida que había permitido que otras personas determinaran su valía. Había descubierto dentro de sí una fuerza que desconocía.

Una fuerza que no dependía de la opinión de los demás.

—No. Afortunadamente, esa chiquilla se ha convertido en una mujer —afirmó—. Y en una esposa.

Jacques apretó los labios.

—¿Y en la condesa de Ashcombe?

—Eso no es más que un título —dijo, quitándole importancia—. Siempre seré Talia.

—Gracias a Dios porque eres una mujer demasiado valiosa como para desperdiciarte en la aristocracia.

Estaba a punto de decirle que el convertirse en esposa de Gabriel no tenía nada que ver con entrar a formar parte de la nobleza, pero se mordió el labio al ver que se movía un panel de madera de la pared que tenía en frente.

Al principio pensó que había sido un efecto de la luz del fuego de la chimenea, pero no tardó en comprobar que de verdad se había movido para dejar a la vista un oscuro pasadizo donde se adivinaba una silueta masculina.

Sintió ganas de gritar. ¿Sería un soldado tratando de colarse en su habitación, o algún rufián? Por suerte el grito murió en su garganta al vislumbrar por fin unos rasgos elegantes y un cabello rubio. ¿Gabriel? Gracias a Dios.

Le vio llevarse un dedo a los labios antes de volver a cerrar el panel y esconderse de nuevo en la oscuridad.

Pero Jacques parecía haberse dado cuenta de algo.

—¿Talia? —le preguntó, observando su pálido rostro—. ¿Ocurre algo?

Como pensó que el francés no se conformaría con un simple «no», Talia se llevó una mano a la cabeza y amagó con desvanecerse.

Jacques la agarró de inmediato.

—Dime, *ma petite*. ¿Te has asustado por algo?

—No. De repente... me he mareado.

Parecía que había resultado convincente porque Jacques la llevó hacia la cama con extremo cuidado.

—Siéntate —le pidió y le puso la mano en la frente—. No tienes fiebre.

Esbozó una ligera sonrisa mientras se preguntaba si era cierta la sospecha que seguía viendo en el rostro de Jacques a pesar de sus atenciones.

—No estoy enferma, solo hambrienta —le explicó—. No he comido nada más que una manzana en todo el día.

—¿Por qué no me lo has dicho?

—Pensé que tenías por costumbre matar de hambre a todos tus prisioneros.

Lo había dicho en broma, pero Jacques se lo tomó como una ofensa. Talia recordó que era un caballero que se tomaba muy a pecho la obligación de proteger a las mujeres y sintió una compasión que no le hizo ninguna gracia.

—Yo solo te he ofrecido mi protección, *ma petite*.

Talia puso cara de malestar con cuidado de no excederse en su interpretación.

—Lo sé, pero es una situación... difícil.

—*Oui* —la miró fijamente hasta hacer que se sintiera incómoda—. Lo comprendo.

Respiró hondo antes de volver a hablar.

—¿Podrías pedir que me trajeran algo de comer?

Su pausa fue tan fugaz que Talia se convenció de que la había imaginado.

—Por supuesto —le acarició la mejilla y se inclinó levemente ante ella—. Volveré enseguida.

—Gracias.

Una vez hubo salido, Talia se levantó y fue hasta la puerta para comprobar que lo oía alejarse por el pasillo y no se dio media vuelta hasta estar completamente segura de que se había ido. Entonces fue hasta el panel y dio unos golpecitos para avisar a Gabriel.

Un instante después, volvió a abrirse el panel y apareció su marido, que la sorprendió al tomarla entre sus brazos con tal fuerza que apenas la dejaba respirar.

Pero no protestó, sino que se apoyó la cara en su pecho y lo abrazó también.

—Dios, estaba muy preocupada —susurró—. ¿Cómo has conseguido escapar?

Gabriel le dio un rápido beso en la sien antes de apartarse con evidente tensión.

—Ya te lo contaré cuando salgamos de aquí.

—Claro.

Miró la elegante habitación y no le pasó por alto que la ropa de Jacques estaba en el armario y sus botas al lado de la chimenea.

—¿Necesitas algo?

Talia se puso de puntillas y le dio un beso en la mandíbula.

—Solo a ti.

En sus ojos apareció una emoción que la hizo estremecer.

—Talia...

La llama de las velas fue lo único que dio cuenta del movimiento de la puerta al abrirse de golpe. Jacques entró en la habitación y clavó la mirada en el francés con una resignación que demostraba que no se había dejado engañar por la interpretación de Talia.

Qué tonta. Había adivinado su desconfianza, pero se había dejado llevar por la impaciencia por librarse de él y, al hacerlo, había hecho que Gabriel cayera en la trampa.

Jacques cerró la puerta tras de sí y sacó una pistola con la que apuntó a Gabriel.

—Qué bonito reencuentro.

Gabriel apretó instintivamente a Talia contra sí al ver acercarse al francés mientras se resistía a la tentación de meterse en el túnel rápidamente y tratar de escapar antes de que Jacques Gerard avisara a los guardias. Pero no podía arriesgarse a que Talia recibiera un disparo dirigido a él.

—Empiezo a cansarme de ti, Gerard.

—El sentimiento es mutuo, lord Ashcombe —respondió el francés e hizo un gesto con la pistola—. Suelta a Talia y apártate de ella.

Pero Talia se aferró a su brazo.

—No temas, Talia —le dijo al tiempo que le daba un beso y la alejaba de la línea de fuego—. Todo va a ir bien.

Tan valiente como de costumbre, Talia se volvió para lanzar una mirada de odio a su carcelero.

—No le hagas daño, por favor.

—No me ha dejado más opción, *ma petite*.

Gabriel apretó los puños al ver la intimidad con la que Jacques se dirigía a su esposa. ¿Cuándo iba a aceptar ese maldito francés que ella era suya y que jamás estaría dispuesta a estar con otro hombre?

—No me culpes de tus tendencias asesinas —protestó Gabriel—. Y guárdate los apelativos cariñosos para tu amante. Dirígete a mi mujer como lady Ashcombe.

Jacques sonrió, divertido por los celos de Gabriel.

—¿Cómo has descubierto el pasadizo?

Gabriel se encogió de hombros.

—Hugo es tan obstinado que se negaba a aceptar que estuviésemos atrapados —y no era del todo mentira—. No dejó de buscar hasta dar con la entrada del pasadizo que hay en la biblioteca.

Jacques se detuvo a pensarlo un momento antes de menear la cabeza bruscamente.

—*Non*. Es demasiada coincidencia. Solo podría encontrarlo alguien que haya pasado mucho tiempo en la casa —afiló la mirada un instante—. ¿Quién es el traidor? ¿Uno de los guardias? ¿Algún soldado? Ah... —en sus labios apareció una sonrisa de desprecio—. Harry.

—¿Harry? —Gabriel enarcó ambas cejas—. Harry ya ni siquiera es mi hermano desde que tomó la decisión de serte leal a ti.

Pero Jacques era demasiado inteligente como para dejarse engañar tan fácilmente.

—Eso creía yo, pero he descubierto que no se debe creer en un ser tan cobarde, capaz de traicionarme como te traicionó a ti. ¿Dónde está?

Gabriel levantó las manos, esperando en vano que su hermano y Hugo le hubiesen hecho caso y hubiesen vuelto al barco.

—Si te refieres a Harry, no tengo la menor idea —esbozó

una sonrisa—. Hugo, sin embargo, ha escapado y estará de camino a Inglaterra para dar la voz de alarma sobre la traición de mi hermano.

Jacques soltó un suspiro de condescendencia.

—¿De verdad tenemos que seguir con este jueguecito tan aburrido?

—Eso parece —respondió Gabriel sin dejar de sonreír.

—No importa. Los guardias no tardarán en encontrarlos a los dos.

Gabriel no podía llevarle la contraria. Aunque Harry hubiese convencido a Hugo de que salieran de las bodegas, no podrían haber ido muy lejos. Lo que quería decir que necesitaba un elemento de distracción.

Sin darse tiempo a pensarlo, comenzó a caminar hacia el francés con expresión provocadora.

—Como ya te he dicho, Hugo ha escapado, así que olvídate de la esperanza de que Harry vuelva a Inglaterra a espiar.

—Detente ahí —le advirtió Jacques, apuntándole al corazón—. He retrasado demasiado este momento.

Estaba tan concentrado en el francés que cometió el error de olvidarse de su impulsiva esposa, algo que lamentó inmediatamente al verla ir hasta Jacques y ponerle una mano en el brazo.

Iba a hacer que lo matara.

—No, Jacques —le suplicó—. Te lo ruego.

Gabriel se detuvo en seco, se le había helado la sangre en las venas. Solo hacía falta un pequeño movimiento o un susto para que Jacques apretara el gatillo.

—Perdóname, Talia —murmuró el francés.

—No, Jacques —respondió ella con vehemencia—. Jamás te perdonaré si lo haces.

Pero él retiró el brazo que le había agarrado Talia, sin darse cuenta de que tenía una mesa muy cerca y con el movimiento, tiró una figurita de porcelana. Gabriel maldijo al oír el ruido de la cerámica al estallar contra el suelo, Talia lanzó un grito y

Jacques movió peligrosamente la mano con la que empuñaba la pistola.

Gabriel no apartó la mirada del arma ni un instante, ni siquiera al oír abrirse la puerta.

Una voz femenina lanzó un grito ahogado.

—Jacques, ¿estás...?

Gabriel no lo dudó. Se lanzó sobre el francés para arrancarle la pistola de la mano y tirarlo al suelo. Oyó un agradable gemido de dolor, pero antes de que pudiera inmovilizarlo, le sorprendió Sophia Reynard aporreándole la espalda.

Al intentar zafarse de ella, Gabriel perdió el control de Jacques, que aprovechó para sacar una daga y ponérsela en la garganta.

—Muévete y te rajo el cuello.

Talia se quedó paralizada por el miedo. Gabriel se había vuelto loco. ¿Cómo se le ocurría lanzarse de ese modo sobre alguien armado? Jacques podría haberlo matado.

Era obvio que el conde de Ashcombe necesitaba recibir un par de consejos sobre cómo debía ser el comportamiento adecuado de un esposo, en el que, por supuesto, no se incluía jugarse la vida a lo tonto.

Cuando ya pensaba que iba a oír un disparo, se alegró de ver que la pistola salía por los aires y aterrizaba cerca de la cama. Gracias a Dios.

Gabriel había sobrevivido a tan temerario ataque y de hecho parecía tener controlado a Jacques, al que apretaba contra el suelo. Pero el alivio duró muy poco. Sophia se abalanzó sobre Gabriel y empezó a pegarle.

—No —dijo, a punto de atacar también ella, cuando vio la daga de Jacques.

El tiempo se detuvo bruscamente.

¿Qué debía hacer? Sin apenas respirar, evaluó rápidamente sus opciones.

No tenía la fuerza necesaria para poder con Jacques y, solo con intentarlo, pondría a Gabriel en un peligro mayor del que estaba. Quizá pudiera ir en busca de lord Rothwell por el pasadizo, pero no volvería a tiempo de evitar que Jacques...

Sintió un escalofrío, pero se negó a aceptar la derrota.

Miró la porra y consideró la idea de golpear a Jacques, pero en seguida llegó a la conclusión de que el francés podría clavarle la daga a Gabriel en solo un instante.

Al borde de la desesperación, Talia pensó en la pistola, casi escondida bajo la cama.

No tenía demasiada experiencia, pero sí había recibido algunas lecciones sobre puntería. No era una misión demasiado difícil, puesto que la pistola estaba ya cargada y lista para disparar. No obstante, ni el más avezado podría estar seguro de dar a Jacques sin poner en peligro a Gabriel.

Pero claro, tampoco necesitaba llegar a disparar a Jacques, pensó de pronto. Había una manera más fácil de obligarlo a soltar a Gabriel.

O al menos eso esperaba.

Sin apartar la mirada de ellos tres, que parecían haberse olvidado por completo de su presencia, Talia se movió sigilosamente hasta la cama, se agachó muy despacio y agarró la pistola, que inmediatamente ocultó entre los pliegues del vestido.

Tomó la preocupación de contar hasta diez para asegurarse de que nadie estaba pendiente de ella, luego volvió a cruzar la habitación y después le puso la pistola en la frente a Sophia sin pensárselo dos veces.

—Suéltalo, Jacques, o disparo a Sophia —le advirtió.

Notó la tensión de Sophia, pero no se atrevió a apartar la mirada de Jacques.

La habitación quedó en un completo silencio, interrumpido tan solo por el tictac del reloj que había sobre la chimenea.

Talia tragó saliva, esperando la respuesta de Jacques.

—No serías capaz de hacerlo —dijo por fin el francés.

—No estés tan seguro —le aconsejó—. Estoy desesperada.

Hubo otro breve silencio antes de que Sophia se echara a reír con nerviosismo.

—Pierde el tiempo, milady —dijo la francesa, sin apartar la mirada del hombre al que amaba—. A Jacques le importan mucho más sus sueños de gloria que una simple mujer de carne y hueso incapaz de competir con una fantasía.

Talia meneó la cabeza porque no se le había pasado por el alto el miedo que asomaba a los ojos de Jacques. Sophia le importaba mucho más de lo que estaba dispuesto a admitir.

—Me parece que subestima lo que siente por usted —murmuró—. ¿No es así, Jacques?

—No seas tonta, *ma petite* —respondió con una sonrisa forzada—. Nunca podrás perdonarte si haces daño a alguien inocente.

Talia bajó la mirada deliberadamente hasta la daga que amenazaba el cuello de Gabriel.

—Lo que no me podría perdonar es haberte permitido que hicieras daño a mi marido —replicó con una sinceridad casi palpable—. Baja el puñal.

Jacques la miró con gesto sombrío.

—Sabes que no puedo hacerlo.

—Te lo advertí —dijo Sophia, dolida por las palabras de su amante.

—No me pongas a prueba, Jacques —le advirtió Talia—. Soy hija de Silas Dobson y desde pequeña me enseñaron que solo sobreviven los más despiadados.

—Tú no eres despiadada —aseguró Jacques.

Gabriel soltó un resoplido.

—Y tú te jactabas de conocer a mi mujer —dijo, burlón.

Talia rezó para que Jacques no se diera cuenta de que le temblaba la mano de puro miedo.

—Tú eliges.

—Espera —le pidió el francés mirando a Sophia—. No nos apresuremos.

—Jacques —lo presionó Talia.

Ahora era el francés el que resoplaba, pero de frustración.

—¿Prometes que la soltarás?

—Lo prometo.

—*Mon Dieu* —murmuró al tiempo que apartaba la daga del cuello de Gabriel, que aprovechó para levantarse lentamente y quitarle el arma a su enemigo—. Talia, has dado tu palabra.

Talia bajó la pistola y se apartó de Sophia, temblando de alivio. Sintió el reconfortante brazo de Gabriel alrededor del cuello. Habían sido solo unos minutos, pero Talia tenía la impresión de que hubiese pasado una eternidad desde que había agarrado la pistola.

Jacques se puso en pie y se colocó los puños de la camisa.

—Déjanos, Sophia.

—No —espetó Gabriel—. Ella se queda.

—¿Vas a mantener como rehén a una mujer indefensa? —dijo después de insultarlo entre dientes.

—Ambos sabemos que las mujeres rara vez están indefensas y no puedo permitir que avise a los guardias —respondió Gabriel—. No sufrirá ningún daño mientras hagas lo que te digamos..

—¿Y qué piensas hacer con nosotros exactamente?

En el rostro de Gabriel se dibujó una sonrisa fría y letal.

—Eso depende únicamente de ti, *monsieur* Gerard.

CAPÍTULO 19

Talia dejó que Gabriel agarrara la pistola después de haberse guardado la daga de Jacques. Solo quería escapar de allí y volver al barco, pero tenía la sensación de que no iba a ser tan sencillo.

—¿Gabriel? —murmuró, segura de que él ya tenía un plan.

Como era de esperar, su marido le dedico una sonrisa de confianza.

—Vamos a necesitar una vela, querida.

—Muy bien.

Agarró una de las que iluminaban la habitación y pudo comprobar con alivio que sus temblores habían disminuido y sentía las rodillas más firmes.

—Ahora necesito que lleves a Sophia al pasadizo, Jacques y yo os seguiremos.

La aludida fue directamente a la entrada del pasadizo sin hacerse esperar y Talia se apresuró a acompañarla. No estaba de humor para perseguirla si decidía salir corriendo.

Oyó a su espalda los pasos de los dos hombres. La luz de la vela iluminaba débilmente los muros de piedra cubiertos de polvo y el bajísimo techo de madera.

—¿Por dónde? —preguntó.

—A la derecha —respondió Gabriel—. Vas a ver unas escaleras que conducen a las bodegas.

Talia siguió caminando al lado de Sophia, haciendo como si no oyera los correteos de los ratones porque los roedores eran el menor de sus problemas.

—Lo siento, pero no podía permitirle que matara a Gabriel —le dijo a Sophia al llegar a las escaleras, para distraerse y no pensar en lo nerviosa que estaba.

Las otra mujer se levantó las faldas y comenzó a bajar con cuidado.

—¿Habrías apretado el gatillo?

Talia apretó los labios. No lamentaba haber hecho lo único que estaba en su mano para salvar a Gabriel, pero prefería no pensar demasiado en ello porque hacía que se plantease si había heredado la naturaleza despiadada de su padre.

—Sinceramente, no lo sé —respondió.

Hubo una breve pausa.

—Supongo que debo darte las gracias.

—¿Por qué?

La francesa esbozó una sonrisa.

—Nunca me habría atrevido a pensar que Jacques fuera a escogerme a mí por encima de su lealtad hacia Francia —la miró de reojo antes de añadir—. Y del deseo que siente por ti.

A Talia le costaba creer que una mujer de la experiencia de Sophia no se hubiese dado cuenta de lo que Jacques sentía por ella. Era la clase de mujer a la que debían de haber adorado decenas de hombres. Pero quizá hasta las mujeres hermosas se sintieran inseguras cuando su corazón estaba en juego, pensó con cierto asombro.

Era extraño después de haber dado por hecho durante años que todas aquellas bellas debutantes no se veían acosadas por las dudas.

—Jacques te ama, pero es demasiado terco como para reconocerlo —le aseguró.

—No digas eso, *s'il vous plait*.

A Talia le sorprendió la respuesta de la otra mujer, que además parecía compungida.

—¿Por qué? Tú misma acabas de decir que ha demostrado que le importas.

—Admito que pueda tenerme cariño —susurró para que los hombres no pudieran oírla—. Y es lógico que se sintiese obligado a protegerme al verme en peligro, pero no soy tan tonta de creer que podría ofrecerme algo más.

Talia le apretó el brazo a Sophia, pues recordaba la profunda tristeza que había sentido ella cuando Gabriel la había enviado a Carrick Park. En ese momento se había convencido de que pasaría el resto de su vida sola y sin amor.

Sin embargo ahora...

Bueno, ya no estaba tan segura sobre su futuro.

—Tener esperanza no es de ser tonta.

—Casi me convences —dijo Sophia con un suspiro y luego la miró—. Talia.

—¿Sí?

—No dudes que, de haber estado en la situación opuesta, yo habría apretado el gatillo.

Aquella confesión estuvo a punto de hacer tropezar a Talia con el último peldaño.

—Lo tendré en cuenta.

Sin apartar la pistola del costado del hombre que caminaba junto a él, Gabriel vigilaba atentamente a las damas que iban delante. Iban susurrando como si fueran viejas amigas, pero él no era tan confiado como Talia. Sophia no era la típica doncella de la alta sociedad que se conformaba con depender de la protección de un caballero. No dudaba de que, bajo aquella belleza exótica, había una mujer peligrosa como un asesino.

Por suerte no hizo el menor intento de atacar a Talia y, al llegar al final del pasadizo, la preocupación de Gabriel se centró en la puerta cerrada que encontraron en su camino. No iba a pasar a las bodegas sin estar seguro de que no les esperaba ninguna sorpresa desagradable al otro lado de la puerta.

Con la suerte que tenía últimamente, no le extrañaría descubrir al mismísimo Napoleón y a todo el ejército francés.

—Espera, Talia —le ordenó yendo tras ellas y arrastrando consigo a Jacques.

Apagó la vela que llevaba su mujer y la echó a un lado antes de abrir la puerta lentamente, apuntando a la oscuridad.

—¿Hugo? —llamó en voz baja.

Se oyó un movimiento y luego se hizo la luz y apareció Hugo con una vela en la mano.

—No me dijiste que pensaras traer invitados —dijo su amigo al ver a Jacques y a Sophia.

Harry dio un paso adelante, mirando con mala cara al que hasta hacía nada había sido su socio.

—¿Qué demonios haces con ese hijo de perra? Tenemos que salir de aquí cuanto antes.

Jacques se echó a reír al ver la tensión de Harry.

—Otra vez convertido en traidor, ¿verdad, Harry?

—Solo intento subsanar mis errores —matizó él—. O al menos uno de ellos, porque nunca podré reparar todo el daño que he hecho.

—Si no supiera que eres un gusano egoísta capaz de vender su alma al mejor postor, estaría impresionado —replicó el francés.

Harry siguió mirándolo, con los ojos oscurecidos por la culpa.

—Fue culpa tuya que me involucrara en un asunto tan desagradable —lo acusó—. Si no te hubieras ofrecido a pagar mis deudas, jamás me habría visto tentado.

—Das lástima.

Hugo apartó a Harry y miró a Gabriel con impaciencia.

—¿Y bien?

—Ya no es necesario que salgamos a escondidas, podemos volver al barco en el cómodo carruaje de *monsieur* Gerard.

—¿Y los soldados? Tienen la casa rodeada.

—La presencia de Gerard nos protegerá.

—¿Estás seguro de que es buena idea? —siguió preguntando su amigo—. No tenemos ninguna garantía de que algún soldado ambicioso esté dispuesto a sacrificar a su jefe con tal de impedir que escapemos y ganarse un ascenso.

Era una preocupación lógica. Incluso aunque los soldados fueran leales a Gerard, cabía la posibilidad de que a alguno se le escapara un tiro al ver que secuestraban a su líder. Y una vez que hubiera un primer disparo, no habría manera de detener el ataque.

—Deberías hacer caso a tu amigo, Ashcombe —intervino Jacques, interrumpiendo el debate interno de Gabriel—. Mis hombres no dejarán que escapéis.

No había ninguna alternativa segura, pero si había algo que tenía claro era que no podrían esconderse en la casa mucho más tiempo. Y cuanto más esperaran, más probable sería que los guardias buscaran el apoyo de los soldados apostados al otro lado de las murallas de la ciudad.

—Es un riesgo, pero en el carruaje estaremos más protegidos que si tratamos de huir a pie y además llegaremos más rápido —concluyó.

Talia se colocó a su lado, pálida pero decidida. Su pequeña guerrera.

—Cuando nosotros llegamos, había un carruaje en la puerta de la casa —le informó.

Gabriel dedujo que debía de ser el mismo que había utilizado Jacques para llevarlos a Harry y a él hasta allí.

—Tú primero, Harry.

—Pero... —su hermano lo miró y meneó la cabeza con resignación—. Supongo que piensas que merezco que me maten como a un perro callejero.

—Lo que pienso es que conoces el camino para salir de aquí —aclaró Gabriel con exasperación.

—Ah —Harry se encogió de hombros y dio media vuelta—. Por aquí.

Gabriel volvió a apuntar a Jacques con la pistola y lo obligó a echar a andar.

—Hugo, ¿podrías escoltar tú a *mademoiselle* Reynard?

Hugo asintió y agarró a Sophia del brazo.

—No —protestó Jacques—. Ella se queda aquí.

Pero Gabriel no estaba de acuerdo.

—La soltaré en cuanto lleguemos al barco. Hasta entonces pienso tenerla muy a mano.

—Ni rastro de la supuesta caballerosidad de los nobles ingleses.

—Puede que mostrara más caballerosidad si no hubieses secuestrado a mi mujer.

Le lanzó una mirada a Talia y fueron poniéndose en marcha uno a uno hacia el pasadizo lateral. Una vez en la puerta, Gabriel abrió muy despacio e hizo salir a Jacques al estrecho porche. No tardaron en aparecer varios guardias uniformados, alumbrados por la luz de las antorchas y con una expresión de curiosidad que se transformó en furia en cuanto vieron que Gabriel le ponía la pistola en la sien a Jacques.

—Diles que dejen las armas en el suelo y que se aparten del carruaje —le ordenó al francés en un tono de voz que daba a entender que apretaría el gatillo al menor descuido.

Jacques se tensó como si se le estuviera pasando por la cabeza llevar a cabo un ridículo acto de heroísmo, pero después recuperó la cordura y dio las órdenes esperadas a sus hombres.

Los guardias obedecieron a regañadientes, aunque Gabriel no era tan tonto de pensar que no tenían más armas escondidas bajo los uniformes.

—Harry, si fueras tan amable de agarrar todas las armas —le pidió a su hermano mientras bajaban los escalones del porche.

Harry se quedó con un arma, le dio otra a Hugo y tiró todas las demás a un tonel lleno de agua que había cerca.

Hugo se acercó a Gabriel sin soltar a Sophia.

—¿Quieres que la meta en el carruaje?

—Sí, necesito que Harry y tú os subáis también para que no haya ninguna sorpresa desagradable.

Una vez que las dos mujeres estuvieron sentadas en el coche, subió también Jacques, que iba farfullando su deseo de ver caer a todo el imperio británico.

Gabriel se dispuso a unirse a los demás mientras que Harry se dirigía a la parte superior del carruaje para llevar las riendas.

—No —protestó Hugo, echándolo a un lado—. Te vi conducir un día por St. James Street y heriste por lo menos a una docena de peatones antes de volcar y destrozar el carruaje.

—Estaba borracho —se excusó Harry.

—No lo dudo, pero de todos modos eres un torpe que supone un peligro para todo aquel que esté cerca de tu coche —respondió Hugo secamente.

—Debería haber dejado que os matarais el uno al otro en la biblioteca —murmuró Gabriel—. Vámonos de aquí, Hugo.

—Sí, señor —respondió su amigo, que cerró la puerta en cuanto Gabriel se hubo subido y luego se puso a las riendas.

En cuanto estuvieron en la calle principal, puso rumbo al sur a tal velocidad que el carruaje se movía sin parar y los cascos de los caballos retumbaban en toda la calle.

Dentro del carruaje los pasajeros guardaron silencio. Las dos mujeres mantenían la espalda muy recta, sin duda incómodas por la amenaza de violencia que se respiraba en el ambiente. Frente a ellas, Gabriel seguía apuntando al francés, aunque también iba pendiente de la calle. Era difícil atacar a un coche en movimiento, pero no imposible, así que no pensaba bajar la guardia en ningún momento.

Pasaron como una exhalación por las puertas de la ciudad. Ya estaban en el campo, pero Gabriel seguía alerta pues había visto jinetes a lo lejos. El amanecer estaba ya tan cerca que quizá se tratara de comerciantes que se dirigían al trabajo, o quizá nobles borrachos que intentaban llegar a casa después de pasar la noche jugando y divirtiéndose.

Claro que él habría apostado hasta su última libra a que eran los guardias de Jacques que los perseguían.

Habían recorrido ya varios kilómetros cuando Hugo se vio obligado a aminorar el paso porque debían tomar el estrecho camino que conducía a la costa. Los movimientos del carro se convirtieron en un traqueteo que los hacía levantarse del asiento cada vez que pasaban por encima de una piedra o de algún tronco caído que a veces parecía que fueran a impedirles continuar. Gabriel apretó la mandíbula mientras miraba a Talia, que iba agarrada a un asidero de cuero. Era tan menuda que no dejaba de pegar botes como si fuera una muñeca de trapo.

Cuando por fin se detuvieron, Gabriel se inclinó a abrir la puerta.

—Jacques, te agradecería que salieras el primero —dijo—. No quiero que los guardias que hayan podido seguirnos se pongan nerviosos.

—Cobarde —murmuró el francés.

—Precavido —corrigió Gabriel y miró a las dos mujeres—. Y no olvides que tu vida no es la única que corre peligro.

—Vuelve a amenazar a Sophia y te...

—¿Sí?

El francés lo miró con el más absoluto odio.

—No me tientes.

—Se hace tarde y tengo ganas de darme un buen baño caliente antes de meterme en la cama —le apretó la sien con la pistola—. Ahora muévete o acabaré llegando a la conclusión de que no merece la pena dejarte con vida.

—Alimaña.

Gabriel esperó a que hubiese salido Jacques para hacerlo él también y se echó un lado para vigilar el terreno. Cerca de la explanada donde se encontraban solo se podía ver una hilera de árboles a un lado y, en el otro, el mar.

Tras comprobar que no se oían disparos, Gabriel se dirigió a Sophia.

—*Mademoiselle* Reynard —le hizo un gesto para que supiera que debía salir.

Pero al ver que Talia se disponía a ir tras ella, levantó la mano para impedírselo.

—Un momento, querida.

Ella arrugó la nariz y lo miró a los ojos.

—Sí, ya lo sé, Gabriel. No voy a hacer ninguna tontería.

Se le encogió el corazón con una emoción que no conocía mientras admiraba la belleza de su rostro. ¿Cuándo había aprendido de memoria todos y cada uno de sus rasgos? ¿Habría sido ya en la ceremonia o quizá incluso antes de verse obligado a pasar por el altar?

—Supongo que no me harías dicha promesa —quiso saber él.

Sus magníficos ojos color esmeralda se oscurecieron, llenos de valentía.

—No puedo.

—Sabes que si te ocurriera algo...

Talia le puso la mano sobre la boca para acallar sus preocupaciones.

—No va a pasar nada. Ya tenemos el barco a la vista.

Le agarró la mano y, antes de retirársela, le dio un beso en la muñeca, donde podía sentirle el pulso.

—Pero aún no estamos a bordo. Hasta que lo estemos, no pienso perderte de vista.

Vio cómo se le ruborizaron las mejillas.

—¿Y cuando estemos?

El calor estalló entre ambos cuando Gabriel se acercó y la besó apasionadamente.

—Pienso pasar el viaje entero disfrutando de ti.

Durante un momento de locura, Gabriel no fue consciente nada más que de la suavidad de su boca y del escalofrío de excitación que le recorrió el cuerpo. Hasta que oyó unos pasos que se acercaban y lo devolvieron a la realidad.

—Gabriel, ¿piensas pasar aquí mucho más tiempo? —quiso saber su hermano, con evidente impaciencia.

No le quedó más remedio que soltar a Talia y dejar que se bajara del carruaje.

—Hugo, vigila a los prisioneros mientras yo le hago una señal al capitán —le pidió a su amigo.

Se acercó al borde del acantilado y, desde allí, movió varias veces el farol del carruaje para hacerle saber al capitán del barco que debía enviar un bote a la costa.

—Quizá no haga falta esperar —comentó Hugo cuando volvió junto a ellos—. Yo dejé un bote escondido entre las rocas, puedo ir a ver si sigue allí.

Gabriel consideró la idea un momento antes de asentir sin demasiada convicción porque no quería que Hugo se quedara solo, pero lo cierto era que cuanto antes pudieran bajar del acantilado mejor. Era como estar en una trampa.

—Ten cuidado —le ordenó—. Estoy seguro de que nos han seguido.

—Lo tendré —Hugo lanzó una mirada de soslayo a Harry—. Pero me preocupas más tú. No olvides que tienes más de un enemigo al que vigilar.

Harry dio un paso hacia ellos, ofendido.

—Vete ya a ver si está el maldito bote, Rothwell.

Hugo se dio media vuelta y comenzó a descender por el traicionero sendero, pero no sin antes lanzarle una última mirada de desprecio a Harry.

Mientras rezaba para que no le pasara nada a su amigo, Gabriel miró a los demás. Jacques y Sophia se encontraban en el centro de la pequeña explanada, pero Talia se había apartado de ellos para situarse junto al carruaje, donde sería my difícil que la alcanzara algún posible disparo. Gabriel no pudo evitar sonreír de orgullo.

¿Cómo había podido pensar alguna vez que podría ser feliz con una señorita de la alta sociedad que se habría pasado los últimos días gritando de histeria.

Con un último vistazo a la mujer que se había convertido en parte esencial de su vida, Gabriel se volvió y vio el gesto de frustración de Jacques.

—Prometiste que soltarías a Sophia —le recordó.
—Podrá volver a Calais en cuanto estemos lejos de la costa.
Pero Jacques no se quedó contento.
—¿Vas a dejar a una mujer sola en medio de la nada? —al decir eso miró a Talia, recordándole a Gabriel su decisión de enviar a Carrick Park a la mujer con la que se había casado solo unas horas antes—. Claro que vas a hacerlo. Parece que lo tienes por costumbre.
El muy imbécil.
Gabriel pasó por alto la provocación con cierto esfuerzo.
—Seguro que tus soldados están encantados de protegerla.
—Si tan seguro estás de que están cerca, ¿por qué no dejas ya que Sophia vaya con ellos?
—Porque no quiero alentarte a hacer alguna estupidez —respondió Gabriel—. Su presencia hará que te comportes hasta que lleguemos al barco.
—¿Entonces vas a llevarme a Inglaterra?
—Antes no te importó ir de visita —le recordó en tono de burla.
—Deduzco entonces que vas a delatarme como espía.
—Eso es algo que tendrá que decidir una autoridad más importante que yo.
—¿Y tu hermano?
Gabriel se tensó, pero no quería pensar en las difíciles decisiones que le esperaban al llegar.
—Harry ya no es asunto tuyo —se limitó a decirle.
—¿Estás seguro? Yo diría que su futuro está enteramente en mis manos.
Había una clara amenaza en sus palabras, lo que llevó a Gabriel a agarrar del brazo al francés y llevárselo al otro lado del carruaje, donde nadie pudiera oírlos.
—¿Qué quieres decir?
Jacques se zafó de su mano y se sacudió la manga de la chaqueta como si se la hubiese manchado con solo tocarlo.
—Una vez que me entregues a las autoridades me somete-

rán a todo tipo de interrogatorios y no podré ocultar el valioso servicio que me ha prestado tu hermano robando información del Ministerio de Interior. Eso lo arruinará para siempre, incluso puede que lo condenen a muerte.

Dios, no podía pensar en todo lo que se avecinaba.

—Harry eligió su destino cuando decidió aceptar el trato que le proponías —se obligó a decir.

—Pero el destino se puede cambiar —Jacques miró al perfil del barco, que había empezado a adivinarse con la primera luz del día—. Volved a Inglaterra sin mí y nadie sabrá nunca que Harry es un traidor.

—Lo sabría yo.

Jacques se echó a reír.

—Soy consciente de que eres un mojigato orgulloso que siempre se ha creído superior al resto de los mortales, pero pensé que habías aprendido algo de tu esposa.

Aquellas palabras lo hicieron estremecer. ¿Por qué? No era la primera vez que le llamaban mojigato orgulloso porque prefería mantener su dignidad en lugar de ir por ahí pavoneándose, y eso no le había granjeado muchas amistades.

Pero, tal y como había apuntado tan hábilmente el francés, con Talia había cometido un error que lamentaría toda su vida al dejar que el orgullo lo impulsara a tomar una decisión injusta.

—¿Qué tiene que ver mi matrimonio con Harry?

—Estuviste a punto de destruir a una mujer extraordinaria por tu empeño por castigarla.

—Yo nunca quise castigar a Talia —se defendió.

—*Non?* —le preguntó Jacques, mirándolo fijamente—. La creías culpable de haber llevado la vergüenza a la familia Ashcombe, ¿no es cierto? Y estabas impaciente por demostrarle a Silas Dobson y a toda la sociedad que no ibas a permitir que te avergonzaran —el francés meneó la cabeza con desprecio—. Si no llega a ser por su increíble valentía, Talia habría acabado destrozada por culpa de tu sed de venganza.

Gabriel gruñó en silencio, tratando de luchar una vez más contra la imperiosa necesidad de darle un puñetazo a aquel cretino.

—No sabes absolutamente nada.

—Sé que estás amenazando con lanzar a tu hermano a los lobos solo para satisfacer tu orgullo, igual que hiciste con Talia.

Sabía que Jacques intentaba manipularlo, pero aquella acusación le llegó al alma.

—Talia era inocente —le recordó, a él y a sí mismo—. Pero Harry traicionó a su país a cambio de dinero. Si de verdad quisiera protegerme a mí mismo, ocultaría sus pecados en lugar de hacerlos públicos.

—¿Y tu orgullo? Sin eso, el conde de Ashcombe no es nada —siguió provocándolo—. Muchos fingirán estar horrorizados por los crímenes de Harry, pero después se darán cuenta de que ya habían anunciado que tu hermano acabaría mal y, como es lógico, se compadecerán del pobre conde que se vio obligado a soportar el comportamiento de su hermano menor durante antes años y ha sido tan valiente de denunciarlo —hizo una pausa para mirar a Gabriel como un animal que miraba a su presa—. Serás todo un héroe nacional.

Gabriel apretó la pistola con fuerza, lamentándose de haber tenido que conocer a Jacques Gerard.

—Dirías cualquier cosa con tal de evitar la horca.

Jacques se encogió de hombros.

—Desde luego, pero eso no hace que mis palabras sean menos ciertas.

CAPÍTULO 20

Jacques había dedicado los años que había pasado en Inglaterra a convertirse en el caballero cultivado que su madre siempre había deseado que fuera, incluso mientras se preparaba en secreto para volver a Francia como soldado.

Bueno, no como un guerrero tradicional capaz de defenderse de una espada o disparar a un hombre a veinte pasos de distancia. Siempre había tontos a los que se podía enseñar a caminar en fila y utilizar un arma sin matarse. Lo que él había desarrollado había sido su talento para manipular a la gente y había descubierto que todos los que le rodeaban podían ser como peones de ajedrez si se les ofrecía los incentivos necesarios. Solo era cuestión de encontrar la debilidad de cada persona y saber explotarla.

Probablemente muchos dirían que ese tipo de maquinaciones no eran propias de un verdadero caballero, pero a él no le afectaba que otros pudieran censurar su comportamiento. Al fin y al cabo había sido un supuesto caballero el que había intentado violar a su madre y había enviado a su padre a la muerte.

Además no se podía poner en duda la efectividad de sus esfuerzos. Había regresado a París siendo un verdadero maestro de la coacción y disponía de una docena de poderosos caballeros ingleses que podían demostrarlo.

Incluyendo al señor Richardson.

Sin embargo el conde de Ashcombe parecía inmune a sus dotes de manipulador. Muy a su pesar, debía admitir que ese cretino arrogante era demasiado terco como para dejarse manejar.

Pero eso no quería decir que él estuviese dispuesto a reconocer la derrota. Bajó la mirada hasta la pistola que ahora le apuntaba al pecho y con la que Gabriel parecía estar retándole tácitamente a intentar escapar para así tener una razón para dispararle.

Por mucho que se esforzase en aparentar lo contrario, el conde no estaba del todo seguro sobre su decisión de delatar a Harry; con el empujón adecuado, podría convencer incluso a aquel inglés obstinado a que cambiara de opinión.

Por desgracia, el sutil ataque dialéctico se vio interrumpido por el sonido de un silbato procedente de la costa que había bajo el acantilado.

Gabriel se cuadró de hombros.

—Ya está aquí Hugo con el bote.

Movió la pistola y Jacques volvió junto a los demás, buscando instintivamente a Sophia, que permanecía apartada, completamente rígida de miedo.

El cuerpo de Jacques respondió con igual temor.

En el aire flotaba la promesa de la violencia y eso le hizo mirar hacia los árboles. No podía ver a sus hombres, pero sentía su presencia. ¿Qué pasaría cuando Gabriel intentara obligarlo a bajar de lo alto del acantilado?

La duda le provocó un escalofrío que le sacudió el cuerpo.

Quizá Gabriel estuviese pensando lo mismo que él porque se acercó al borde del acantilado y miró a su esposa.

—Baja tú primero, Talia —al ver que ella no respondía, el conde se tragó su orgullo y añadió—: Por favor.

Talia titubeó un instante, debatiéndose sin duda entre la necesidad instintiva de proteger a su marido y la certeza de que, mientras ella estuviese cerca, él no podría prestar toda su atención a los soldados que los acechaban.

—Está bien.

Talia comenzó a caminar y se hizo un silencio ensordecedor que duró hasta que por fin oyeron de nuevo el silbato que anunciaba que la condesa había llegado al bote. Gabriel miró entonces a su hermano, que vigilaba los árboles apuntando hacia allí con la pistola. Jacques contuvo la respiración, pues sabía que aquella rata estaba tan nerviosa que bastaría un pequeño susto para hacerle disparar.

—Harry, tú eres el siguiente.

El menor de los hermanos frunció el ceño.

—No estamos solos.

—Lo sé —aseguró Gabriel—. Baja hasta el bote.

Pero Harry meneó la cabeza.

—No. Ve tú con Jacques y yo me quedo aquí para cubriros.

Jacques soltó una carcajada.

—*Sacré bleu*. ¿Es posible que el gusano por fin muestre algo de valor?

Los dos hermanos se miraron el uno al otro sin hacerle el menor caso.

—Haz lo que te digo, Harry —insistió Gabriel.

—Esta vez no —respondió Harry con obstinación.

—Maldita sea... —Gabriel movió la cabeza con evidente frustración y finalmente se dirigió a Jacques—. Vamos.

Un nuevo escalofrío le recorrió el cuerpo al mirar a Sophia. Tenía la impresión de estar sobre un polvorín que estallaría al menor movimiento.

No tenía miedo por sí mismo. Dios sabía que, desde que había decidido entregarse a la causa de Napoleón, había contemplado la idea de morir joven. Hacía mucho que había aceptado que probablemente no viviría lo suficiente para ser testigo del fin de la guerra.

Pero la posibilidad de que Sophia sufriese algún daño le provocaba una presión en el pecho que prácticamente no le dejaba respirar.

Al verla dar un paso hacia él, levantó la mano rápidamente para impedírselo.

—Quédate donde estás, Sophia —le pidió—. Ahí estarás segura.

Ella lo miró con la pasión a la que había acabado por acostumbrarse hasta el punto de no valorarla.

—No quiero estar segura, quiero estar contigo.

—*Non*, Sophia, no...

Como si el leve movimiento de Sophia hubiese desencadenado la tormenta, se oyó una ráfaga de disparos procedente de los árboles.

Jacques no se paró a pensar, el pánico le hizo lanzarse sobre Sophia y derribarla al suelo, donde podía protegerla con su propio cuerpo.

—*Arrêtez* —ordenó a sus hombres al oír que Gabriel y Harry respondían a los disparos. En ese momento sintió una bala que le pasó silbando cerca de la oreja y comenzó a agitar los brazos—. *Mon Dieu*. Dejad de disparar, idiotas.

Se cernió sobre ellos un intenso silencio y el aire se empapó del olor punzante de la pólvora. Jacques se atrevió a mirar a su espalda y llegó a tiempo de ver a Harry caer al suelo con la mano en el pecho, Gabriel se arrodilló junto a su hermano herido.

Era ahora o nunca, pensó Jacques al tiempo que se ponía en pie y levantaba también a Sophia.

—Aquí —dijo un soldado francés a lo lejos.

Solo dieron un paso antes de que Sophia estuviera a punto de caerse.

—Sophia —dijo, alarmado, estrechándola en sus brazos—. ¿Estás herida?

—Solo es el tobillo —aseguró ella, poniéndole las manos en el pecho—. Ve tú, a mí no me harán nada los ingleses.

—No digas tonterías —murmuró justo antes de levantarla en brazos.

—Jacques —protestó, revolviéndose en sus brazos.

—*Non*, no te muevas.

Echó a andar hacia los árboles, pensando que en cualquier momento lo alcanzaría una bala.

—Pero...

—Calla.

No hizo el menor caso a sus protestas, se limitó a seguir caminando sin apartar la mirada de los árboles. ¿Acaso pensaba que iba a abandonarla?

Por fin llevó al macizo de árboles y vio al primero de sus hombres.

—Voy a necesitar su caballo —informó al joven, que parecía casi un niño.

—Por supuesto.

El muchacho desapareció entre los árboles para aparecer unos segundos después con caballo castaño seguido de otros dos soldados igual de jóvenes que el primero.

—¿Quiere que capturemos a ese cerdo inglés? —le preguntó uno de ellos, con una avidez que revelaba su inocencia. Cualquier hombre que hubiese matado a otro no querría repetir la experiencia,

—*Non*. No podríamos alcanzarlos y enseguida aparecerá la tripulación de Ashcombe —subió a Sophia al caballo y luego se montó detrás de ella—. Volveremos a Calais y alertaremos a los soldados para que envíen un buque de guerra tras ellos.

—Como usted ordene.

El soldado no se molestó en ocultar su decepción, pero acató las órdenes tal y como le habían enseñado a hacer.

—Agárrate bien, *ma belle* —le pidió a Sophia y se puso en movimiento detrás de sus hombres, sin molesstarse en mirar atrás.

Al diablo con el conde de Ashcombe y su maldito hermano. Si había algo de justicia en el mundo, su barco se hundiría de camino a Inglaterra.

—Perdóname, Jacques —una voz femenina interrumpió la agradable fantasía de Gabriel hundiéndose en el Canal de la Mancha.

Bajó la mirada hasta los oscuros ojos de Sophia.

—¿Perdonarte?

—Todo esto... —buscó las palabras adecuadas—. Este desastre, es todo culpa mía.

Jacques tuvo que admitir que era una buena descripción de lo ocurrido, pero nadie tenía la culpa excepto él.

—No debería haber ayudado a lord y lady Ashcombe a escapar del palacio.

La estrechó contra su pecho, admirando la belleza de su rostro a la luz del amanecer.

—Ya ha pasado todo —le aseguró—. No quiero que volvamos a hablar de ello.

—Y esta noche —siguió diciendo, como si necesitara castigarse a sí misma—. Si yo no hubiera entrado, no habrían podido escapar otra vez.

—Estabas preocupada por mí.

—Solo a medias —admitió—. Sabía que estabas con Talia y, cuando oí que se rompía algo, lo utilicé como excusa para interrumpiros. Me daba miedo que...

—¿Qué?

—Que intentaras llevártela a la cama.

—¿Y pensaste que podrías impedirlo?

—No pensé demasiado, solo seguía a mi corazón —reconoció con tristeza—. No soportaba la idea de que estuvieras con otra.

Aquella inesperada confesión le hizo aminorar el paso. La bella actriz siempre había ocultado sus sentimientos, incluso mientras lo complacía a él en todos sus deseos.

—Sophia.

Ella apartó la mirada hacia el campo que se extendía a ambos lados.

—Sé que no quieres tener que cargar con unos sentimientos que no has alentado —dijo en voz tan baja que apenas se oía—. Pero esta noche he estado a punto de perderte y me he dado cuenta de que no podía aguantar la idea de que murieras sin saber que te amo.

—Yo... —se movió sobre la silla, abrumado por su declaración de amor—. Ya lo hablaremos más tarde —murmuró.

Sintió su tensión entre los brazos.

—No es necesario que hablemos nada, *chéri*.

Pero a Jacques le dolió la resignación que oscureció su rostro. El que prefiriera hablar un tema tan delicado en la comodidad de la casa en lugar de a lomos de un caballo y estando los dos tan cansados no era lo mismo que no volver a hablar de ello.

—¿Estás segura?

—*Oui* —lo miró a los ojos, sin duda confundida por sus impredecibles reacciones—. Sé que he traspasado los límites de nuestra relación.

—Desconocía que nuestra relación tuviera límites.

Ella frunció el ceño.

—No te burles de mí, Jacques.

—No era eso lo que pre...

—La primera lección que aprende una cortesana es a no dejarse llevar nunca por las emociones —lo interrumpió, había un cierto rubor en sus mejillas—. Los caballeros nos buscan por placer, no por obligación.

¿Obligación?

Jacques pensó que nada tenía que ver la obligación con el tiempo que habían pasado juntos, tanto dentro como fuera de la cama.

—Lo cierto es que yo nunca te he considerado una obligación, *ma belle*.

—Y nunca tendrás que hacerlo —Sophia levantó la bien la cabeza—. No debería haber intervenido en tu relación con Talia. Es evidente que es una dama extraordinaria y, si tú quieres hacerla tuya, yo os desearé que seáis felices.

—¿De verdad? No pareces muy feliz —bromeó Jacques.

—Por favor —le imploró, con los ojos llenos de lágrimas.

—No llores, Sophia —le pidió él, sorprendido ante tal vulnerabilidad.

Estaba acostumbrado a que las mujeres trataran de influir en él mediante el llanto, pero jamás había visto llorar a Sophia.

—No estoy llorando —mintió inútilmente—. Yo nunca lloro.

Sintió una profunda ternura al ver cómo se acurrucaba contra su pecho. Parecía increíblemente frágil.

—¿Otra lección de cortesana?

—*Oui*.

—No tengo ningún deseo de hacer mía a Talia, *ma belle* —dijo y en ese momento se dio cuenta de que era cierto. Había sido divertido pensar que la estaba salvando de las garras de su cruel marido y saber que estaba haciendo daño a los nobles ingleses al secuestrar a toda una condesa ante sus arrogantes narices. Pero lo cierto era que su corazón pertenecía ya a otra—. No tengo intención de hacer mía a ninguna mujer que no seas tú.

Sophia se estremeció, pero su gesto se volvió duro.

—No digas eso.

¿Por qué se ponía tan difícil? ¿Acaso no acababa de decirle que lo amaba? Sin embargo ahora que él admitía sus sentimientos, se comportaba como si hubiera amenazado con ahogarla en el pozo más cercano.

—¿Aunque sea cierto? —le preguntó.

—No puede ser —apretó los labios para tratar de ocultar unas emociones que hacían brillar sus ojos—. Tú quieres una mujer de la que sentirte orgulloso, no una actriz mayor nacida en los barrios bajos.

Jacques enarcó una ceja.

—Creo que olvidas que mi madre también era actriz.

—Y sufriste mucho por ella —le recordó.

Levantó la mirada hacia la ciudad de Calais.

Por difícil que le resultara admitirlo, una parte de él siempre había culpado a su madre de la muerte de su padre. Sabía que era una locura porque su madre no era responsable de su propia belleza, ni de la reacción de su padre, que había hecho que acabara encerrado en la Bastilla.

Pero, obligado a madurar sin su querido padre, Jacques no había podido evitar preguntarse cómo habría sido su vida si su madre no hubiera atraído la atención de aquel lujurioso.

¿Era posible que hubiese alejado a Sophia precisamente porque le recordaba a su madre?

La simple idea le provocó un desagradable sentimiento de culpa.

—*Non* —negó con fuerza—. Sufrí por culpa de un depravado sin moral alguna, por un noble que ahora está tan muerto como mi padre.

—Pero al que no has olvidado —añadió ella suavemente.

—Nunca podré olvidarlo y nunca cejaré en el empeño de acabar con los hombres como él —juró antes de volver a mirarla a los ojos—. ¿Querrás luchar a mi lado, Sophia Reynard?

Ella lo miró, consciente de que quería que fuese algo más que su aliada en su guerra contra la clase dirigente.

—Estaré a tu lado mientras tú lo desees, pero...

Jacques se inclinó y la besó en la boca apasionadamente.

—Eso es lo único que necesito —se alejó lo justo para mirarla a los ojos—. Tú eres lo único que necesito, *ma belle*.

—Jacques —susurró Sophia a modo de rendición.

El deseo lo invadió tan bruscamente que espoleó al caballo para que fuera más a prisa.

—Es hora de ir a casa.

En algún lejano rincón de su mente, Gabriel era consciente de que Jacques se escapaba junto con Sophia y los guardias. Y aún más lejos podía oír a Hugo remando hacia el barco con Talia a bordo del bote, así que su amigo había tenido el acierto de alejarla de allí en cuanto había oído los disparos.

Pero, al margen de esas tenues percepciones, toda su atención estaba concentrada en su hermano.

Dios.

¿Qué demonios le pasaba a Harry? Debería haberse protegido tras el carruaje al oír el primer disparo, pero en lugar de eso, se había lanzado como un loco y había recibido una bala que de otro modo le habría matado a él.

—Maldita sea, Harry —murmuró al tiempo que lo tumbaba bien en el suelo para poder reconocerlo—. ¿En qué estabas pensando?

—Es evidente que no estaba pensando —respondió y levantó hacia él una mirada vidriosa de dolor.

Al no encontrar ninguna herida a simple vista, Gabriel le abrió la chaqueta.

—¿Dónde te han dado?

—Déjalo, Gabriel —Harry le apartó la mano y se cerró la chaqueta sobre la sangre que ya le había empapado la camisa—. No puedes hacer nada.

Tenía razón. No tenía nada con que curarle la herida. Su único consuelo era esperar que la bala se hubiese alojado más cerca del hombro que del corazón.

—Hugo se ha llevado a Talia al barco, pero seguro que el bote que habrá enviado el capitán al principio estará a punto de llegar —dijo, tratando de animar a su hermano.

—¿Y Jacques?

Gabriel miró a lo lejos y vio que el amanecer ya estaba ahí, inundando el cielo de una luz rosa que lo teñía todo.

—Ha escapado.

—¿Estás seguro? —preguntó e intentó incorporarse para comprobarlo personalmente.

—No te muevas, no seas tonto —le ordenó, aterrado por la palidez de su rostro. Por todos los cielos. Solo unas horas antes había estado seguro de querer delatarlo como espía; ahora sin embargo habría dado la vida para asegurarse de que Harry no perdía la suya—. Jacques y sus hombres se han ido, pero seguro que envía a alguien tras nosotros.

Harry dejó caer la cabeza con un suspiro.

—Supongo que no habrás conseguido herirle al menos.

Gabriel meneó la cabeza con pesar. Había disparado hacia donde él estaba, pero al ver que Harry caía abatido, se había olvidado de todo lo demás.

—Es una lástima.

Sí que lo era, pero nada comparado con el dolor de ver a su hermano en el suelo con una bala en el pecho.

—¿Por qué lo has hecho, Harry? —quiso saber.

—¿El qué?

Por mucho tiempo que viviera, nunca olvidaría la imagen de su hermano pequeño lanzándose a protegerlo.

—Recibir una bala que iba dirigida a mí.

Harry se quedó callado tanto tiempo que Gabriel llegó a pensar que no iba a responder, pero finalmente suspiró y lo miró a los ojos.

—¿Te acuerdas aquel día de Navidad que escapé de la niñera para poder demostrarle a padre que ya era lo bastante mayor para utilizar los patines que tú me habías regalado?

Gabriel sintió un escalofrío. Siempre recordaba aquella Navidad. Había comprado aquellos patines sin sospechar en ningún momento que su padre creería que Harry era demasiado irresponsable para usarlos. Pero claro, en cuanto el conde le había prohibido ponérselos, Harry se había empeñado en demostrarle que se equivocaba. Gabriel lo había seguido, pero solo había llegado para verlo dirigirse al centro del lago, donde la capa de hielo era más fina.

—Te caíste al lago, bajo el hielo —recordó, volviendo a sentir el terror de ver que su hermano desaparecía bajo el agua.

—Y tú me sacaste —Harry consiguió esbozar una sonrisa—. Ese día me salvaste la vida. Esta noche he pagado la deuda que tenía contigo.

—No existía tal deuda —Gabriel frunció el ceño—. Eres mi hermano, mi deber es protegerte.

—Y siempre lo has intentado, pero nunca pudiste protegerme de mis propios demonios —volvió a sonreír con una nostalgia desgarradoramente triste—. Esos los tenía que afrontar yo solo.

¿Cuántos años llevaba esperando a que su hermano reconociera sus errores? ¿Que por lo menos se diera cuenta de que él mismo creaba los problemas que tenía? Sin embargo ahora que le había oído pronunciar esas palabras que tanto ansiaba escuchar, no sentía la satisfacción que habría imaginado.

De hecho, solo había servido para que se sintiera aún más culpable.

—Debería haber hecho más —murmuró.

—Tú no tenías la culpa —Harry buscó su mano y se la estrechó—. Nunca la tuviste —añadió con sinceridad y una madurez nueva en él.

Pero Gabriel no quería hablar de eso con su hermano herido, quizá moribundo, y estando en terreno enemigo y, justo en ese momento, sonó la llamada que anunciaba que había llegado el segundo bote.

—Gracias a Dios —dijo—. Pronto estaremos a salvo.

—Yo no puedo bajar el acantilado.

—No te preocupes. Volveré enseguida con alguien que me ayude a bajarte.

Gabriel se disponía a ponerse en pie cuando su hermano lo agarró del brazo con una fuerza sorprendente.

—Espera, Gabriel.

—Debemos darnos prisa.

—Tengo que decirte algo ahora.

Gabriel volvió a acercarse a él.

—¿Qué?

—Lo siento.

Se le encogió el corazón al oír aquellas dos palabras y ver la culpa que brillaba en los ojos de su hermano.

—Lo sé, Harry, pero ya seguiremos hablando cuando estemos en el barco.

—No, tiene que ser ahora.

Gabriel no tuvo más remedio que acceder.

—Está bien. ¿Qué es lo que quieres decirme?

—Mi relación con Jacques empezó de una manera muy inocente —le explicó, abochornado.

—Me cuesta asociar a Jacques con nada que sea inocente.

—Tienes razón, pero eso fue lo que me pareció a mí en aquel momento. Jacques y yo estudiábamos juntos.

—Lo sé —admitió Gabriel, lamentando el momento en el que se habían cruzado sus caminos—. Aunque no veo qué podríais tener en común él y tú.

—La verdad es que era demasiado sombrío y estudioso para mi gusto, y nunca trató de ocultar sus simpatías revolucionarias —Harry fue perdiéndose poco a poco en los recuerdos—. Pero una noche se acercó a mí en medio de una desagradable discusión que estaba teniendo con unos alumnos de un curso superior que afirmaban que yo les debía mucho dinero —soltó una carcajada sin fuerza—. Seguramente porque era cierto.

No le sorprendió que su hermano hubiese empezado a tener deudas a tan tierna edad, ni que hubiese desatado la ira de esos compañeros por su incapacidad para afrontar su responsabilidad.

—Jacques no solo saldó mis deudas, sino que me llevó a la habitación y me curó las heridas —Harry apretó los labios—. Pensé que tenía que ser mi ángel de la guarda.

—Una manera muy inteligente de ganarse tu lealtad.

—Jacques no era ningún tonto.

Desde luego el francés era un hombre implacable e ingenioso, con el instinto de Maquiavelo.

—¿Y qué te pidió a cambio?

—Nada hasta que vio que me disponía a dejar la escuela y ocupar el lugar que me correspondía en la sociedad. Entonces me pidió que le llevara un paquete de cartas a Londres.

—¿De qué cartas se trataba?

—No lo sé —admitió Harry—. Pero no creo que fueran nada relevante.

—¿Por qué estás tan seguro? —¿acaso no había aprendido nada?

—Porque lo que buscaba realmente era que conociera a Juliette —recordó amargamente.

Gabriel tardó unos segundos en darse cuenta de que se refería a la voluptuosa viuda francesa de un diplomático inglés. Sabía que entre ellos había habido algo, pero siempre había supuesto que no había sido más que una aventura sin importancia.

Hasta que había descubierto que había viajado a Francia con Harry.

—*Madame* Martine —adivinó.

—Fui tan tonto... —se lamentó Harry—. Jacques sabía que le sería fácil seducirme y después manipularme.

—Nada fuera de lo común en los hombres jóvenes.

—Seguro que a ti no te pasó —lo rebatió.

—Claro que sí. Mi primera amante me convenció para que le comprara varias joyas de gran valor, además de un carruaje con caballos incluidos, todo eso antes de que yo descubriera que no era el único con el que compartía sus encantos.

—Juliette me costó más de lo que recibía de asignación anual —confesó, atormentado por el recuerdo—. Yo estaba tan ansioso por impresionarla con mi dinero y mi temeridad. Y ella siempre alimentó los celos que yo sentía por ti. Habría hecho cualquier cosa para demostrarle que era tan bueno como tú.

Gabriel respiró hondo al deducir lo que eso quería decir.

—¿Incluyendo darle a Jacques el puesto de pastor de Carrick Park?

—Sí —confirmó Harry y maldijo abiertamente—. Y debo decir que no me resultó nada fácil.

Debería haberle resultado imposible, pensó él, sin querer calcular cuántos religiosos habrían recibido sobornos para hacer la vista gorda con el pastor Gerard.

—Algún día tendrás que contarme cómo lo conseguiste.

—Algún día.

Ahora había otras preguntas que quería hacerle.

—Lo que no entiendo es por qué accediste a casarte con Talia si ya recibías dinero de Jacques.

Harry se ruborizó de vergüenza.

—Tuve un momento de lucidez, pero no te culpo si no me crees. Pensé que el dinero de Dobson me serviría para romper mi relación con Jacques sin salir perjudicado.

—¿Creíste que podrías sobornarlo?

—Es ridículo, lo sé. Pronto descubrí que nunca podría romper mi... alianza con ese maldito francés.

—¿Fue entonces cuando huiste a Calais?

—Sí y, una vez más, te obligué a pagar por mis pecados. Pero no volverá a ocurrir, te lo prometo. He aprendido la lección y a partir de ahora todo será diferente.

Gabriel quería creer que había cambiado, pero lo había defraudado tantas veces en el pasado...

—Ya está bien, no malgastes las fuerzas que te quedan y espera a que vaya en busca de ayuda.

—Antes tengo que darte esto —anunció esa vez Harry tratando de sacar algo del bolsillo de la chaqueta.

Gabriel abrió el papel que le dio su hermano. Era una lista de nombres entre los que reconoció los de varios caballeros.

—¿Qué es esto?

—Todos los caballeros ingleses que trabajan para Jacques.

Aunque ya lo había imaginado, la confirmación le heló la sangre. Algunos de esos hombres eran miembros del parlamento, hombres con poder e influencia y, por tanto, terriblemente peligrosos como espías.

La pregunta era cómo conseguía Jacques Gerard que todas esas personas cooperaran con él y traicionaran a su país.

—¿Cómo te hiciste con esto?

Harry se llevó la mano a la herida con gesto de dolor.

—Después de prometerme con Talia, registré la iglesia de Carrick Park y el despacho de Jacques con la intención de destruir la nota que había firmado confesando mi traición. Por desgracia, no pude encontrarla, pero descubrí esto.

—¿Sabe él que lo tienes?

—No —dijo con cierta satisfacción—. Lo copié y volví a dejar el original donde estaba. Pensaba utilizarlo para chantajear a Jacques cuando lo necesitara.

Desde luego era una información determinante y Jacques estaría dispuesto a cualquier cosa para evitar que no cayera en manos del gobierno inglés.

El hecho de que Harry se lo hubiese dado a él en lugar de quedárselo era casi tan sorprendente como los nombres que componían la lista.

—¿Y ahora? —le preguntó, por si era una trampa.

—Ahora es tuya —dijo, tosiendo de un modo que le heló la sangre a Gabriel—. Sé que harás lo que debas. Como siempre.

—No, Harry...

—No era un insulto, Gabriel —lo interrumpió casi sin voz—. Siempre he admirado tu integridad, incluso cuando me ponía furioso. Solo espero que algún día estés tan orgulloso de mí como lo he estado yo siempre de ti.

El corazón se le desgarró de dolor.

¿Creía estar a punto de morir? ¿Era por eso por lo que había querido confesar sus pecados y darle esa lista?

No. Gabriel meneó la cabeza sin darse cuenta.

No podía permitirlo.

Su hermano tenía que sobrevivir, aunque para ello tuviera que seguirlo hasta el infierno y sacarlo de allí a rastras.

—No te muevas.

Se puso en pie, agarró la pistola que había dejado caer su hermano y se la puso de nuevo en la mano antes de salir corriendo montaña abajo.

—Gabriel...

—Volveré lo más rápidamente que pueda.

Siguió caminando sin darle tiempo a decir nada más. Llegó abajo con la chaqueta desgarrada por las rocas que sobresalían y las botas destrozadas, pero por fin estaba frente a dos de los marineros de su barco.

Le ordenó a uno de ellos que lo acompañara y juntos volvieron a subir. Recogerían a Harry y, ya en el barco, el capitán podría limpiarle y vendarle la herida. Le quedaría una cicatriz que mostrar a sus amigos.

Una vez arriba, echó a correr hacia el carruaje. Había tardado menos de un cuarto de hora, pero estaba ansioso por ver a su hermano. Y más ansioso se puso al llegar al lugar donde lo había dejado y descubrir que allí no había ni rastro del carruaje ni de su hermano.

¿Qué demonios?

—¿Ve a buscar al señor Harry entre los árboles? —le ordenó al estupefacto marinero—. Estaba aquí cuando he bajado. Y estaba herido —explicó.

—Muy bien.

El joven obedeció sus órdenes mientras Gabriel examinaba el rastro que se alejaba de la explanada.

Encontró algunas gotas de sangre y varias pisadas, pero nada hacía pensar que hubiera habido una pelea. Aunque tampoco esperaba encontrar dichas pruebas.

No. Si lo hubieran atacado mientras él no estaba, lo habría oído gritar, o al menos habría disparado.

La explicación más lógica era que había esperado a que él se fuera y luego había escapado en el carruaje.

Lo había engañado hábilmente.

Una vez más.

CAPÍTULO 21

Talia no dejaba de ir de un extremo a otro del camarote, sin acercarse a la cama a pesar del agotamiento que le pedía a gritos que se metiera entre las sábanas.

Durante la última hora, había permitido que lord Rothwell le hiciera comer algo y luego darse un baño. Incluso se había cambiado de ropa para ponerse el camisón, pero a lo que se había negado rotundamente había sido a acostarse hasta que Gabriel volviera al barco.

¿Para qué molestarse? No podría pegar ojo mientras siguiese tan asustada por él.

Lo que lamentaba era haberse dejado convencer para volver al barco con Rothwell.

En ese momento había dado por hecho que los demás los seguirían inmediatamente después. Pero apenas acababa de sentarse en el diminuto bote cuando se había oído el primer disparo y Rothwell, haciendo caso omiso de sus protestas, se había puesto a remar a toda prisa e incluso la había amenazado con ejercer la violencia física contra ella si se atrevía a intentar tirarse del bote para volver a la costa.

Ahora estaba atrapada en el barco sin saber lo que estaría ocurriendo en el acantilado, que apenas se veía desde la portilla.

Había perdido la noción del tiempo, solo sabía que el sol

de la mañana inundaba ya plenamente el camarote. De pronto se abrió la puerta y se volvió, sobresaltada.

Gabriel.

El corazón se le detuvo en el pecho mientras lo miraba de arriba abajo. Parecía cansado y débil, pero maravillosamente ileso.

—Gracias a Dios —dijo en voz baja al tiempo que daba un par de pasos hacia él antes de detenerse de un modo extraño. A pesar de todo lo ocurrido en los últimos días, aún no se había olvidado por completo del intimidante conde de Ashcombe, al que le habría horrorizado que su esposa se le lanzase a los brazos, así que se limitó a tragar saliva y preguntarle—: ¿Estás bien?

Quizá Gabriel percibió su incomodidad e inquietud porque fue él el que eliminó la distancia que los separaba y la estrechó entre sus brazos.

—Sí, estoy bien.

Durante un rato, Talia se conformó con poder disfrutar de la sensación de estar pegada a él, de sentir la presión de sus músculos y empaparse en ese aroma masculino que parecía tener el poder de hacer desaparecer todos sus temores.

Dios, qué miedo había tenido de que lo capturasen, lo hirieran o... apartó aquellos pensamientos de su mente porque le resultaban insoportables.

Por fin levantó la cabeza, pero él siguió acurrucándola contra su pecho.

—Cuando oímos los disparos, Rothwell se empeñó en que volviéramos al barco —apretó la mandíbula al recordar la rabia que había sentido—. No me dejó más opción que acompañarlo.

Gabriel parecía a punto de sonreír.

—Algo me dijo Hugo de que te mostraste un poco reacia a marcharte hasta que te convenció de que era mejor alejarte del peligro.

—No me convenció, amenazó con darme un golpe con el remo si intentaba escapar.

Gabriel se echó a reír.

—Aunque deploro sus métodos, debo admitir que aplaudo su buen juicio.

Talia clavó en él una mirada como un puñal. Se alegraba enormemente de que estuviera bien, pero no le hacía ninguna gracia que la tratara como si fuera una muñequita indefensa.

—¿Ah, sí?

—No podría haberme concentrado en Jacques y en sus soldados estando preocupado por ti —la sonrisa desapareció de su rostro y su cuerpo se puso en tensión.

—¿Gabriel?

Él miró hacia la portilla con expresión sombría.

—Mi hermano está herido.

—¡No! —exclamó Talia con sincera preocupación. Daba igual lo que ella opinara del hombre que la había abandonado en el altar, lo importante era que sabía lo mucho que Gabriel quería a su hermano y el golpe que supondría que esa herida fuera mortal—. ¿Es grave?

—No estoy seguro.

—Deberías ir con él.

Eso le hizo apretar la mandíbula.

—No está aquí.

Talia parpadeó, confundida.

—No comprendo.

—No está a bordo.

—Pero... —de pronto le pasó por la cabeza una idea atroz—. Dios mío, no estará...

—No —se apresuró a decirle Gabriel—. La herida no ha sido mortal.

Talia respiró aliviada, pero seguía sin entender porque era evidente que Gabriel estaba preocupado.

—Cuéntame qué ha ocurrido —le pidió.

Gabriel se apartó de ella con un suspiro y Talia sintió inmediatamente su pérdida. ¿Desde cuándo se había vuelto tan dependiente de él?

Sin sospechar la peligrosa naturaleza de sus pensamientos, Gabriel se pasó una mano por el pelo y respiró hondo antes de comenzar a hablar.

—Cuando empezaron a dispararnos, Harry se lanzó a protegerme.

—¿Harry? —preguntó sin poder ocultar su sorpresa.

—A mí también me sorprendió ese repentino ataque de valentía. Nunca antes había pensado en nadie que no fuera él mismo.

—Puede que de verdad haya madurado —sugirió Talia, con más esperanza que convicción—. Después de todo, nos ayudó a escapar.

—Puede ser, pero podría haber esperado un poco más para madurar porque fue entonces cuando lo hirieron. Esa bala iba dirigida a mí.

Eso era lo que lo tenía tan inquieto y preocupado.

—No digas eso.

—Es cierto, pero no pude impedir que Harry se interpusiera. Cuando quise darme cuenta, estaba en el suelo, sangrando.

Talia abrió la boca para decirle a su marido que no había sido culpa suya y que no debía castigarse por ello, pero sabía que no podría hacer nada para ir en contra de su habitual costumbre de sentirse responsable de las personas a las que quería.

—¿Dónde le dieron? —le preguntó entonces.

Gabriel se encogió de hombros.

—Creo que en el pecho, pero se negó a dejarme ver la herida.

—¿Se negó? —era raro que Harry no se hubiese aprovechado de su papel de héroe herido—. ¿Por qué iba a negarse?

—Puede que para que no me diera cuenta de que la herida no era tan grave como yo temía.

—No puede ser. Seguro que sabía que estabas preocupado por él. Ni siquiera Harry podría ser tan cruel.

Gabriel recibió su respuesta con una sonrisa.

—Creo que esta vez no trataba de ser cruel, pero si hubiera sabido que podía andar, le habría insistido para que bajara conmigo hasta el bote, en lugar de dejarlo solo para ir a pedir ayuda.

—Ah —Talia se llevó una mano al pecho—. ¿Jacques?

—No, el francés y los guardias ya se habían ido. Por eso no me importó dejarlo solo. En ningún momento se me ocurrió que pudiera aprovechar para escaparse.

Apenas se dio cuenta de que el barco había empezado a moverse y empezaban a tomar velocidad. En realidad, lo único a lo que prestaba atención era al rostro de Gabriel y a las sombras que tenía bajo los ojos.

—¿Me estás diciendo que se ha ido?

—Sí.

Talia reunió el valor necesario para acercarse a él y ponerle una mano en el brazo. Lo supiera o no, Gabriel la necesitaba. Especialmente en ese momento.

—¿Crees que habrá vuelto a Calais? —le preguntó.

—No puede haber sido tan tonto. Jacques podría matarlo en cualquier momento.

Desde luego a Jacques no le había gustado nada que su lacayo inglés lo traicionara.

—¿Entonces adónde habrá ido?

—No lo sé.

—¿Piensas enviar alguien tras él?

Se hizo un largo silencio mientras Gabriel valoraba la pregunta.

—Puede que lo haga cuando volvamos a Inglaterra. Quizá sea mejor que desaparezca durante un tiempo.

Meneó la cabeza como si pretendiese así librarse de los pensamientos que lo acosaban. Después, respiró hondo y pasó la mirada por el cuerpo esbelto de su esposa. La tensión desapareció de su rostro rápidamente y apareció en sus labios una sonrisa pícara.

Entre ellos surgió de inmediato un calor abrasador que obligó a Talia a dar un paso atrás de manera inconsciente.

—Sí, quizá sea lo mejor —consiguió decir.

La sonrisa de Gabriel aumentó al tiempo que daba un paso hacia delante, siguiéndola.

—Ahora tengo cosas más importantes de las que ocuparme.

—¿Qué cosas? —le preguntó en tono ligeramente provocador.

Gabriel le agarró la mano y se la llevó a los labios. Talia se limitó a mirarlo mientras le mordisqueaba el dedo pulgar.

—Creo que ya te avisé de cuáles eran mis intenciones nada más estuviéramos a bordo.

Talia se estremeció de impaciencia.

—¿No estás cansado?

—Agotado, pero eso no hace que te desee menos. Pero antes de eso...

De pronto la levantó en brazos y la llevó al camarote contiguo, donde había una bañera de cobre situada en el centro de la habitación.

—¿Qué te propones, Gabriel? —le preguntó cuando la dejó en el suelo.

—Por mucho que desee revolcarme contigo en el lecho más cercano, creo que disfrutarás más de mis abrazos si me doy un baño antes —le explicó y luego esbozó una nueva sonrisa de picardía—. O, mejor aún, si me bañas tú.

Talia trató de fingir que estaba ofendida a pesar de que la idea le resultó de inmediato tentadora.

—¿Pretendes que sea tu criada?

—Prometo devolverte el favor cuando lo desees —murmuró él, besándole la mano—. En realidad creo que podríamos arreglárnoslas para bañarnos juntos, aunque un poco apretados.

La imagen de los dos cuerpos desnudos en la bañera la hizo sonrojar. ¿Otros matrimonios harían esas cosas?

—Qué rubor tan fascinante —comentó con la mirada clavada en su rostro.

Entonces se inclinó y se apoderó de su boca con un beso

avasallador. Talia gimió contra su boca. Una vocecilla en su interior le decía que debería preocuparle que Gabriel tuviese tal poder para despertar sus pasiones, pero enseguida la silenció y se olvidó por completo de la idea.

Lo cierto era que estaba demasiado cautivada por las sensaciones que invadían su cuerpo como para preocuparse por nada más.

Gabriel se separó de ella con un gesto que daba a entender que le había supuesto un verdadero esfuerzo alejarse.

—Ayúdame a desnudarme —le pidió.

Talia obedeció de inmediato y fue despojándolo de la ropa con manos temblorosas. Una vez estuvo desnudo, lo miró detenidamente y sintió un escalofrío. Era impresionante.

Se pasó la lengua por los labios, que se le habían quedado completamente secos y, al llegar a la orgullosa erección, le faltó el valor para seguir mirando, así que bajó los ojos al suelo.

Fue la risa de Gabriel lo que hizo que volviera a levantar la cabeza y lo mirara a los ojos.

—¿Qué es lo que te parece tan divertido?

—Me gustaría pensar que me miras tan absorta porque estás fascinada con mis formas masculinas, pero quizá simplemente estés buscando alguna deformidad.

Talia volvió a sonrojarse, esa vez por que la hubiera descubierto mirándolo como una colegiala traviesa. Se negaba a reconocer que solo con verlo la invadía un deseo incontenible.

—No creo que tu vanidad necesite de mimos.

—Te equivocas, querida —respondió él—. Necesito muchos mimos.

Talia dio otro paso atrás, en un último intento por mantener la cordura.

—Métete en la bañera antes de que se enfríe.

—Como ordenes, querida —dijo, acompañando sus palabras de un rápido beso en la mejilla.

Ella se arrodilló junto a la bañera y agarró el jabón que les habían dejado preparado. Después de sumergirlo en el agua brevemente, se lo pasó tímidamente por los hombros.

Gabriel lanzó un gemido de aprobación, echó la cabeza hacia atrás y cerró los ojos.

Talia se sintió más libre y atrevida sin la presión de su constante mirada. Fue pasándole la mano por el cuello y luego por el pecho. Era extraordinariamente fuerte. Si bien era cierto que Gabriel nunca se había parecido a esos caballeros afeminados que se paseaban por Londres, la elegancia de sus movimientos y de su ropa no hacía sospechar que su cuerpo fuese tan fuerte y varonil.

A medida que exploraba su piel, a Talia se le aceleraba más el corazón. En aquel momento era ella la que manejaba aquella danza de seducción y ese poder la tenía agradablemente aturdida.

De pronto un movimiento del barco hizo que salpicara agua al suelo. Talia se disponía a ponerse en pie cuando Gabriel la agarró de la muñeca y la miró con un deseo innegable.

—Esto es el paraíso —murmuró—. Podría acostumbrarme a que fueras mi doncella —bajó la mirada hasta su escote—. Claro que tendrías que ponerte la vestimenta adecuada.

—¿Qué vestimenta? —susurró ella.

—Quizá esos pantalones de gasa que llevan las mujeres en los harenes de los sultanes —sugirió mientras le acariciaba la cara interna de la muñeca.

Talia lo miró fijamente. Por divertido que fuera hacer de doncella, por nada del mundo dejaría que la vistiera como una concubina.

—Intenta ponerme unos pantalones de esos y te ahogo —le advirtió.

Gabriel se echó a reír.

—¿Te escandalizas porque eres una mojigata o porque eres demasiado intelectual?

Talia lo miró con gesto sombrío.

—¿Te supondría algún problema que yo fuese una intelectual?

—¿Quieres la verdad?

Ella asintió de inmediato, pero tratando de disimular lo importante que era para ella lo que respondiera.

—Sí.

Él se acercó a darle un beso en los labios.

—Una mujer inteligente, educada, con alma de guerrero y el cuerpo tentador de una gitana me resultaría insoportablemente erótica —añadió lentamente.

A Talia se le derritió el corazón. Era la respuesta perfecta.

—¿De verdad?

—Si necesitas comprobarlo...

Le metió la mano bajo el agua y se la llevó hasta su erección.

—Ah.

Después de un suspiro de placer, Gabriel se levantó y la agarró de la cintura. Cuando Talia quiso darse cuenta, estaba llevándola hacia el otro camarote.

La dejó sobre la cama y se tumbó a su lado.

—Estás mojado —murmuró ella, prácticamente incapaz de pensar con claridad.

—Ahora tú también —comenzó a besarle y mordisquearle el cuello y luego fue bajando hasta su pecho donde comenzó a tirar del camisón con los dientes hasta desgarrarlo—. Permíteme que te ayude a quitarte esta ropa tan mojada.

—Gabriel —protestó ella al tiempo que se estremecía de placer—. No era necesario que me destrozaras el camisón.

—Te compraré otro.

Coló la mano por el lugar donde se había rasgado la tela y así pudo acariciarle los pechos y juguetear con los pezones para después ir descendiendo hacia la cintura. Sonrió al notar el modo en que se le aceleraba a ella la respiración. Bajó un poco más, le separó las piernas levemente y le acarició la parte interna de los muslos.

Talia tuvo que tomar aire dos veces para conseguir hablar.

—¿No sería más fácil que me dejaras quitarme el camisón?

—Probablemente sería más fácil sí, pero ni mucho menos tan placentero.

Gabriel bajó la cara y se apoderó de su boca en un beso que parecía exigir su completa rendición. Al mismo tiempo, sus hábiles dedos encontraron el centro de su debilidad entre las piernas. Ella alzó las caderas inconscientemente.

—Dios —gimió al sentirlo dentro.

—¿Te gusta?

—Sí —cerró los ojos y se entregó a la sensación.

Él también gimió de placer.

—Puedo sentir tu pasión, saborearla en tus labios.

No tuvo más remedio que aceptar lo inevitable y decidió participar también. Llevó las manos a su pecho y lo acarició con verdadero deleite. Mientras, él mimó de nuevo sus pechos, los besó y los chupó.

Acariciándolo de aquel modo y disfrutando de la magia que hacían sus dedos y su boca, Talia se dio cuenta de que, por primera vez en su vida, no era la hija tímida y torpe de Silas Dobson, ni la debutante de la que se reía todo el mundo.

Era una mujer capaz de inspirarle a su marido una pasión intensa y desenfrenada.

Impulsada por esa maravillosa seguridad en sí misma, arqueó de nuevo las caderas y se dejó llevar por el placer que anunciaba ya una explosión en su interior.

—Te necesito. Necesito estar dentro de ti —le dijo Gabriel, mirándola a los ojos con un deseo que hizo que se le estremeciera el corazón—. ¿Estás preparada?

¿Podría haber algo más emocionante que aquel deseo? Aunque fuera un deseo puramente físico.

En aquel momento, le habría dicho que sí a lo que le pidiera.

—Sí —susurró.

Con un solo movimiento, Gabriel se colocó sobre ella.

—Ábrete para mí, querida —le suplicó y Talia le echó las piernas alrededor de las caderas—. Así, perfecto.

—Gabriel...

Se olvidó de lo que iba a decir al sentir dentro su erección. Fue una sensación sorprendente y gozosa, intensificada por el placer de notar sus labios y su lengua en el pezón.

Era demasiado.

Le clavó las uñas en la espalda, retorciéndose de placer. A pesar de que ya había disfrutado del sexo con él más de una vez, volvió a impresionarle la intensidad de la explosión que la sacudió por dentro y la hizo gritar.

Sin duda aquello era el paraíso.

Gabriel estaba flotando en una nube de satisfacción, abrazando a su esposa y mecidos por el oleaje.

Sería tan fácil cerrar los ojos y dejar que el agotamiento pudiera con él. Ni siquiera recordaba cuánto tiempo hacía que no dormía más de una hora seguida.

Lo cierto era que no había disfrutado de una noche entera de sueño reparador desde que había enviado a Talia a Carrick Park.

Pero, aunque estaba realmente contento de haber podido escapar por fin de las garras de Jacques Gerard y porque muy pronto estarían a salvo en Carrick Park, le resultaba imposible apartar la mirada de Talia.

No era solo por la belleza natural y desarreglada que iluminaba el sol que se colaba por la portilla, aunque aquellos rizos de cabello oscuro y brillante que se desparramaban sobre la almohada y el rostro aún sonrojado por el placer habrían servido de inspiración a cualquier poeta. No, más bien era el temor persistente, aunque irracional, de que podría desaparecer de sus brazos en el momento en que cerrara los ojos.

La estrechó un poco más fuerte y los arropó a ambos con las sábanas. Talia se puso de lado para mirarlo.

—¿Qué te tiene preocupado?

—¿Qué podría tenerme preocupado?

La vio arrugar la nariz; sin duda había percibido sus reticencias a hablar de aquel extraño temor. Pero en lugar de acurrucarse contra él y quedarse dormida como él esperaba, continuó mirándolo atentamente.

—¿Qué planes tienes para cuando volvamos a Inglaterra?

Le pasó la mano por la espalda lentamente. Si no iba a dormir, quizá pudiera distraerla con otra cosa.

—¿Quieres que te los describa detalladamente?

La caricia la hizo estremecer, pero le puso la mano en el pecho, negándose a distraer.

La muy terca.

—Me refiero respecto a tu hermano.

Gabriel sabía cuándo había que aceptar una derrota, así que se tumbó boca arriba y clavó la mirada en las vigas del techo.

—No puedo ocultar la traición de Harry al rey, ni al Ministerio del Interior —admitió por fin.

—Pero...

—No es por castigar a Harry, Talia —le dijo sin dejarle terminar la protesta. Gabriel había tomado la decisión al darse cuenta de que Harry había desaparecido y no tenía intención de volver a Inglaterra y le parecía que era la única posible—. Deseó profundamente que de verdad haya aprendido la lección, pero, mientras esté libre y pueda volver a hacer lo que ya ha hecho, no puedo poner en peligro la vida de más soldados británicos.

Talia le puso la mano sobre el corazón, como si quisiera así mitigar su preocupación.

—Lo siento.

Gabriel apretó la cara contra su pelo, sorprendido de que no solo hubiese puesto fin a tantos años de no compartir sus sentimientos con nadie, sino que además ahora le resultaba reconfortante hablarlo con ella.

Era impresionante.

—Era inevitable tener que hacer pública su relación con Jacques Gerard, pero tenía la esperanza de poder mantener en secreto su traición.

—No comprendo. Pensé que estabas convencido de que debía ser juzgado.

—Eso pensaba al principio. Pero Harry me ha proporcionado una información que seguramente me sirva para que el primer ministro haga todo lo que esté en su mano para que la red de espionaje no salga a la luz pública.

—¿Qué información es esa?

Gabriel le mostró la lista de nombres que le había dado su hermano.

—Conozco a varios de estos hombres —comentó mientras leía—. Sin embargo no recuerdo que fueran especialmente amigos de Harry. ¿Por qué habrían de ayudarlo?

Gabriel tenía constancia de que por lo menos dos de ellos habían amenazado con retarle a un duelo después de descubrirlo con sus esposas.

—Puedo asegurarte que la intención de esos hombres no era ayudar a mi hermano.

—¿Entonces por qué has hecho una lista con sus nombres?

—No la he hecho yo, la hizo Jacques.

Talia se detuvo a pensarlo solo unos segundos.

—¿Son espías? —preguntó, asombrada.

—Eso parece.

—Pero... —murmuró, tratando de asimilarlo—. Madre mía.

—Sí.

—¿Es que no se puede confiar en nadie?

—Me temo que es habitual que el poder corrompa, pero al menos podremos utilizar esto en nuestro propio beneficio.

—¿Tienes un plan?

—Ni Jacques ni los traidores saben que Harry conoce esta lista.

A diferencia de Talia, a él no le sorprendía nada de sus compañeros del parlamento porque estaba harto de ver las cosas que ocurrían allí. Lo que quería decir que sabía que los traidores nunca tendría que enfrentarse a la justicia, aunque sí que estarían deseando ver cómo colgaban a Harry por los mismos crímenes.

Una experiencia que pensaba aprovechar al máximo.

—¿No los vas a denunciar?

—Lo que voy a hacer es sugerir que utilicen a esos traidores para transmitir información falsa a los franceses.

Talia se sentó en la cama, con mucho cuidado de que no se le cayera la sábana con la que trataba en vano de cubrirse el pecho, lo que hizo sonreír a Gabriel.

—¿Para qué? —siguió preguntándole ella.

Pero Gabriel estaba demasiado distraído con lo que la sábana no conseguía tapar, así que volvió a tumbarla en la cama, decidido a no perder el tiempo hablando de espías, traidores y políticos corruptos.

No obstante, sospechaba que Talia no estaría dispuesta a responder a sus caricias hasta que supiera que se lo había contado todo.

—Si podemos engañar a Napoleón para que dedique tiempo y esfuerzo a prepararse para ataques que no van a suceder, o para que organice emboscadas contra unas tropas británicas que nunca llegarán, conseguiremos que sea totalmente vulnerable al verdadero ataque de Wellesley.

—Claro —reconoció Talia, sonriendo—. Es un plan brillante.

Gabriel resistió la infantil tentación de pavonearse ante su deliciosa admiración.

En realidad no era un plan tan brillante, sino más bien sencillo.

—Esperemos que piensen lo mismo en el ministerio.

—¿Por qué no iba a ser así?

Su ingenuidad lo hizo sonreír.

—Los políticos no suelen actuar con sentido común, ni siquiera cuando se trata de organizar una guerra. Están demasiado ocupados peleándose los unos con los otros como para centrarse en el verdadero enemigo.

—Aún no comprendo cómo vas a conseguir ocultar la traición de Harry —reconoció.

—Tendré que negociar su futuro.

—¿A cambio de la lista?

—Sí —volvió a guardar la lista en el bolsillo de la chaqueta y, al regresar a su lado, le acarició el hombro—. Si quieren mantener en secreto los nombres de todos esos traidores, tendrán que comprometerse a no revelar jamás la alianza entre Jacques y Harry.

Consiguió provocarle un nuevo escalofrío y vio que tenía los ojos brillantes por la excitación.

—¿Y si no aceptan tus sugerencias? —siguió preguntándole. Gabriel empezaba a desesperarse.

—Harán cualquier cosa para evitar que la alta clase londinense conozca la traición de esos hombres.

—No sé cómo puedes estar tan seguro.

—Porque si se supiera que esos caballeros tan poderosos trabajaban para Francia, en Inglaterra estaría la histeria. Daría igual que esos hombres solo le hubiesen dicho a Jacques el nombre del zapatero de Wellesley; todo el mundo daría por hecho que la guerra iba a ser un fracaso y que Napoleón tiene comprado a todo el parlamento.

—Comprendo —asintió Talia.

Entonces le agarró la mano, le aflojó los dedos para que soltara la sábana, de manera que la tela cayó de inmediato y dejó a la luz la belleza de sus pechos.

—Creo que conseguiré que su pasado quede borrado y olvidado —resumió, distraído y excitado—. Siempre y cuando Harry no cometa ninguna otra estupidez. Esté donde esté.

Talia se recostó sobre los almohadones, con el rostro sonrojado y un brillo en la mirada que habría tentado a un santo.

—Volverá cuando esté preparado —murmuró ella.

—Ya está bien de hablar de mi hermano —se tumbó de costado para mirarla y poder acariciarla cómodamente—. Me parece que tenemos algo mejor a lo que dedicar el resto del viaje.

Talia arqueó la espalda bajo sus manos.

—¿Ah, sí?

Se inclinó hacia ella, con la mirada clavada en esos labios tan sensuales que se abrían ya anticipando el beso.

—Permíteme que te lo demuestre.

CAPÍTULO 22

Como era habitual en él, es mañana Hugo se levantó muy temprano, se vistió y salió a desayunar. No comprendía a la gente que se pasaba toda la mañana en la cama esperando que un ejército de criados atendiera a todas sus necesidades como si fueran inválidos.

Además, ser el primero en levantarse tenía ciertas ventajas. No solo pudo disfrutar de un desayuno compuesto de huevos frescos, tostadas y jamón sin tener que disculparse ante nadie por su buen apetito, además pudo deleitarse con la vista de los acantilados y del mar a lo lejos sin tratar de buscar conversación.

Una vez hubo dado cuenta del desayuno, se levantó y salió al balcón que daba a los enormes jardines.

Habían llegado a Carrick Park el día anterior, pero el agotamiento le había impedido hacer otra cosa que no fuera irse directo a la cama. Ahora se apoyó en la barandilla de piedra y consideró sus planes inmediatos.

Tenía que volver a Londres, por supuesto. No tenía ninguna duda de que su repentino viaje con Gabriel habría originado muchos rumores que tendría que acallar, especialmente si querían hacer creer a los traidores que sus actividades seguían siendo un secreto, como esperaba Gabriel.

Después de eso, tendría que ir a pasar unas semanas en su

casa de Derbyshire. Sus propiedades no eran tan grandes como Carrick Park, pero tenía arrendatarios y criados que dependían de él. Además, le gustaba mucho estar en el campo; tanto, que su padre decía a menudo que tenía alma de granjero.

Así pues, él se iría y Gabriel se quedaría allí porque no creía que estuviese dispuesto a marcharse de Carrick Park inmediatamente. En realidad, no creía que Gabriel quisiese salir de la cama de su mujer en los próximos días. Solo tenía que recordar el modo en que había agarrado a Talia en brazos y la había subido al piso superior, impaciente por llegar al dormitorio y sin importarle que todos los criados supieran de dicha impaciencia. La imagen le hizo sonreír.

Y seguía sonriendo cuando oyó unos pasos que se acercaban y, un segundo después, se abrió la puerta del comedor. Le sorprendió enormemente ver entrar a Gabriel.

El atuendo y la imagen de su amigo eran de nuevo impecables, pero solo con mirarlo a la cara Hugo se dio cuenta de que su estado de ánimo no lo era tanto.

—No esperaba que bajaras a desayunar esta mañana —admitió Hugo.

—Ni yo tampoco —gruñó él—. Te aseguro que no ha sido decisión mía.

—No hace falta que rujas —le advirtió—. Si lo has hecho porque pensabas que necesitaba compañía, ya puedes volver con tu esposa. Sé entretenerme solo sin ningún problema.

—Puedes estar seguro de que no hay nada que me gustaría más que pasar la mañana con mi esposa, pero me han echado del dormitorio.

Hugo no pudo contener la carcajada. Apenas podía creer que una mujer hubiera echado a Gabriel de su cama. Las mujeres llevaban persiguiéndolo despiadadamente prácticamente desde el colegio.

Gabriel lo miró fijamente, con cara de pocos amigos.

—No tiene ninguna gracia.

—Desde luego que no —admitió Hugo sin poder dejar de

sonreír—. Es trágico por lo que da a entender de tus dotes como amante. Si necesitas algún consejo para tener satisfecha a tu mujer y que no vuelva a echarte de la cama...

—No me ha echado de la cama —se apresuró a aclarar Gabriel, ruborizado. ¿El orgulloso conde se había dejado provocar por las bromas de su amigo?—. Y por supuesto que no necesito ningún consejo de un hombre que en los últimos años se ha convertido en un verdadero misógino.

La acusación de Gabriel lo pilló desprevenido. Quizá fuera cierto que huía de las debutantes como de la peste y que hacía ya varios meses que había despedido a su última amante, pero eso no quería decir que no le gustasen las mujeres. En realidad las adoraba, pero siempre y cuando no intentaran atraparlo como esposo o convencerlo de que les comprara una joya tras otra.

Lo que ocurría era que...

Simplemente estaba buscando una mujer que empezaba a creer que no existía.

Enseguida apartó tal pensamiento de su mente y se limitó a negar con la cabeza.

—No soy ningún misógino. Pero estoy harto de cazafortunas —hizo una pausa y esbozó una sonrisa—. Claro que, si hubiera más mujeres como Talia, podría cambiar de opinión sobre el sexo femenino.

—Cuidado, amigo mío —le advirtió Gabriel, como era de esperar en él.

Hugo se echó a reír.

—Hablaba en general. No quiero morir joven.

—Me temo que no hay otra mujer como mi esposa —aseguró Gabriel, mirando hacia la puerta como si albergara la esperanza de verla aparecer.

—Tienes razón.

Hugo no había dicho del todo en broma lo de que hubiera más mujeres como Talia. No estaba enamorado de la mujer de su amigo, por supuesto, pero lo cierto era que admiraba profundamente su fuerza de espíritu y su lealtad, dos cualidades poco comunes en la sociedad en la que vivían.

—Desde luego es una mujer muy valiente —comentó Hugo, olvidándose de su extraño estado de ánimo y centrándose en Gabriel—. Pocas personas se atreverían a echarte de su dormitorio.

—No me ha echado Talia, sino mis propios criados —admitió a regañadientes.

—¿Tus criados?

—Empezaron a llegar nada más amanecer.

—Estarían deseando comprobar que estabais bien después de tantas aventuras.

—No estaban preocupados por mí, solo por su querida lady Ashcombe. Por el amor de Dios, si al salir he dejado a la señora Donaldson llorando de alegría.

Hugo abrió los ojos de par en par al imaginarse llorando a la dura ama de llaves de Carrick Park.

—Y para el colmo, Talia me ha comunicado que tiene intención de dedicar el resto del día a visitar a los arrendatarios.

—Quizá sea mejor así —bromeó Hugo ante la frustración de su amigo—. Si ella no va, no tardarán en venir todos aquí a comprobar que su señora está sana y salva.

Pero Gabriel no se dejó convencer por dicho argumento.

—Aún está cansada del viaje. Debería quedarse a descansar y no pasarse el día yendo de un lado a otro.

Hugo se echó a reír una vez más.

—Ya.

—¿Qué?

—Nada, me preguntaba si lo que te molesta es que no pueda descansar o que tengas que compartir sus atenciones.

Gabriel le lanzó una nueva mirada de advertencia.

—Soy el conde de Ashcombe, yo no tengo que suplicar atenciones a nadie y mucho menos a mi esposa.

—Si eso fuera cierto, ahora mismo el conde de Ashcombe

no estaría aquí con un genio tan insoportable que lord Rothwell está considerando la idea de tirarlo por el balcón.

Gabriel se quedó callado un momento.

—Puede que tengas razón.

—Siempre tengo razón.

—Cuidado, Rothwell. Sigo con muy mal genio.

Hugo sonrió y se contuvo de seguir burlándose de su amigo.

—¿Cuándo piensas volver a Londres?

—Debería hacerlo pronto para informar al rey lo antes posible de la identidad de los traidores.

Tenía razón. Cada segundo que pasaba les daba una oportunidad a esos sinvergüenzas de poner en peligro a las tropas británicas.

—¿Y qué duda tienes?

—A Talia no le va a gustar tener que quedarse en Carrick Park.

—¿Por qué no le va a gustar, si parece gustarle más el campo que la ciudad?

—Lo sé, pero cuando le dije que iba a ir a Londres sin ella me advirtió que no iba a permitir que la escondiera aquí como si fuera un vergonzoso secreto.

—¿Y qué demonios quiere decir eso?

—No tengo la menor idea —murmuró Gabriel—. Pero me temo que se va a empeñar en venir conmigo.

—¿Y por qué no dejas que lo haga?

—No.

Hugo miró a su amigo sin comprender a qué se debía tan rotunda negativa y la fragilidad de ánimo de Gabriel cuando debería haber estado celebrando el haber conseguido rescatarla, escapar de Jacques Gerard y encontrar la manera de denunciarlo como traidor sin exponer a Harry.

—¿Por qué? ¿No pensarás que está en peligro?

—Tampoco lo pensaba cuando la mandé a Carrick Park y mira lo que pasó.

Dios. ¿Aún seguía culpándose por eso? Cualquiera pensaría que él mismo la había hecho caer en la trampa.

—Tú no podías saber que había un espía francés en vuestra propiedad.

—Es mi responsabilidad protegerla —insistió Gabriel con obstinación.

—Pues si realmente quieres protegerla, la mejor manera de hacerlo es teniéndola cerca.

En el rostro de Gabriel apareció una emoción indefinible.

—Rothwell, te ruego que dejes que sea yo el que decida qué es lo que debo hacer con mi esposa.

—No mientras te comportes como un tonto —replicó Hugo, que no estaba dispuesto a permitir que su amigo pusiese en peligro su matrimonio—. ¿O es que no te acuerdas de la última vez que decidiste qué era mejor para tu esposa?

Gabriel maldijo entre dientes al tiempo que se giraba para darle la espalda.

—No es lo mismo.

Hugo lo siguió y se colocó delante de él para obligarlo a mirarlo a la cara.

—¿Por qué no, si puede saberse?

—No puedo permitir que le hagan daño.

—¿Qué quieres decir? —no comprendía a qué se debía tanta preocupación.

Pero no pudo obtener una respuesta porque la conversación quedó interrumpida por la llegada de un mayordomo.

—Disculpe, milord —dijo el viejo sirviente—. Hay alguien que quiere ver a lady Ashcombe.

—¿A estas horas?

—Sí, milord.

—Si es un arrendatario, dígale que tendrá que esperar su turno para hablar con la condesa.

—No es un arrendatario, milord. Es una tal señorita Lansing.

—¿Quién? —preguntó Gabriel, completamente despistado.

Hugo también estaba confundido. Recordaba a un tal sir Lansing, un noble de rango inferior que no creía que tuviese relación alguna con Silas Dobson ni con su hija.

—Dice que es amiga de la condesa —aclaró el mayordomo.

—Ah —parecía que Gabriel había recordado algo—. Sí, creo que sé quién es.

Fuera lo que fuera lo que recordó de la señorita Lansing, era evidente que no era nada bueno.

—¿Debo informar a la condesa? —quiso saber.

—No, no es necesario —respondió Gabriel de inmediato—. Yo atenderé a la señorita Lansing.

—Como desee.

—De hecho, prefiero que mi esposa no se entere siquiera de la visita de la señorita Lansing.

El criado lo miró con un fugaz gesto de confusión que enseguida ocultó tras una reverencia.

—Como ordene.

—¿Qué demonios te ocurre? —le preguntó Hugo a su amigo en cuanto estuvieron a solas de nuevo.

—No quiero que nadie moleste a Talia.

Hugo resopló. No se preciaba de conocer o comprender la complicada mente de las mujeres, pero desde luego sabía que a su madre y a sus hermanas les encantaba recibir visitas a cualquier hora.

—Dudo que la visita de una amiga le pareciese una molestia.

—Mi esposa es demasiado buena como para rehuir una visita —explicó con dureza—. Pero yo mismo vi el comportamiento de las mujeres que decían ser sus amigas después de que mi hermano abandonara a Talia en el altar —miró a Hugo a los ojos y en los suyos había una clara determinación—. Estaban allí bebiendo champán, riéndose y burlándose de su humillación.

Hugo comprendió entonces su furia y sintió lo mismo que su amigo.

No consentiría que nadie se atreviera a insultar a la condesa de Ashcombe, se prometió a sí mismo, sin recordar lo que él mismo había pensado de la señorita Dobson antes de conocerla. Lo importante ahora era que adoraba a Talia y que haría pagar a aquellos que trataran siquiera de ponerla en ridículo.

—¿Esa señorita Lansing se burló de Talia? —le preguntó a Gabriel.

—No, que yo oyera, pero no pienso correr el riesgo de que la disguste.

Hugo estaba completamente de acuerdo. Nadie iba a molestar a Talia cuando aún estaba afectada por las aventuras que había vivido.

—Deja que yo me encargue —le pidió.

Gabriel lo miró con sorpresa.

—¿Tú?

—Sí, yo os libraré de cualquier indeseable que pretenda entrar en vuestra casa —le prometió—. Tú vuelve con tu mujer y acompáñala a visitar a los arrendatarios.

—Está bien —Gabriel no dudó en aceptar tan generosa oferta—. Te debo una —le dijo poniéndole una mano en el hombro.

—No dudes que te la haré pagar —respondió Hugo con una sonrisa.

Después de ver salir a su amigo, Hugo se dirigió al salón principal. Se estiró los puños de la camisa que llevaba debajo de la chaqueta y, al entrar, vio por el rabillo del ojo una dama mayor, vestida de negro y con velo del mismo color. Estaba sentada en uno de los sillones pequeños del salón y parecía estar echándose un sueñecito. Hasta que llegó a la chimenea y se apoyó en la repisa de mármol, no se fijó realmente en la mujer que iba de un lado a otro de la estancia con evidente agitación.

Su primera reacción fue de sorpresa.

Esperaba ver a la típica joven de la alta sociedad, perfectamente vestida y peinada y con mirada tímida pero coqueta.

Había conocido cientos de ellas a lo largo de los años y todas parecían tan iguales que la única manera de distinguirlas era por sus nombres.

Pero esa mujer...

Observó fijamente el vestido color ámbar arrugado por el viaje, el rostro redondo y sonrojado por el enfado. Era obvio que no se había molestado en cambiarse de ropa ni en descansar un poco antes de pasar por allí, lo que explicaba los mechones de pelo que se le habían escapado del moño, ni las ojeras. Y era igualmente obvio que no estaba nada contenta de que la hubiesen hecho esperar.

Muy curioso.

No parecía el tipo de mujer vanidosa y despiadada que iría a ver a Talia para hacerla sufrir. Lo cierto era que parecía sinceramente preocupada.

Al ver la mirada de furia que le estaba dedicando, Hugo se olvidó en parte de su propio enfado y se acercó a hacerle una elegante reverencia.

—¿Señorita Lansing?

Ella se inclinó también, pero no parecía muy contenta de poder hablar con un soltero con fama de ser uno de los mejores partidos de Londres.

—Lord Rothwell —murmuró ella.

—¿Nos han presentado? —le preguntó Hugo, sorprendido.

—Así es, aunque es evidente que usted no recuerda tan trascendental momento —contestó sarcásticamente.

Hugo se tensó. ¿Eran imaginaciones suyas o esa mujer acababa de reprenderlo? Resultaba inaudito. Las mujeres normalmente hacían cualquier cosa para agradarle.

—Le pido disculpas, tengo una memoria...

—Olvídese de eso, no importa. No es usted el primer caballero que no me recuerda —interrumpió sus disculpas sin ningún miramiento—. He venido a hablar con lady Ashcombe.

—¿Dónde?

Ahora era ella la sorprendida.

—¿Cómo dice?

Hugo dio un paso más hacia ella, olvidándose de los motivos que lo habían llevado a hablar con ella. Observó los rasgos de aquel rostro pálido que no parecía nada especial hasta que uno lo miraba de verdad. En sus ojos castaños de largas pestañas había una inteligencia llena de inquietud y en sus mejillas dos suaves hoyuelos cerca de unos labios carnosos, hechos para besar.

—¿Dónde nos presentaron?

—¿Qué importa eso?

—Porque me cuesta creer que haya podido olvidarla. Es usted... —buscó la palabra adecuada. No era una belleza, al menos en el sentido más tradicional de la palabra. Tampoco había demostrado ningún encanto, sin embargo había algo que había atraído su atención desde el primero momento—. Única.

—Fue la temporada pasada, en el baile de lady Jersey —le aclaró a regañadientes.

Hugo meneó la cabeza.

—Debía de estar borracho para no llevarla conmigo a la pista de baile.

La señorita Lansing cruzó los brazos sobre el pecho, lo que hizo que el escote del vestido le mostrara algo más de piel. La imagen excitó a Hugo de una manera inmediata e inquietante.

Madre de Dios.

Ajena al estado de Hugo, ella lo miró con cara de pocos amigos.

—Creo recordar que estaba muy ocupado llevándose consigo a lady Sandford al dormitorio más cercano —lo acusó—. Si pretende hacer que me olvide a qué he venido mediante adulaciones, debo decirle que no tiene nada que hacer.

—¿Por qué? ¿Es usted inmune a los halagos?

—¡Ya está bien de tonterías! —exclamó poniéndose en jarras—. Informe a lady Ashcombe de que estoy aquí o...

—¿Sí?

—Gritaré hasta que venga.

¿Estaría dispuesta a hacerlo de verdad? La posibilidad de que hiciese semejante escena no hizo sino aumentar la fascinación de Hugo.

—¿Por qué está tan empeñada en hablar con ella?

Ella lo miró con gesto digno y obstinado.

—Porque estoy preocupada, para que lo sepa.

Por mucho que lo dijera Gabriel, la señorita Lansing no había ido hasta allí para hacer daño alguno a Talia.

—¿Le preocupaba el bienestar de la condesa?

—Sí.

—Eso es absurdo.

—¿Ah, sí? —lo miró con verdadera furia—. Talia desapareció de Londres solo unas horas después de su misteriosa boda con el conde de Ashcombe y, a pesar de las numerosas cartas que le enviado suplicándole que me dijera que estaba bien, no he sabido nada de ella.

—¿Y cuál es exactamente su temor, señorita Lansing? ¿Acaso piensa que lord Ashcombe haya encerrado a su joven esposa en las mazmorras? ¿O quizá cree que haya podido tirarla desde lo alto del acantilado?

En sus mejillas apareció un evidente rubor y Hugo sintió la imperiosa necesidad de saber si la culpa de ese rubor la tenía simplemente el enfado o querría decir que sentía la misma excitación que él.

—¿Quién sabe? —lo desafió—. Yo estaba con Talia cuando el conde entró a la fuerza en sus aposentos privados y me echó de allí. Desde luego parecía lo bastante furioso como para desearle algún mal.

Hugo meneó la cabeza, entre la indignación de oír semejante acusación sobre su amigo y la más absoluta fascinación por el valor de aquella joven.

Solo conocía otra mujer capaz de retarle de ese modo, agotada después de un viaje. Talia.

No era de extrañar que fueran amigas.

—Hasta un caballero se enfada de vez en cuando —señaló

Hugo y se atrevió a pasarle un dedo por el contorno del labio inferior—. Pero eso no significa que vaya a cometer un crimen tan atroz. Después de todo, vivimos en una sociedad civilizada.

Ella resopló y dio un paso atrás.

—Eso no impide que muchos caballeros hagan verdaderas barbaridades.

Hugo no podía rebatir aquel argumento, pero sintió curiosidad por saber si odiaría a los hombres en general o nada más a los nobles.

—Dígame, ¿es usted aficionada a leer novelas? —le preguntó en tono burlón.

—¿Por qué?

—Porque no todos los hombres son los sinvergüenzas que aparecen en las novelas de las autoras de moda.

—No tiene ninguna gracia —se limitó a responder ella, asqueada.

—No estoy de acuerdo. En realidad tiene bastante gracia que haya podido pensar que lord Ashcombe mataría a su esposa.

—Ya he soportado bastantes burlas por su parte, lord Rothwell —dijo antes de darse media vuelta en dirección a la puerta.

Pero Hugo se adelantó y le bloqueó la salida.

—Apártese.

—¿Dónde cree que va? —le preguntó sin poder apartar los ojos de aquellos labios tan sensuales.

—Si no me trae a Talia, tendré que encontrarla yo sola.

—¿Por qué está tan preocupada?

—¿Por qué? —repitió, desconcertada por la pregunta—. Es mi amiga.

—Perdone mi confusión, pero tenía entendido que las amigas de Talia habían hecho que su vida en Londres fuera una pesadilla.

La señorita Lansing se puso en tensión, visiblemente ofendida porque la incluyera entre las que se habían burlado de Talia.

—Si se refiere a esas arpías que disfrutan atormentando a mujeres menos afortunadas que ellas, nunca fueron amigas de Talia, ni ella fue jamás tan tonta como para considerarlas tal cosa —replicó—. Era su padre el que la obligaba a estar con ellas.

—¿Y usted?

—Creo que es bastante obvio que yo era la otra fea del baile —había orgullo y dignidad en sus palabras—. Somos amigas porque las dos sabemos lo que es ser rechazadas por la sociedad.

En el corazón de Hugo surgió de pronto una extraña emoción que intuyó más peligrosa que todos los traidores ingleses y los espías franceses juntos.

Tratando de no hacer caso a dicha emoción, levantó la mano para colocarle el camafeo que llevaba prendido al lazo del cuello y le rozó la piel con los dedos.

—Perdóneme —murmuró—. No debería haberle hecho ninguna broma.

Sintió el pulso acelerado bajo los dedos, pero tuvo la determinación de apartarle la mano y mirarlo con dureza.

—No quiero su compasión —le dijo—. Lo que quiero es ver a Talia.

No tenía ninguna duda de que la señorita Lansing era de verdad amiga de Talia, pero le había prometido a Gabriel que se libraría de ella y tenía intención de cumplir con su palabra, aunque no sin antes asegurarle que Talia estaba perfectamente bien.

—Me temo que es imposible en estos momentos. No obstante, le prometo...

Dejó de hablar al ver que abría la boca de par en par, dispuesta a llevar a cabo la amenaza.

Sin pararse a pensar lo que hacía, Hugo se inclinó sobre ella y le tapó la boca con la suya para evitar que gritara. No tenía otra intención que impedir que la oyeran los criados y Talia, al menos eso fue lo que se dijo mientras seguía besándola cada vez con más ímpetu y haciendo participar también a su lengua.

Sin embargo aquella excusa no justificaba que la estrechara en sus brazos o que la apretara contra sí. O que cerrara los ojos para saborear el intenso aroma de su cabello.

A pesar de su corta estatura, se amoldaba perfectamente a su cuerpo, pensó mientras se deleitaba en sentir la generosidad de esas curvas que nada tenían que ver con los cuerpos flacos y frágiles de la mayoría de las mujeres de la alta sociedad. A un hombre tan corpulento como él no le gustaba tener la sensación de ir a aplastar a su amante.

Su amante...

Aquella palabra hizo saltar la señal de alarma.

¿Qué demonios estaba haciendo?

Un caballero no podía seducir a una exasperante doncella en el salón de la casa de su mejor amigo. Por lo menos hasta después de la comida.

Así pues, se obligó a sí mismo a apartarse de sus tentadores labios, pero antes de que pudiera mirarla, ella le dio una bofetada que lo dejó temblando.

—¡Cómo se atreve!

Hugo no pudo evitar esbozar una ligera sonrisa al ver el ardor de su mirada, a pesar de su evidente indignación.

No era del todo inmune a sus besos.

—Solo quería evitar que hiciese una escena —le explicó—. Pero me temo que he caído en mi propia trampa.

Hugo percibió las dudas de la dama antes de que ella tomara la sabia decisión de pasar por alto la irónica confesión. No era el momento adecuado para hablar de la poderosa atracción que le había golpeado como un rayo.

—Suélteme —le ordenó.

—¿Promete no gritar?

—No, no prometo nada.

Hugo tuvo ganas de sonreír. Muchacha testaruda.

—Señorita Lansing, le aseguro que Talia está perfectamente

y que Gabriel no supone peligro alguno para ella —le dijo, tratando de calmar sus temores—. De hecho, la verdad es que está completamente loco por ella.

—¿Entonces por qué no ha respondido a las cartas que le he enviado?

Hugo lamentó no haber hablado aún con Gabriel sobre la historia que iban a contar para justificar su repentina ausencia y era evidente que a aquella mujer no iba a poder disuadirla con mentiras vagas.

—Ha estado varias semanas fuera de Carrick Park —le explicó finalmente.

—¿Dónde ha estado? —le preguntó con obvia desconfianza.

—Navegando en el barco de su marido.

—¿Navegando?

—Es normal que los recién casados disfruten de la luna de miel —respondió pensando que era un argumento irrebatible—. ¿Y qué mejor lugar para encontrar un poco de intimidad que un barco en medio del océano?

Naturalmente, ella no tardó en encontrar el gran fallo de la historia.

—¿Y usted los ha acompañado en su viaje de luna de miel?

—Claro —su sonrisa era casi una mueca—. A mí me encanta navegar.

—No le creo.

No le extrañaba. Hugo apretó los labios tratando de encontrar una solución, hasta que, de pronto, como si fuera un regalo de Dios, vio por la ventana a Talia y a Gabriel paseando hacia las cuadras.

—Ahora me creerá —le dijo antes de llevarla de la mano hasta la ventana—. ¿Le parece asustada o infeliz?

La señorita Lansing retiró la mano de inmediato, pero al ver a la pareja agarrada del brazo, se suavizó su beligerancia y la tensión de su cuerpo.

Era lógico porque a nadie le habría pasado desapercibida la

adoración con que Gabriel miraba a su esposa, o la manera en la que ella se acurrucaba contra él.

Los vieron alejarse en silencio y luego la señorita Lansing se volvió hacia Hugo para dedicarle una nueva mirada de furia.

—¿Por qué no me deja hablar con ella?

Consideró varias mentiras antes de lanzar un suspiro de resignación. Merecía al menos un poco de verdad.

—Es la primera vez que Gabriel está enamorado —le confesó—. Y aún tiene que superar una primitiva necesidad de proteger exageradamente a su mujer del resto del mundo.

—Vaya —murmuró la señorita Lansing.

Hugo adivinó en su rostro algo parecido al anhelo. El mismo anhelo que llevaba atormentándolo a él desde que habían regresado de Francia.

—¿Talia está... contenta? —le preguntó ella unos segundos después.

—Muy contenta —aseguró Hugo—. Y sospecho que, cuando haya conseguido domesticar un poco a su esposo, va a ser increíblemente feliz.

—Estupendo —dijo—. Si pudiera pedir que me preparen el carruaje, debo volver a Londres.

Hugo frunció el ceño. Había dado por hecho que estaría alojada en casa de algún familiar o amigo y, al descubrir que no era así, se le heló la sangre de pensar en el larguísimo viaje que había hecho sin protección, por caminos llenos de asaltantes y forajidos.

—¿Viaja sola?

Le señaló a la anciana que seguía dormitando en el sofá.

—Es obvio que no.

—Por favor —se burló Hugo, pero luego trató de controlar su reacción—. No creo que esa mujer pudiera protegerla de nada.

—Afortunadamente, usted no es mi guardián y no es asunto suyo a quién elija como compañero de viaje.

—Se equivoca —dijo Hugo antes de darse cuenta siquiera

de lo que iba a decir—. He decidido convertirlo en asunto mío.

Ella reaccionó con el mismo asombro que sentía él.

—¿Cómo dice?

Habría sido muy sencillo retirar sus palabras o echarse a reír y fingir que solo había sido una broma. Después, podría despedirse de la señorita Lansing y dejar que se marchase con su aletargada acompañante. Y quizá entonces él recuperara la cordura.

Pero no hizo nada de eso.

No iba a permitir que la señorita Lansing saliera por esa puerta sin él.

—Da la casualidad de que yo me disponía precisamente a viajar a Londres —anunció—. Así que viajaremos juntos.

Ella dio un paso atrás con gesto de horror.

—De eso nada.

Hugo sonrió, se acercó de nuevo y le puso una mano en la mejilla.

—Pequeña, ya se dará cuenta de que es mejor aceptar la derrota cuando yo tomo una decisión. En tal caso, tendremos un futuro mucho más agradable.

La señorita Lansing meneó la cabeza con asombro.

—¿Es que se ha vuelto completamente loco?

Hugo la miró a los ojos con tal presión en el pecho que apenas podía respirar.

—Es más que probable.

CAPÍTULO 23

Talia trató de recuperar el aliento mientras la estrechaba con fuerza entre sus brazos.

Habían pasado la mayor parte del día recorriendo la propiedad para ir a visitar a los arrendatarios. Todos ellos se habían mostrado jubilosos de verla sana y salva; cualquiera habría pensado que había estado fuera años en lugar de días.

Claro que ella no había protestado. Lo cierto era que las muestras de cariño de toda esa gente habían hecho que sintiera que había vuelto a casa, algo que jamás habría creído posible solo unos meses antes.

Finalmente, Gabriel había insistido en que volvieran a la mansión para que ella pudiera descansar e incluso la había llevado en brazos al dormitorio ante la asombrada mirada de los criados. Pero, una vez allí, parecía haber olvidado tal necesidad de descanso y, aunque sí que la había tumbado en la enorme cama con dosel que ocupaba la mayor parte de la cálida habitación, lo que había hecho había sido besarla apasionadamente.

Talia había intentado regañarlo, pero en cuanto había sentido su deseo y sus manos, no había podido resistirse.

La verdad era que había gozado tremendamente de su pasión.

Quizá fuera ridículo, pero había albergado cierto temor de

que, al regresar a Inglaterra, Gabriel volviese a ser el hombre frío y crítico con el que se había casado.

Hubo algo deliciosamente reconfortante en sus besos y en sus gemidos de placer cuando por fin se sumergió en su cuerpo.

Ya con la respiración controlada, Talia miró la hora y trató de levantarse de la cama.

—¿Adónde crees que vas? —le preguntó él, reteniéndola por la espalda.

A punto estuvo de cambiar de opinión al volverse hacia él y ver la gloriosa desnudez de su cuerpo. Era un regalo de los dioses.

—Tenemos que vestirnos para la cena.

Pero Gabriel no hizo el menor amago de dejar de acariciarla; de hecho, una de sus manos bajaba peligrosamente por las caderas.

—¿Para qué? —murmuró—. Podemos pedir que nos la traigan aquí.

—De verdad, Gabriel, eres un pésimo anfitrión —lo reprendió a pesar de los escalofríos de placer—. No podemos abandonar a lord Rothwell.

—El caso es que Hugo se ha marchado a Londres esta misma mañana.

Talia se quedó inmóvil, sorprendida por la noticia de que Hugo se hubiese ido sin despedirse de ella. Después de sus recelos iniciales, creía haberse hecho amiga suya durante el trascurso de sus aventuras y por eso le dio tristeza que se hubiera ido de ese modo.

—¿Se ha ido sin decir adiós?

—Ha sido una decisión muy repentina. Ha dejado un mensaje diciendo que tenía unos asuntos que reclamaban su presencia en Londres y que no podía posponer.

—¿Y no podía esperar a que volviéramos para decírnoslo en persona?

Gabriel se encogió de hombros, pero Talia vio algo extraño en su gesto.

—Hugo es un hombre muy inteligente, se habrá dado cuenta de que prefería estar con mi esposa a tener que atender a un invitado no deseado.

Talia lo miró sin decir nada durante unos segundos. Después se puso en pie y se puso una bata de raso.

Conocía lo bastante bien a su marido como para saber cuándo le mentía.

—No dudo de la inteligencia de Hugo, pero recuerdo que me dijo que pensaba quedarse en Carrick Park hasta que tú volvieses a Londres.

—Pues es evidente que cambió de opinión.

—¿Cambió de opinión o tú lo obligaste a que lo hiciera? —indagó Talia con desconfianza.

—Juro que yo no tuve nada que ver con su repentina marcha —aseguró Gabriel levantando las manos en señal de inocencia.

—Ya —se limitó a decir Talia, lo que provocó la impaciencia de Gabriel.

—¿Qué te pasa?

—No lo sé —admitió, tercamente—. Pero sé que me estás ocultando algo.

Su esposo se echó a reír.

—A ti es imposible ocultarte nada.

—Muy bien. Ya se lo preguntaré a Hugo cuando lleguemos a Londres.

—Como quieras —respondió Gabriel, estirándose para agarrar el cinturón de su bata y tirar de él.

Pero Talia se lo quitó de las manos.

—¿Y cuándo será eso?

—De verdad, Talia, no deberías someter a tu marido a un interrogatorio mientras trata de seducirte.

—Podrás seducirme cuanto quieras después de responder a mi pregunta —le prometió, negándose a dejarse distraer—. ¿Cuándo salimos para Londres?

Hubo un largo silencio antes de que Gabriel cruzara los brazos sobre el pecho y suspirara con resignación.

—Mañana por la mañana.

Ella lo miró, boquiabierta.

—Por el amor de Dios, ¿cuándo pensabas decírmelo? Le prometí a la señora Grossman que le llevaría un emplasto para el pecho y pensaba pasar a ver al señor Clark para escribirle una carta a su hermana, que vive en Yorkshire y hace cincuenta años que no se ven. Y también tengo que hacer el equipaje.

—No es necesario.

—Si no hago unas cuantas cosas esta misma noche, no podré salir por la mañana —dijo con gesto apresurado.

—Escúchame, Talia.

—No puedo perder el tiempo, Gabriel.

—Tú no vas a venir conmigo mañana.

Estaba tan inmersa en sus planes, que tardó unos segundos en escuchar realmente las palabras de Gabriel. Cuando por fin lo hizo, se volvió a mirarlo con gesto amedrentador.

—Va a ser un viaje corto y pretendo que sea lo más discreto posible para no levantar las sospechas de los traidores.

Era una explicación lógica, pero Talia no se dejó convencer.

Quizá fueran sus propias inseguridades lo que la hacía desconfiar, pero el caso era que no iba a permitir que la escondiese como si fuese un vergonzoso secreto. Otra vez, no.

Se obligó a sí misma a reconsiderar la estrategia. De nada serviría acusarlo de querer dejarla allí abandonada porque solo conseguiría que él lo negara. No, debía ser más inteligente.

Así pues, fue hasta la cama, se sentó en el borde mirándolo a él y dejó que se le abriera la bata lo bastante para que Gabriel pudiera vislumbrar sus pechos. Como era de esperar, él bajó la mirada hasta el escote y Talia tuvo que contenerse para no sonreír.

—Cuanto más discreto intentes ser, más rumores vas a provocar.

—¿Qué sugieres que haga, entonces?

—A nadie le extrañará que lord y lady Ashcombe vuelvan juntos a Londres y es de esperar que me presentes al rey —siguió diciendo mientras Gabriel no apartaba la vista de sus pechos—. Solo tenemos que preparar una cena e invitar a los caballeros con los que desees hablar y nadie sospechará de algo tan inocente como una fiesta.

Él la miró fijamente a los ojos y frunció el ceño con impaciencia.

—Dios mío, Talia, ¿es que no sabes el revuelo que va a causar nuestra llegada? Los rumores no tardarán de propagarse por toda la ciudad.

—Eso es precisamente lo que buscamos, ¿no?

—¿Es que te has vuelto loca?

¿Qué rumores eran los que tanto temía? ¿Los relacionado con su apresurada boda, o con la repentina desaparición de ambos? ¿O quizá que su esposa era la hija de Silas Dobson, lo cual era una humillación para los Ashcombe?

Una vez más, estaba a punto de enfrentarse a la dolorosa decepción que tan bien conocía, pero trató de no dejarse llevar.

—Piénsalo, Gabriel —insistió, poniéndole una mano en el brazo—. La gente estará tan ocupada chismorreando sobre nuestro regreso a Londres, que no tendrán tiempo de pararse a pensar con quién te has reunido y con quién no —esbozó una tensa sonrisa—. ¿No crees que eso compensará los chismorreos?

Gabriel la miró con exasperación, como si fuese algo malo querer estar con su marido.

—¿Es que quieres que te acosen todos esos buitres?

—No, por supuesto que no es eso lo que quiero, pero es inevitable.

—No si te quedas aquí.

El corazón se le encogió de dolor. Después de todo lo que habían pasado juntos y de toda la pasión que había entre ellos, Gabriel aún quería mantenerla escondida de la sociedad.

—No puedo pasarme la vida sin ir a Londres —consiguió decir a pesar del nudo que tenía en la garganta.

Aparentemente ajeno a su sufrimiento, Gabriel levantó la mano para ponérsela en la mejilla.

—No, pero tampoco es necesario que vuelvas hasta la próxima temporada.

—Aún quedan meses para eso.

—Pensé que te gustaba Carrick Park —le espetó arrugando el ceño como si hubiese creído que iba a aceptar la derrota.

—Y me gusta, pero... —Talia apartó la mirada de él, consciente de que había tomado una decisión y que nada ni nadie iba a conseguir que se echase atrás—. ¿Por qué quieres alejarme de Londres, Gabriel?

Hubo una extraña pausa antes de que él se aclarara la garganta con evidente incomodidad.

—Ya te he dicho que va a ser una visita rápida; no merece la pena que cambies tus planes por unos cuantos días.

Talia bajó la mirada.

—Comprendo.

—Te prometo que estarás más cómoda aquí y que yo volveré lo antes posible.

—Claro.

Gabriel se dio cuenta por fin de que no le gustaba nada la idea. Entonces le acarició la mejilla y la obligó a levantar la cara.

—No vas a enfadarte, ¿verdad, querida?

Lo primero que se le ocurrió a Talia fue salir corriendo de allí y echarse a llorar en algún rincón. Había albergado la esperanza de poder construir con Gabriel una relación de respeto mutuo, aunque no hubiera amor. Por eso resultaba tan doloroso comprobar que seguía avergonzándose de ella.

Pero respiró hondo e hizo un gran esfuerzo para no dejarse llevar por ese sentimiento de derrota. Esa vez no.

Ya no era la muchacha frágil que permitía que otros manejasen su vida y que se alejaba del mundo en lugar de enfrentarse a aquellos que le hacían daño.

En las últimas semanas había descubierto dentro de sí la capacidad para luchar por lo que deseaba.

Y eso era lo que pensaba hacer.

—¿Talia? —le dijo Gabriel, buscando su mirada con preocupación.

Parpadeó para espantar las lágrimas que no quería derramar y esbozó una sonrisa. Ya pensaría en lo que debía hacer para salvar su matrimonio.

Pero por el momento...

Se inclinó sobre él y le dio un beso en los labios.

—Claro que no.

—Bien —Gabriel respiró aliviado mientras le tomaba el rostro entre sus manos—. Porque no quiero malgastar nuestra última noche juntos en discusiones.

Talia le mordisqueó los labios y disfrutó de su reacción de placer.

—Ya me imagino qué quieres hacer en lugar de discutir.

—Qué bien me conoces —la besó apasionadamente antes de apartarla lo justo para mirarla a los ojos—. Pero primero te debo un baño. Y luego cenaremos en la cama.

—¿Y después?

En el rostro de su esposo apareció una enorme sonrisa de picardía e impaciencia.

—Después voy a dejar que te aproveches de mí cuanto quieras.

Londres nunca le había resultado tan poco acogedor.

Después de una semana de constantes lluvias, el sol se había asomado por fin entre las nubes grises e inundaba la ciudad con un calor asfixiante. Pero lo peor era el hedor de los muelles, que ahogaba cualquier brisa de aire fresco y hacía que fuera insoportable tener las ventanas abiertas.

No era de extrañar que la mayoría de la gente hubiese huido de la ciudad al campo. Gabriel habría hecho lo mismo si hubiera podido. Además de por el clima, estaba impaciente por volver a Devonshire a los brazos de su esposa.

No había dejado de pensar en Talia en toda la semana. Solo tenía que cerrar los ojos para ver la pálida belleza de su rostro y su cuerpo tentador. Pero lo que le atormentaba realmente no era el deseo de ella, sino la sensación de que algo no iba del todo bien al marcharse de Carrick Park.

Menos mal que por fin se había ocupado de todos los asuntos que lo habían llevado a Londres.

¿Quién iba a haber pensado que necesitaría dos días solo para convencer al rey y al primer ministro de que aquella lista de importantes nobles ingleses no era ningún engaño de los franceses y otros tres para hacer lo propio con los miembros más importantes del Ministerio de Interior?

Así pues, necesitaba esa copa de brandy tanto como el amigo con el que iba a compartirla.

Porque Hugo estaba de tan mal humor como Gabriel.

—Hay veces que me pregunto cómo es posible que las Islas Británicas no se hundan en el mar con el peso de todos esos payasos arrogantes —murmuró Hugo aceptando su copa.

Gabriel esbozó una irónica sonrisa.

—Esos payasos son nuestros nobles dirigentes —le recordó.

—Pues llevan tres días parloteando como niños —respondió Hugo, asqueado—. No creo que les importe un comino el peligro que acecha a nuestras tropas, lo único que les importa es convencer a los demás de que ellos no tienen relación alguna con los traidores. Y sin embargo todos ellos quieren mantener en secreto los nombres de la lista.

Gabriel asintió con pesar. El papel de diplomático lo había dejado exhausto.

—Por lo menos nos hemos asegurado de que esos sinvergüenzas no sigan traicionando a su país —dijo, resignado a aceptar que no podían hacer nada más—. Aunque no tengan que enfrentarse a la justicia.

—Sí —Hugo apuró la última gota de brandy y lo miró de nuevo—. ¿Crees que conseguirán convencerlos de que den información falsa a Napoleón?

—En el Ministerio hay una o dos personas lo bastante inteligentes para hacerlo, lo que no sé es si lograrán que no intervengan los demás.

Hugo no parecía muy satisfecho, pero enseguida derivó la conversación hacia temas más importantes.

—Bueno, nosotros hemos cumplido con nuestra misión.

—Sí —él, además, se había asegurado de que la traición de su hermano no saliese tampoco a la luz, aunque no sabía si eso estaba bien o mal—. Harry está protegido.

—Esperemos que haya aprendido la lección.

Gabriel asintió porque, a pesar de todos sus pecados, seguía siendo su hermano y, hasta que volviese a Inglaterra, lamentaría haberlo perdido.

Hubo una breve pausa durante la que los dos amigos pensaron en cómo había terminado su peligrosa aventura. Después, Gabriel miró a Hugo y se fijó en que tenía ojeras y arrugas de cansancio en toda la cara. Algo no dejaba dormir a lord Rothwell y Gabriel habría apostado a que no tenía nada que ver con espías franceses y arrogantes nobles ingleses.

—¿Cuándo piensas volver a Carrick Park? —le preguntó Hugo.

—Después de cenar.

—¿Vas a viajar de noche?

Gabriel sonrió con impaciencia. Viajaría en medio de una tormenta de nieve para poder volver junto a Talia.

—Si bien disfruto enormemente de tu compañía, viejo amigo, prefiero la de mi esposa.

Hugo se echó a reír, llevándose una mano al pecho.

—Me ofendes.

—¿Y tú, cuándo te vas a Derbyshire?

Rothwell se puso tenso y clavó la mirada en la pared.

—Aún no lo he pensado.

—¿No? —Gabriel fingió estar sorprendido.

—Tengo asuntos de los que ocuparme aquí.

—¿Qué asuntos?

—¿Qué más da?

—Pensaba que estarías deseando marcharte de Londres —Gabriel titubeó deliberadamente—. A menos, claro está, que haya algo que te retenga en la ciudad.

Hugo resopló con impaciencia y clavó la mirada en el rostro de su amigo.

—¿A qué viene tanto interés en mis planes?

—Te marchaste muy bruscamente de Devonshire en compañía de la señorita Lansing.

Hugo apretó los dientes, pero no pudo disimular el rubor que coloreó sus mejillas.

—Me pediste que me librara de ella.

—Es cierto —asintió Gabriel—, pero me refería a que consiguieras que se marchara, no a que tuvieras que acompañarla hasta Londres.

—Podría haberla echado cien veces y la muy testaruda habría vuelto —gruñó, yendo de un lado a otro de la habitación—. Estaba empeñada en hablar con Talia, así que me pareció que lo más sencillo era asegurarme de que se alejaba lo más posible.

Gabriel habría aceptado aquella explicación si su amigo no hubiese llevado una semana comportándose como un lunático. Un momento parecía distraído y al siguiente se ponía como una furia por cualquier cosa y luego se quedaba mirando al vacío durante horas, absorto en sus pensamientos.

—Muy generoso por tu parte sacrificar tu estancia en Carrick Park para pasar varios días de viaje con una joven fea y aburrida.

Hugo se acercó de pronto a él, lo agarró de la chaqueta y lo zarandeó.

—No vuelvas a hablar de ese modo de la señorita Lansing —le advirtió—. ¿Entiendes?

Gabriel no pudo contener la risa por más tiempo. ¿Quién habría sospechado que el bruto y corpulento lord Rothwell, que aterrorizaba a muchos caballeros de la ciudad, acabaría cayendo ante una mujer que era la mitad de su tamaño?

—Lo entiendo perfectamente.

Al darse cuenta de lo que estaba haciendo, Hugo lo soltó rápidamente y se pasó las manos por el pelo.

—Perdóname. Estoy...

—¿Desconcertado, aturdido y perplejo? —le sugirió.

—Sí —admitió con un suspiro—. ¿Puedes darme algún consejo?

Gabriel observó a su amigo con gesto pensativo. No había olvidado lo mucho que había luchado al principio contra lo que sentía por Talia y cómo había permitido que su estúpido orgullo hiciera daño a una mujer que no merecía nada más que admiración. No sería un buen amigo si no hacía todo lo que estuviese en su mano para que Hugo no cometiera el mismo error.

—Me parece que tienes dos alternativas. Puedes volver al campo y olvidarte de la señorita Lansing —no le sorprendió ver el modo en que Hugo recibía tal sugerencia; con tensión y con rabia. Ya era tarde para hacer lo más sensato—. O...

—¿Sí?

Gabriel dejó el vaso y agarró a su amigo del hombro.

—O puedes aceptar lo inevitable con más dignidad y elegancia de lo que lo hice yo.

Hugo meneó la cabeza.

—No estás haciendo que me sienta mejor, Ashcombe.

Gabriel sintió curiosidad por la mujer que había sido capaz de despertar el interés de su amigo. Era evidente, desde luego, que no era otra debutante más como él había pensado.

—Dime, Hugo, ¿qué tiene la señorita Lansing que te ha cautivado de ese modo?

—No estoy seguro —admitió Rothwell con una sonrisa que le iluminó los ojos—. Su belleza me resulta atractiva y me gustan las mujeres con curvas, pero es evidente que no es una mujer al uso —hizo una pausa como si estuviera evocando su imagen—. Tiene el cabello castaño, en lugar de rubio, y no se molesta en llevarlo perfectamente peinado. Tiene unos bonitos ojos oscuros, pero mira a los hombres con un gesto de censura que nada tiene que ver con las miradas coquetas de la mayoría de las mujeres.

Gabriel suspiró, pues sabía bien lo que era sentirse atraído por una mujer que jamás debería haber llamado su atención.

Era fácil confundir el deseo con amor. Esos encaprichamientos se iban igual que venían y no solían costarle a un hombre más que unos cuantos regalos caros. Pero cuando uno se fijaba en la mujer que estaba destinada a adueñarse de su vida, entonces el riesgo era mucho mayor.

—¿Y qué me dices de su carácter?

—Tiene por costumbre decir lo que piensa, pero yo prefiero su sinceridad a los halagos sin sentido de la mayoría de las féminas —continuó diciendo Hugo como si estuviese defendiéndose—. No dudó en viajar hasta Devonshire, a riesgo de que su familia la castigara, porque estaba preocupada por Talia y necesitaba saber que estaba bien. Es una verdadera amiga.

Gabriel asintió.

—Es un alivio oírte decir eso. Me alegra saber que Talia tiene una amiga tan leal.

Hugo soltó cierta tensión, lo que le permitió esbozar una sonrisa.

—Aún no sé si conseguí convencerla de que no eres ningún villano capaz de acabar con su esposa.

—¿Qué? ¿Esa mujer esta loca? ¿Por qué iba a pensar que yo querría acabar con Talia?

—Puede que lea demasiadas novelas —sugirió Hugo.

La llegada de un mayordomo interrumpió la conversación.

—Pensé que querría saber que lady Ashcombe llegó mientras usted estaba fuera —anunció el criado.

—Maldita sea —Gabriel se sirvió otra copa. El día no hacía más que empeorar—. Pensé que estaba en Kent. ¿Ha dicho qué es lo que la trae a Londres?

El mayordomo se aclaró la garganta con un ligero toque de desaprobación.

—No me refería a la condesa viuda, milord, sino a la actual lady Ashcombe.

Soltó la botella con tanta fuerza que temblaron todos los vasos que había sobre el mueble.

—¿Talia?

—Sí, milord.

Gabriel respiró hondo, tratando de controlar la frustración. ¿Acaso no le había dicho que quería que se quedase en Carrick Park?

Claro que tampoco le sorprendía que su esposa fuese en contra de sus deseos. Talia ya no era la muchacha tímida con la que se había casado, ahora era una mujer con sus propias ideas, perfectamente capaz de tomar sus propias decisiones. Una cualidad que él admiraba enormemente la mayoría de las veces.

Pero, ¿cómo iba a protegerla si se negaba a cooperar?

—¿Cuándo llegó?

—Poco después de la comida —el mayordomo no ocultó su reprobación—. Pidió que llevaran sus cosas al dormitorio principal.

Gabriel sintió una explosión de furia al ver el gesto arrogante de su mayordomo.

—Escúchame bien, Vale —le ordenó—. Talia no solo es la señora de la casa, sino que además es mi queridísima esposa. Si sospecho que alguien del servicio no la trata con el debido respeto, os despediré a todos de inmediato —esperó a ver palidecer a Vale—. ¿Queda entendido?

—Sí, milord, por supuesto —el mayordomo se inclinó tanto que le crujieron las articulaciones—. Mis más sinceras disculpas, milord.

—Eso es todo.

Gabriel lo vio marchar sin mayor preocupación, pues sabía que todos los miembros del servicio acabarían queriéndola tanto como los de Carrick Park.

Su madre, sin embargo, y el resto de la sociedad no serían tan fáciles de convencer.

Y eso era precisamente por lo que le había pedido que se quedara en Devonshire.

Se volvió a mirar a Hugo como si todo aquello fuera culpa suya.

—¿En qué demonios estaría pensando Talia?

—Puede que quisiera ir de compras —sugirió su amigo—. A las mujeres les gusta mucho ir de tiendas.

—A Talia no. A ella no le interesa la moda.

—Entonces quizá quiera ver a su padre —dijo con una mueca—. Por mucho que nosotros lo detestemos, es su única familia.

—Ahora su familia soy yo y si ese sinvergüenza intenta poner un pie en esta casa, lo mando a las colonias.

—¿Y piensas mandarme a mí también, Gabriel? —dijo una fría voz femenina que hizo que los dos se volvieran hacia la puerta.

A Gabriel le dio un vuelco el corazón al ver a su mujer. Llevaba un bonito vestido de gasa que resaltaba sus delicadas curvas, el cabello recogido en un moño alto con algunos mechones sueltos y un sencillo collar de perlas alrededor del cuello.

Estaba preciosa y llena de luz como una mañana de primavera.

Pero entonces se fijó en la expresión de furia de su rostro y se olvidó por completo de la primavera. No solo había viajado a Londres en contra de sus deseos, además había oído sus palabras.

Desde luego, estaba siendo un mal día.
Dio un paso hacia ella, tendiéndole una mano.

—No digas tonterías, Talia.

—¿Por qué? —había un frío helador en su mirada—. Sería la manera perfecta de librarte de una esposa a la que no deseas.

CAPÍTULO 24

Talia se llevó la mano al pecho y le sorprendió comprobar que la herida que Gabriel acababa de causarle no sangraba porque era como si le hubiese clavado un puñal en el corazón.

Había sido una tonta.

Al salir de Carrick Park había intentado convencerse de que, después de una semana separados, Gabriel se habría dado cuenta de que la echaba de menos y la necesitaba para algo más que calentarle la cama. Y que, una vez que se volviesen a ver, su esposo tendría que olvidarse del pasado y centrarse en construir juntos el futuro.

Pero las palabras que Gabriel había dicho sobre su padre habían hecho pedazos cualquier esperanza.

Era evidente que no había perdonado a su padre por casarlo con ella y, si Silas Dobson, no era digno de entrar en esa casa, ¿qué decía eso de ella?

Lo miró a la cara sin hacer caso de la mano que le tendía. Parecía cansado. Quizá estuviese durmiendo tan mal como ella.

Pero eso también era una fantasía estúpida.

Entonces prestó atención a Hugo, que se acercó a ella, le tomó la mano y se la llevó a los labios.

—Es un placer volver a verla, milady —le dijo lord Rothwell.

La miraba con tal preocupación que casi la hizo llorar.

—Parece que no todo el mundo piensa lo mismo.

Hugo iba a decir algo, pero Gabriel se acercó y le puso una mano en el hombro.

—Si nos disculpas, Hugo.

—Intenta no comportarte como un imbécil, Ashcombe —le recomendó Rothwell a su amigo antes de dedicarle una última sonrisa a Talia—. Hasta luego.

Una vez a solas con su marido, Talia se obligó a mirarlo a los ojos. Aunque el resultado del viaje no hubiese sido el esperado, no iba a permitir que le faltase el valor.

—¿Por qué has venido a Londres? —le preguntó él.

—Tenía la ridícula esperanza de poder convencerte de que mi sitio está a tu lado —admitió, satisfecha de que no le temblara la voz—. Pero es evidente que ha sido una pérdida de tiempo.

—¿Qué demonios significa eso? —parecía que el ofendido era él—. Pues claro que tu sitio está a mi lado.

—Pero solo si estamos en Francia o en medio del campo.

Gabriel la miró como si estuviese hablando en un idioma desconocido para él.

—¿Estás enfadada porque no te traje a Londres conmigo?

Dios, ¿cómo se podía ser tan obtuso?

—Estoy enfadada porque me tratas como si fuese un secreto del que te avergüenzas.

—¿Es que te has vuelto loca? —le preguntó, agarrándola por los hombros.

—No finjas que no te avergüenzas de mí.

—Por el amor de Dios, Talia, no podría estar más orgulloso de tenerte por esposa.

Talia frunció el ceño mientras observaba lo pálido que estaba y el asombro de su mirada.

—¿Entonces por qué te negaste a que te acompañara a Londres?

—Porque no quería que tuvieses que soportar todos esos chismorreos.

La misma excusa que le había dado antes de irse.

—No soy una niña, Gabriel. Soy perfectamente capaz de no hacer caso de los insultos y los comentarios envenenados —recordó las veces que había tenido que hacerlo en los bailes de sociedad—. Llevo haciéndolo la mayor parte de mi vida.

Gabriel aflojó las manos y se las pasó por los brazos antes de que ella se alejara.

—Pues yo no soporto la idea de que puedan hacerte daño con sus maldades.

—¿Y pretendes evitarlo escondiéndome de la sociedad?

—Por el momento, sí.

—Pero el tiempo no hará que parezca más adecuada como condesa de Ashcombe. Por muchos meses o años que pasen, seguiré siendo la hija de un comerciante humilde que chantajeó a un noble para que se casara con ella.

—No digas eso, querida —le pidió, alargando el brazo para agarrarla.

—No, no me toques. Estoy furiosa contigo.

Gabriel no tuvo más remedio que obedecer y respirar hondo.

—Ya me lo imaginaba, pero te equivocas.

—¿En qué?

—Lo más importante es que estás muy equivocada si crees que no me alegro de que tú seas la condesa de Ashcombe. No sabes lo feliz que soy.

Talia se estremeció al oír aquello. Se moría de ganas de creerle, a pesar del miedo que tenía a sufrir una nueva decepción.

—Acabo de oírte decir que no vas a permitir que Silas Dobson ponga un pie en esta casa —le recordó duramente—. ¿Acaso olvidas que soy su hija?

Lo oyó maldecir.

—Maldita sea, Talia, no es bienvenido en esta casa precisamente por todo lo que te ha hecho.

—¿A mí?

—¿Te sorprende? —era evidente que no comprendía su

asombro—. Eres su única hija. Debería haberte cuidado como un tesoro, que es lo que eres, pero en lugar de eso, te obligó a formar parte de una sociedad que detestabas y en la que eras infeliz.

Talia había pensado esas cosas más de una vez, pero Silas era su padre y, por muy egoísta que fuera, siempre lo querría.

—Hacía lo que creía que era mejor para mí.

—No, hacía lo que le convenía a él.

—Gabriel —intentó protestar.

—No —la interrumpió—. Tengo que decirte algo y luego no volveremos a mencionarlo nunca más.

—De acuerdo.

—Silas Dobson está obsesionado con prosperar y dejar atrás sus orígenes humildes y eso es algo admirable hasta que se dio cuenta de que el dinero no le serviría para hacerse con un hueco en la sociedad. Su única opción era vender a su hija a cambio del título que tanto ansiaba.

Talia no necesitaba oír todo aquello, pues conocía bien los defectos de su padre. Sin embargo no dijo nada y Gabriel continuó hablando:

—Al elegir a Harry, no se paró a pensar en ti ni un momento, ni en si serías feliz con un hombre que era obvio sería un terrible esposo. Y cuando me exigió que yo ocupara el lugar de mi hermano, te estaba tratando como si fueras una mercancía de su propiedad en lugar de su única familia. Para mí todo eso es imperdonable.

—No defiendo a mi padre —dijo ella en voz baja—. Pero sé que no puede evitar ser como es.

—No, supongo que no.

—Y es la única familia que tengo.

—Lo sé —la expresión de su rostro se suavizó ligeramente—. Y, si te soy sincero, lo cierto es que debería estarle agradecido.

—¿Tú?

Gabriel esbozó una ligera sonrisa al ver su sorpresa.

—¿Nunca te fijaste en todas las veces que te miraba cuando estábamos en la misma habitación?

—Vamos, Gabriel —la broma le hizo arrugar el ceño—. No es necesario que finjas...

—No finjo —aseguró, interrumpiéndola—. Me fijé en ti la primera vez que fuiste presentada en sociedad. ¿Cómo no iba a hacerlo? Mientras que las demás debutantes se reían y revoloteaban de un lado a otro como estúpidas mariposas, tú siempre te quedabas aparte.

Talia tragó saliva, tratando de deshacer el nudo que tenía en la garganta y deseó que dejara de jugar con su maltrecho corazón.

—Lo hacía porque no era bienvenida en ningún baile, ya lo sabes.

—Eso no es del todo cierto —dio un paso hacia ella, pero no quiso tocarla—. Tú no tenías ningún interés en coquetear con los hombres y bailar con el que te lo pidiese —la miró a los ojos fijamente—. Esos bailes te aburrían tanto como a mí.

Recordó de pronto esa sensación que entonces había creído absurda de que entre Gabriel y ella hubiera algún tipo de conexión, aunque él jamás se diera cuenta. ¿Acaso había sido algo más que un producto de su imaginación?

—Si de verdad me mirabas, eras muy discreto —le dijo—. Habría apostado hasta la última libra de mi padre a que ni siquiera me habías visto nunca, ni mucho menos sabías cómo me llamaba.

—No quería admitir mi interés por ti, ni siquiera ante mí mismo —confesó.

—¿Por qué? ¿Porque era la hija de un simple comerciante?

—En parte, sí. No me siento orgulloso de haber sido tan clasista, pero no puedo negar que me importaba.

Por doloroso que fuera oírlo, Talia prefería la sinceridad a las mentiras.

—¿Y qué más?

—Había decidido que me casaría con la persona que considerase más adecuada para ejercer el papel de condesa de Ashcombe, no la que satisficiese mis deseos personales —la miró a los ojos y se enfrentó a su gesto de asombro—. De hecho, pensaba asegurarme de no sentir nada por dicha mujer.

Increíble. Talia sabía que muchos miembros de la nobleza aceptaban matrimonios concertados, pero siempre había pensado que al menos esperarían encontrar cierto afecto en la relación.

De otro modo no era más que un frío negocio.

—¿Querías sentir indiferencia hacia tu esposa?

—La más absoluta, sí.

—Pero —no le encontraba ninguna lógica—. ¿Por qué?

—No es fácil de explicar —Gabriel supo enseguida que a ella no le bastaría con esa respuesta—. Ya sabes que era muy joven cuando heredé el título de mi padre.

—Sí, debió de ser muy difícil para ti.

—Lo fue —admitió sin ocultar su dolor—. Me sentí abrumado por la responsabilidad, hasta el punto de que más de una vez pensé escapar y lo habría hecho, pero sabía que irían a buscarme y me traerían arrastrando si hacía falta —relató con una triste sonrisa en los labios.

—A pesar de tus dudas, hiciste frente a tus obligaciones —le recordó.

Eso lo hizo sonreír con algo más de alegría.

—Acabé aceptando la situación y espero que mi padre se hubiese sentido orgulloso de mí.

—Por supuesto que lo haría. Tus criados y tus arrendatarios no solo te respetan, además han prosperado mucho gracias a ti.

—Puede que a mí me respeten, pero a ti te adoran. Te has ganado su lealtad en solo unas semanas y creo que estarían dispuestos a sacrificar su vida por protegerte. Pensaban invadir Francia cuando se enteraron de Jacques Gerard te había secuestrado. Conseguí evitarlo porque les prometí que te traería sana y salva.

—Espero poder contribuir a que sus vidas mejoren.

Entonces sí la tocó. Le puso la mano en la mejilla y la miró con ternura.

—Talia, vas a ser la mejor condesa que ha tenido nunca la familia Ashcombe.

Por un momento, se perdió en la increíble belleza de su mirada. Pero no podía dejarse cautivar. Le retiró la mano bruscamente.

—Aún tienes que explicarme por qué no quieres amar a tu esposa.

Gabriel apretó los dientes, síntoma inequívoco de que no quería seguir hablando de ello, pero no tuvo más remedio que hacerlo.

—Como ya te he dicho, acepté mis obligaciones como conde, pero no me ha sido fácil cumplir con mi responsabilidad como jefe de familia.

—¿Por Harry?

—No solo por él, aunque sí que ha sido una constante preocupación. Pero él no era tan exigente como mi madre.

—¿Qué quieres decir?

—Ella dependía por completo de mi padre y, cuando él murió, esperaba que yo me dedicase en cuerpo y alma a cuidarla y consolarla.

—¿Y a ti quién te cuidaba? —le preguntó, en medio de una peligrosa explosión de ternura.

—Nadie —admitió mirando a su alrededor, a aquella habitación que seguía tal cual la había dejado su padre, porque así lo había querido la condesa viuda—. Yo no pude llorar la muerte de mi padre.

Talia se mordió el labio para contener las lágrimas.

—Lo siento.

—Yo también —meneó la cabeza y volvió a lo que los ocupaba—. La simple idea de casarme con alguien que me exigiese aún más me parecía insoportable.

—Dios, Gabriel —susurró al empezar a comprender el

miedo que tenía a sentir, porque le habían enseñado que el amor iba siempre acompañado de un sinfín de obligaciones y pocas recompensas—. El amor no puede ser una carga.

—Estoy empezando a descubrirlo —reconoció y entonces la estrechó entre sus brazos.

—¿Qué haces...?

—Era demasiado cobarde como para seguir mis instintos —la interrumpió y siguió hablando mirándola a los ojos con absoluta determinación—. Pero no dudé en aprovecharme de la situación cuando tu padre me exigió que me casara contigo.

—Mi padre te obligó a casarte.

—¿De verdad crees que alguien podría obligarme a hacer algo en contra de mi voluntad? —le preguntó esbozando una tenue sonrisa.

—¿Qué quieres decir?

La estrechó con fuerza contra sí.

—Acepté las exigencias de tu padre porque quería hacerlo.

Talia respiró hondo e hizo como si el corazón no le hubiese pegado un bote dentro del pecho.

—Me dijiste que te casabas conmigo para evitar un escándalo.

—Lo mismo que me dije a mí mismo, pero los dos sabemos que tengo el poder y los recursos necesario para evitar cualquier escándalo. Podría haber destrozado a tu padre si hubiese querido —la miró de nuevo a los ojos, alentándola a creer lo que le decía—. Me casé contigo porque era lo que deseaba hacer, aunque no pudiera admitirlo.

—Pero... eras tan frío conmigo.

—Era todo fingido —le pasó las manos por la espalda, dejando un rastro de fuego—. Pero la verdad era que me consumía de deseo por ti. Dios, lo que sentía era tan fuerte que me recordó todos mis temores y por eso quise alejarte de mí.

—¿Por eso me enviaste al campo?

—Sí —reconoció al tiempo que se lamentaba de haberlo

hecho—. Pensaba marcharme después de la boda y no volver hasta que estuvieses de camino a Carrick Park, pero no pude hacerlo —sus palabras transmitían tal emoción que provocaban escalofríos—. Me moría de ganas de estar contigo.

—Y aun así me mandaste a Devonshire.

—Albergaba la absurda esperanza de que la distancia mitigara el deseo, pero solo lo aumentó —meneó la cabeza con tristeza—. Era muy desgraciado sin ti.

¿Era desgraciado sin ella? Talia frunció el ceño, pues no se atrevía a creer que le hubiese ocultado sus verdaderos sentimientos.

—Pensé que me odiabas.

—¿Cómo podría odiarte? —le dio un tierno beso en la sien—. Dios, Talia, qué tonto he sido.

—Sí, es verdad.

Gabriel se rio suavemente antes de levantarle la cabeza para que lo mirara.

—Entonces te alegrará saber que recibí el castigo adecuado al enterarme de que te habían raptado —la sonrisa desapareció de su rostro—. Supe que nunca podría perdonarme si te hacían daño.

—Porque siempre has pensado que tienes la obligación de proteger a los demás.

Pero él meneó la cabeza con asombro.

—Si hubiese sido por obligación, Talia, habría pedido al rey que mandara sus tropas a rescatarte, no habría viajado a hacerlo yo personalmente. Y desde luego no habría permitido que Hugo pusiese en peligro su vida —hizo una breve pausa sin apartar la mirada de sus ojos—. Lo que ocurre es que empezaba a darme cuenta de que te me habías colado en el corazón y, cuando te vi aparecer en las bodegas del palacio de Jacques para rescatarme, supe que nunca más podría vivir sin ti.

Por un momento pensó que lo había oído mal.

—¿En el corazón? —susurró.

—Sí —le agarró una mano y se la llevó al pecho para que

pudiera sentir los latidos—. Fuiste tan valiente al venir a buscarme cuando podrías haber escapado...

Talia lo miró con impotencia.

—Jamás podría haberme ido sin ti.

—Lo sé —se llevó la mano de ella a la boca al tiempo que la miraba con una emoción que Talia jamás habría creído posible—. Y por eso te amo.

CAPÍTULO 25

Las palabras salieron de su boca antes de que pudiera frenarlas de algún modo y, durante un instante, no habría sabido decir quién de los dos estaba más asombrado.

Había empezado a sospechar que lo que sentía por Talia iba más allá del deseo o la pasión, o incluso del afecto que muchos caballeros sentían por sus esposas. Pero jamás se le habría pasado por la cabeza hacer semejante declaración.

Pero una vez lo hubo dicho, no sintió el deseo de retirarlo.

¿Por qué habría de hacerlo?

No se avergonzaba de lo que sentía por Talia, más bien lo habría gritado al mundo entero.

Lo único que le preocupaba era cómo había reaccionado ella.

¿No debería mostrarse más contenta?

A menos que no le correspondiese.

No, no quería ni pensar en tal posibilidad.

Le daba igual lo que tuviese que hacer o el tiempo que tardase en conseguirlo, acabaría conquistándola y ganándose su corazón.

Por fin la oyó aclararse la garganta y tratar de hablar con apenas un hilo de voz.

—¿Acabas de decir que me amas?

—Sí —la apretó con fuerza por si trataba de escapar.

—¿Ya no tienes miedo de que pueda ser una carga? —siguió preguntándole con recelo.

—Lo que siento por ti... —se quedó a medias, sin saber cómo explicar la magnitud de sus emociones.

Talia le puso una mano en la mejilla y lo miró como implorándole.

—Dímelo, por favor.

—Pensé que me haría más débil, pero lo cierto es que nunca me había sentido tan fuerte —le confesó—. Es como si no hubiera nada que no pudiera conseguir si te tengo a mi lado.

La vio abrir los labios y entonces, con un grito ahogado, le echó los brazos alrededor del cuello y esbozó una sonrisa llena de luz.

—Gabriel.

La estrechó entre sus brazos sin esforzarse en comprender qué había motivado el cambio o esa sonrisa que le iluminó el alma. En ese momento no le importaba.

Le bastaba con sentirla contra su cuerpo, recordándole que habían estado separados demasiado tiempo.

—Mi bella esposa —murmuró antes de besarla apasionadamente.

La apretó contra su excitación mientras pensaba cuál era el camino más corto hasta el dormitorio. Pero Talia le puso las manos en el pecho y se alejó de sus labios.

—Espera.

—Te he echado mucho de menos, querida —le dijo él, desesperado.

—Todavía no me has dicho porque no querías que viniera a Londres contigo.

No entendía por qué seguía con eso.

—Ya te lo he dicho. No quería que te hiciesen daño.

—Pero...

Era evidente que estaba demasiado preocupada como para dejarse seducir, así que lo mejor sería confesarle todo el plan.

—Deja que termine —dijo, poniéndole un dedo sobre los labios.

—Sí, milord.

—No puedo cambiar el pasado, pero sí puedo asegurarme de que tu futuro en sociedad sea bastante más agradable.

—No dudo de tu capacidad para intimidar a los demás y conseguir que hagan lo que quieras, pero, sinceramente, prefiero que me insulten.

Gabriel se echó a reír. A veces olvidaba lo ingenua que era.

—Subestimas mis habilidades. Yo no voy a intimidar a nadie.

—¿Entonces quién? ¿Lord Rothwell?

—Te tiene en tan alta estima que seguramente sería de ayuda, pero no. Nuestra mejor arma será mi madre.

—¿Tu madre? —repitió sin voz.

Gabriel no la culpa por mostrarse incrédula.

El horror que había mostrado la condesa viuda respecto a la esposa de su hijo había provocado mucho interés en la alta sociedad londinense. La anciana apenas había perdido oportunidad de lamentarse del cruel destino que les había impuesto Silas Dobson, sin culpar en ningún momento a su hijo Harry de dicha crueldad.

Y el hecho de que se marchara de Londres el mismo día de la boda no había hecho sino confirmar su desaprobación.

Pero Gabriel conocía lo suficiente a su madre para saber que aquel comportamiento se debía más a un afán por ser el centro de atención que a lo que realmente pudiera opinar de Talia.

—Al margen de sus muchos defectos, mi madre es la que dicta las normas en este mundo —le siguió explicando.

—Pero me detesta.

—No te conoce.

—Eso no le impidió marcharse de Londres en lugar de asistir a nuestra boda.

Gabriel lamentó por un momento estar teniendo la conversación que ella había querido evitar para no hacerle recordar lo mucho que había sufrido a lo largo de los años o la fría boda que había tenido que aguantar.

—¿Habrías podido negarle la oportunidad de que todo el mundo la compadeciese por la llegada de una intrusa que le robó el hijo, el título y la posición social? —le preguntó, bromeando.

—No le veo la gracia.

—Ya te acostumbrarás al dramatismo de mi madre —o al menos eso esperaba—. Especialmente cuando tiene ocasión de interpretar el papel de heroína trágica.

—¿Quieres decir que solo fingía estar enfadada?

—No sé hasta qué punto se cree sus interpretaciones —admitió—. Lo que sí sé es que no tardará en cansarse del exilio y que buscará alguna excusa para volver a Londres —le dio un rápido beso—. Lo que pretendo hacer es ofrecerle dicha excusa.

—¿Qué piensas hacer?

—Quiero que vaya a conocerte a Carrick Park.

—¿Estás seguro de que es buena idea? —preguntó Talia, sin poder ocultar su inquietud.

—Claro. Vas a ver cómo te adora. Te lo prometo.

—Promete todo lo que quieras, pero me cuesta creer que pueda adorar a la hija de Silas Dobson.

Gabriel eligió las palabras cuidadosamente. Se había hecho la promesa de que no iba a volver a mentir a Talia nunca más, pero tampoco quería que pensara que la familia de su marido nunca podría aceptarla. Su madre no era una mujer complicada.

Se dejaba llevar por emociones exageradas, pero sus ataques eran tan intensos como fugaces. Talia nunca comprendería que una mujer pudiese cambiar de sentimiento con la misma facilidad que cambiaba de vestido.

Por el momento bastaba con convencerla de que se ganaría la aprobación de la condesa viuda.

—Te va a adorar porque eres generosa, amable y leal —insistió.

Pero Talia no se dejaba impresionar.

—Cualquiera diría que soy un perro de caza.

—Está bien —la miró a los ojos y sonrió con todo el amor que llevaba dentro—. Entonces te va a adorar porque se va a dar cuenta de lo mucho que yo te quiero y de que, sin ti, en mi vida no habría felicidad alguna.

Tal y como esperaba, Talia se derritió al oír aquello.

—¿Tú crees que se va a dar cuenta de todo eso? —le preguntó mientras comenzaba a bajar la mano por su pecho.

Gabriel se mordió los labios para no gemir. Estaba harto de palabras, quería demostrarle su amor, su compromiso y su absoluta felicidad de un modo mucho más primitivo.

Por suerte fue lo bastante listo como para darse cuenta de que tendría que esperar a que Talia estuviese completamente convencida de que no tenía ningún plan oculto para apartarla de Londres.

—No tengo la menor duda.

—¿Y después de eso?

—Después, volveré a Londres para decirle a todo el que quiera oírlo que su nuera es una joven encantadora a la que va a apoyar con todas sus fuerzas en la siguiente temporada —anunció con una sonrisa de satisfacción—. Todo el mundo estará deseando invitarte a sus fiestas.

Talia frunció el ceño y se quedó pensando un buen rato.

—Haces que parezca sencillo.

—Talia, hemos sobrevivido a la traición de mi hermano, al acoso de tu padre y a los espías franceses. Todo lo demás es sencillo.

Pero ella meneó la cabeza una vez más.

—Nada de eso era tan peligroso como la alta sociedad londinense.

—Confía en mí, haremos que todos esos pomposos arrogantes caigan rendidos a tus pies.

Hubo una nueva pausa durante la que Gabriel se dijo a sí mismo que debía comprender su inseguridad. No solo le estaba pidiendo que confiara en ganarse la aprobación de una mujer que la había tratado con verdadero desprecio, sino que se olvidara además de lo mucho que la habían hecho sufrir los miembros de la sociedad londinense.

—Sí —dijo de pronto.

—¿Qué?

—Que confío en ti.

Gabriel se estremeció al oírle decir esas palabras. Dios, había llegado a creer que no podría volver a ganarse su confianza. Le dio un beso en el cuello, con una mezcla de alivio y ansiedad de oírle decir otras palabras que aún no había pronunciado.

—¿Y? —le preguntó.

—¿Y qué?

—¿No hay nada más que quieras decirme?

—Pues —fingió pararse a pensar en ello—. La señora Donaldson me ha hecho traerte su pastel de carne preferido. Está convencida de que tu cocinera de Londres te mata de hambre.

—No es eso lo que quería oír —le mordisqueó el labio inferior para azuzarla un poco más.

—Entonces quizá quieras que te cuente que la mula del señor Price...

—Ya sabes qué es lo que quiero oír —gruñó—. No me tortures más.

Fingía estar bromeando, pero lo cierto era que tenía un nudo de tensión en la boca del estómago. Por mucho que pensara que Talia jamás se habría tomado tantas molestias por salvarlo en Francia de no sentir algo por él, no podía evitar sentirse inseguro.

—Está bien —dijo ella, tomándole el rostro entre las manos antes de mirarlo a los ojos y sonreír—. Te amo, Gabriel. Te amo con todo mi corazón.

El corazón le saltó dentro del pecho.

—¿Estás segura?

Talia se puso de puntillas y lo besó en la boca.

—Me quedé fascinada por ti desde la primera vez que te vi en un baile —le confesó—. Eras tan guapo…

Lo invadió un júbilo indescriptible que lo hizo sonreír también.

—No puedo llevarte la contraria en eso.

—También eras frío, distante y tan arrogante que me sentía aliviada de que nunca me miraras siquiera. Me dabas miedo.

—No digas eso —murmuró—. Era la única manera que conocía para que la gente no se me acercara.

—Pues funcionaba. Pensaba que siempre serías un fantasía que podría admirar de lejos. Hasta el día que te presentaste en mis aposentos y dijiste que ibas a casarte conmigo.

—Dios, no quiero ni acordarme de ese día —se lamentó una vez más de haberle hecho daño.

Ella le acarició la cara tiernamente.

—Es cierto que me hiciste daño al echarme de Londres, pero la verdad es que el alejarme de mi padre y también de ti me ayudó a descubrir una fuerza que no sabía que tuviese dentro.

—Talia, eres la mujer más fuerte y valiente que he conocido en toda mi vida.

—Pero entonces me secuestró Jacques…

—Hijo de perra.

—Y tú viniste a salvarme.

—Aunque en realidad fuiste tú la que me salvó a mí. Dos veces.

Talia se echó a reír.

—Habías arriesgado tu vida por mí y supe que, aunque jamás sería correspondida, te amaría el resto de mi vida.

Aquellas palabras lo hicieron estremecer. Impulsado por la necesidad de demostrarle su amor de una manera más tangible, la levantó en sus brazos y echó a andar hacia la puerta, pero apenas había dado dos pasos cuando ella volvió a frenarlo.

—Un momento.

—Dios, no —protestó él.

—Tengo una última pregunta.

—Estás intentando castigarme deliberadamente.

—¿Por qué no me dijiste claramente que querías que me quedara en Carrick Park? —quiso saber—. Me hiciste creer que te avergonzabas de mí.

Gabriel respiró hondo y meneó la cabeza con resignación.

—Porque no me imaginaba que pudieras ser tan loca.

—Gabriel —lo reprendió de inmediato.

—No quería que pensaras que me preocupaba lo que la gente pensara de ti. No es así. Por lo que a mí respecta, se pueden pudrir en el infierno. Pero sabía que tarde o temprano querrías volver a Londres y quería asegurarme de que no volvieran a hacerte daño. Lo hice por ti, para que estuvieras cómoda, no porque me importe lo que puedan decir de nosotros.

—Dios. Te amo.

—¿Entonces podemos retirarnos ya a nuestros aposentos?

La risa de Talia llenó la habitación.

—¿A qué estás esperando?

Ocho meses después

El salón de baile de la residencia londinense de los Ashcombe era una magnífica sala con columnas entre las que se situaban las puertas que daban paso a las habitaciones contiguas en las que se habían preparado mesas de juego y otras donde se serviría la cena. Tres grandes arañas de cristal iluminaban el salón y se reflejaban en los enormes espejos situados a los extremos de la sala.

Talia escuchaba la música de la orquesta y veía bailar a los invitados con una sonrisa en los labios.

Poco a poco, había acabado por confiar en la madre de Gabriel mientras la llevaba de un acto social a otro, pero lo cierto era que no había podido evitar ponerse nerviosa cuando había insistido en que Gabriel y ella debían celebrar su propio baile.

No importaba que en las últimas semanas la hubieran invitado a las casas más prestigiosas de la ciudad, o que la frialdad de los distintos anfitriones hubiese ido convirtiéndose en un trato mucho más cálido a medida que ella iba perdiendo el miedo y había conseguido conversar sin tartamudear. Todo eso no había servido para que no albergase el temor de que nadie quisiera ir a un acto en el que ella era la anfitriona.

Ahora sabía que no habría sido necesario preocuparse tanto.

La casa estaba abarrotada de gente y Vale acababa de decirle al oído que había tenido que negar la entrada a varias personas que no habían sido invitadas.

Pero su triunfo como anfitriona no era en realidad la razón de su felicidad.

O al menos no era la única razón.

Por supuesto que estaba orgullosa de semejante logro y se sentía muy segura de sí misma con aquel precioso vestido de satén azul adornado con ribetes plateados y una hilera de pequeñas perlas en el escote. Pero tenía cosas más importantes que llenaban de alegría su corazón.

Volvió a sonreír al recordar el alivio con el que Gabriel había recibido esa mañana una nota de Harry. Su hermano estaba bien, se encontraba de viaje por la India, donde había conocido a otros nobles ingleses. El saber que se había recuperado y que, además, se había alejado para siempre de Jacques Gerard curó una herida que Gabriel había tenido abierta desde su huida de Calais.

Pero lo cierto era que lo que más feliz la hacía era la pequeña sorpresa que crecía en su interior.

—Espero que estés contenta —le dijo Hannah Lansing, señalando las parejas que inundaban la zona de baile—. Es todo un éxito.

Talia miró a su amiga, con su vestido de tul blanco bajo el que se adivinaba el color lavanda que llevaba bajo el tul y las plumas a juego que adornaban su cabello. Quizá muchos no la consideraran una belleza, pero la inocencia y la bondad parecían iluminarle el rostro.

Casi tanto como la confianza en sí misma que había ganado desde que la cortejaba uno de los solteros más codiciados de Londres.

—La verdad es que hay bastante gente —admitió Talia.

—¿Bastante? —Hannah se echó a reír—. Nunca había visto un baile tan concurrido. Dicen que hasta el príncipe quiso asegurarse de estar en la lista de invitados.

—Es increíble —reconoció. Había sido sorprendente ver aparecer al príncipe con su amante del momento. Se había quedado lo justo para saludarlos a ambos e intercambiar algunas palabras con Gabriel— Hace un año no lo habría creído posible.

—Hace un año estaríamos las dos escondidas en algún rincón.

—Desde luego —Talia vio a la madre de Gabriel y la saludó de lejos con una inclinación de cabeza—. Mi suegra es una mujer extraordinaria. Gabriel me prometió que conseguiría que todo el mundo me aceptase, pero lo cierto es que ha hecho un verdadero milagro.

Hannah le dio unos golpecitos en el brazo con su abanico.

—No dudo de que la condesa viuda haya contribuido, pero lo que los ha cautivado a todos es tu forma de ser —le aseguró, mirando a las mismas personas que en otro tiempo les habían amargado la vida—. Esos estúpidos no imaginaban que la hija de un comerciante pudiera tener tantos encantos y tanto ingenio.

Talia se encogió de hombros, quitándole importancia. Había sido el amor de Gabriel lo que la había ayudado a liberarse de gran parte de su amargura.

—No disculpo el modo en que se comportaron con nosotras —aclaró Talia mirando al caballero de pelo rubio que seguía haciéndole que se le estremeciera el corazón de deseo con solo verlo. Especialmente si llevaba una impecable chaqueta negra, chaleco dorado y pantalones blancos hasta la rodilla—. Pero la verdad es que era tan tímida y estaba tan aterrada que era incapaz de mostrar ningún encanto y, mucho menos, ingenio.

Hannah asintió, pues la comprendía como solo ella podía hacerlo.

—¿Y ahora?

—Ahora ya no me preocupa lo que piensen de mí y puedo divertirme.

—Es obvio —dijo su amiga mientras la observaba detenidamente—. Estás resplandeciente.

Talia dudó un instante. Hasta el momento solo le había dado la noticia a Gabriel, pero habían preferido postergar un poco más la noticia y, con ella, la reacción de la sociedad, por no hablar de la de su padre y la de la madre de Gabriel. Talia estaría lejos de Londres cuando se corriera la voz de que estaba encinta.

Pero Hannah era una de las pocas personas en el mundo de las que podía estar segura.

—Eso no tiene nada que ver con el éxito del baile —le dijo y se llevó la mano al vientre.

Su amiga tardó solo unos segundos en darse cuenta de lo que trataba de decirle y entonces lanzó un pequeño grito de alegría y le dio un rápido abrazo antes de recuperar la compostura súbitamente para que nadie pudiera sospechar.

—¿Le has dicho ya a tu suegra que todos sus esfuerzos por convertirte en la reina de Londres van a sufrir un abrupto fin? —bromeó Hannah.

—Aún no —respondió Talia—. Todavía estoy esperando a que Gabriel se recupere de la noticia porque el pobre lleva una semana que va por ahí como si estuviese en medio de un sueño, o quizá una pesadilla.

—Pero está contento, ¿verdad? —le preguntó su amiga, repentinamente preocupada.

—Está loco de alegría y muy protector —añadió meneando la cabeza, pues sabía que el embarazo iba a ser una lucha constante para que Gabriel la dejase hacer vida normal y no insistiese en que pasara el día acostada como si fuese una inválida en lugar de una futura madre—. En cuanto se enteró, dijo que teníamos que irnos a Carrick Park. La única manera de impedir que me subiese en el carruaje ese mismo día fue decirle que no le perdonaría que me obligase a perderme mi propio baile.

Hannah se echó a reír.

—¿Entonces cuándo os vais?

—Mañana por la mañana. Lo he pasado muy bien en Londres, pero también estoy deseando volver a casa.

—Te voy a echar de menos.

Talia le agarró la mano a su amiga.

—Siempre eres bienvenida a mi casa, a pesar de lo que hayan podido decirte en el pasado —miró al caballero que se había llevado a Hannah de Carrick Park unos meses atrás. Hugo estaba apoyado en una de las columnas, sin molestarse en disimular su interés por la mujer que Talia tenía delante—. Aunque no creo que quieras marcharte de Londres.

—No sé —dijo Hannah en tono forzado—. Podría ser divertido pasar unas semanas lejos de la ciudad.

—Vamos, Hannah, ¿cuánto tiempo piensas seguir torturándolo? —le preguntó Talia, compadeciéndose del pobre Hugo, que llevaba meses cortejando a su amiga con absoluta devoción.

—No pretendo torturarlo —aseguró Hannah, muy seria—. Solo quiero que esté seguro de que no va a arrepentirse más adelante.

—Hugo no podría arrepentirse de casarse contigo.

—Te lo agradezco mucho, pero ambas sabemos que yo no tengo nada que ofrecer a un hombre como lord Rothwell.

—No...

—Vamos, Talia —la interrumpió su amiga con visible preocupación en la cara—. No dispongo de tierras, ni de dote, ni de belleza. ¿Y si se cansa de mí?

Talia le apretó la mano con cariño, segura de que Hugo iba a dedicar toda su vida a hacerla feliz.

—Un hombre que se case con una mujer por sus tierras, su dote o su belleza, se cansará de ella más fácilmente que el que se case por amor —tiró de ella para ir hacia los hombres que las esperaban—. Ahora ve con Hugo antes de que me estropee el baile con esa cara de funeral.

Hannah se detuvo a mirarla con sonrisa pícara.

—¿Y tú?

Talia miró al hombre que le había robado el corazón y le había dado una vida llena de alegría, y al ver el modo en que le sonreía, se olvidó de respirar por un momento.

—Yo voy a bailar un último vals con mi esposo antes de convencerlo de que nadie nos echará de menos si nos ausentamos.

—Que seas muy feliz, querida amiga —le dijo Hannah antes de echar a andar hacia los brazos abiertos de Hugo.

—Eso siempre —susurró Talia.

Últimos títulos publicados en Top Novel

Tras la puerta del deseo – ANNE STUART
Emociones secuestradas – LORI FOSTER
Secretos de un caballero – CANDACE CAMP
Nubes de otoño – DEBBIE MACOMBER
La dama errante – KASEY MICHAELS
Secretos y amenazas – DIANA PALMER
Palabras en el alma – NORA ROBERTS
Brisas de noviembre – ROBYN CARR
El precio del honor – ROSEMARY ROGERS
Sin nombre – SUZANNE BROCKMANN
Engaño y seducción – BRENDA JOYCE
Una casa junto al lago – SUSAN WIGGS
Magnolia – DIANA PALMER
Luna de verano – ROBYN CARR
Amor y esperanza – STEPHANIE LAURENS
Secretos de sociedad – CANDACE CAMP
10 secretos de seducción – VARIAS AUTORAS
El legado Moorehouse – J.R. WARD
Tras la traición – BRENDA JOYCE
A merced de la ira – LORI FOSTER
Palabras prohibidas – KASEY MICHAELS
El regreso del rebelde – LINDA LAEL MILLER
Víctima de una obsesión – DEANNA RAYBOURN
Los Cordina – NORA ROBERTS
Tierras salvajes – DIANA PALMER
Algo más que vecinos – ISABEL KEATS

www.ingramcontent.com/pod-product-compliance
Lightning Source LLC
LaVergne TN
LVHW030335070526
838199LV00067B/6288